Jörn Ingwersen

NAH AM WASSER

Ein Krimi auf Sylt

Aufbau Taschenbuch Verlag

Für meine Eltern,
die mich heil durch die Siebziger gebracht haben.

ISBN 3-7466-2165-8

1. Auflage 2005

Umschlaggestaltung gold, Anke Fesel/Kai Dieterich
unter Verwendung eines Fotos von photonica
Druck und Binden Druckerei C. H. Beck, Nördlingen
Printed in Germany

www.aufbau-taschenbuch.de

»Wenn du frische Luft brauchst,
such sie nicht in dieser Stadt.«
W. R. Burnett, *Asphaltdschungel*

Prolog

Der Wind rempelte einen Schaffner im Regenmantel vor sich her, der alle paar Meter die Kapuze aus seinem Gesicht schob, damit er sah, wohin er ging. Im verwaschenen Licht der Bogenlaternen klapperte er die Autos ab, eins nach dem anderen, winkte die Fahrer näher an den Vordermann, wie ein Hirte, der seine Herde vor dem Sturm zusammentrieb. Er ließ sich die Fahrkarten geben, hielt sie ins Licht, daß sie flatterten, entwertete sie mit dem Locher in der Rechten und reichte sie wortlos wieder in die dunklen Wagen. Beim letzten in der Reihe mußte er an die Scheibe klopfen.

Reinhold Winter schreckte auf und blinzelte ins Licht.

Draußen im Regen erkannte er einen, der tat, als kurbelte er etwas mit der Hand. Winter starrte ihn an. Es dauerte, bis er begriff. Unter der weiten Kapuze war kaum ein Gesicht zu erkennen, nur ein kantiges Kinn und der Schirm einer Mütze.

Umständlich kurbelte Winter an seiner Scheibe herum.

»Moin«, sagte er und räusperte sich, weil seine Stimme nicht wollte, wie sie sollte. »Tut mir leid, ich war wohl in Gedanken.« Er klappte die Sonnenblende herunter und zog seine Fahrkarte hervor. »Böses Schietwetter.« Er versuchte zu lächeln.

Der Mann im Wind lochte die Karte und nickte, sah Winter an, als hätte er das in den letzten zehn Minuten schon zwanzig-, dreißigmal gehört.

»Aufrücken!« sagte er, trat zurück und winkte.

Winter reckte seinen Kopf aus dem Fenster, daß ihm der Wind den Atem nahm. »Kann doch eigentlich keiner mehr kommen, oder?«

»Komm ran, Meister! Wir wollen los«, sagte der Mann, ohne ihn anzusehen.

Winter seufzte. Er war nicht in der Stimmung, sich mit Bahnbeamten anzulegen. Also setzte er den Käfer bis fast an die Stoßstange seines Vordermanns, nahm die Fahrkarte entgegen und drehte grußlos die Scheibe hoch.

Er war doch sonst nicht so dünnhäutig.

Winter schüttelte sich.

Vielleicht wuchs ihm das alles langsam über den Kopf. Er starrte in den gelben Regenvorhang unter der Laterne, sah im Rückspiegel den feuchten Hut und nahm ihn ab.

Katja hatte recht. Das Ding machte ihn alt.

Er fummelte im Mantel nach seinen Zigarren und zog den quietschenden Aschenbecher heraus. Eng war ihm in der kleinen Kiste. Am liebsten wäre er trotz des Regens kurz ausgestiegen, um sich zu strecken, da hörte er die Ansage aus dem Lautsprecher, die sagte, er solle die Handbremse anziehen und den ersten Gang einlegen. Man wünsche eine gute Fahrt und angenehmen Aufenthalt.

Ruckend kam der Zug in Gang.

Ausgerechnet heute war sein Admiral zur Inspektion. Kurzfristig hatte er den alten Käfer seiner Frau nehmen müssen, um nach Kiel zu fahren. Es war ihr gar nicht recht gewesen. Ihm auch nicht.

Aber es war alles gut gelaufen.

Viel besser als erwartet.

Winter kniff den Mund zusammen. Wer konnte schon von sich behaupten, sein Mittagessen mit dem Ministerpräsidenten höchstpersönlich im Yacht-Club eingenommen zu haben?

Und dabei war er schon darauf eingestellt gewesen, daß man ihm das mit der Baugenehmigung schonend beibringen wollte.

Und dann war alles ganz anders gekommen.

Selbst Stoltenbergs gelackter Sekretär hatte gelächelt, als würde er sich für Winter freuen.

Das Leben war doch seltsam.

Voller Tücken.

Er dachte an den unsinnigen Streit morgens am Frühstückstisch, wie ihn seine Tochter so haßerfüllt angesehen hatte, als vereinte er in sich alles, was sie niemals werden wollte. Einen »Schergen der Großfinanz« hatte sie ihn geschimpft, und als er ihr den Mund verbat, hatte sie kauend diese Melodie gesummt, deren Text er kannte, seit er zum ersten Mal an einem brennenden Biikehaufen gestanden hatte.
»Wer die Heimat nicht liebt und die Heimat nicht ehrt, ist ein Lump und des Glücks in der Heimat nicht wert ...«

Da war ihm der Kragen geplatzt.

Er hatte nicht siebenundzwanzig Jahre als Studienrat auf dem Buckel, um sich von einem Backfisch maßregeln zu lassen, ob sie nun sein Augenstern war oder nicht.

Sie wurde ihrer Mutter immer ähnlicher.

Seine Hand zitterte leicht, als er das Streichholz anriß und an die Zigarre hielt. Der Zug schüttelte sich, daß Winter mit der Schulter an die Tür schlug und ihm fast die Glut den hellen Mantel versengte.

Draußen flogen die letzten Lichter von Niebüll vorbei.

Eigentlich hatte er sich von Anfang an gesträubt, die Nachfolge vom alten Strunkewitz anzutreten, dem Westerländer Adenauer. Nur weil die anderen in der Parteiführung keinen vollständigen Satz zu Ende bringen konnten, mußte er sich doch nicht gleich zur Galionsfigur der ganzen Insel machen lassen. Er hätte von vornherein die Finger davon lassen sollen.

Stirnrunzelnd paffte Winter vor sich hin und drehte am Radio herum, aber bei dem Wetter fand er keinen Sender, nur Rauschen und Stimmen wie aus einer anderen Welt.

Ihm war, als konnte er das Ganze bald nicht mehr tragen, als schleppte er nach dem Sturm der letzten Wochen einen viel zu schweren, nassen Strandkorb durch den Sand. Er merkte, wie er seine Augenbrauen in die Höhe schob. Der Vergleich gefiel ihm irgendwie, der Umstand aber nicht, und so erstickte sein Grinsen im Zigarrenqualm.

Schmidt-Paulsen, der feige Hund, ließ ihn im Regen stehen, ließ ihn das Zünglein an der Waage spielen. Plötzlich stand er ganz allein da und war sich nicht mehr sicher, ob er eigentlich der guten Sache diente.

Ob er noch in der richtigen Partei war.

Es war das größte Bauvorhaben der Sylter Geschichte. Nur die Westerländer Stadtvertretung mußte noch zustimmen, die letzten Weichen stellen, und Winter war der Bote, der vom König kam.

Vorsichtig manövrierte er seine Zigarre über den wild wackelnden Aschenbecher. Früher hatte man Boten, die schlechte Nachricht brachten, einen Kopf kürzer gemacht.

Zum Glück war seine Nachricht gut.

Wenn man es denn so sehen wollte.

Langsam ruckelte der Autozug durch Klanxbüll, das kleine Kaff im Niemandsland, nahm knarrend wieder Fahrt auf, ließ die Häuser hinter sich zurück und tauchte in die Finsternis am Rand des Dorfes. Bald sah man kaum noch Lichter übers weite Land verteilt.

Regen peitschte an die Scheiben.

Im Wagen vor ihm flammte die Innenbeleuchtung auf, und Winter sah, wie zwei Köpfe hin und her geschaukelt wurden. Dann ging das Licht wieder aus.

Er kurbelte sein Fenster ein Stück herunter, damit etwas Luft in den Wagen kam, und versuchte es noch mal mit dem Radio. Ganz am Rand der Skala fand er einen Dänensender. Es war schon seltsam. Sein Leben lang hatte er nach Dänemark hinübersehen können, wenn er wollte, und verstand doch kein Wort von dieser sonderbaren Sprache.

Er runzelte die Stirn.

Sie spielten Tschaikowski. Die Pathétique. Den zweiten Satz. Unverkennbar, die ersten Töne ... der Einstieg ins Adagio. Winter paffte im ruckenden Wagen Rauch an die Scheibe. Da wanderte der Sender.

Winter wanderte mit.

Irmgard hatte recht. Er war wohl ein Romantiker.

Unwillkürlich mußte er an Johanna Spreckelsen aus seinem Theaterkurs denken, diesen semmelblonden Sonnenschein, schon sehr fraulich, zwei Jahre älter als Katja.

Winter saß da, paffte und ließ sich rütteln.

Ihm wurde kalt. Er schlug den Mantelkragen hoch.

Es lähmte ihn.

Das ganze Leben lähmte ihn.

Irmgard, die immer harscher wurde, herrischer.

Die Schule. Die denkfaulen Kollegen im Alltagstrott.

Die Schüler, allesamt potentielle Berufslegastheniker.

Und dann diese Ehrenämter, die ihn mit Beschlag belegten und ihm nichts als Ärger brachten, die kaum noch sein Ego aufpolierten. Er konnte sich nicht mal wehren, wenn man ihm auf Sylt irgendwann die Schuld an allem gab, als hätte er höchstpersönlich den Mammon und die Gier erfunden, um den Ausverkauf der Traditionen einzuleiten.

Als der Zug den letzten Deich passierte und auf den ungeschützten Hindenburgdamm hinausfuhr, war um ihn herum endgültig stockfinstere Nacht.

Winter wischte über sein Gesicht.

In diesem Sommer sollte er achtundfünfzig werden.

Und dieses Mädchen war noch keine achtzehn.

Eben ging das dänische Cello im Rauschen unter, als der Zug wie unter Qualen bremste und schließlich mit einem Ruck zum Stehen kam, daß Winter mit dem Kopf fast an die Scheibe stieß, weil er sich vorbeugte, um zu sehen, ob er da draußen schon die ersten Lichter der Insel erkennen konnte. Ein Stück voraus flimmerte das Wärterhäuschen mitten auf dem Damm.

Böen warfen den Käfer hin und her.

Dicke Tropfen prasselten wie Muscheln auf das Dach.

Im Wagen vor ihm ging wieder die Innenbeleuchtung an, warf ihren matten Lichtschein in die Nacht. Fast flog die Fahrertür weg, mußte mit beiden Händen gehalten werden. Was für eine Schnapsidee, mitten auf dem Damm auszusteigen. Solchen Unsinn machten wohl nur Fremde.

Ein Schatten stand im Regen.

Wankend drückte er die Fahrertür zu, und das Licht erlosch. Dann hielt er sich mit beiden Händen am Geländer fest. Harsch warf der Wind den Schatten hin und her, so daß es schien, als sollte er gleich über Bord gehen. Wie ein Wimpel flatterte der dunkle Anorak, riß ihm die Kapuze vom Kopf, daß die langen Haare wehten.

Eine Frau?

Sie winkte, so gut es ging, ohne vom Zug zu fallen, aber es war nicht zu erkennen, wem das Winken gelten sollte, und so wandte Winter seinen Kopf herum, um nachzusehen, ob hinter ihm noch jemand stand.

Da war keiner.

Er war der letzte auf dem Zug.

Wieder ruderte die Frau mit ihrem rechten Arm, als

bräuchte sie Hilfe. Dann kam sie mit kleinen Schritten näher. Was für ein Quatsch, hier mitten auf dem Damm in Wind und Wetter auszusteigen. Was war so wichtig, daß es nicht bis drüben auf der Insel warten konnte? Sie schien zu winken, gab irgendwelche Zeichen, war aber im Dunkeln kaum noch zu erkennen.

Ohne Vorwarnung ruckte der Zug an, was die Frau um ein Haar über die Reling kippen ließ.

Das war kein Spaß mehr.

Vielleicht brauchte sie Hilfe.

Umständlich drehte Winter seine Scheibe ein Stück herunter, daß ihm die nächste Bö im Schwall den Regen ins Gesicht warf.

»He!« rief er. »Was machen Sie denn da? Sie sollten hier nicht einfach so …«

Die Frau schien ihn nicht zu hören.

Wieder sprang vorn im Wagen Licht an. Diesmal stieg auf der Beifahrerseite jemand aus, hielt mit aller Kraft die Tür, und bevor er sie zuwerfen konnte, sah Winter noch, daß dieser Jemand etwas Dunkles, Langes in der Hand hielt.

Behäbig kam der Zug in Gang. Rechts zog der kleine Backsteinbau vorbei, und als Winter auf gleicher Höhe war, erkannte er, wie drinnen, am Tisch, ein Mann mit blauer Schirmmütze aufblickte, genau in dem Moment … als sähe er ihm in die Augen.

Und schon war er vorbei.

Da quietschte und knirschte es links neben Winter, und eine Hand klammerte sich haltsuchend an den Spiegel, daß der sich nach außen bog.

Winter starrte in ein regennasses Gesicht, von langem Haar verklebt, aber wenn er die flehentliche Miene einer Frau erwartet hatte, so wurde er enttäuscht.

»Ach, der Herr Winter!?« brüllte ein bärtiger Kerl, und halblange Hippiefransen flatterten im Wind.

»Wer sind Sie? Was soll das ...?«

Der Bursche hielt sich mit seiner Linken am Außenspiegel fest und langte mit der anderen in den Käfer, wollte nach Winter greifen. Instinktiv schlug der die Hand zurück, aber der Mann war schnell und kräftig, packte mit der anderen zu und bekam Winter am Mantel zu fassen, riß seinen Kopf in den Wind, daß ihre Nasen fast zusammenstießen.

»Du kennst mich wohl nicht mehr?«

Da klopfte der andere von draußen hart an die Beifahrerscheibe, grinste herein, zog eine Fratze und wackelte mit dem Kopf wie ein Rotzbengel, der jemandem die lange Nase zeigte.

»Wer sind Sie? Was soll das? Lassen Sie sofort ...!«

Der Mann, der ihn am Kragen hielt, versuchte die Tür vom Käfer aufzureißen. Winter drückte zwar mit dem Ellenbogen die Kindersicherung herunter und suchte hektisch nach der Kurbel, um die Scheibe hochzudrehen, aber der Kerl war ein Bär von einem Mann und zerrte ihn mit Gewalt fast durch das offene Fenster, schnürte ihm die Luft ab. Schon war auch der andere da und riß die Tür auf, daß der Wind mit harter Faust hereinschlug und alles durch die Gegend flog, Papiere, Zeitung, Unterlagen, auch der Hut.

Winter stieß irgendwo mit dem Kopf an, als man ihn aus dem Wagen zerrte und die Zigarre einen Funkenregen in den Wind warf. Im Augenwinkel sah er noch, wie der andere neben ihm aufragte und mit etwas ausholte, das wie ein Knüppel aussah.

Winter schrie in die Nacht hinaus.

Wo war er hier gelandet?

War das ein Raub? Mitten auf dem Autozug?

Ging es um Geld?

Er fummelte in seinen Taschen herum. »Hier!« rief er. »Nehmen Sie alles, was ich habe … da, es ist nicht viel, aber …«

Da holte der zweite Mann noch einmal aus, schlug kurz und knapp drei-, viermal auf ihn ein, traf ihn am Kopf und an der Schulter, dann wieder am Kopf. Der Schmerz fuhr ihm durch den ganzen Körper bis hinunter in die Magengrube, daß er würgen mußte. Regen peitschte ihm ins Gesicht, mischte sich mit Blut, das ekelhaft metallisch schmeckte, bis er bald schon nichts mehr sehen konnte, aber es war ohnehin pechschwarze Nacht. Am Ende fehlte ihm schlicht die Kraft, sich noch zu wehren.

Sie brachten ihn nach vorn, zu ihrem Wagen.

Er hörte eine Kofferraumklappe knarren, spürte, wie sich ihm die hohe Kante schmerzhaft ins Kreuz drückte, als die beiden Männer ihn anhoben und er seinen linken Schuh verlor. Rückwärts stießen sie ihn hinein, und als er sich ein letztes Mal aufbäumen wollte, traf ihn der Knüppel hart noch einmal am rechten Ohr.

Träge, wie in Zeitlupe, hob er seine Hand und hielt das Ohrläppchen einen Moment zwischen zwei Fingern. Alles um ihn wurde rot, dann gelb und schließlich blendend weiß, als bäumten sich die Farben gegen das Dunkel auf, als wehrten sie sich gegen die erstickende, alles verschlingende Finsternis, bevor der Kofferraumdeckel zuschlug und mit einem Schlag das Licht erlosch.

1

Zugegeben, die gute, alte *Villa Dünenrose* hatte schon bessere Zeiten gesehen, auch wenn die inzwischen lange her waren.

Ich kann mich noch genau erinnern: Als ich klein war – so fünf, sechs etwa –, wanderte die ganze Familie jeden Sonntagmorgen im Gänsemarsch vierköpfig eine Stunde am Flutsaum entlang von Wenningstedt nach Westerland, um bei Käpt'n Harms und Oma Auguste zu »spätstücken«, wie sie es mit leicht vorwurfsvollem Unterton zu nennen pflegte, wenn sie uns auf der Treppe in Empfang nahm, mit einem Küchenhandtuch in der Hand. Leuchtend weiß ragte die Villa in der Mittagssonne auf, nicht ganz so breit und klobig wie die umstehenden Pensionen, eher schlank und hoch wie eine maurische Wasserburg, falls es so was je gegeben hat. An den Ecken standen vorn zwei Türme mit stilisierten Zinnen, und auf dem rechten Turm flatterte jahrein, jahraus die Fahne mit dem Grütztopf.

Schwer beeindruckend, nicht nur für einen Fünfjährigen mit Ritterfiguren in der Hosentasche.

Die Villa war um die Jahrhundertwende erbaut, als Polizisten noch Pickelhauben trugen und Deutschland seinen Wilhelm hatte, was mir damals auch erklärte, wieso mein Opa überhaupt in so einer Burg wohnte. Der Käpt'n ein Vasall des letzten Kaisers! Mann, war ich stolz, wenn ich mit meinem roten Dreirad durch den sonnendurchfluteten Ballsaal rollerte und Oma Auguste aus der Küche rief, jemand solle das Kind bändigen, damit nicht wieder was zu Bruch ginge.

Mein Urgroßvater Harms Ole Harms hatte die Villa gebaut, mit dem Geld seiner jungen Frau, der Mitgift, die ihr Vater, ein Berliner Seifenfabrikant, seiner Lieblingstochter zur Vermählung mit auf den Weg ans Meer gegeben hatte. Alles, was sie besaßen, steckte Harms Ole in dieses Haus, und als ihm seine Frau im selben Jahr auch noch einen Sohn gebar, tauften sie ihn auf den Namen Harms Uwe. Es schien, als sollte ihnen einfach alles gelingen.

Und so kam es auch.

Die *Villa Dünenrose* war ein schmuckes Haus mit zwanzig Betten in zwölf Zimmern, von denen sechs einen atemberaubenden Blick auf die Weite der Nordsee boten. Kaum hundert Meter waren es bis zum Strand, was auch der Grund gewesen sein mag, weshalb Harms Ole sicher sein konnte, daß sich sein Wagnis auszahlen würde.

Und sie waren fleißig, er und seine Josefine aus Berlin.

Nun war ihr Haus nicht so groß wie das *Hotel zum Deutschen Kaiser*, nicht so malerisch verwunschen wie die *Villa Roth*, und es stand auch nicht hoch oben auf der Düne wie das berühmte *Miramar*, und doch fanden sich von Anfang an in jedem Sommer neben gutbürgerlichen Familien auch immer wieder kleine Prominenzen ein, Herren mit Paradedegen und wohlfrisierten Bärten, am Arm zartgliedrige Damen aus dem weitverzweigten Astwerk reichsdeutschen Kleinadels. Zum Sonnenuntergang flanierte man über die Kurpromenade und lächelte im Abendwind.

Bis den Monarchisten die Sonne unterging, wie der Käpt'n zu sagen pflegte.

Nachdem nun eine neue Zeit anbrach und man sich in der Hauptstadt etwas ungelenk als Republik versuchte, lockte Josefine Harms unbekannte Künstler aus ihrem alten Berliner Freundeskreis auf die Insel, Literaten und Maler vor allem, bot ihnen günstige Unterkunft und die Möglichkeit, sich darzustellen, was der *Villa Dünenrose* über lange Zeit den Ruf einbrachte, ein Hort der Künste zu sein. Dieser Ruf wiederum lockte auch besser zahlende Gäste. Lesungen expressionistischer Dichtung, Ausstellungen abstrakter Malerei … Manch schlichter Badegast, der sich in den Ballsaal hatte locken lassen, schüttelte ratlos den Kopf, aber wenigstens war Leben im Haus, und immer wieder kamen auch Gönner und Mäzene, die selbst noch nach dem Börsenkrach und in der Zeit der großen Arbeitslosigkeit von irgendwoher Geld auftrieben und der *Villa Dünenrose* die Treue hielten. Stammgäste, das hatte Josefine schnell begriffen, waren das wichtigste, wenn man ein Hotel am Leben halten wollte.

An dieser Stelle der Erzählung hob der Käpt'n meist den rechten Zeigefinger, dessen Fingernagel irgendwann auf See geblieben war.

Die braune Brühe, die dann kommen sollte, schwappte rauf bis an den Strand, und wenn auch die meisten Inselfriesen von den allerschlimmsten Auswüchsen deutschen Größenwahns verschont blieben, bestimmten doch jahrelang Hitlerbilder und Hakenkreuzfähnchen das Gros der Postkarten, die braungebrannte Badegäste ihren Lieben in die Heimat schickten.

Auch die Bartmode hatte sich drastisch verändert.

Einmal stiegen Nazigrößen aus dem Umfeld von Reichsmarschall Hermann Göring in der *Villa Dünenrose* ab, finstere Gesellen in schwarzen Uniformen, mit denen selbst

Göring nicht beim Frühstück gesehen werden wollte. Er residierte meist in Wenningstedt. Seine Gattin Emmy, die Schauspielerin gewesen war und deren Herz entschlossen für die Kunst schlug, sorgte dafür, daß die drei Finstermänner ausgerechnet in der *Villa Dünenrose* abstiegen.

Das paßte Josefine gar nicht.

Diese Leute vertrieben die anderen Gäste.

Harms Ole Harms, inzwischen an die siebzig Jahre alt, stand jeden Morgen Punkt halb sieben barfuß auf seinem schmiedeeisernen Balkon mit Blick aufs Meer und tönte: »Rüm Hart! Klaar Kimming!« Mancher Nachbar, ob braun oder nicht, fühlte sich im Namen seiner Gäste gestört, akustisch wie politisch, und man wollte Harms schon zwingen, wenn er denn den Tag begrüßen müsse, doch um des lieben Friedens willen wenigstens »Heil Hitler!« zu rufen, aber er war eben ein Harms, wie er im Buche stand, und die machten, was sie wollten. Allerdings war er nicht mehr der Jüngste.

Er starb kurz vor Kriegsende an einer verschleppten Lungenentzündung, und Josefine mußte, kaum daß sie ihn unter die Erde gebracht hatte, tatenlos mit ansehen, wie die englischen Besatzer ihre Villa zu einem Lazarett umbauten.

Es dauerte ein halbes Jahr, bis Harms Uwe, der im Krieg als Kapitän zur See gefahren und dann in französische Gefangenschaft geraten war, eines Tages vor der Tür stand. Als sich abzeichnete, daß die Engländer die Villa demnächst räumen würden, übernahm er vorsorglich das Kommando auf der *Dünenrose*. Seine Frau hieß Sylta Auguste, meine Oma, eine echte Munkmarscher Inselpflanze, zäh wie Heidekraut. Fünf Kinder hatte sie mit Harms: Liese, Lotte, Lene, Lore und Harms Ulrich. Als die fremden

Krankenbetten wieder draußen waren, zog die ganze Familie samt Hund, Katze und acht Kaninchen zu Oma Josefine ins Hotel.

Platz war ja genug.

O Mann.

Mittlerweile hatte sich manches verändert.

Wenn Oma Josefine das noch sehen könnte …

Ich sage es nicht gern, aus Achtung vor dem Alter, aber wenn man es positiv ausdrücken wollte, strahlte die Villa inzwischen einen eher morbiden Charme aus. Sagte man es ungeschminkt, so war sie schlicht und einfach verwahrlost, heruntergekommen, ein vergessenes Wrack aus alten Zeiten, weit hinten im verschlickten Teil des Hafens, um mit dem Käpt'n zu sprechen.

Seit Auguste nicht mehr lebte, verfiel das Haus zusehends.

An der Fassade blätterte der Putz, die Regenrinnen waren durchgerostet, der Rasen war komplett vermoost, die Pappe auf dem Dach an manchen Stellen weich, der Dachstuhl müde, der Balkon zum Meer in absehbarer Zeit nicht mehr ungefährdet zu betreten. Drinnen klapperten die Fenster selbst bei Ostwind, die Rohre quietschten, die Dielen knarrten bei jedem Schritt …

Und es roch muffig.

Ziemlich muffig.

2

Es war einer dieser endlos düsteren Wintertage, an denen es gar nicht hell werden wollte, und das nicht nur, weil ich meine Kapuze zu tief ins Gesicht gezogen hatte. Kalt war es, die Wolken hingen tief bis auf die Erde, und ich stellte mir vor, ich knatterte mit nassen Stiefeln durch den verdreckten Schneematsch in den tristen Straßen Wladiwostoks, irgendwo am hintersten Ende von Sibirien, wo die Welt zu Ende war.

Alles Grau in Grau.

Nur mein neues Mofa war blau, stahlblau, um genau zu sein. Einhändig scherte ich von der Steinmannstraße zur alten Villa aus, hielt meine Mappe lässig mit der Linken, röhrte den Weg hinauf und kam kurz vor der Mauer schlitternd zum Stehen. Halsbrecherisch, ein Teufelskerl. Lächelnd stieg ich ab. Einen Moment lang ließ ich den Motor noch im Standgas knattern, streifte meine Wildlederfäustlinge ab, knöpfte den Parka auf und sah mir meine zusammengestotterte Maschine an. Feucht glitzerte das Peace-Zeichen am Tank, den Bananensattel mit der langen Lehne hatte ich von einem alten Bonanzarad, am Stummellenker ragten zwei runde Spiegel auf. Der Ofen machte glatte fünfundvierzig Sachen.

Seufzend sah ich zum bleiernen Himmel auf.

In der sechsten Stunde hatten wir entgegen allen Hoffnungen doch noch die letzte Lateinarbeit zurückbekommen. Tote Sprachen waren leider nicht mein Fall. *De Bello Gallico*. Fürchterlich. Okay, die Fünf hätte nicht sein müssen, aber irgendwie hatten meine Übersetzungen noch nie viel mit dem zu tun, was irgendwelche toten Römer da geschrieben hatten. Wenn ich ehrlich sein soll, fand ich mich persönlich unterhaltsamer.

Herr Pörksen sah das anders.

»Sieh dir mal den Buchdeckel an, ja, genau du! Steh doch bitte mal auf, wenn ich mit dir rede! Was steht da ganz oben? Da steht Julius Caesar, nicht *Hase Cäsar*. Der Blödsinn, den du dir da zusammenmümmelst, hat rein gar nichts mit dem zu tun, was der große Feldherr seiner Nachwelt hinterlassen wollte«, hatte Herr Pörksen gesagt. »Setz dich bloß hin.«

Das hatte gesessen.

Müde nahm ich die Stufen zum Haupteingang und zog die schwere Tür auf, daß die kleine Glocke über mir ins Bimmeln kam. Erst quietschte die Tür, dann knarrte sie, dann fiel sie scheppernd hinter mir ins Schloß, daß es durchs ganze Hotel hallte. Drinnen roch es nach Mittagessen. Ich warf meine Tasche in die Ecke unter der Garderobe und hängte den feuchten Parka über die anderen Jacken.

Langsam wurde mir flau im Magen. Mein Schinkenbrot hatte ich schon in der ersten Pause aufgegessen.

In der Eingangshalle war es düster, weil das bißchen Licht von draußen nur durch ein buntes Fenster bei der Treppe fallen konnte, das einen Rosenstock in voller Blüte zeigte, aber in der alten Villa hätte ich mich auch blind zurechtgefunden, und so steuerte ich zielstrebig links durchs eichengetäfelte Dunkel der Halle die Küche an.

»Hannes? Bist du das?« hörte ich von irgendwo weit oben.

»Ja, Tante Anni, ich bin's nur.«

Jeden Tag dasselbe Spiel. Wer sollte wohl sonst mittags kurz nach eins einfach so ins Haus spazieren? Meister Proper? Aber Tante Anni war eben eine gute Seele, optimistisch bis ins Mark. Wahrscheinlich dachte sie ernstlich, jemand wollte ein Zimmer mieten.

Mitten im Februar.

Ausgerechnet bei den Munsters.

Ich schnaubte.

Dann machte ich Licht über der Spüle, um nicht doch noch aus Versehen gegen eine offene Schranktür zu rennen.

Auf dem Herd blubberte Suppe vor sich hin, wahrscheinlich Huhn. Leise klapperte der Deckel. Ich nahm mir ein altes Senfglas und holte Orangensaft von der Kellertreppe, dann schlurfte ich mit beidem an den Tisch und sackte auf den erstbesten Stuhl.

Dauernd mußte ich an Pepsi denken und daran, daß sie heute schon wieder nicht in der Schule gewesen war. Ich überlegte, ob ich sie anrufen sollte, um zu sehen, ob sie vielleicht krank war, ließ es aber lieber sein.

Das konnte auch nach hinten losgehen.

Ich dachte an den Aufsatz, den ich bis übermorgen für den alten Schwennsen schreiben sollte, bekam kurz kalte Füße, weil ich wegen der Fünf in Latein sitzenbleiben konnte, und beruhigte mich damit, daß Julius Caesar glücklicherweise nicht an der Schulkonferenz teilnahm.

Oben knarrten Tante Annis Schritte. Sie war wohl irgendwo im zweiten Stock, putzte wie jeden Tag die Zimmer, schrubbte die Flure, egal, ob Gäste kamen oder nicht.

Eine Weile starrte ich nur so vor mich hin, sah aus dem Küchenfenster aufs Meer hinaus, soweit denn zu erkennen war, wo im trüben Einerlei das Meer aufhörte und der Himmel begann.

Alles Grau in Grau.

Manchmal bin ich etwas langsam.

Erst nahm ich ihn gar nicht wahr, und auf so einer großkarierten Decke kann man ja auch leicht mal was übersehen, aber als ich eben den letzten Tropfen Saft aus dem Glas schlürfen wollte, blinzelte mich im Augenwinkel etwas an.

Da lag ein Umschlag auf dem Tisch, hellblau, mit Blümchenmuster. Ich sah mir die Briefmarke an. Heinrich Lübke.

Nichts Besonderes. Dann erst bemerkte ich, an wen der Brief gerichtet war.

Harms Johannes Harms stand da in schnörkeliger Schrift.

Ein hellblauer Blümchenmusterbrief konnte nur eins bedeuten: Ich hatte Post von meiner Mutter. Wenn sie meiner kleinen Schwester Charlotte schrieb, nahm sie rosarotes Blümchenbriefpapier. Das gleiche in Grün, sozusagen, nur eben in Rosa. Ich denke, sie wollte uns damit wohl eine Freude machen.

Einen Moment lang rührte ich mich nicht von der Stelle. Ich sah den Dampf vom Herd aufsteigen, kniff den Mund zusammen, dann holte ich tief Luft und riß den blauen Umschlag mit dem Mittelfinger auf. Unter himmelblauen Wölkchen, zwischen dunkelblauen Blümchen und Mädchen in blauen Röckchen und Schühchen stand da mit hellroter Tinte in der unverkennbaren Schrift meiner Mutter geschrieben:

Mein geliebter Johannes!

Mein süßer Hannematz, mein kleiner Rabauke – ich weiß, daß Du es gar nicht gern hörst, wenn ich Dich so nenne, aber in meinem Herzen bist Du noch der gleiche, der Du immer warst. Und Hannematz hat Vati Dich so oft genannt ... Ich hoffe, es geht Dir gut, so ganz allein im hohen Norden. Hier bei uns ist es recht milde, fast frühlingshaft und angenehm nach den vielen kalten Jahren an der See. Ich bin mir sicher, daß es Dir hier gefallen wird. Der Schwarzwald ist nicht weit, da kann man nach Herzenslust wandern und durch die Wälder streifen ... und Du stromerst doch so gern umher! Am Wochenende haben wir mit Onkel Gerhard und Tante Waltraud einen Ausflug gemacht, mit der Bahn nach Freudenstadt! Ganz zauberhaft ist es dort! Gestern habe ich hier in Pforzheim eine Schule für Dich gefunden, auf die Du auch mitten im Schuljahr wechseln kannst! Ist das nicht schön? Warte nur, es wird noch alles gut, wenn nur erst der Schmerz nicht mehr so quälend über allem liegt, weil Vati nicht mehr da ist. Verzeih mir die verschmierte Tinte, ich will auch nicht mehr weinen … versprochen!

Viele, liebe Grüße an Opa Harms und Tante Anni (bekocht sie Dich auch gut?). Wenn alles klappt, bist Du schon Ostern hier bei uns! Wäre das nicht einfach wunderbar?

Deine Dich über alles liebende Mutti

Darunter stand krakelig und extrem windschief, als wehten die Worte übers Blatt:

Keine Sorge, alles halb so wild hier. Langsam verstehe ich sogar, was die meinen, wenn sie reden. Komm bloß bald her …

Charles

Jeder i-Punkt war ein ausgemaltes Herzchen, da unterschied sich meine Schwester in nichts von anderen Mädchen in ihrem Alter. Die kleine Krabbe war schon in Ordnung, und ich denke, auch wenn ich es damals nicht zugegeben hätte: Sie fehlte mir manchmal.

Schritte schlurften von draußen herein. Während ich mich umsah, kam Tante Anni schon durch die Tür, wie immer rosig lächelnd, als hätte sie gerade ein altes Tagebuch wiedergefunden, und dabei schien es, als wollte sie jeden Moment aus ihrer zugeknöpften Kittelschürze quellen. Sie stellte Eimer und Feudel in die Spüle, hauchte in ihre Hände und hielt beide kurz über den dampfenden Topf. Kalt und klamm war es im Haus. Die meisten Räume wurden längst nicht mehr beheizt.

»Hannes, wat kuckst du so belämmert?« Ihr Lächeln kam ins Wanken. »Is was mit Mutti?« Sie deutete mit ihrer roten Nase auf den Brief.

Ich hielt das blaue Blatt mit beiden Händen und sah es an, als wollte ich nicht wahrhaben, was da stand. »Sie will mich nach Furzheim verschleppen ...«

Das schien sie zu beruhigen. »Also wirklich ... Hannes ... wenn dich der Käpt'n hört.« Sie schüttelte den Kopf und nahm einen tiefen Teller vom Regal.

»Ich darf nicht mal sagen, wie das Kaff heißt, aber sie darf mich dahin verschleppen, ja?«

»Ach was, Pforzheim soll ganz hübsch sein. Ehrlich, Margot Sönnichsens Schwägerin war mal da, und die hat gesagt, also, sie sagt ...« Sie schöpfte eine ordentliche Kelle Hühnersuppe in den Teller und stellte ihn vor mir ab.

»Ja?«

Sie zog ein Gesicht, als sollte sie einem Fünfzehnjährigen, der vor kaum einem Jahr seinen Vater verloren hatte, beibringen, daß er jetzt auch noch alles andere verlieren würde.

»Was denn nun?«

»Na ja, daß ...« Etwas hilflos zuckte Tante Anni mit den Schultern.

»Daß es ganz hübsch sein soll?« sagte ich.

Sie nickte erleichtert und lächelte mich an. »Paß bloß auf, Junge, verbrüh dich nicht! Die Suppe kommt direkt vom Feuer.« Als wäre ich noch ein kleiner Junge. Sie setzte sich hin und sah mir einen Moment beim Pusten zu. Sie schien froh zu sein, daß das Thema vom Tisch war, sagte dann aber doch: »Hast du nicht selbst gesagt, du möchtest manchmal nichts lieber als weg von hier? Was von der Welt sehen?«

»Wenn schon, dann will ich nach Kalifornien, nicht nach … nach … Arschhausen.«

»Pforzheim.«

Ich rollte mit den Augen. »Und alles nur, weil meiner Mutter am Strand jedesmal die Ohren weh tun.«

»Du weißt genau, daß das nicht stimmt.«

»Tante Anni, sei doch mal ehrlich. Hat sie sich hier je wohl gefühlt? Jemals?«

Ihr Blick blieb an meinem Löffel hängen, folgte ihm vom Mund zum Teller und wieder zum Mund. »Deine Eltern hatten immer viel zu tun. So ein Restaurant macht eine Menge Arbeit … Das weißt du doch, und wenn dann der Chef noch selber kocht und die Frau am Zapfhahn steht …«

»Du weichst mir aus.«

»Nein, nein, Junge. Ich glaube, deine Mutter war ganz glücklich hier in all den Jahren, und vor allem war sie glücklich mit deinem Vater. Aber seit der nun nicht mehr ist …«

»… hat sie auch keinen Grund mehr, hier zu sein.«

Tante Anni sah mich an. Tränen standen ihr in den runden Augen.

Ich holte tief Luft, dann brach es aus mir hervor: »Aber ich!«

Tante Anni wischte mit dem Kittelarm an ihrer feuchten Nase entlang und sah mich an, als hätte sie den Rest nicht mitbekommen. »Was du?«

»Ich habe allen Grund, hier zu sein!« rief ich und knallte den Löffel auf den Tisch. »Und bring mich jetzt nicht auch noch zum Heulen! Ich will das nicht! Und vor allem will ich nicht irgendwohin, wo schon der Name stinkt! Ich will hier nicht weg! Ich will hier bleiben, denn schließlich … weil … ich meine …«

Komisch, zuallererst fiel mir immer Pepsi ein, die sprudelige Pepsi mit den dunkelbraunen Augen und dem rabenschwarzen Haar ... dann erst Strand und Meer, Wind und wilde Wolken, meine Freunde, unsere Clique, überhaupt die Leute hier. Was sollte ich irgendwo, wo ich keinen kannte?

Ich sah Tante Anni an. Sie war gar nicht wirklich meine Tante, aber ich hätte es gern gehabt, wenn sie es gewesen wäre. »Und du und der Käpt'n, ihr würdet mir auch fehlen«, sagte ich.

Sie zog die Mundwinkel nach unten und schniefte nach oben, was schrecklich entwürdigend aussah.

Ich drückte ihre kalte Hand, stand auf und sagte: »Kann ich meinen Teller mitnehmen?«

»Schmeckt nicht?«

Furchtbar. Schrecklich. Grauenvoll. Ich kann es nicht ertragen, wenn dauernd einer heult. Alles wird so schwammig und düster, so schwer, so drückend hoffnungslos. Ich wollte das nicht mehr. Okay, mein Vater war tot. Das Ganze war völlig sinnlos. Er hatte auf einem Beifahrersitz gesessen, saß nur daneben, und man muß doch nicht hundertachtzig auf der Landstraße fahren, bei Gegenverkehr, wenn überall Trecker zwischen den Bäumen herauskommen können. Nur weil man seinen Autozug nicht verpassen will. Oder?

Pepsi hatte recht. Es war so sinnlos wie nur was.

Eine halbe Stunde saß ich unten in meinem Partykeller am Tisch neben der kalten Hühnersuppe und starrte ins Leere. Die Wände hatte ich mit Mick und Arne schwarz gestrichen, als die alte Kellerbar zum Übungsraum für unsere Band auserkoren wurde. Das finstere Gewölbe trug nicht eben zu meiner Aufhellung bei. Rote, blaue, grüne Glühbirnen gaben sich nicht ernstlich Mühe, den Raum zu beleuchten, was auch Sinn der Sache war und bei Matratzenpartys einen echten Vorteil darstellte, aber nicht, wenn sich die düsteren Wolken im Kopf nicht vertreiben ließen.

Eine Weile versuchte ich mir Gedanken um meinen Gemeinschaftskunde-Aufsatz zu machen. Thema: *Es ist besser Deiche zu bauen als darauf zu hoffen, daß die Flut Vernunft annimmt.* Nimm zu diesem Ausspruch Stellung. Ich saß nur da und hatte keinen Schimmer, wie ich anfangen sollte. Klar war es besser, Deiche zu bauen. Blöde Frage.

Also stand ich auf und schob mich hinter den gemauerten Tresen zu meiner Anlage durch. Mit gezieltem Griff zückte ich *Deep Purple in Rock*, stellte Verstärker und Plattenspieler an, bis alle roten Lämpchen glühten, legte die erste Seite auf, pustete ein paar Staubkörnchen vom Vinyl und suchte die Rille der dritten Nummer.

Ich stutzte.

Erst letzte Woche hatte ich gehört, wie Pepsi zu ihrer Freundin Bettina auf dem Schulhof sagte, *Child in Time* sei für sie das schlimmste Selbstmitleidsgejammere seit Engelbert Humperdinck.

Hm.

Eine Weile stand ich da, hielt den Arm des Plattenspielers mit spitzen Fingern, bis ich merkte, daß mich die rote Kontrolleuchte anstarrte.

Ich nahm die Platte vom Teller, schob sie wieder in die Hülle, stellte alles ab, packte meine Sachen ein, machte das Licht aus, nahm den vollen Teller mit und balancierte ihn die steinerne Runde in die Küche hinauf.

Im Haus war alles still.

Tante Anni machte Mittagsstunde.

Bleischwer stieg ich die breite Treppe bis in den vierten Stock hinauf, ratterte langsam mit den Fingerspitzen am

Geländer entlang und warf auf jedem Absatz einen Blick ins Dunkel der hölzernen Halle hinab. Bei jedem meiner Schritte war es, als ächzte das ganze Haus, als spürte es, wie mir zumute war.

Ganz oben, im Turmzimmer, wo ich schlief und wo ich meine Sachen hatte, stand ich lange vor dem Fenster und sah aufs Meer hinaus. Gräulich gelbe Schaumkronen rollten dem Strand entgegen, und leise ließ der Wind die Scheiben klirren. Dicke, dunkle Wolken trieben von Nordwest heran.

Ich lehnte meine heiße Stirn ans Glas, und als die ersten Schneematschtropfen direkt vor meiner Nase an der Scheibe herunterrutschten, wurde mir so jämmerlich zumute, daß es war, als sollten meine Deiche brechen.

Ich zog die Nase hoch und schniefte.

3

Ich möchte nicht, daß man mich falsch versteht. Ich mochte meine Mutter, wirklich wahr, ich mag sie auch heute noch, und bestimmt war es schwer für sie. Ich will ihr keinen Vorwurf machen. Ich meine, für mich war es ja auch nicht leicht, und ich hatte immerhin noch meine Freunde: Mick und Arne, Pepsi, Sven-Uwe, Ollo, den Käpt'n, Tante Anni, was weiß ich, wen alles. Da müßte ich richtig nachdenken, um keinen zu vergessen. Meine Mutter hatte ihr Leben lang nur Augen für meinen Vater gehabt, den alle mochten, der immer lustig und leutselig war, und als sie dann plötzlich ganz allein dastand, merkte sie, daß seine Freunde gar nicht ihre Freunde waren, daß sie im Grunde auf dieser Insel in zwanzig Jahren nie Wurzeln geschlagen hatte. Klar, man grüßte sie wohl auf der Friedrichstraße, aber »Moin, Moin« ist leicht gesagt, und wenn man dann doch mal jemanden braucht, sind alle schwer beschäftigt.

So sind die Menschen – sagt der Käpt'n jedenfalls.

Als ich im Süden von Westerland in die matschige, kleine Straße mit dem Vogelnamen bog, sah ich vor dem weißen Einfamilienhaus, auf das ich zusteuerte, einen Streifenwagen, und da mein blauer Chopper den Anforderungen der Straßenverkehrsordnung nur auf höchst ungenügende Weise entsprach, kam ich vorsichtshalber am Straßenrand zum Stehen. Mit meinen Fäustlingen wischte ich mir den Regen aus dem Gesicht.

Einen Moment überlegte ich, ob ich lieber umkehren sollte, aber andererseits: Was konnte schon groß passieren? Die Bullen würden mich wohl kaum verhaften. Ich zog mir die Kapuze in die Stirn, gab Gas und röhrte bis direkt vors Haus. Im Vorüberfahren warf ich einen kurzen Blick in den dunkelgrünen Käfer mit dem Blaulicht auf dem Dach.

Keiner drinnen. Die rechte Scheibe war nicht hochgekurbelt. Da würde sich beim Einsteigen jemand einen nassen Hintern holen. Ich grinste in meinen Schal, als ich abstieg.

Trotzdem hatte ich noch immer so ein mulmiges Gefühl in der Magengrube, als ich vor der Haustür stand und die Schreibschrift auf dem goldenen Namensschild über der Klingel betrachtete.

Familie Dr. Winter stand da.

Hoffentlich hatte Pepsi keinen Scheiß gebaut.

Ich läutete.

Drinnen schlugen Kirchenglocken wie zum Gebet, und kaum drei Zehntelsekunden später wurde die Tür aufgerissen, als würde ich schon sehnlichst erwartet.

»Ach, du nur!«

Frau Winter würdigte mich kaum eines Blickes, machte auf dem Absatz kehrt, klapperte auf ihren hohen Hacken drei Schritte durch den gefliesten Flur und rief, bevor ich noch was sagen konnte, die Treppe hinauf: »Katharina! Kind Gottes, mußt du dir jetzt auch noch Besuch einladen!« Mit schwarzgeschminkten Augen sah sie mich an, als hätte sie schon länger nicht geschlafen, müde und zerzaust, wie eine schwarzgelockte Leopardenmutter, die ihren Nachwuchs langsam, aber sicher satt hat. »Aber ihr geht mir nicht auf diese illegale Protestkundgebung heute abend! Hast du mich verstanden, Johannes Harms?«

Ich wußte gar nicht recht, wie mir geschah.

Da polterte Pepsi auf dicken Socken die Treppe herunter und rettete mich vor dem Muttertier, indem sie einfach meinen nassen Ärmel packte. Bevor sie mich die Stufen hinaufziehen konnte, gelang es mir noch, schnell einen Blick an der Treppe vorbei ins hell erleuchtete Wohnzimmer zu werfen. Ich hörte tiefe Stimmen. Die Männer hatten ihre Uniformmützen neben die Tassen auf den Kaffeetisch gelegt und sahen eher ratlos aus, gar nicht wie Schergen des Establishments.

»Was ist bei *euch* denn los?« raunte ich Pepsi zu, während ich mit jedem Schritt zwei Marmorstufen nahm und dabei fast einen Zinnteller von der Wand riß.

»Und daß ihr mir nicht wieder in deinem Zimmer raucht, nur weil sich dein Vater nicht um dich kümmert!« rief Frau Winter uns noch nach.

Pepsi knallte ihre Zimmertür hinter sich zu, daß das Poster an der Wand daneben raschelte. »Hör gar nicht hin«, sagte sie. »Die Alte flippt mal wieder aus, bloß weil mein Alter nicht nach Hause kommt, wann ihr es paßt. Kein Grund, gleich die Bullen zu rufen.«

Sie sah zu Che Guevara über ihrem Bett auf, als müßte es ihr peinlich sein, sich mit solchen Kleinigkeiten abzugeben.

»Wo ist dein Vater denn?« Ich mochte ihn ganz gern. Er war Lehrer an unserer Schule, Englisch und Geschichte, wenn auch nicht in unserer Klasse.

»Komm du erst mal aus deinen Klamotten raus! Du bist ja klitschnaß. Her mit dem Ding!«

Mit spitzen Fingern half sie mir aus meinem Parka und breitete ihn auf der Heizung aus, als sollte er gekreuzigt werden. Ich stützte mich mit beiden Händen auf das Fensterbrett, wärmte sie zwischen der Muschelsammlung, die dort lag, und blickte hinaus.

Draußen sank der Abend auf die Wiesen. Regen pladderte an die Scheibe, ließ sich vom Wind auspeitschen. Ich stand kurz da und sah mein Spiegelbild im Fenster.

Ein dicklicher Prinz Eisenherz im Norweger.

Hinter mir, im Spiegelbild, stand Pepsi, kaum eine Armeslänge entfernt. Fast mußte ich über uns lachen. Manchmal sah sie wie ein Junge aus, mit dem schmalen Mund und ihrer langen Nase, den schwarzen Zotteln, der abgebrochenen Ecke vorn an ihrem Zahn, aber heute trug sie dieses geblümte Kleid unter der unvermeidlichen Jeansjacke, das so hübsch über ihre Hose fiel, oben ausgeschnitten wie ein Flatterhemd, was jedem Blindfisch, der sie für einen Jungen halten mochte, zwei überzeugende Argumente entgegenhielt.

Ich wäre auf der Stelle mit ihr durchgebrannt.

Sie lächelte, als freute sie sich, musterte mich mit diesem provozierenden Blick, der mich ständig forderte, der immer wissen wollte und doch nie zu fragen brauchte, weil er mich durchschaute. Ich blies die Backen auf, spielte den Kugelfisch, damit sie lachte.

In ihrer Nähe fühlte ich mich einfach gut.

Höchste Zeit, daß ich es ihr endlich sagte.

Ich holte tief Luft.

»Ich glaub, ich muß mich setzen«, sagte ich statt dessen und sackte vor dem flachen Tisch auf den Flokati. Räucherstäbchen qualmten. Im Aschenbecher lagen ein paar ausgedrückte Kippen.

Pepsi nahm die Kanne vom Stövchen, schenkte grünen Tee ein und stellte mir eine henkellose Schale hin. Dann saß sie da, im Schneidersitz am Boden, zupfte eine Zigarette aus der Schachtel und spielte damit herum.

»Meinst du, deinem Vater ist was passiert?« sagte ich, um etwas zu sagen.

Sie zuckte mit den Schultern, schüttelte den Kopf. »Ach was. Meine Mutter ist doch nur hysterisch.« Sie runzelte die Stirn. »Vielleicht ist ihm in den letzten Wochen alles über den Kopf gewachsen, und er hat sich einfach ein paar Tage abgesetzt, treibt sich auf dem Festland herum, genießt das Leben, die Liebe …« Sie wackelte mit dem Kopf und gab sich alle Mühe, zuversichtlich zu klingen.

»Dein Vater?« Das war nun wirklich abwegig. Ich meine, auf einer Tabelle der Verknöcherungen im Lehrkörper des Gymnasiums stünde Dr. Winter sicher nicht an oberster Stelle, da gab es ganz andere Kandidaten, aber Westerlands Erster Stadtrat im Rausch der freien Liebe? »Ob es was mit heute abend zu tun hat?« fragte ich.

»Du meinst, er kneift?«

»Daß er ausgerechnet jetzt verschwindet, wo es um die Wurst geht, ist doch irgendwie komisch, oder?« Ich zog die Ärmel an meinem Norweger lang und schob ihn mir über den Kopf. Als ich wieder an die Luft kam, standen mir die Haare zu Berge, als hätte ich zwei Finger in der Steckdose.

Pepsis braune Augen lachten mich glatt aus. Verlegen strich ich meinen Pony glatt. »Seit wann ist er denn weg?«

Sie sah zu Boden, als hätte sie lieber weitergelacht. »Gestern? Vorgestern? Keine Ahnung, er wollte nach Kiel, macht er ja öfter, aber er hat nicht erzählt, was er wollte. Vielleicht hatte er Angst, ich verrate was ...«

»Und deshalb läßt dich deine Mutter nicht zur Schule gehen?«

Sie nickte. »Musik, zwo, drei, vier?«

Schon war sie aufgesprungen und blätterte in ihren fünf Langspielplatten herum. Ich nickte langsam vor mich hin und stellte mir die grünen Männer unten auf dem Sofa vor, wie sie da saßen, die Knechte des Großkapitals. Ich kannte dieses Wohnzimmer. Man traute sich kaum, was anzufassen.

»Ist das eigentlich so üblich?« fragte ich. »Ich meine, daß die Bullen bei Vermißtenmeldungen zu den Leuten nach Hause kommen und ihnen die Kekse wegfuttern?«

Pepsi hob den Kopf und sah mich an, während sie Neil Young aus seiner Hülle zog. Dann legte sie ihn auf den Plattenteller, schob die Unterlippe vor. »Na ja.« Sie zögerte. »Mein Vater hat in letzter Zeit manchmal Drohungen bekommen. Kannst du dir ja vorstellen. Wegen der Abstimmung in dieser ATLANTIS-Geschichte. Aber ich kann mir eigentlich nicht vorstellen, daß die ernst gemeint waren. Solche Schlagzeilen schaden der Bürgerinitiative doch nur.«

Neil Young nölte irgendwas von einem Herz aus Gold.

»Was für Drohungen denn?«

»Einer wollte uns das Haus über dem Kopf anzünden, wenn mein Alter in der Stadtvertretung für ATLANTIS stimmt. Ein paar haben angerufen und blöd rumgepöbelt. Letzte Woche lag eine tote Möwe vor der Tür ...«

»Na, das könnte ja auch Zufall ...«

»Ohne Federn?«

»Oh.«

»Für meine Mutter steht fest, daß die Linken dahinterstecken. Deshalb läßt sie mich auch heute abend nicht zur Demo. ›Du bist nicht Johanna von Orleans, mein Kind!‹« Pepsi verzog das Gesicht und sprach durch die Nase, als hätte sie Polypen. »›Solange ich es verhindern kann, wird die Tochter des stellvertretenden Bürgermeisters keine Fackel tragen, wenn sich der Pöbel zusammenrottet!‹ Das hat sie gesagt. Allen Ernstes. Und dabei wollte ich nur Flugblätter verteilen! Ich hatte es Heide doch versprochen!«

Ich zuckte mit den Schultern. »Kannst du nicht aus dem Fenster klettern?«

»Mit den Bullen im Haus?«

»Stimmt.« Ich nahm einen Schluck lauwarmen Tee und sah sie aus dem Augenwinkel an, überlegte kurz.

»Was?«

»Ach, nichts.«

»Dann guck nicht so komisch.«

Ich zögerte. »Ich mußte nur gerade an Arne denken.«

Sie runzelte die Stirn. »An Arne? Wieso das denn?«

»Holt er dich nicht ab?«

Pepsi kniff den Mund zusammen. Ein Schatten strich über ihr Gesicht.

Da läutete es unten an der Tür. Dreimal schlugen die Glocken. Im Flur wurden energische Schritte laut. Pepsi sprang auf, zog ihre Zimmertür ein Stück zu sich heran und lauschte.

Von draußen vor dem Haus rief jemand: »Trari, trara ...!«

Lautlos drückte Pepsi ihre Tür wieder ins Schloß, bis es leise klickte. »Ist nur der Paketbote«, sagte sie und blieb mitten im Zimmer stehen. »Nein … das mit Arne … Hannes, ich weiß wirklich nicht, ob es gut ist, wenn ich …«

»Kannst es mir ruhig erzählen. Macht mir nichts.« Ich starrte in meinen grünen Tee und zuckte mit den Achseln. Wieso hatte ich Idiot bloß davon angefangen?

»Wirklich? Du bist ein echter Freund«, sagte sie.

Ich holte Luft und hielt sie an.

Plötzlich wurde es unten laut. Ein seltsames Geräusch schnitt durch die Luft, vom Flur herauf, wohl eigentlich ein Schrei, wenn auch erstickt, dann folgten schnelle Schritte. Man hört den Unterschied, ob sich jemand nur erschrickt, vor einer Spinne, vor kaltem Wasser oder irgendwas, aber das gerade eben klang ganz anders.

Pepsi sprang auf und lief zur Tür, und bevor ich noch ausgeatmet hatte, war sie schon draußen, hastete die Treppe hinunter. »Mama?«

Ihre Mutter schrie wie außer sich. So hatte ich sie noch nie erlebt. Immer wieder hörte ich: »Nein! Nein! O mein Gott, nein!« Als ich dann auf dem Treppenabsatz ankam, sah ich sie unten am Boden liegen. Die weißen Fliesen waren voller Blut. Einer der beiden Polizisten, ein untersetzter Mann mit kleinem Bierbauch, hatte seine Jacke aufgeknöpft und kniete neben ihr, versuchte ihre Arme festzuhalten. Der andere stand nur da, schlaksig wie ein Storch, leicht vorgebeugt, starrte das Päckchen in seinen Händen an, als sollte er zum ersten Mal ein Neugeborenes ausliefern.

»Was ist das?« Pepsi war auf halber Treppe stehengeblieben und hielt sich am Geländer fest.

Der Polizist, der dort am Boden hockte, machte trotz seiner rundlichen Gestalt einen erstaunlich gelenkigen Satz zur Haustür, riß sie auf und brüllte in den Regen hinaus: »Halt! Stehenbleiben!«

Dann hetzte er los.

Pepsi hielt sich noch immer mit einer Hand am Geländer fest, als fürchtete sie abzustürzen.

Es dauerte einen Moment, bis ich wieder denken konnte.

Ich war hier nur Gast und wollte nicht aufdringlich erscheinen, also hielt ich mich zurück. Auf Socken schlich ich Pepsi hinterher, die Treppe hinunter, sah Frau Winter rechts im Flur am Boden liegen, sah, wie sich Pepsi zögernd und Stück für Stück dem Polizisten näherte und er sie dabei immer wieder anschaute, als wollte er was sagen, irgendwas erklären.

Pepsi blieb vor ihm stehen und sah sich an, was er da hatte. Ich versuchte, mit langem Hals über ihre Schulter zu spähen, aber als ich unten ankam, war mir meine Zurückhaltung dann doch egal.

Ich schob sie ein Stück zur Seite, damit ich etwas erkennen konnte.

Weiß wie Sand war sie, mit roten Ohren, aber auch der Storch in seinem grünen Rock sah nicht mehr so ganz gesund aus. Ich drehte mich zu Frau Winter um, die immer noch am Boden lag, als könnte sie nicht aufstehen. Sie hielt sich den Kopf und hatte einen Schuh verloren.

Schrecklich sah sie aus, mit all dem Blut im Gesicht.

Und auch das Ding, das der Polizist in Händen hielt, war blutverschmiert, so daß man nicht erkennen konnte, was es früher einmal gewesen war. Das Blut ließ darauf schließen, daß es wohl einem Menschen gehört haben mußte, wenn denn nicht jemand ein Schwein geschlachtet hatte, aber eigentlich erinnerte es eher an eine große Muschel …

»Ein Ohr«, preßte Pepsi hervor und blickte den Polizisten fragend an. Der Mann wirkte todunglücklich mit dem blutigen Ding in der Hand. Plötzlich wurden seine Augen immer größer, er blies die Backen auf. Rot wie ein Storchenschnabel lief er an, dann drängelte er sich an mir vorbei, drückte mir das kleine Bündel in die Hand und stolperte würgend zur Tür hinaus.

Das Ohr war ganz leicht, viel leichter als erwartet, auch wenn ich eigentlich gar nichts erwartet hatte, weil es ja auch ganz überraschend kam, und da, wo es früher mal an einem Kopf befestigt war, sah es zerfranst aus, als wäre es abgerissen worden.

So stand ich da, mit einem herrenlosen Ohr in der Hand, und auch die Zeit schien einfach nur so stillzustehen, zumindest für den Augenblick. Pepsi war leichenblaß, aber sie hielt sich auf den Beinen. Sie wollte helfen, das Ohr zu halten, und so standen wir beide wie mit dem Heiligen Gral in Händen unten an der Treppe und starrten dieses Ding an.

»Ich glaube, das ist das rechte Ohr von meinem Vater«, sagte sie nach einer Weile, und ich sah Tränen in ihren Augen. Sie tat mir schrecklich leid.

Ihre Mutter wimmerte leise auf den blutverschmierten Fliesen, daß ich schon überlegte, ob wir ihr nicht lieber helfen sollten, aber ich wußte ernstlich nicht, wo wir das Ohr hinlegen sollten.

Bald darauf kam der rundliche Polizist zurück, triefnaß und abgehetzt, keuchte sich die Lunge aus dem Hals, wischte den Regen aus seinem Schnauzbart, mit der Dienstpistole in der Hand. »Der Kerl ist mir abgehauen …«, sagte er. Schnaufend ging er bei Frau Winter in die Hocke. »Haben Sie den Mann erkannt?« fragte er. »Konnten Sie sein

Gesicht sehen?« Er fragte mehrmals, bekam aber keine Antwort. Sie war so sehr mit sich und ihrem Schmerz beschäftigt, daß ihre Wimpern flatterten und sie bei jedem Stöhnen die Augen verdrehte.

Er tastete an ihrem Hinterkopf herum und sah sich seine Hand an. Sie war hellrot. »Dürfte nur eine Platzwunde sein. Vom Sturz. Vielleicht eine kleine Gehirnerschütterung. Ich habe über Funk schon einen Krankenwagen gerufen«, sagte er. »Müßte gleich hier sein.«

Dann sah er uns da an der Treppe stehen, Pepsi und mich.

»Und was war jetzt so Ekliges in diesem Päckchen?« fragte er, als er schwerfällig wieder auf die Beine kam.

Von draußen hörte man, wie sich der andere ins Blumenbeet erbrach.

Wir hielten dem Mann das blutige Ding hin, und als wir dabei beide die Arme ausstreckten, rutschte ganz am Rand etwas aus dem zerrissenen Umschlag, wo vom Blut nicht alles klebte. Wie ein Birkenblatt im Wind machte es sich frei und taumelte zu Boden, die eine Seite hell, die andere dunkler.

Das Blatt war länglich, wohl früher mal ein Stück Geschenkpapier, ausgesprochen lieblos abgerissen. Jemand hatte Buchstaben darauf geklebt, krumm und schief, offensichtlich irgendwo ausgeschnitten, und dann daraus Worte gebastelt. So was sah man jede zweite Woche bei *XY … ungelöst*.

Der Mann betrachtete das Ohr wie eine Versteinerung vom Morsumkliff und runzelte die Stirn. Erst sah er Pepsi an, dann mich. Dann ging er in die Knie und hob mit zwei Fingerspitzen dieses Stück Geschenkpapier auf. Er stellte es auf den Kopf, dann betrachtete er das dunkelblaue

Muster auf der Rückseite, und schließlich hielt er sich den Zettel am ausgestreckten Arm vor Augen.

STOPPT ATLANTIS
~ Kommando Henker von Tondern ~

stand da in aufgeklebten Buchstaben geschrieben.

Der Mann schien eine Weile zu brauchen, bis die Bedeutung dieser Worte bis ganz nach hinten durchgedrungen war. Mit der freien Hand fuhr er durch den Haarkranz um seine halbe Platte.

»Ach, du Schande«, sagte er.

4

Junge, war ich fertig! Ich weiß ja, man soll den Tag nicht vor dem Abend und so weiter, aber ehrlich: Nichts lag mir ferner. Der Tag war bis dahin auch schon nicht so toll gewesen.

Und dabei hatte ich noch Glück gehabt.

Mick holte drei Dosen Faxe aus dem Kühlschrank und hielt mir eine davon hin, als er zum Fenster schlurfte und dabei mit dem Kopf zur lauten Musik nickte. Das andere Bier gab er Arne, der rauchend im Erker auf der Fensterbank hockte und sich die Autos unten auf der Friedrichstraße ansah.

Ich hielt das kalte Bier mit beiden Händen, schloß die Augen und sah Pepsi vor mir, wie sie dagestanden und mich angesehen hatte, im Flur, als ich mit dem Polizisten ihre Mutter ins Wohnzimmer schleifte und dabei eine Blutspur über die weißen Fliesen zog. Sie hatte mich angestarrt, als wüßte sie überhaupt nicht mehr, was sie glauben oder was sie sagen sollte.

Ich hätte ihr so gern geholfen, aber wie?

Zehn Minuten später standen sämtliche Inselbullen und Sanitäter aus der Nordseeklinik im engen Flur herum, daß ich mich schon wunderte, wer bei denen im Notfall eigentlich ans Telefon ging, falls noch irgendwo anders was passierte.

Nachbarn versammelten sich vor der Tür, aber der rundliche Wachtmeister hatte seine Jacke zugeknöpft, die Mütze wieder aufgesetzt und hinderte die allzu Neugierigen freundlich daran, das Grundstück zu betreten.

Ich meine, klar, es war schrecklich und alles, und Pepsi war auch ganz schön fertig und ihre Mutter ernstlich angeschlagen. Trotzdem fand ich es dann doch etwas übertrieben, wie sie sich inszenierte und zum Mittelpunkt des Geschehens machte. Schließlich hatte man ihrem Mann das Ohr abgerissen, nicht ihr. Sie lag auf dem Sofa, hindrapiert wie Jackie Kennedy, schluchzend, den Handrücken an ihren Kopfverband gelegt.

Oh, das klingt aber herzlos, oder? Vielleicht ist es ein genetischer Mangel bei mir, vielleicht habe ich gar kein Herz, vielleicht interessierte ich mich nur für mich selbst, für mein eigenes Elend, vielleicht war das der Preis fürs Selbstmitleid.

Vielleicht hatte Pepsi recht.

Wir waren alle ganz schön fertig.

Als man ihre Mutter zum Rettungswagen geleitete und dem reihernden Storch auf der Treppe eine Spritze verpaßte, weil er sich gar nicht wieder einkriegen konnte, stellte mir ein Kripobeamter mit Hasenzähnen und abgenagtem Bleistift dieselben Fragen, die ich schon dreimal beantwortet hatte. Da ich aber gar nicht dabeigewesen war, als das Päckchen übergeben wurde, konnte ich auch keine sinnvollen Angaben zum Überbringer machen.

Und was anderes wollten sie von mir nicht wissen.

Deshalb ließen sie mich gehen, oder besser: Sie schickten mich in den Regen hinaus.

Vor der Tür mußte ich die Leute richtig beiseite schieben, um bis zu meinem Mofa durchzukommen, das an den Friesenwall gelehnt stand. Sie traten von einem Bein aufs andere und gafften, warteten wohl, daß man das Ohr auf einer Bahre durch die Menge trug. Die Stimmung war seltsam. Die meisten schienen irgendwie betroffen, manche jedoch deutlich mehr als andere. Von irgendwo hörte ich jemanden sagen: »Das hat er nu davon«, aber als ich mich umdrehte, glotzten mich alle an, und es war nicht zu erkennen, wer es gewesen war. Da hatte ich mich lieber aus dem Staub gemacht.

»Hier! Ich hab's!« rief eine Mädchenstimme irgendwo inmitten wummernder Musik, und das ganze Sofa kam ins Schwanken, daß mir fast die kalte Dose aus der Hand glitt.

Ich hob den Kopf und sah in strahlend blaue Augen.

»Mann, Hanne, siehst du fertig aus! Nimm's nichts so schwer! Jeder hat mal einen schlechten Tag.« Dreizehn boxte mir mit spitzen Knöcheln an den Oberarm. »Also, paß auf, hier: Henning Pogwisch, dänischer Amtmann. Der Vater von dem Typen, den Pidder Lüng im Grünkohl erstickt hat … bis er nicht mehr zappelte. Du erinnerst dich? Heimatkunde? Pidder Lüng? Sylter Freiheitsheld? Klingelt's irgendwo da oben?« Sie tippte mit dem Zeigefinger an meine Stirn und grinste frech wie Rotz. »Okay, du erinnerst dich im Augenblick vielleicht an gar nichts mehr, weil dein Hirn von den vielen Hormonen jedesmal komplett aufgeweicht ist, wenn du bei Pepsi Winter warst, aber hör zu, es geht noch weiter ...«

Ich verzog mein Gesicht, als hätte ich einen Schluck Milch aus der falschen Tüte genommen. »Mußt du eigentlich immer so rumzappeln?« Hilfesuchend sah ich mich nach Mick um, der bei Arne stand und mit dem Kopf zur Bassdrum nickte.

»Bin eben von der schnellen Truppe, oder? Also: Der dänische Steuereintreiber kam nach Sylt und hatte ein paar Knechte und Diener dabei ...«

»Sind das jetzt deine Schularbeiten, oder was? Laß mich in Frieden. Ich hatte gerade eben erst ein abgerissenes Ohr in der Hand! Das liegt mir echt quer im Magen, wie du vielleicht verstehen wirst. Ist Doktor Winter nicht sogar dein Klassenlehrer? Wieso quasselst du mich hier voll? Was willst du eigentlich von mir?« Mann, stand ich unter Strom.

»Hohoho!« machte Mick und reckte die geballte Faust, als feuerte er mich an.

Dreizehn ließ das Buch sinken und plinkerte mir zu.

Ich seufzte.

Seit einem Jahr spielte sie dieses Spiel nun schon mit mir. Anfangs hatte ich noch gedacht, sie sei nur eine Klette, aber seit sie letzten Silvester kurz nach zwölf versucht hatte, mir einen Zungenkuß zu geben, mußte ich mir eingestehen, daß wohl doch mehr dahinterstand. Aber erstens war sie Micks kleine Schwester, zweitens boxte sie mir dauernd blaue Flecken, und drittens war sie genauso alt, wie sie hieß.

Strahlend sah mich Dreizehn an. »Was meinst du, wer mit dem Sohn von diesem Pogwisch und den ganzen Knechten und Dienern von Tondern nach Sylt gefahren ist?« Sie starrte mich an. »Na?«

»Der Henker?« rief Mick.

»Hundert Punkte! Und jetzt die Zusatzfrage: Was haben Pogwisch und seine Bande mit Leuten gemacht, die nicht wollten wie er?«

Aus der Anlage dröhnte *Strange Kind of Woman*, die neue Single von Deep Purple. Mick und Arne hörten zu und nickten, als Mick sich plötzlich vom Fensterbrett abstieß, wie vom wilden Affen gebissen seine blonde Afromähne schüttelte, durchs Zimmer sprang und Joe Cocker markierte: »Er hat ihre Ohren … er hat ihre Nasen … er hat, hat, hat sie ihnen abgehackt …«

Der Typ war manchmal einfach durchgeknallt.

Ein echter Kasper.

Arne hockte auf der Fensterbank und lächelte milde, hielt zwei Finger zum Peace-Zeichen in die Luft. Dann sah er unter seinen Locken zu mir herüber. »Die haben den Winter bestimmt aufs Festland geschafft«, sagte er. »Wahrscheinlich hockt er irgendwo bei Emmelsbüll im Schweinestall. Wäre doch viel zu gefährlich, ihn hier auf der Insel zu behalten.«

Ich nickte. »Wenn sie ihn nicht drüben schon abgefangen haben, als er aus Kiel kam …«

»Er war in Kiel? Woher weißt du das denn so genau?« Arne schnippte seine Kippe auf die Straße und drückte das Fenster wieder zu.

Ich sah ihn an. »Von Pepsi.«

»Na denn«, sagte er.

Einen Moment lang sagte keiner was, und alle dachten das gleiche, warteten, daß Arne noch was nachschieben würde, aber er hielt sich zurück. Ich war ganz froh darum.

»Also, wenn ihr mich fragt, ist Winter noch auf Sylt«, meinte Mick. »Hab ich so im Urin. Ich kann ihn fast riechen.« Er schnüffelte wie ein Kaninchen. »Ich sag's euch: Die Leute von dieser Bürgerinitiative haben ihn entführt und halten ihn hier irgendwo gefangen. Wie bei dem Lindbergh-Baby.«

»Das war auch die Bürgerinitiative? Kann ich mir nicht vorstellen.« Dreizehn klang entgeistert.

»Quatsch!« Arne war genervt. »Wie sollen die denn von hier auf die Schnelle verschwinden, wenn man ihnen auf die Spur kommt? Per Hubschrauber? Das ist doch Schwachsinn!«

Ich schüttelte den Kopf. »Eins spricht dagegen: Wenn sie auf dem Festland wären, hätten sie das Ohr wohl kaum persönlich abgegeben. Sie hätten es mit der Post schicken müssen. Aber mit der richtigen Post.«

Das war ein echtes Argument, und eine Weile saßen wir nur da, tranken Bier, starrten in Dreizehns selbstgebaute Lichtorgel und hörten Heavy Rock. Uriah Heep. Led Zeppelin.

Irgendwann klappte Dreizehn ihr Buch zu und sagte: »Kann man so ein Ohr eigentlich wieder annähen? Ich meine, so, daß man nichts mehr sieht? Oder muß der Winter jetzt immer ohne rumrennen? Das sieht doch bestimmt total bescheuert aus.«

Ich sah ihr in die blauen Augen.

Dieses Mädchen war einfach zuviel.

Arne sagte: »Warte mal ab, wie er ohne Nase aussieht.«

Seit John Hauke Erken seinen alteingesessenen Familienbetrieb in Sachen Licht und Lampen (»Leuchten Erken – ein Begriff!«) mitten in der Westerländer Friedrichstraße lukrativ an einen Hamburger Herrenausstatter verpachtet hatte, konnte er sich nun, da seine Lebensmitte nur unwesentlich überschritten war, endlich aufs vorzeitige Altenteil zurückziehen, statt sich krumm zu buckeln, bis ihm irgendwann von selbst das Licht ausging.

Topfit, aber Frührentner.

Als erstes hatte er ein Vier-Zimmer-Apartment in einem Neubau auf Teneriffa gekauft, wo er seit Jahren schon Urlaub mit der Familie machte, oben am Hang, mit Blick übers Meer, wo ihm niemand einen Betonklotz vor die Nase bauen konnte.

Sonst hätte er auch auf Sylt bleiben können.

Viel zu lange hatte er für seinen Vater im trübsinnigen Laden zwischen Hunderten altmodischer Lampen gestanden und Glühbirnen an Stammkunden verkauft, aber da der Alte das Haus gebaut hatte und es der Familie Erken nach wie vor gehörte, gab es keinen vernünftigen Grund, das Geschäft zu schließen, wenn es sich auch kaum rentierte.

Bis ihnen Meinert Knoop dieses Angebot machte.

Knoop war Immobilienmakler. Ob sich Erken eigentlich schon mal überlegt habe, wie leicht das Leben für ihn und seine ganze Familie sein könnte, wenn er es richtig anstellte, hatte er gefragt – und dann die Zahlen auf den Tisch gepackt.

Marianne, seine Frau, war erst mal zum Friseur gegangen und hatte einen Streifzug durch die Boutiquen gemacht.

Anfangs lief alles prima. Es war der Sommer der Liebe. Auf Teneriffa schien die Sonne, Mick und Maike besuchten die internationale Schule, die Eltern schliefen morgens aus, gingen mit den Hunden an die frische Luft, und Mutter gewöhnte sich an, gegen Mittag ihren ersten Campari zu mixen.

Marianne Erken hatte schon immer was von Elizabeth Taylor gehabt, etwas kleiner, etwas runder vielleicht, aber unverkennbar. John Hauke dagegen war ein großer, schlanker Mann mit schlohweißem Haar, schon in jungen Jahren ein Cary-Grant-Typ, dem die Frauen zu Füßen lagen, solange er den Mund hielt. Er lispelte, was durch die vielen Camparis auch nicht besser wurde.

Das süße Leben war für Mick ein Traum, das Rumhängen im Park, am Strand, unter Palmen, mit einem bunten Drink in der Hand, mit Leuten aus der ganzen Welt: Hey, Alter, wo kommst du her, wie lange bleibst du, hast du was auf Tasche ...?

So hatte sich die Mutter das nicht vorgestellt.

Ziemlich bald kamen Mick und Maike in der Schule nicht mehr richtig mit. Jedenfalls saß Mick nach gut anderthalb Jahren schon wieder am selben Pult wie Arne.

Unser Klassenkasper.

Den größten Teil des Jahres wohnten sie allein auf Sylt, oben unterm Dach in dem Haus, das ihr Opa gebaut hatte. Sie hatten die elterliche Wohnung ganz für sich, massenweise Platz für Partys und ihren schwerhörigen Onkel Winfried zum Nachbarn, einen Halbbruder der Mutter, der ein Auge auf Mick und Maike haben sollte, meist aber eher im Auge behielt, daß sein Stammhocker nebenan in der *Friesenklause* nicht allzusehr auskühlte.

Mick und Dreizehn konnten machen, was sie wollten.

Mehr oder weniger.

Jeden Abend Punkt sechs rief die Mutter an.

Ich mußte wohl kurz weggeduselt sein, was nach zwei Löffeln Hühnersuppe und drei Dosen Bier bei all der Aufregung wohl kein Wunder war. Jedenfalls, als das Telefon klingelte, kam ich vom Sofa hoch, als hätte man mir einen Stromschlag verpaßt, und kippte dabei fast den lauwarmen Rest über meine Hose.

Ich hätte zu Bett gehen sollen.

Mit glasigem Blick sah Mick auf seine Armbanduhr, schwankte leicht, dann drehte er *Juicy Lucy* drei Nummern leiser. Langsam, aber zielstrebig schlich er zum Telefon, das auf so einer kitschig lilafarbenen Kommode vorn beim Wohnungseingang stand. Bevor er abhob, hauchte er in seine hohle Hand, holte dreimal tief Luft und nahm den schweren schwarzen Apparat mit nach nebenan.

Als ob es was nützte.

Arne hockte noch immer auf der Fensterbank, strich seine langen Locken hinters Ohr und sah hinaus. »Hey, Mann!« Er drehte sich zu mir um und winkte. »Guck dir das an! Die Demo kommt!« Dreizehn stand neben ihm, stützte sich mit beiden Händen auf seinen Oberschenkel und machte einen langen Hals, um da unten auf der Straße etwas erkennen zu können.

»Die haben ja alle Fackeln«, sagte sie.

Arne nickte. »Guckt sie euch an! Wer hätte das gedacht! Die allererste Demo auf Sylt! Und gleich mehr als fünf Demonstranten. Ich dachte, bei dem Dreckswetter kommt sowieso keiner ...«

»Viel mehr!« sagte Dreizehn. »Seht euch mal die ganzen Fackeln an! Das nimmt ja gar kein Ende. Was schleppen die da eigentlich? Da vorne?«

Arne grinste sie an. »Auch kleine Mädchen landen früher oder später in so einer Kiste. Mußt nicht weinen. Ist nichts dabei!«

Einen Moment lang schwiegen wir und sahen uns den Sarg an, den man da unten herantrug. Es würde noch eine

Weile dauern, bis der Zug direkt am Haus vorbeikam und man erkennen konnte, was darauf geschrieben stand.

»Ich will sowieso lieber auf See bestattet werden«, verkündete ich.

Arne schüttelte den Kopf, ohne mich anzusehen. »Das ist genau das Problem mit dieser Welt. Heutzutage kippen alle ihren Müll ins Meer.«

»Danke gleichfalls«, sagte ich. Da war nicht viel zu machen. Arne war sauer wegen Pepsi, das war nicht zu übersehen. Waren sie denn jetzt noch zusammen oder nicht? Woher sollte ich das wissen, wenn mir keiner was sagte? Und wieso ließ er sie links liegen, wenn er sie so toll fand?

Das war mir zu hoch.

Ich zog meinen Parka über und schob mir die Kapuze vom Kopf. So blieb ich in dem feuchten Ding vorn an der Kommode stehen. »Was ist, kommt keiner mit?«

Kaum war ich die halbe Treppe heruntergelaufen, als über mir und unter mir gleichzeitig die Türen aufflogen. Alles stürmte zur Demo. Von oben hörte ich unverkennbar Dreizehns trippelnde Schritte, als stolperte sie gleich die Stufen runter, und unten machten sich gerade zwei Hippies auf die Socken, »Bombenleger«, wie Tante Anni sie nannte. Also, wir hatten ja auch lange Haare, Mick, Arne und ich, allerdings höchstens bis knapp auf Kinnhöhe, manchmal sogar bis auf die Schultern. Aber bei denen hier waren sie nun wirklich lang. Das waren echte Freaks. Wie ein Wasserfall wallte es dem einen über die Schultern bis auf seine Bürste in der Jackentasche. Er war blond wie Dünengras und hatte richtig zottige Koteletten, der andere irgendwie so braune Locken wie Stanley Kowalski.

Plötzlich kam ich mir schrecklich minderjährig vor.

»Moin«, nuschelte ich, als wir uns an den beiden vorbeidrückten.

»Jetzt schlägt's aber dreizehn!« sagte der mit den Koteletten lachend. »Wollt ihr etwa auch zum Wandertag?«

»Ab Freitag heiße ich Vierzehn!« rief sie den beiden zu, und wie zwei Elefanten trampelten wir die Treppe hinunter, als wären die Löwen hinter uns her.

»Kennst du die etwa?« flüsterte ich, als wir auf die Straße kamen und ich mich nach der Tür umdrehte, die hinter uns ins Schloß gefallen war.

»Klar, der Blonde ist Pop, den anderen nennen sie Hacke. Die machen 'ne Zeitung. Sind letzten Monat eingezogen. Frag Mick, der weiß es«, rief sie und rannte in ihrer bestickten weißen Schaffelljacke durch den Schneematsch, den Fackeln entgegen.

Ich war erstaunt, wie leise es dort unten auf der Straße war, so ohne Autos, aber auch viel leiser, als ich mir eine Demo vorgestellt hatte. Die Stimmung war eher gedrückt. Keine Sprechchöre oder irgendwas in der Art. Ich hatte mir immer vorgestellt, daß einer voraus lief und die anderen anheizte, das Feuer schürte, bevor das Tränengas und die Wasserwerfer kamen, aber zwischen den Häuserfronten der Geschäfte hallte nur das Schlurfen von gut zweitausend Winterstiefeln wider.

Behäbig schritt ein mächtig großer Mann mit Ulbrichtmütze und Drahtbrille dem Zug voran, prall wie eine Seetangblase, mit schwarzem Rauschebart und einer besonders langen Fackel in der Hand. Er lief nicht schnell und auch nicht langsam, eher wie ein Pastor mit seiner dicken Kerze auf dem Weg zur Kanzel. Sah aus wie Karl Marx persönlich.

So im Halbdunkeln.

Dreizehn war stehengeblieben und sah sich den Sarg an, den die Männer in seinem Fahrwasser trugen.

HEILBAD WESTERLAND

stand in weißen Lettern auf der schwarzen Kiste.

Manche, die an uns vorüberzogen, hielten Plakate hoch, ganz normale Leute, Kleinvermieter, Rentner, Wandervögel. Ich meine, klar waren da viele Jüngere, auch von unserer Schule, sogar Lehrer, aber am meisten hat mich doch erstaunt, wie viele ganz normale Leute mitliefen, Pensionswirtinnen in allen Konfektionsgrößen und so knarzige, alte Männer vom Fliegerhorst, die aussahen, als wollten sie der Jugend insgesamt am liebsten erst mal einen neuen Haarschnitt verpassen.

Unheimlich geradezu.

Die beiden Bombenleger reihten sich mit ein, sahen sich unter den Leuten um, als suchten sie jemanden, als merkten sie sich die Gesichter.

Dreizehn zerrte mich mitten in die Menge. Direkt hinter uns hielt Frau Lorenzen, unsere Schulsekretärin, zusammen mit ihrem Mann, der manchmal am Petritag Brause und Bonbons verkaufte, ein Schild hoch, auf dem stand:

WIR BRAUCHEN VOLKSVERTRETER –
KEINE KAPITALANBETER!

Also, Revoluzzer hatte ich mir anders vorgestellt.

Keiner sagte was. Vorwurfsvolle Stille herrschte. Man sah sich an, man grüßte sich, indem man nickte, aber alle schwiegen.

Ein echter Trauermarsch.

Plötzlich mußte ich an Pepsis Vater denken, stellte mir vor, wie er in einer Scheune bei Emmelsbüll saß, mit einem Riesenverband am Kopf, wie sie ihn dort festhielten, bei Wasser und Brot, wie ein Tier im Pferch. Ich dachte an dieses blutige Ohr in meiner Hand, daß es ein echtes Ohr gewesen war, und es kam mir vor, als wäre es schon lange her, eine seltsam dumpfe Erinnerung aus früher Kindheit.

War das alles wirklich wahr?

Ich sah mich unter den Leuten um und schluckte.

Einer von den Rockertypen weiter hinten grölte: »Nieder mit den Bonzen! Teer und Federn für die Stadtvertreter!« Die meisten drehten sich um, doch von überallher hörte man nur: »Schschscht!«

Wo war ich hier gelandet?

Ich sah mich nach Dreizehn um, die mit den beiden Zeitungsfreaks aus ihrem Haus schon ein Stück vorauslief. Jemand tippte mir an die Schulter, und als ich mich umsah, drückte mir dieser ältere Typ, der im Supermarkt an der Kasse saß, eine brennende Fackel in die Hand. »Hier, Hannes, kannst du haben!« flüsterte er mir zu.

Ich nickte ihn an, und seine Augen leuchteten.

Langsam schob sich der Zug voran, kam an der Elisabethstraße zum Stehen. Im Eingang des altehrwürdigen Andenkenladens mit dem Elefantenkopf über dem Schaufenster standen zwei Jungs aus meiner Parallelklasse, rauchten in der hohlen Hand und gackerten blöd. Ich winkte ihnen, daß sie mitkommen sollten, doch der eine zeigte mir nur einen Vogel.

Ich trampelte den Matsch von meinen Boots und spritzte aus Versehen meinem Nebenmann, der wie ein Weltkriegsveteran im Friesennerz aussah, die Hosenbeine voll, aber der musterte mich nur ernsten Blickes und hielt dann wieder seine Fackel hoch. Ich bekam einen kleinen Eindruck davon, was mich bei der Bundeswehr erwartete, wenn ich nicht verweigerte.

Oben, beim Neuen Kurzentrum wurde es ungemütlich. Die mächtigen Betonklötze lenkten den Wind wie durch einen Trichter, und so fegte er in Böen die Straße entlang, daß die Jacken flatterten, Mützen und Funken flogen und ich meine Fackel tiefer halten mußte, um die Leute hinter mir nicht abzubrennen.

Am *Miramar* schwappte die Menge über die steinerne Treppe zur Promenade hinunter, schlurfte gegen Wind und Wetter schweigend rechts herum der Musikmuschel entgegen.

Ich wurde etwas abgedrängt, zum weißen Geländer an der Strandmauer, daß mir fast die Fackel ausging. Wahrscheinlich hatten es die meisten einfach eilig, endlich in den Windschutz zu gelangen, denn inzwischen stach der Regen schmerzhaft ins Gesicht. Nach Hause wollte offensichtlich niemand. Vorn bei der Muschel konnte man genau erkennen, wie sich die Leute sammelten.

Ein paar finstere Gestalten am anderen Ende der Menge sahen aus, als wollten sie das Kurzentrum am liebsten gleich in Brand stecken. Unterhalb des gemeißelten Sturmbläsers stellten drei Männer eine Strohpuppe auf – wie ein Tannenbaum mit Kopf und Armen.

Als ich bei der roten Muschel ankam, stand Karl Marx mit seiner Ulbrichtmütze schon auf dem Podium und fummelte an seinem Megaphon herum. Ich mußte näher ran, wenn ich etwas verstehen wollte. Der Wind riß jedes zweite Wort mit sich, und daher rückten die Leute mit ihren Fackeln vor dem runden Bau zusammen.

»Sylter! Gäste! Freunde unserer schönen Insel!« Es quäkte und fiepte aus dem Megaphon, und von hinten riefen ein paar Leute gegen den Wind: »Lauter, lauter, Professor!«, woraufhin der Mann die Hand hob, um zu zeigen, daß er sie verstanden hatte.

Blechern schnarrte seine Stimme über den Platz.

»Hier ... hier, im Angesicht des Neuen Kurzentrums, dieses ungeheuerlichen städtebaulichen Schandmals, im Schatten der Betonsilos, die unsere Insel nach dem Willen kurzsichtiger, korrupter Kommunalpolitiker in den kommenden Jahren prägen sollen, erfüllt es mich mit einigem Stolz, wenn ich sehe, wie viele unserem Aufruf zu diesem Trauermarsch gefolgt sind!«

Einige Leute johlten, manche klatschten. Drüben bei der Strohpuppe reckten mehrere die geballte Faust und lachten.

»Aber, liebe Freunde, es ist ein trauriger Tag. Heute tragen wir das Heilbad Westerland zu Grabe, einstmals strahlende Perle unserer Insel, bald wohl nur noch Symbol ihres Untergangs!«

Er strich mit der Linken über seinen schwarzen Bart und streckte sie dann aus.

»Eintausend neue Apartments sollen entstehen, direkt hier am Strand! Da drüben!« Er zeigte nach Norden, zum Wellenbad hinüber. »Meine lieben, intelligenzbegabten Mitbürger«, er sah in die Runde, »ich frage Sie ehrlich: Wie viele Gäste kann Sylt noch verkraften, bis die Kapazitäten der Insel ausgeschöpft sind? Bis Gäste und Bewohner an die Grenzen ihrer Belastbarkeit stoßen? Schon jetzt quält sich im Sommer tagein, tagaus eine unerträgliche Blechkarawane über unsere schöne Insel, und nach dem Gutachten, das wir von der Naturschutzvereinigung ›Land unter‹ im letzten Jahr bei unabhängigen Instituten in Kiel und …«

Ein paar Leute grölten, lachten und schwenkten ihre Fackeln drüben bei der Strohpuppe, in der Richtung, auf die er eben gezeigt hatte. Der Professor stockte kurz und sprach offenbar mit jemandem im Dunkel der Muschel. Dann wandte er sich wieder zu uns um.

»Liebe Leute, ich denke, wir sollten unseren Überschwang der Gefühle, so verständlich die Aufregung auch sein mag, doch besser im Zaum halten, wenn wir …«

Da kam es mir doch irgendwie komisch vor. Wieso sagte dieser Mann eigentlich kein Wort von Herrn Winter und dem Ohr und der Entführung und dem Henker von Tondern?

Hatte es noch gar nicht die Runde gemacht?

»Nach diesem Gutachten, das wir in Auftrag gegeben haben, steht das Ausmaß der Luftverschmutzung, der Lärmbelästigung und der Müllprobleme auf Sylt selbst hinter Großstädten wie Hamburg, Köln oder Berlin nicht zurück! Wir müssen den Tatsachen ins Gesicht sehen! Westerland kann den Ansprüchen, die an ein Heilbad gestellt werden, schon jetzt nicht mehr genügen!«

Er ließ seine Worte mit dem Wind verklingen.

»Liebe Sylter, liebe Gäste! In einem sollten und müssen wir einig sein …« Er holte kurz Luft, dann rief er plötzlich mit geballter Faust und einem heiligen Zorn, den ich von ihm so gar nicht erwartet hatte, zum hell erleuchteten Hochhaus auf: »Wir wollen keine Großstadt werden!«

Er wartete einen Moment und klang danach vermittelnder. »Wozu sollte jemand von weither auf unsere Insel kommen, wenn es hier genauso aussieht wie da, woher er kommt? Laßt uns im Einklang mit den Kräften der Natur leben und sie hegen und pflegen, für uns und unsere Gäste!«

Die sonore Stimme hallte vom Kurzentrum zurück und ging im Beifall der Umstehenden unter. Auf manchen der Balkone hoch über uns standen Leute und hörten zu.

»Unseligerweise hat der Bazillus der Betontollwut inzwischen auch die Enden unserer Insel ergriffen. In List plant der Bürgermeister, der – wie es der Zufall will – selbst Bauunternehmer ist, draußen auf der Vogelsandbank, mitten im Wattenmeer, eine Stadt auf Betonpfählen errichten zu lassen, die mit ihrem Lärm und Müll den Tieren dieser weltweit einmaligen Naturlandschaft die Lebensgrundlage nehmen wird. Und in Hörnum freuen sich die Millionäre darauf, vom geplanten Yachthafen-Hochhaus aus mit ihren Motorbooten um die Odde zu rasen und die Seehunde vor sich her zu treiben. Das dürfen wir nicht zulassen! Laßt uns gemeinsam ...«

Die letzten Worte riß ihm der Wind aus dem Mund, und aus der Menge wurden Stimmen laut, die »Baustopp!« riefen.

Manchem wurde kalt.

Ich sah mich nach Dreizehn um, aber so eng, wie die Leute beieinander standen, konnte ich sie nicht finden. Außerdem sahen mit den Mützen und Kapuzen alle gleich aus. Meine Fackel war halb abgebrannt, und ich merkte, daß ich in ihre peitschende Flamme starrte. Als ich wieder aufblickte, beobachtete ich, wie sich vor mir ein Mann am Ohrläppchen zupfte.

Mir wurde ganz übel bei dem Anblick.

Drüben bei der Strohpuppe wurde es unruhig, und wie viele andere sah ich hinüber, auch der Professor auf dem Podium. Streit und laute Stimmen wehten herüber.

»Freunde, seid doch friedlich!« rief der Professor ihnen zu. »Wollen wir denn nicht alle das gleiche?«

Da war ich mir nicht sicher.

Ich wollte nach Hause.

Leicht taumelnd schob ich mich durch die Menge zur Treppe an der Strandstraße hinüber und stieß dabei aus Versehen ein paar Leute an. Ich wollte mich mit meiner Fackel an der Strohpuppe vorbeidrücken, die ein Stück weit vor mir über die Köpfe der Leute aufragte.

Die Bastler hatten sich mit der Puppe nicht viel Mühe gegeben. Eher grob zusammengezimmert war sie, aber nicht eben klein, und als ich näher kam, konnte ich im Fackelschein auch erkennen, was auf dem Pappschild stand, das um ihren Hals hing: ICH HABE FÜR ATLANTIS GESTIMMT

Kurz ließen mich Wucht und Hitze zurückschrecken, als jemand seine Fackel an die Puppe hielt und diese so abrupt Feuer fing, daß ich stehenbleiben mußte und die Leute vor mir ein paar Schritte rückwärts machten. Von unten her, an den Beinen, fraßen sich die Flammen am Leib der Puppe empor.

Ein erschrockener Aufschrei ging durch die Menge, und einige Leute johlten, aber als ich mich umdrehte, sah ich nicht nur fröhliche Gesichter.

»Genossen, Kameraden, so geht es doch nicht!« rief Karl Marx auf seinem Podium.

»Baustopp! Baustopp!« stimmte ein Chor an, der sich unterhalb der steingehauenen Europa auf dem Stier versammelt hatte. Und einer rief: »Nieder mit den Bonzen! Teer und Federn für die Stadtvertreter!«

Ich hätte mich gern irgendwo hingesetzt. Meine Mutter sagt immer, es läge daran, daß ich so schnell gewachsen bin.

Na ja, vielleicht hatte auch dieser Tag seinen Teil dazu beigetragen. Mir reichte es langsam.

Als ich mich gerade auf dem Weg nach Hause durch die Menge schieben wollte und eben meine Fackel auf den Scheiterhaufen unter der Puppe geworfen hatte, entdeckte ich am Rand des Feuerscheins, etwas abseits der Menge, Pepsi. Sie stand nur da und starrte die brennende Puppe an. Ihre Augen waren feucht von Tränen.

Neben ihr stand Arne und hielt sie bei der Hand.

5

Seit ich denken konnte, war Opa Harms in meinem Leben, unerschütterlich, unbezwingbar, ein Bär von einem Mann mit weißem Walroßbart und großer, wulstiger Nase. Aus seinen Ohren wuchsen weiße Büschel, die Wangen waren von Wind und Wetter mit einem Netz roter Äderchen durchzogen, und ich glaube, ich ging wohl schon zur Schule, als ich ihn überhaupt das erste Mal ohne seine dunkelblaue Kapitänsmütze auf dem Kopf sah. Er war ein echter Brocken, ein Fels in der Brandung, aus einem Findling gehauen, wie man sie heute kaum mehr findet. Ich sehe noch dieses Bild vor mir, wie er einmal in der Zeitung abgebildet war, Seite an Seite mit Graf Luckner, dem legendären »Seeteufel«, der mit bloßen Händen Telefonbücher zerreißen konnte und als greiser Herr seinen Urlaub gelegentlich auf Sylt verbrachte. Alles an Käpt'n Harms war gewaltig groß: sein kantiger Schädel, die breiten Pranken genauso wie die Füße, die Ohren, die Nase, aber er hatte auch ein großes Herz. Nur eins konnte er auf den Tod nicht leiden: wenn man zu spät zum Essen kam.

Tante Anni dampfte mir schon von der Küche her entgegen, als ich aus dem Wind ins Haus trat und die bimmelnde Tür ins Schloß zog. Kaum hatte ich den Matsch von meinen Stiefeln getrampelt, stand sie rotwangig im Eingang zur Halle und wischte ihre Hände an der Schürze.

»Hannes, Junge, wo bist du bloß gewesen? Ich habe mir schon solche Sorgen gemacht ... Ich dachte bald, du hättest dir was angetan ...« Sie sah sich um und hielt eine Hand an ihren Mund, als sollte sie keiner hören. »Sag man bloß nichts zum Käpt'n ...«

Ich hängte meinen nassen Parka auf. »Was denn angetan?« Ich runzelte die Stirn.

»Na, wegen dem Brief von deiner Mutter ... Du sahst so bedrüppelt aus heute mittag, daß ich schon dachte ... daß ich dachte, na ja ...« Kuhäugig sah sie mich an, als wartete sie auf eine Erklärung.

Den Brief aus Furzheim hatte ich schon ganz vergessen. Das alles war so lange her.

Und es schien, als wäre dieser Tag noch nicht zu Ende.

In der Küche hing die dicke Luft wie eine Gewitterwolke über dem Tisch. Der Wind rüttelte am Fenster, daß die Scheiben leise knackten. Am Tisch starrten alle auf ihre Teller, als gäbe es da etwas Besonderes zu sehen. Keiner sagte einen Ton, als ich hereinkam, kein »Moin«, kein »Mahlzeit«, daß ich schon sagen wollte: »So schlimm kann es ja wohl nicht sein, wenn ich mal zehn Minuten später dran bin, oder?« Aber ich hielt doch lieber meinen Mund. Leise quietschte mein Stuhl auf den Fliesen, als ich mich neben den Käpt'n hockte, der wie ein amtsmüder Patriarch am Kopfende der Tafel thronte.

Ich stieß ihn mit dem Ellenbogen an. »Tut mir leid, Opa«, sagte ich leise. »Kommt nicht wieder vor. Okay?« Langsam hob er seinen schweren Kopf und sah mich an, als hätte er keinen Schimmer, wovon ich redete. Dann brummte er irgendwas und nahm sich eine Scheibe Graubrot.

»Iß, Junge!« rief Tante Anni vom Herd herüber, auf dem die Eier kochten. »Nimm dir, was du willst ... ist von allem genug da!« Verschwörerisch zwinkerte sie mir zu.

Mir gegenüber saß – wie jeden Abend – Herr Hagedorn, *Siegfried* Hagedorn, seines Zeichens pensionierter Geologe und Privatgelehrter, der älteste Gast im Haus, in jeder Beziehung. Er musterte das Leberwurstbrot in seiner Rechten und nickte vor sich hin, als hallte etwas in ihm nach, was eben erst gesagt worden war. Rechts außen lächelte mich Herr Wanderer an, ein mondgesichtiger Fahrschullehrer aus Wuppertal, dem vor einem halben Jahr die Frau weggelaufen war. Mitten im Sommer – einfach abgereist. Herr Wanderer war uns erhalten geblieben. Nachts, wenn er nicht schlafen konnte, saß er draußen auf dem Parkplatz vor dem Wellenbad in seinem klapprigen Fahrschulwagen, so einem Opel Kapitän aus den fünfziger Jahren mit reichlich Pedalen im Fußraum. Er lächelte mich an, schüchtern wie ein Honigkuchenpferd, das auf dem Weihnachtsteller übersehen worden war.

»Welche Laus ist euch denn über die Leber gelaufen?« fragte ich in die Stille hinein.

An seiner schmalen Nase entlang musterte mich Herr Hagedorn, als überlegte er, ob er eine Antwort wagen sollte. »Es hat doch keinen Sinn, das Meer zu verfluchen, weil es tut, was es von jeher getan hat, oder? Junge, was sagst du dazu? Kann man dem Meer vorwerfen, daß es die Erde erodiert?«

Ich blies die Backen auf und sah ihn an.

Er fuchtelte mit seinem Brot herum. »Auch vor zweitausend Jahren waren die Menschen schon naiv. Das ist nun wirklich kein Privileg unserer oberflächlichen Zeit. Kyros von Persien ließ einen Fluß zum Tode verurteilen, weil sein Lieblingspferd darin ertrunken war.« Diesen Satz ließ er in der Luft hängen und sah sich in der Runde um.

Das machte er oft so.

Tante Anni schlurfte mit abgeschreckten weißen Eiern an den Tisch und rutschte neben ihm auf die Bank, legte die Eier in den Brotkorb. »Nehmt, Kinder, bevor sie kalt werden!« Sie sah Herrn Hagedorn an. »Sie auch! Nun seien Sie mal nicht so streng mit uns. Wir sind ja auch nur Menschen.«

Herr Hagedorn wirkte geknickt. Er gab sich alle Mühe, wie ein Gentleman der alten Schule aufzutreten, doch seine komische Brille arbeitete eindeutig gegen ihn. »Vergeben Sie mir, mein liebes Fräulein Anni. Ich entschuldige mich in aller Form, so ich denn überreagiert haben sollte, aber es liegt doch nur daran, daß mir die ganze Sache eine solche Herzensangelegenheit ist. Ich kann nicht hinnehmen, daß Ihre schöne Insel untergehen soll ... Der ganze Plan, ein hundert Meter hohes Haus dort an den Strand zu bauen, ist doch der reine Irrsinn.« Er schüttelte sein weißes Haar. »Kein Mensch kann sagen, ob der Boden dem gewaltigen Druck bei Sturm überhaupt standhält. Als gäbe es keine Wissenschaft auf der Welt, die einem versichern könnte, daß es kaum einen ungünstigeren Ort für so ein Gebäude geben kann. Die gefährdetste Stelle der ganzen Insel! Genau in der Mitte eines vierzig Kilometer langen Sandstrandes!« Er wedelte mit seinem Leberwurstbrot herum, dann hielt er es vor seinen Mund, als wollte er abbeißen, und sagte: »Diese Demonstranten haben völlig recht. Wenn nicht mal die Sylter gemerkt haben, mit welch unerbittlicher Macht das Meer alles zerschlägt, was ihm im Weg ist … Sie bräuchten nur mal an den Strand zu gehen, da würden sie es sehen: Eine Welle nach der anderen, Tag für Tag, Nacht für Nacht, jahrein, jahraus, ohne Unterlaß, kein Wochenende, kein Urlaub, keine Feiertage, höchstens mal eine kleine Flaute oder Ostwind zwischendurch. Die See ist immer da und immer in Bewegung. Deshalb kann ich meine Frage von vorhin nur wiederholen …«, auffordernd sah er den Käpt'n an, der sich gerade Bier nachschenkte, » … die Frage bleibt, wieso die Leute diesen Wolkenkratzer ausgerechnet ATLANTIS nennen mußten. Als wünschten sie sich förmlich, daß der Kasten früher oder später im Meer versinkt. Genau wie das große Vorbild. Es ist doch ein Treppenwitz, ein schlechter Scherz, wie eine Prophezeiung geradezu. Im Grunde sollte ich mich freuen. Für mich ist es nur eine Bestätigung für alles, worüber ich seit vielen Jahren forsche …« Er stockte, als hätte er sich verplappert.

Ich nahm mir ein gekochtes Ei aus dem Korb. »Wollte ich schon lange mal fragen: Was forschen Sie eigentlich?«

Tante Anni schüttelte ihr Doppelkinn. »Kinnings, Kinnings … Was soll man dazu bloß noch sagen?« Offenbar hatte sie überhaupt nicht zugehört. »Das ist doch alles Tüddelkram. Man kennt die Welt ja gar nicht wieder. Nee, nee, nee … Und dann entführen sie noch den armen Dr. Winter, bloß weil er dafür ist, dieses Haus zu bauen. Mord und Totschlag, wohin man sieht. Also, ich glaub ja, das kommt vom vielen Fernsehen.« Sie drehte das kleine Glas mit Seehasenrogen auf, roch daran und sah zu mir herüber. »Ich weiß schon, was du denkst, Hannes. Laß die Alte man sabbeln. Aber wirklich …« Sie warf einen Blick in die Runde. »Wo soll das bloß alles hinführen? Die viele

Gewalt im Fernsehen, und immer Sex, Sex, Sex ...« Sie sagte es mit weichem S und schnaubte so verächtlich, daß ich mich fragte, wie sich die Menschen früher eigentlich fortgepflanzt hatten. »Männer mit langen Haaren, Frauen in kurzen Röcken ... und diese heißen Höschen oder wie die heißen ...« Keiner wagte ihr zu widersprechen. »Die Welt ist doch verrückt geworden! Und den armen Dr. Winter haben doch wohl welche entführt, die eigentlich das Richtige wollen, oder? Die gegen dieses ATLANTIS sind ... Die von dieser Bürgerinitiative. Und jetzt machen die alles nur noch schlimmer.« Mit der Messerspitze verteilte sie die schwarzen Kügelchen auf ihrem hartgekochten Ei. »Oder? Hannes?« Sie schob sich das Ei in den Mund und starrte mich an wie einer von diesen chinesischen Faltenhunden.

»Ich war heute da«, sagte ich, was seltsam heiser herauskam.

Der Käpt'n sah mich an, die anderen am Tisch auch.

»Wo warst du?« fragte Tante Anni mit vollem Mund.

»Ich war heute bei Pepsi Winter zu Hause, als dieses Ohr von ihrem Vater kam. Mit dem Erpresserbrief. Ich hatte es sogar in der Hand – das Ohr«, sagte ich nicht ohne Stolz, auch wenn es mir nicht die erwartete Freude bereitete, davon zu erzählen. Noch immer hatte ich diesen metallischen Geruch von Blut in meiner Nase.

Tante Anni vergaß glatt zu schlucken. Am liebsten hätte sie mich sicher gleich ins Bett gesteckt, mit Wärmflasche, heißer Milch und Fieberthermometer. »Junge, das ist ja schrecklich! Du meine Güte ... und die arme Frau! Stellt euch das mal vor ... Hannes, Kind Gottes, was hast du denn da bloß wieder zu suchen gehabt ... und wieso hast du denn gar nichts davon erzählt?«

»Tu ich doch gerade …«

Sie schüttelte den Kopf und schluckte.

Stirnrunzelnd sah der Käpt'n auf mich herab. Er hatte so viele Krähenfüße im Gesicht, daß er manchmal wie eine Riesenechse aussah, irgendwie ausgestorben, ein sprechender Waran. Einen Moment lang erwartete ich beinahe, daß eine gespaltene Zunge unter dem Bart hervorkäme. Sein Blick ruhte auf mir, und irgendwie sah ich es in ihm arbeiten, die vielen kleinen Rädchen, die sich langsam drehten. Er lehnte sich zurück, betrachtete mich, und als er mit sich einig war, daß ich wohl keine bleibenden Schäden davontragen würde, blinzelte er kurz, dann widmete er sich brummend wieder seinem Abendessen.

»Die Täter scheinen mir doch eher Terroristen zu sein«, erklärte Herr Hagedorn. »Denn eines muß man ja wohl sagen: Bei aller Liebe zu dieser Insel … man kann sich ja kaum vorstellen, daß ein vernunftbegabter Mensch, der noch ein Herz im Leib hat, so niederträchtig sein kann – auch nicht im Namen des Naturschutzes – einen anderen zu entführen und ihm …«, er schob seine buschigen Augenbrauen zusammen, »… ihm ein Ohr abzuschneiden … Das ist so widerwärtig und verbohrt, so unzugänglich allem, was als Mitgefühl gelten kann, als stünden Leute wie diese Kaufhausbrandstifter dahinter, diese Baader-Meinhof-Bande oder die Roten Brigaden oder …«

Erschrocken sah ihn Tante Anni an, als könnte sie nicht glauben, was sie da eben gehört hatte. »O Gott, nein«, sagte sie und hielt ihre fleischigen Finger an ihre Lippen. »Nicht das auch noch …«

Herr Wanderer räusperte sich, was das erste Geräusch war, das er von sich gegeben hatte, seit ich am Tisch saß. Das blanke Entsetzen stand ihm in sein Mondgesicht geschrieben. Man sah es ihm an: Er dachte an die Fahndungsplakate, die auf jedem Postamt, jedem Bahnsteig hingen, düstere Fratzen, zu allem entschlossen, irgendwie unmenschlich. Fast quollen ihm die Augen aus den Höhlen. Er machte den Mund auf, dann klappte er ihn wieder zu.

Herr Hagedorn hob seine schwieligen Hände und wiegelte ab. »Na, ja … Ich sage ja nicht, daß es so ist. Ich sage nur, daß es mir fast so vorkommt, denn bei dieser ganzen Sache kann es meiner Ansicht nach ganz unmöglich allein um Geld gehen.«

»Ach, nein?« sagte ich. Es rutschte mir so raus.

Erwartungsvoll sah mich Herr Hagedorn an.

»Na ja, ich meine …« Ich merkte, wie meine Ohren warm wurden. Normalerweise hielt ich mich zurück, wenn sich die Alten unterhielten, denn früher oder später hieß es doch: Ja, ja, du mit deiner Micky-Maus-Bildung … werde du man erst mal so alt wie wir, dann reden wir weiter. Ich holte tief Luft. »In der Zeitung stand, daß der Bau hundert Millionen kosten soll. Ein Drittel bleibt als Gewinn am Bauunternehmer hängen. Das ist doch 'ne Stange Geld.«

»So viel? Junge, hast du da auch nicht was falsch verstanden?« Mit gesenktem Kopf sah mich Tante Anni forschend an.

»Hundert Millionen Mark. Stand in der Zeitung.«

Der Käpt'n trank sein Glas leer und stellte es lautstark ab. Mit beiden Händen stützte er sich auf den Tisch, hob die Ellbogen an und richtete sich ein Stück weit auf.

Dann sah er in die Runde.

Wir warteten, daß er was sagen würde, aber es kam nichts. Ratlos verzog er den Mund, spitzte die Lippen, so daß er sich seinen Bart unter die Nase schob, und hob die schweren Schultern an. Schließlich sackte er mutlos in sich zusammen.

Tante Anni meinte: »Das könnten wir gut brauchen, oder? Was meinst du, Harms Uwe? Ein Drittel von hundert Millionen! Damit könnten wir die *Dünenrose* renovieren. Vielleicht ein neues Dach und neue Fenster? Wie wär's damit? Da bleibt sogar noch was übrig. Wir hätten alle ausgesorgt.« Sie sah jeden an. Es klang wie eine gute Idee.

»Bei mir oben im Zimmer zieht es auch«, sagte ich.

»Ein neues Parkett wäre schön! Und ein neues Treppengeländer! Und neue Betten!« flötete Herr Wanderer erleichtert in die Runde, froh, daß das Gespräch in seichtere Gefilde driftete.

Es hatte ein Witz sein sollen.

Draußen fing es langsam wieder an zu regnen.

Der Käpt'n sah den Fahrschullehrer an, über die Länge des Tisches hinweg, musterte ihn wie leichte Beute. Mit grollender Stimme sagte er: »Gefällt es Ihnen bei uns nicht mehr, Herr Wanderer?«

Der kleine Mann saß da und plinkerte mit seinen großen Augen, rührte sich nicht, dann verkniff er den Mund und schüttelte langsam seinen Kopf. »Nein, nein«, sagte er ganz leise. »Es gefällt mir. Sehr sogar. Ich wollte doch nur sagen ... Ich dachte, Fräulein Anni hätte sicher einen Scherz gemacht ... und da wollte ich ... da wollte ich nur ...«

»Eins kann ich Ihnen sagen, *Herr* Wanderer: Wo Geld ist, ist der Teufel ...«, knurrte der Käpt'n, »... doch wo nichts ist, ist er zweimal.« Der Wind drückte gegen die Scheiben, daß sie leise schepperten. »Altes friesisches Sprichwort.«

Es wurde ganz still in der Küche. Herr Hagedorn räusperte sich und hielt seine knochige Faust vor den Mund. Mir war nicht ganz klar, was der Käpt'n eigentlich sagen wollte, aber ich war froh, daß offensichtlich doch noch irgendwo Leben in ihm war.

Ich hatte schon befürchtet, langsam ginge es abwärts.

Mit einigem Gerumpel und Geraschel kam Tante Anni von der Bank hoch und fing an, den Tisch abzuräumen. »Nee, nee, nee«, sagte sie seltsam gut gelaunt und wackelte mit ihrem dicken Dutt. »Was soll man dazu sagen? Ob ich die Herren vielleicht heute abend zu einer Partie Pochen überreden kann? Im Kaminzimmer? Es müßte nur jemand noch Holz von draußen holen.«

Keiner traute sich, was zu sagen.

Tante Anni ließ sich nicht beirren. »Harms Uwe, du?«

Der Käpt'n sah sie an, wie sie da mit Wurst und Käse in der Hand am Tisch stand. Er sagte: »Anni, wenn die ihren Betonklotz da vorne an den Strand bauen, sitzen wir ab Mittag hier im Dunkeln. Wir und alle um uns rum. Und das Wasser sehen wir dann auch nicht mehr. Das sehen nur noch die Fremden. Da oben, in ihrem schicken, neuen Hochhaus.« Er sah sie an wie ein kleiner Junge, dem gerade sein Meerschweinchen gestorben war.

Tante Anni winkte ab. »Das Ding stürzt von der Kante wie damals der ›Kronprinz‹ in Wenningstedt. Weißt du noch? Der hat auch nur fünfzig Jahre gehalten, und dann ... ffft.« Sie machte eine Handbewegung, als verscheuchte sie eine lästige Fliege.

»Davon hab ich aber nichts. In fünfzig Jahren sind wir alle nur noch Humus«, sagte der Käpt'n. »Außerdem wiederholt sich die Geschichte nicht.«

»Sie haben ganz recht«, sagte Herr Hagedorn und nickte. »Geschichte wiederholt sich nicht. Zumindest nie ganz gleich. Allerdings sollte uns dieser Umstand nicht fälschlicherweise beschwichtigen. Es kann noch schlimmer kommen. Diesmal würde die Insel vermutlich auseinanderbrechen, und dann verschwände nicht nur Sylt von der Landkarte, sondern auch alles, was dahinter liegt, erst das Wattenmeer, dann Föhr und Amrum und die Halligen, und schließlich schlüge die Nordsee drüben ans Festland. Welcher Deich soll halten, was nicht mal eine ganze Insel bändigen kann?«

»Tja, so is dat wohl«, sagte der Käpt'n. Schwerfällig wie ein großes Wassertier, das hier am Tisch gestrandet war, kam er hoch und schob seinen Stuhl mit den Kniekehlen über die Fliesen. Er nahm sein Bier und schlurfte grußlos aus der Küche. Wir saßen da und hörten seine Schritte durch die Halle knarren, dann schlug die Tür zum Kaminzimmer.

Herr Wanderer seufzte schwer, als Tante Anni ihm den Teller wegnahm.

»Oder wollten Sie noch?« fragte sie.

»Danke. Habe keinen Appetit«, gab er zurück, blieb aber sitzen und fummelte an seinen Fingern herum. »Ob ich wohl heute noch mal telefonieren dürfte? Mit Wuppertal?«

»Natürlich.« Tante Anni sah ihn mitfühlend an. »Nehmen Sie es ihm nicht übel. Er hat es im Moment nicht leicht. Telefonieren Sie am besten gleich. Dann haben Sie es hinter sich.« Sie zwinkerte ihm zu.

Einmal die Woche rief Herr Wanderer seine Frau an, um zu sehen, wie es um seine Ehe bestellt war. Danach sagte er meist anderthalb Tage kein Wort mehr.

Ich half Tante Anni ein bißchen in der Küche und ließ mich von ihr überreden, nach der Tagesschau noch sitzen zu bleiben. Robert Lembke verteilte seine Schweinchen bei

Was bin ich?, aber ich war mit meinen Gedanken ganz woanders.

So gegen halb zehn verzog ich mich nach oben auf mein Zimmer. Der Regen schlug ans Fenster, und immer wieder schien es mir, als ließe der Wind den ganzen Turm erbeben. Ich zündete eins von den Sandelholz-Räucherstäbchen an, die mir Pepsi zu Weihnachten geschenkt hatte, und dann noch eine kleine Kerze, die flackerte und tropfte, weil es durch die Ritzen zog.

Ich saß da und dachte an meine kleine Schwester und meine Mutter irgendwo weit weg und daran, wie es gewesen war, als mein Vater noch lebte – als alles irgendwie viel einfacher war. Oder hatte ich damals einfach nur nichts mitbekommen? Das wiederum lenkte meine Gedanken unweigerlich auf Pepsi und *ihren* Vater, der einohrig irgendwo da draußen saß und wartete und hoffte, daß ihm jemand aus der Patsche half. Und Pepsi saß zu Hause bei ihrer ausgeflippten Mutter. Das war bestimmt auch nicht so lustig. Ich nahm einen Zettel und wollte ein paar Zeilen reimen, die ich Pepsi morgen in der Schule zustecken konnte. Das machte ich manchmal, wenn ich mich traute. Da fiel es mir wieder ein. Ich sah sie vor mir, im Wind auf der Promenade, im flackernden Feuerschein, im Licht der brennenden Strohpuppe, Hand in Hand mit Arne Jepsen.

Ein wirklich hübsches Paar.

Ich zerknüllte das Blatt, bevor ich noch den ersten Reim gefunden hatte. War wohl besser, wenn ich mir den ganzen Quatsch abschminkte. Hatte ja doch keinen Zweck.

Ich putzte mir die Zähne und kroch unter meine Decke. Erst versuchte ich noch, in meinem Buch zu lesen, kriegte aber nichts mehr mit, also drehte ich an meinem Kofferradio herum, bis ich auf Mittelwelle *Radio Nordsee* gefunden hatte. Ich lag da und lauschte dem Kommen und Gehen der Piraten irgendwo weit draußen auf dem Meer. Die Holländer brachten die englischen Charts. Davon konnten wir in der Provinz nur träumen.

Irgendwann kam David Bowie.

Life on Mars.

Das kriegte ich gerade noch mit.

6

Als ich aufschreckte, hatte ich nicht den leisesten Schimmer, wo ich war, was ich sollte oder auch nur, wie spät es sein mochte. Allerdings fühlte es sich verdächtig danach an, als hätte ich verschlafen. Hatte mich jemand gerufen? Mein Wecker zeigte auf halb zwei.

Im Haus war alles totenstill.

Was ich in dieser Nacht geträumt habe, kann ich nicht mehr genau sagen, irgendwas von Nasenbluten und meinem Vater. Ich lag im Bett und starrte die Schattenschleier an der Decke an, fast wie von diesem psychedelischen Projektor, den ich mit Mick und Arne kurz vor Weihnachten unten in der alten Bar der *Dünenrose* installiert hatte. Draußen pladderte der Regen an die Scheiben, wurde manchmal lauter, bis er fast verstummte, dann war es wieder, als würde jemand eine Handvoll Kieselsteine an mein Fenster werfen, was natürlich Blödsinn war, denn mein Zimmer lag im vierten Stock. Nur ein Zyklop hätte das schaffen können, oder das Meer … vorausgesetzt, es reichte bis an mein Fenster.

Einen Moment lang lag ich da und sagte mir, das sei ja wohl kompletter Schwachsinn. Zyklopen oder Sintflut.

Tolle Alternative. Trotzdem lauschte ich, wie nah das Wasser rauschte, dachte an das Gespräch beim Abendessen und daran, daß Sylt früher oder später versinken müßte. Ich fragte mich, was ich denn eigentlich tun würde, wenn die Nordsee tatsächlich unter meinem Fenster schwappte.

Stell dir vor, du bist der einzige Überlebende ...

Ich setzte mich im kalten Zimmer auf und machte einen langen Hals, um draußen etwas zu erkennen.

Alles dunkel.

Schließlich stand ich auf und schlurfte, mit meiner Bettdecke vor dem Bauch, zum Westfenster des Turmes. Weit unter mir sah ich unsere Straße im gelben Lichtschein der Laterne, durch den mit Schwung der Regen peitschte. Links sah ich über die Häuser hinweg Licht in der obersten Etage des Neuen Kurzentrums.

Ich stand noch einen Moment so da und stellte mir vor, wie es wäre, wenn direkt vor meiner Nase dieser Riesenklotz ATLANTIS dreißig Stockwerke hoch in die Nacht aufragen würde. Wie der Turmbau zu Babel, bloß irgendwie schnittiger. Verdammt! Ich runzelte die Stirn. Selbst wenn das Meer mal irgendwann bis an mein Fenster schwappte, würde dieser Klotz noch immer wie ein Staudamm über mir und allem anderen aufragen.

Herr Hagedorn hatte ganz recht. Die Sache mit dem Namen war nicht besonders schlau. Da konnten sie den Klotz gleich SODOM UND GOMORRHA nennen und darauf warten, daß es Feuer und Schwefel regnete.

Mein Magen knurrte.

Tante Anni hatte es mir prophezeit. Den ganzen Tag lang hatte ich kaum etwas gegessen. Nicht mal zum Abendbrot. Bestimmt waren noch hartgekochte Eier im Kühlschrank. Ich sah sie förmlich vor mir. Drei Stück, kalkweiß und makellos, Seite an Seite im kalten grünen Licht des Bauknechts.

Ich seufzte, drehte mich, mit meiner Bettdecke auf nackten Füßen einmal um mich selbst und hielt nach meiner Wrangler Ausschau, die irgendwo im Dunkeln auf dem Boden liegen mußte. Ich zündete meine Kerze an, damit ich was erkennen konnte, auch draußen auf der Treppe. Schließlich wollte ich nicht das ganze Haus aufwecken, indem ich extra den Kronleuchter in der Halle anmachte.

Der Aufwand lohnte nicht für so ein kleines Ei.

Oder zwei.

Mit meiner flackernden Kerze in der Hand schlich ich die knarrende Treppe hinunter, auf Puschen, ganz langsam, um nicht allzu großen Lärm zu machen. Ich kannte diese Treppe, seit ich laufen konnte, und doch war sie mir nachts unheimlich, vor allem im Kerzenschein, der über die Täfelung der Wände tanzte und Schatten warf, von denen ich mir lieber gar nicht vorstellen wollte, was sie möglicherweise darstellen mochten. Mit knurrendem Magen nahm ich eine Stufe nach der anderen und strich dabei mit den Fingerspitzen der rechten Hand am Geländer entlang.

Die Fliesen in der Küche waren so kalt, daß man darauf hätte Schlittschuh laufen können. Seltsam helles Licht drang zwischen den Vorhängen herein, und als ich einen Blick nach draußen warf, sah ich, daß der Regen aufgehört hatte und sich zwischen den dunklen Wolken bald der Mond durchsetzen würde. Die Wetterwand zog Richtung Festland. Man sah sogar schon ein paar Sterne über dem Meer.

Ich nahm zwei Eier aus dem Kühlschrank, schmierte mir eine Stulle Schwarzbrot und schlurfte damit durch die

Halle in den hinteren Teil des Hauses, am Kaminzimmer vorbei zum Frühstücksraum, dem alten »Ballsaal«. Wir nannten ihn so, weil Oma Auguste dort mal einen Sommer lang Tanzunterricht für alleinstehende Kurgäste organisiert hatte. Es wurde eigens eine Kapelle angeheuert, aber die Resonanz war nicht so gewaltig gewesen, in doppelter Hinsicht. Große Fenster reichten vom Boden bis zur Decke, drei, vier Meter hoch.

Ich wollte sehen, ob der Mond wieder so malerisch auf das Parkett schien. Die Tür stand einen Spalt weit offen.

Abrupt blieb ich darin stehen.

Draußen ging der Wind harsch durch die Bäume. Ihre Schatten schwankten überall im Raum. Aber das war es nicht. Ich blies die Kerze aus und lauschte.

Da drinnen war irgendwas.

Es klang, als schnaufte ein großer Hund.

Wir hatten aber gar keinen Hund.

Unwillkürlich lief es mir kalt über den Rücken.

Ich dachte noch, ich sollte mich lieber verziehen, mich in meinen Turm verdrücken, bevor mir meine Phantasie hinterhältige Streiche spielte, da wurde mir bewußt, aus welcher Richtung das Schnaufen kam. Drüben beim Klavier machte ich im Mondschein etwas seltsam Großkariertes aus, und als ich genauer hinsah, erkannte ich erleichtert den alten Hagedorn, der dort offensichtlich auf dem Ohrensessel eingenickt war.

In seinem Bademantel saß er am Fenster, mit einer Decke um die Beine. Im Mondlicht sah er aus wie Vadder Abraham, dem die Schlümpfe weggelaufen waren. Nur ohne Bart. Sein weißer Haarschopf war zerzaust wie immer.

Auf seinen Knien lag ein Buch.

»Ist da wer?« knurrte eine Stimme aus dem Nichts.

Fast fielen mir die Eier runter. Ich zuckte zusammen wie lange nicht mehr. Der Alte schlief gar nicht. Er sah mich an. Im Dunkeln blitzte seine schiefe Brille.

»Oh, äh ... ich wollte nicht stören«, stotterte ich und zeigte, was ich in der Hand hielt. »Ich hatte nur Hunger, und da dachte ich ...«

Im letzten Sommer hatte ich den alten Hagedorn schon mal hier unten nachts aus dem Schlaf geholt, als ich etwas angeheitert mit einer Flasche Lambrusco in der Hand von einer Strandfete nach Hause getaumelt kam. Damals hatte ich mich lieber gleich ins Bett verzogen.

Er krächzte irgendwas, von dem ich kein Wort verstand. Umständlich richtete er sich in seinem Sessel auf. »Sieh dir den Mond an, Junge«, murmelte er, zum Fenster gewandt.

Ich zögerte nur kurz, dann schlurfte ich durch den Ballsaal, den Tante Anni mit ihren unzähligen Büschen und Gummibäumen mittlerweile fast in eine Art Gewächshaus verwandelt hatte. Ich schob mir einen zweiten Sessel ran und breitete meine Schätze vor mir aus. Ich bot Herrn Hagedorn ein Ei an, aber er reagierte gar nicht.

Eine Weile saßen wir nur da, schwiegen und betrachteten das pausbäckige Gesicht des Mondes, die Schatten der schwankenden Bäume, den verwilderten Garten im nackten Licht. Es war bestimmt zwei Jahre her, seit jemand die Hecke gestutzt oder auch nur den Rasen gemäht hatte. Zwischen den wuchernden Büschen sah es aus, als drückten sich krumme Gestalten herum, wie Puken, die Unkraut pflanzten.

Das kannte ich schon.

Alle paar Minuten schob sich eine Wolke vor den Mond, so daß es kurz dunkel wurde.

Echt malerisch.

Eben wollte ich so was in der Art von mir geben.

Unvermittelt nuschelte der alte Hagedorn etwas, das klang wie: »Amöben sind wir«, aber das konnte wohl nicht sein, und er sprach so leise, daß ich ihn kaum verstand. Einen Moment wußte ich nicht mal, ob er eigentlich mich meinte oder ob er mit sich selbst sprach.

»Ist doch wahr. Wir kriechen auf einem Stein herum und nehmen uns viel zu wichtig«, brummte er, was schon erheblich besser zu verstehen war. »Amöben sind wir. Bakterien. Bazillen. Nicht mehr.«

Hinter seiner großen Brille sah er mich an.

Ich nickte weise.

»Da strebt so eine Amöbe ihr Leben lang nach irgend etwas Echtem, etwas, worauf sie sich verlassen kann, und doch kann sie nie sicher sein, ob das, was sie gefunden hat, nicht nur auf ihrer eingeschränkten Wahrnehmung beruht. Schließlich kriegt sie ja kaum die Hälfte von dem mit, was alles so passiert. Ihr ganzes Leben lang ...« Er klang, als ginge ihm gleich die Luft aus.

Er wischte mit einer Hand über seine Decke. »Aber was soll so ein Amöbenmensch denn sonst auf dieser Welt? Man muß die Wahrheit mit ganzer Seele suchen, oder? Oder, Hannes? Sagt Plato jedenfalls.«

Ich sah ihn an und mußte an meine verhauene Lateinarbeit denken.

»Entschuldige. Begreifst du eigentlich, wovon ich rede?« Er musterte mich, und im fahlen Licht war seine Haut tot wie Kalk. »Junge?«

Ich schluckte den Rest von meinem Ei herunter. »Ich ... glaube schon«, sagte ich und räusperte mich.

»Ich meine: Begreifst du, wie klein wir sind?« Er schüttelte den Kopf, als konnte er es gar nicht fassen. »Siehst du den Mond da oben? Wie unvorstellbar weit entfernt er ist, und doch nur einen Katzensprung entfernt, verglichen mit der Sonne, die so groß ist, daß ihr Feuer unsere Erde wärmt. Und das, obwohl sie hundertfünfzig Millionen Kilometer weit entfernt ist. Hundertfünfzig Millionen! So klein sind wir! So klein!«

Er schien zu warten, ob ich etwas dazu sagen wollte.

Ich hatte keine Ahnung, was.

»Aber weißt du auch, daß es im Universum fünf Milliarden Sterne gibt, die größer sind als unsere Sonne? Und daß irgendwo da draußen ein Stern herumfliegt, der siebenundzwanzig Milliarden Mal so groß ist wie unsere Sonne? Wußtest du das? Wir Amöbenmenschen nennen ihn ›Epsilon Aurigae B‹, falls du in der Schule mal damit angeben möchtest.«

Ich sah aus dem Fenster zum leuchtenden Mond hinauf, der mir plötzlich wirklich etwas mickrig vorkam. »Echt klein«, sagte ich.

»Du sprichst ein wahres Wort gelassen aus.« Der Alte nickte. »Aber weißt du, ob das auch alles stimmt, was ich dir hier erzähle? Ob überhaupt irgendwas wahr ist, was wir zu wissen glauben … Manchmal kommt es einem vor, als wäre die Wissenschaft auch nur eine Religion. Je weiter wir vordringen, desto weniger können wir mit Bestimmtheit sagen, desto mehr kommen Vermutungen ins Spiel, Annahmen, Definitionen. Man möchte eben, daß es wahr ist. Damit man sich der nächsten offenen Frage widmen kann, denn Fragen gibt es mehr als reichlich. Sicher sein kann man sich nie.«

Ich nickte und kam mir sehr erwachsen vor. Ich war mir auch nicht sicher. Ich biß von meiner Stulle ab.

»Oder umgekehrt, wie groß wir sind, im Kleinen …

kannst du dir vorstellen, daß in einem einzigen Teelöffel Wasser so viele Wassermoleküle sind wie Teelöffel voll Wasser im ganzen Atlantischen Ozean?«

Ich sah ihn an und brauchte einen Moment, bis das bei mir eingesickert war. »Ist nicht wahr ...«, sinnierte ich und kaute.

»Tee?« fragte er, holte eine Thermoskanne hinter dem Sessel hervor und schraubte den Deckel ab. Als er mir einschenkte, kam er so nah ran, daß ich ihn riechen konnte. Er roch nach altem Mann. Er sah mir in die Augen, als überlegte er, was ich wohl gerade dachte, während ich schon trank.

»Du hältst mich für einen Tattergreis, der zuviel mit sich allein ist, hab ich recht?« sagte er.

Fast prustete ich den Tee übers Parkett. »Nein, nein!« rief ich etwas zu laut und schüttelte heftig den Kopf. »Es ist nur ... Ich weiß ja auch nicht ...«

»Du glaubst, der alte Knacker, der da jeden Tag fünfzehn Kilometer mit dem Fahrrad raus zum Morsumkliff bukkelt, um irgendwelche Steine zu sammeln, der kann nicht mehr ganz richtig im Kopf sein ...«

Da war was dran.

Mir schien, wenn ich es rundweg abstritt, würde er mir in Zukunft kein Wort mehr glauben. »Na, ja ... so würde ich das vielleicht nicht ... «, murmelte ich.

Er hörte mich überhaupt nicht.

»Wir wissen nichts«, sagte er und sah hinaus. »Wir glauben nur. Und wenn es so ist, daß alles möglich wäre, dann könnte ich doch recht haben, oder?« Es klang, als wollte er von mir eine Rechtfertigung für irgendwas, aber ich wußte nicht, wofür.

Die Wipfel der Bäume draußen im Garten peitschten hin

und her, als wollte ein Riese ihre Nadeln von den Zweigen schütteln.

»Nachts, wenn ich nicht schlafen kann, versuche ich mir vorzustellen, wie diese Wasserwand über die Menschen gekommen ist«, sagte Herr Hagedorn irgendwann wie aus dem Nichts heraus. »Als alles, was nicht hoch genug fliegen oder tief genug tauchen konnte, elendiglich ersaufen mußte.«

Ich sah ihn an. »Welche Wasserwand denn?« Irgendwo hatte ich wohl eine Abzweigung verpaßt.

»Na, die Flut, die alles zerstört hat, die Flut, in der Atlantis untergegangen ist. Junge, schläfst du schon? Wovon rede ich denn die ganze Zeit?«

Ich hatte mein Brot und beide Eier aufgegessen. Mein Magen war gebändigt. Ich trank meinen Becher leer und lächelte den Alten an. Wie ein Fernsehmärchenonkel saß er da in seinem ausgefransten Bademantel, ein verwitterter Klaus Havenstein, der im Kinderprogramm den Methusalem gab.

»Aha«, sagte ich und lächelte, als wäre es das Normalste von der Welt. »Atlantis ... Daher weht der Wind. Weil dieses Hochhaus, das die da drüben bauen wollen, auch so heißen soll ...«

»Es gibt keinen Zufall«, sagte Herr Hagedorn.

Mein Vater hat mir beigebracht, wie wichtig Höflichkeit im Leben ist. Man darf sich aus übertriebener Rücksichtnahme nicht alles gefallen lassen, aber man sollte andere sehr wohl respektieren, genauso wie man auch selbst respektiert werden möchte. Es wäre ja auch zu billig, jemanden einfach auszulachen, nur weil man nicht begreift, auf welchem Trip er gerade ist.

Es wäre kindisch. Pubertär.

Also blieb ich sitzen.

Natürlich wußte ich wie jeder andere vernunftbegabte Mitteleuropäer, daß die Sache mit Atlantis, diesem sagenhaften Land aus grauer Vorzeit, ungefähr so realistisch war wie alle anderen Geschichten von sagenhaften Ländern aus grauer Vorzeit, aber sollte ich dem alten Mann deswegen in die Parade fahren?

Wer war ich, daß ich ihn belehren durfte?

Und es war auch sowieso egal. Ich kam kaum noch zu Wort, geschweige denn, daß ich leise Zweifel hätte anmelden können.

Der struppige Herr Hagedorn erstrahlte dort im dunklen Ballsaal, er glühte förmlich vor Sendungsbewußtsein, und plötzlich sah er nicht mehr halb so alt aus, wie er war. Es schien, als öffneten sich seine Schleusen, als müßte er hier und jetzt ganz dringend mal was loswerden. Ein Schwall von Worten brach über mich herein.

Wie eine Flut.

Etwas verunsichert kauerte ich vorn auf dem Rand meines Sessels, mit dem leeren Becher in beiden Händen.

»Du glaubst, es gab diese Flut nicht, was?« Er wirkte kampfbereit. »Und wieso heißt es in allen großen Kulturen, daß die ersten Menschen aus den Bergen kamen?« Er beugte sich vor und faltete die Hände. »Weil sie sich dahin geflüchtet hatten! Deshalb! Auf der ganzen Welt finden sich Berichte über eine große Flut: Ägypten, Persien, Indien, China, bei den Kelten, Germanen, Hopi, Inka, Maya, Azteken ... überall!«

Er schnappte nach Luft, weil die Aufzählung länger gewesen war, als sein Lungeninhalt hergab, ließ die Pause aber nicht zu lang werden. Er sah, daß ich mir die Hand vor den

Mund hielt, weil ich gähnen mußte, was in diesem Moment allerdings wirklich ehrlich Müdigkeit war.

Aber woher sollte er das wissen?

Herr Hagedorn fuhr Unmengen Beweise auf, als wüßte er nicht mehr, wohin damit, als müßte er sich ausgerechnet vor mir rechtfertigen, daß er noch bei Trost war.

Schon vor Christi Geburt hatte man in Afrika auf zweitausend Meter Höhe Muscheln und Seegetier gefunden und sich gewundert. In Europa fanden sich Spuren einer Flut, die bis zur Baumgrenze gereicht hatte. In China lagen Walskelette oben in den Bergen.

Das alles war Herrn Hagedorn Beweis genug.

Als das Wasser wieder abfloß, wagten sich die ersten Überlebenden aus den Bergen in die Täler und begannen ihr Leben von vorn, auf primitivster Stufe. Die meisten waren Bauern, die weder lesen, noch schreiben konnten, so daß fast alles, was die Menschheit damals wußte, mit den Fluten weggeschwommen war. Noch heute fanden Taucher optische Geräte, Trockenbatterien, komplizierte Peilapparate und selbst Modellflugzeuge, die viele Jahrtausende alt sein mußten.

»Na ja. Da könnte sich auch jemand einen Scherz erlaubt haben, um sich wichtig zu machen«, sagte ich, weil der Gedanke schließlich nahelag.

Herr Hagedorn schnaubte nur.

Die Funde stammten aus verkorkten Amphoren, die viele tausend Jahre am Meeresgrund gelegen hatten, quasi konserviert.

»Und was meinst du, was so eine Flut ausgelöst haben könnte?« Herr Hagedorn sah mich an, als sollte ich mal eben eine Theorie aus dem Ärmel schütteln.

»Doch kein Regen, oder?«

Die einen sagten, ein gewaltiger Meteor habe eine Riesenwelle ausgelöst, die mehrmals um die ganze Welt gelaufen sei und alles unter sich begraben habe. Manche glaubten, der Metallkern liege noch heute im Bermuda-Dreieck irgendwo am Meeresgrund und verwirre Kompaß und Radar der Schiffe.

Andere machten einen gewaltigen Vulkanausbruch verantwortlich, den Aufriß des Erdmantels über Tausende von Kilometern, so daß die Asche ganz Europa zweitausend Jahre lang nur Kälte, Staub und Finsternis beschert hätte. Nordische Überlieferungen berichteten davon, doch nicht nur die. Hatte das Abendland seinen Namen, weil es dort früher immer finster gewesen war?

»Es gibt da allerdings noch eine dritte Theorie.« Hagedorn runzelte die Stirn, als wäre er nicht sicher, ob er sie mir unterbreiten sollte. »Nach dem Abwurf der Atombombe auf Hiroshima fiel Forschern die verblüffende Ähnlichkeit mit der Wirkungsweise einer Vernichtungswaffe auf, von der in der indischen Mythologie die Rede ist, vor allem die Hinweise auf extreme Helligkeit, ungewöhnlichen Donner, die gewaltige Druckwelle, die weiße Asche, die verseuchte Nahrung … Haare und Nägel fielen den Menschen aus. Man fand sogar eine fünftausend Jahre alte, radioaktiv verseuchte Stadt, in der alles auf eine thermonukleare Zerstörung hindeutet.« Unsicher sah er zu mir herüber, als fürchtete er meine Reaktion.

»Die alten Inder hatten die Atombombe?«

Wie spät war es eigentlich?

»Ich weiß, Junge. Die Spuren sind nicht von der Hand zu weisen. Wie dem auch sei, man sollte wohl … aber Hannes, wo willst du denn hin?« Enttäuscht sah er zu mir auf.

Wo wollte ich wohl hin?

Es war ja nicht so, als fände ich das alles nicht auch interessant, als mochte ich diesen verschrobenen Herrn Hagedorn nicht gern und wollte ihn beleidigen, aber es kribbelte in meinen Füßen – ein untrügerisches Zeichen, daß ich dringend schlafen gehen sollte.

Ich streckte mich, daß meine Gelenke knackten, und machte ein paar knarrende Schritte vor dem Fenster auf und ab. »Lassen Sie mich nur kurz die Beine vertreten. Die sind schon eingeschlafen. Sonst schläft der Rest gleich auch noch ein«, sagte ich höflich lächelnd und nahm die Kerze vom Boden. »Erzählen Sie ruhig weiter. Ich höre Ihnen zu …«

Das ließ er sich nicht zweimal sagen.

Was immer die Riesenwelle ausgelöst hatte: Die Wasserwand mußte unvorstellbar hoch gewesen sein. Seit vielen Jahren beschäftigte sich Hagedorn mit Bebenwellen, »Tsunamis«, wie die Japaner sagten. Meist wurden sie durch Vulkanausbrüche ausgelöst, wie beim Einsturz der Insel Krakatau, dessen Flutwelle fünfzigtausend Menschen das Leben kostete und mit siebenhundert Kilometern in der Stunde einmal um die Welt geschwappt war … Aber eine Welle, die das Wasser bis über Berggipfel warf? Zwei Kilometer hoch? Daß sie die Wolken mit sich riß? Das war kaum denkbar. Selbst wenn sich die Welle abgebaut und schließlich mit vielleicht noch sechs-, siebenhundert Meter Höhe um die Welt gelaufen war, sprengte es mein Vorstellungsvermögen. Ich kauerte am Boden, klickte mit meinem Benzinfeuerzeug herum und hielt es an den Docht der Kerze.

»Nicht, Junge!« fuhr mich der Alte an, daß ich mir fast die Finger versengte.

Mann, ich war aber auch schreckhaft!

»Ich meine: Wozu denn Licht? Guter Mond, du gehst so stille ...« Lächelnd zeigte er mir im weißen Licht die Zähne.

Ich zuckte mit den Schultern und blies die Kerze wieder aus. Langsam wurde es anstrengend. Meine Füße hörten nicht auf zu kribbeln, meine Augen juckten, mir war kalt, und um spätestens halb sieben mußte ich wieder hoch. Wieviel Uhr mochte es sein? Vier? Halb fünf? Ich stand am Fenster und sah hinaus, während sich Herr Hagedorn in Rage redete und eine wilde Theorie nach der anderen entwickelte. Ob ich mich höflich, aber bestimmt verabschieden konnte? Schon sah ich die Enttäuschung in seinem Gesicht, wenn ich nicht blieb. Er würde glauben, daß ich ihn nicht ernst nahm, dabei konnte ich inzwischen gar nicht mehr sagen, ob ich ihn noch ernst nahm oder nicht. Was er da erzählte, war wohl möglich ... oder?

Die Frage war: Was hatte das mit diesem Hochhaus zu tun? Oder ging es schon gar nicht mehr darum?

Vor lauter Gähnen rauschte es in meinen Ohren. Unwillkürlich schüttelte ich den Kopf, als würde es dadurch besser.

Draußen rüttelte der Wind den großen Rhododendron, daß er wie lebendig aussah, wie ein schwarzer Höllenhund, der sich den Regen aus dem Fell schüttelt. Ich weiß noch, wie seltsam ich es fand, daß ich in letzter Zeit so oft an schwarze Hunde denken mußte, daß ich manchmal plötzlich einen vor mir sah, auch wenn es gar nicht angehen konnte. Die Viecher waren mir unheimlich, seit mir der Käpt'n – als ich noch viel zu klein für solche Sachen war – erzählt hatte, der Gehörnte mit dem Pferdefuß höchstpersönlich laufe als zottiger, schwarzer Hund auf der Welt herum. Das war natürlich Blödsinn, die reine Spökenkiekerei, und der

Käpt'n hatte mir nur einen Schreck einjagen wollen, aber wie ich da so gähnend stand und in den mondbeschienenen Garten blickte, während der alte Hagedorn in meinem Rücken saß und redete und redete, wurde dieser dunkle Busch da draußen für meinen Geschmack viel zu lebendig.

Nur konnte ich mich nicht abwenden.

Ich stand wohl etwas neben mir.

Dann passierte es.

Plötzlich, wie aus dem Nichts, tauchte direkt vor meiner Nase eine grellweiße Fratze auf, mit wirrem Haar und Segelohren, böse und verzerrt, ein Mensch, ein Gnom, ein Geist, was weiß ich, greifbar nah, nur eben auf der anderen Seite der Scheibe, fast auf Augenhöhe. Er geiferte mich an, als keifte er etwas, und war schon wieder weg.

Ich war völlig perplex.

Mir schlug das Herz bis zum Hals.

Hatte ich mich selbst gesehen? Mein Spiegelbild?

Es war alles so schnell gegangen, daß ich gar nicht hatte reagieren können. Ich hatte weder aufgeschrien, noch war ich zurückgeschreckt oder sonst was in der Art. Wie ein Baum stand ich am Fenster, mit meinen Wurzeln im Parkett, und glotzte sprachlos in den Garten.

»Junge, hörst du mir eigentlich zu?«

Ich drehte mich um.

»Aber, aber ...« Besorgt sah Hagedorn mich an. »Du bist ja leichenblaß. Komm, setz dich, und trink noch einen Tee mit mir. Jetzt kommt doch eigentlich erst der Clou.« Er zwinkerte mir zu.

»Der Clou?« fragte ich mit großen Augen, und wie von fremder Hand gesteuert, sank ich taumelnd wieder auf den Sessel neben ihm.

Der Schreck am Fenster war mir derart in die Glieder gefahren, daß ich noch immer zitterte. Schweiß stand mir auf der Stirn, obwohl ich doch vor Kälte bibberte, während ich dort saß und Hagedorn noch immer reden hörte, als wäre die Nacht gar nicht zum Schlafen da, mit starrem Blick auf den Garten hinaus, in ständiger Erwartung dieser bleichen Fratze mit den Segelohren.

Blödsinn, sagte ich mir. Andere nahmen Drogen. Ich sah auch ohne fremde Hilfe schon Gespenster.

Herr Hagedorn trat mir seine Decke ab, denn er wollte, wie er sagte, schließlich nicht, daß sein Publikum wie weiland Amundsen erfrieren sollte, also rollte ich mich auf dem Sessel ein, wickelte mir die Decke um die Beine, bis ich mich einigermaßen sicher fühlte, und wartete auf den Clou.

Basileia hieß die Königsinsel der Atlanter. Den Ägyptern nach lag sie in der Mündung großer Ströme. Ein Felsen mit rotem, weißem und schwarzem Stein ragte dort auf, »wie mit dem Messer geschnitten«, so stand es bei Plato geschrieben. Festes, schmelzbares Metall wurde dort gewonnen, und gleich dahinter gab es fruchtbares Land. In rauhen Mengen lag der Bernstein einfach so herum, daß man ihn nur sammeln mußte. Dieser Reichtum brachte Basileia den Ruf ein, das Paradies auf Erden zu sein.

»Und jetzt kommt's!« rief der alte Hagedorn und lachte.

Ich schreckte hoch und sah mich um.

Hatte ich was verpaßt?

»Hör zu, Junge! Als Atlantis versank, war das Meer danach derart verschlammt, daß man es noch Jahrtausende später nicht befahren konnte. Ein zähes Meer mit trägen Wogen, in dem die Schiffe steckenblieben, wie die Flotte von Drusus Germanicus, der vergeblich versucht hatte, die Säulen des Herkules in der Nordsee zu erkunden ...«

»Wer?« fragte ich und rieb an meinen Augen herum.

»Na? Merkst du was?«

»Ich glaube, nicht.«

»Na gut, dann also noch mal von vorn …«

Ich mußte ihn wohl ziemlich entgeistert angesehen haben.

»Kleiner Scherz, Hannes! Ich weiß ja, es ist schon spät und wir sollten beide längst im Bett liegen, aber ein roter Fels, dahinter fruchtbares Weideland, Bernstein, für den man sich kaum bücken muß, und ein Meer aus Schlamm, in dem die Schiffe steckenbleiben … Klingelt es da nicht irgendwo?«

»Ist schon Pause?« Ich sah mich um, als lauschte ich, verbarg mein Grinsen und wartete einen Moment, bis er mir leid tat. »Nein, nein, schon klar, Herr Hagedorn. Ich ahne, was Sie mir sagen wollen. Ich weiß wohl. Gibt es da nicht so einen tauchenden Pastor auf dem Festland, der …«

Hagedorn nickte betrübt. »Spanuth hat mich draufgebracht. Wir kennen und schätzen uns seit vielen Jahren, aber leider …«

»Er glaubt, Helgoland wäre Atlantis, oder?«

Hagedorn verkniff den Mund, als wollte er verhindern, daß die Worte über seine Lippen kamen. »Auf Sylt hat man in einem Hünengrab sogar einen sauber gegossenen Bernsteinring gefunden! Die Menschen wußten damals ganz genau, wie man das Harz bearbeitet. Gerade erst vor ein paar Jahren wurden beim Deichbau wieder kindskopfgroße Bernsteine ausgegraben. Das Gold des Nordens! Es liegt hier überall herum!« Seine Stimme wurde lauter.

»Schscht!« machte ich und hielt meinen Zeigefinger an die Lippen. »Tante Anni …«

»Wir sprechen von der Heiligen Insel, dem obersten

Thingplatz der atlantisch-megalithischen Kultur- und Religionsgemeinschaft! Da, wo der sehr verehrte Pastor Spanuth sucht, gibt es weder ein Meer aus Schlamm noch Megalith-Gräber oder irgendwas! Er hat in vielem recht, doch in letzter Konsequenz, wenn ich ganz ehrlich sein soll, kann ich nur eines sagen ...«

Ich sah ihn an und wartete. »Jetzt kommt der Clou?«

Es schien Herrn Hagedorn nicht mehr die gleiche Freude zu bereiten wie vor Augenblicken noch. Er wirkte fahrig, winkte ab. »Wir waren so gut befreundet, vor vielen Jahren ... Es ist immer traurig, wenn man sich entzweien muß, und sei es, weil sich die Wege trennen, aber da halte ich es nun mal mit Aristoteles: ›Die Intelligenz des Menschen ist im Herzen zu suchen, nicht im Hirn!‹ Und so kann ich am Ende nur sagen: Spanuth irrt!«

Mir war nicht ganz klar, was das eine mit dem anderen zu tun haben sollte, aber sicher wollte er mir sagen, daß er mit dem Herzen bei der Sache war.

Das hatte ich schon gemerkt.

»Junge, weißt du, was der Ausdruck ›Kollektives Unterbewußtsein‹ bedeutet? Bei Tieren spricht man vom ›Artgedächtnis‹. Lemminge, die sich bei Überbevölkerung in Horden von den Klippen ihrer Heimat in die Nordsee stürzen, um zu einem Land zu schwimmen, das es schon lange nicht mehr gibt. Zugvögel, die draußen über dem Meer an den immer gleichen Stellen kreisen, bis die ersten vor Erschöpfung ins Wasser fallen. Dann erst ziehen die anderen weiter, als hätten sie etwas gesucht ...«

»Ja?«

»Es gibt keinen Zufall. Es hat seinen Grund, weshalb man diesem Wolkenkratzer, der gleich da hinten an höchst gefährdeter Stelle errichtet werden soll, den Namen AT-

LANTIS gegeben hat. Ich sage nur: ›Kollektives Unterbewußtsein‹! Der letzte, entscheidende Beweis für meine Theorie! ATLANTIS wird untergehen und mit ihm die ganze Insel, denn ... auch auf die Gefahr hin, mich zu wiederholen ...«

»Aber Sie haben noch gar nicht gesagt, was Sie denn nun eigentlich meinen!« warf ich verzweifelt ein.

»Dann sage ich es jetzt!« Herr Hagedorn stand auf und langte mit beiden Händen in die tiefen Taschen seines ausgefransten Bademantels. Er beugte sich vor und verstreute matt schimmernde Brocken unterschiedlichster Größe und Form über das stumpfe Parkett, wie ein Bauer, der die Saat ausbrachte. Sie sahen aus wie Steine, hörten sich aber auf dem Holz ganz anders an. Immer wieder griff er in seine Taschen und holte mehr davon hervor, bestimmt an die hundert matte, unbearbeitete Stücke, die im Mondlicht über den Boden kullerten.

Bernstein.

Er richtete sich auf, daß sein Schopf wie eine weiße Flamme über seinem Kopf loderte. Seine Augen leuchteten hinter der schiefen Brille. »Wir dürfen nicht zulassen, daß diese Insel untergeht. Wir müssen alles tun, um sie zu retten.« Erwartungsvoll sah er mich an. »Die älteste Hochkultur des Nordens, das sagenhafte Atlantis! Ich habe es gefunden! Wir stehen auf den Ruinen. Seit Tausenden von Jahren liegt es unter dem Wattenmeer begraben, unter einer meterdicken Schlammschicht!« Er wartete, ob ich etwas dagegen einwenden wollte.

Ich saß nur da und starrte den alten Mann an, wie er da stand, als wäre er ein kleiner Junge, der gelobt werden wollte.

Das konnte doch alles nicht sein Ernst sein.

Er holte tief Luft. »Hier ist Basileia!« rief er mit zitternder Stimme und breitete die langen Arme in seinem Bademantel aus wie Moses, der eben die Zehn Gebote empfangen hatte. »Kann es einen schöneren Ort auf Erden geben?«
Er sah mich an, als erwartete er ernstlich eine Antwort.

7

Ich war weich, echt weich. Damit meine ich nicht nur dieses körperliche Weichsein, wenn einem auf dem Schulhof ein Rüpel aus der Parallelklasse seinen harten Zeigefinger in den Bauch bohrt und das Fleisch nachgibt, einfach weil da keine Muskeln sind. So ging es mir oft genug. Ich meine auch nicht, daß ich damals schon ein weiches Herz hatte, was sicher der Fall war, ein viel zu weiches, um genau zu sein. Hatte ich wohl von meiner Mutter. Und »weich in der Birne« – wie man so sagt – war ich in gewisser Hinsicht sicher auch manchmal, aber das alles meine ich nicht, zumindest nicht in diesem Fall.

Ganz im Gegensatz zu Tante Annis hartgesottenen Eiern fühlte ich mich am nächsten Morgen einfach nur weichgekocht.

Labberig, wie ausgelutscht.

Ich hatte ja auch kaum geschlafen. Irgendwann rüttelte mich Tante Anni im Sessel wach, stemmte die Fäuste in die Hüften und hielt dem verdatterten Herrn Hagedorn eine Standpauke, die sich gewaschen hatte: Was ihm denn einfiele, mich um meinen Schlaf zu bringen, den ich doch so dringend brauchte, weil ich im Gegensatz zu ihm schließlich noch wachsen sollte, und so weiter und so fort. Ob er denn bei all seiner Begeisterung und allem Forscherdrang gar keinen Sinn für die banalen Dinge des Lebens habe. »Sehen Sie sich den Jungen doch mal an! Soll er etwa so jetzt in die Schule?«

Irgendwie tat er mir leid. Er war ja genauso unausgeschlafen wie ich, aber gegen Tante Anni war kein Kraut gewachsen, und der Käpt'n schlummerte noch selig in seiner Koje, also mußte sich Herr Hagedorn anhören, das sei ja wohl mal wieder »typisch Mann«. Er solle lieber schleunigst sein Zimmer aufräumen, sonst würde sie bald keinen Schritt mehr hinein tun, und dann könne er selber sehen, wie er des Chaos Herr wurde. »Ich werfe alles weg, was auf dem Boden liegt«, drohte sie, womit sie mir auch oft kam, und allein schon der Gedanke an sein Sammelsurium von Bernstein, Muscheln und Versteinerungen ließ den Alten nicken. Es nützte jedoch alles nichts. Tante Anni war so richtig in Fahrt und haute ihm schließlich herzlos um die Ohren, daß er mittlerweile fast ein halbes Jahr mit der Miete im Rückstand war.

Das lag ihr offenbar schon lange im Magen.

Herr Hagedorn war klug genug, den Mund zu halten. Er ließ das alles über sich ergehen wie eine kalte Dusche, die ja auch erfrischend sein kann, wenn man denn gern friert, gelobte Besserung und zwinkerte mir müde zu, von Mann zu Mann, als er schließlich ins Bett schlurfte.

Ich dagegen warf mir Wasser ins Gesicht und machte mich auf den Weg zur Schule.

Es war ein besonderer Tag.

Mittlerweile stand ich mit den Stiefeln im Morast und gähnte. Drüben, bei den weißen Dünen jenseits der Wiesen, nahm die Westerländer Biike Gestalt an. Es war so matschig, daß ich mich kaum auf den Beinen halten konnte, und dabei gab es einiges zu tun.

Jahr für Jahr sammelten die Konfirmanden das Biikeholz zusammen, vor allem ausgediente Tannenbäume, Reste alter Strandkörbe, Gestrüpp und so Zeug. Dafür fiel der Unterricht aus, was wir ganz in Ordnung fanden. Selbst die Sonne gab sich alle Mühe, ihren Hintern müde über den Horizont zu heben. Wenn es nur nicht so kalt gewesen wäre.

»Harms Johannes Harms! Zum dritten und letzten Mal! Steh nicht blöd rum! Faß endlich mit an!«

Mick und Arne hievten drüben bei dem grünen Ford Transit von der Kurverwaltung einen Baumstamm auf die Pritsche, was offensichtlich mit einigen Schwierigkeiten verbunden war. Arne sah gar nicht so lässig aus wie sonst, was mich kurz lächeln ließ.

Frau Droste führte Aufsicht. Ich hatte sie noch nie leiden können. Biologie und Französisch. Zum Glück unterrichtete sie nicht in unserer Klasse. Leider war sie irgendwie um drei Ecken mit Oma Auguste verwandt und also auch mit mir. Deshalb wußte sie auch, wie ich heiße.

Widerwillig schlurfte ich mit den Händen in den Taschen hinüber und packte mit an. Man hatte uns in kleine Gruppen eingeteilt, und wie der Zufall es wollte, waren Mick, Arne und ich mit einigen anderen ausgerechnet im Süden der Stadt für die Straßen mit den Vogelnamen eingeteilt.

Wo Pepsi wohnte.

Sie fehlte auch heute schon wieder.

Fünf Autos parkten vor ihrer Haustür. Zwei davon waren Streifenwagen. Die Winters hatten weder ihren Tannenbaum noch sonst was herausgestellt. Die hatten ganz andere Sorgen.

Soweit sie überhaupt zu Hause waren.

Arne hatte seinem Vater die *Sylter Rundschau* geklaut, die morgens immer mit den Brötchen kam, und so waren wir mehr oder weniger auf dem laufenden, zumindest was die offizielle Lage anging. Den Rest mußten wir uns zusammenreimen.

Die Entführung des stellvertretenden Bürgermeisters nahm fast den ganzen Sylter Teil ein. Soweit man überhaupt was wußte. Fest stand, daß sich Dr. Winter vermutlich schon seit einigen Tagen in der Gewalt der Entführer befand, nur wo man ihn festhielt, blieb ein Rätsel. Man hatte die Tat Stück für Stück rekonstruiert, und der letzte, der ihn unversehrt gesehen hatte, war offenbar ein Bahnbeamter bei der Autoverladung in Niebüll gewesen. Der Mann erinnerte sich noch gut an den weißen Käfer, der vor drei Tagen als letzter oben auf dem Zug gestanden hatte. Bei der Ankunft in Westerland dagegen war er keinem weiter aufgefallen, doch da er nicht mehr auf dem Waggon stand, mußte er sich wohl irgendwo auf der Insel befinden. Natürlich suchte man den Wagen überall, und es waren auch schon Hinweise eingegangen. Leider war der richtige bisher noch nicht dabeigewesen.

Man wußte, daß Winter in Kiel bei einem persönlichen Gespräch mit dem Ministerpräsidenten die Zusage für eine Genehmigung des Großprojekts ATLANTIS bekommen hatte, was der ganzen Entführung eine »politische Dimension« gab, »die weit über die Grenzen der Insel hinausging«, wie es in der Zeitung hieß.

Die Kripo – namentlich die speziell für diesen Fall eingerichtete »Sonderkommission Sylt« – ging davon aus, daß als Täter vor allem Gegner des umstrittenen Bauprojekts in Frage kamen. Wer sich allerdings hinter dem obskuren »Kommando Henker von Tondern« verbergen mochte oder ob der Bekennerbrief schlicht ein schlechter Scherz sein sollte, blieb völlig im dunkeln. Auch eine Anfrage bei den dänischen Kollegen in Tondern hatte bisher nichts erbracht.

Allerdings stand nach gerichtsmedizinischer Analyse des abgetrennten Ohres nun mittlerweile fest, daß es tatsächlich von Dr. Winter stammte. Sein Zustand deutete auf ein »bedrückendes Maß an Brutalität« hin, wie sich der Leiter der Sonderkommission, Hauptkommissar Holtkötter aus Kiel, ausdrückte. Es war erst mit einem Messer angeritzt worden, dann hatte man es ihm mit Gewalt abgerissen. Man fürchtete, daß Dr. Winter dabei möglicherweise verblutet sein könnte.

Ein kalter Schauer lief mir über den Rücken, als ich daran dachte, wie leicht sich dieses Ohr in meiner Hand angefühlt hatte.

Noch am Abend hatte die Polizei mehrere Privatwohnungen von Wortführern der Bürgerinitiative »Land unter« in Keitum und Braderup durchsucht und Akten konfisziert, soweit es überhaupt welche gab. Diese Leute galten allgemein zwar als politisch eher linkslastig, aber da sich die ATLANTIS-Gegner aus allen politischen Lagern rekrutierten, mußte das nichts bedeuten. Vor allem aber, so hieß es, habe sich bisher im Kreis der Verdächtigen niemand befunden, dem ein derart menschenverachtendes Vorgehen zuzutrauen wäre.

Keiner konnte sich ernstlich vorstellen, daß Professor Dr. Lüttjohann, der Leiter des bundesweit renommierten Hydrogeologischen Instituts im Klappholtal eine solche Tat zu verantworten hätte. Trotz seiner verdächtigen Ulbrichtmütze.

Dennoch blieb er vorerst im Fadenkreuz der Ermittler.

Natürlich hatte die *Rundschau* einige Sympathisanten und Aktivisten von »Land unter« interviewt. Sie alle waren überzeugt davon, daß allein die finanziellen Nutznießer des Projektes, namentlich der Münchner Bauunternehmer, ein Interesse daran haben konnten, den Verdacht auf die Naturschützer zu lenken, um die Bürgerinitiative moralisch mundtot zu machen. Man zitierte die stellvertretende Vorsitzende, Frau Ingeborg Ballhorn vom gleichnamigen Schuhgeschäft in Wenningstedt: »Wenn die Verbrecher in der Westerländer Stadtvertretung glauben, daß wir uns den Mund verbieten lassen, haben die sich geschnitten! Jetzt ist es an den aufrechten Bürgern dieser Insel, Rückgrat zu zeigen und den Klüngel aus Profitgier, Vetternwirtschaft und krimineller Energie zu zerschlagen …«

»So! Jetzt hab ich aber genug!«

Frau Droste baute sich in ihrem schicken, halblangen Hahnentrittmantel hinter dem Friesenwall auf. Vorsichtig stützte sie sich mit einer Hand ab, um darüber hinweg zu spähen, ohne sich einzusauen. Wir hockten da wie drei Kaninchen in der Falle. Sie zückte ihren berüchtigten Notizblock.

»Jepsen, Harms und Erken, das gibt eine Eintragung ins Klassenbuch. Erken, du machst sofort deine Zigarette aus! Was soll das hier eigentlich werden? Und was macht ihr mit der Zeitung da?«

»Lesen vielleicht?« Arne grinste sie an. »Ich kann aber auch hübsche Mützen falten. Hier …« Er raschelte mit dem Deckblatt herum, als wollte er ernstlich was basteln.

Frau Droste kniff den Mund zusammen und hielt die Luft an wie ein Dampfkochtopf.

Gleich würde sie uns um die Ohren fliegen.

Da hupte es.

Der Wagen war voll beladen, und der Fahrer wollte endlich los, rüber zur Biike. Ihm war kalt.

Wortlos ließ uns Frau Droste sitzen, als wäre es ihr schlußendlich egal, ob wir mitkamen oder nicht. Was natürlich überhaupt nicht egal war, schon wegen ihrer Aufsichtspflicht, aber sie konnte es nicht gut vertragen, wenn man ihr nicht mit der gebotenen Ehrerbietung begegnete.

Arne faltete die *Rundschau* so zusammen, daß er im Gehen weiterlesen konnte. »Die haben sogar Kontrollen an der Fähre und der Autoverladung eingerichtet, damit ihnen der weiße Käfer nicht entwischt ...« Er kriegte gar nicht genug von der Geschichte.

Mick lief neben ihm im Wind und zwirbelte mit dem Zeigefinger an seinem Afro herum. »Ich weiß gar nicht, was die sich aufregen wegen diesem Ohr. Er kann sich doch die Haare wachsen lassen. Bis hier so etwa«, sagte er und deutete mit der Hand auf Schulterhöhe, aber keiner reagierte so richtig. Es war einfach nicht mehr witzig.

»Ach nee!« rief Arne und blieb so abrupt stehen, daß Mick und ich ihn fast über den Haufen rannten.

»Was ›Ach nee‹?« Ich spähte über Arnes Schulter.

Der Rest unserer Gruppe lief schon voraus, dackelte Frau Droste hinterher zum Feuerplatz an den Dünen, wo der Fahrer mit der Pritsche wartete. Da drüben hatten wir auch unsere Mofas abgestellt. Meins leuchtete ganz blau.

»Hier ... dieser Münchner Bautyp hat sogar eine Belohnung ausgesetzt. ›Zehntausend Mark für den entscheidenden Hinweis, der zur Ergreifung der Täter führt‹ ...« Arne hielt das flatternde Blatt mit beiden Händen.

»Ui ...« Mick schob seine Unterlippe vor. »Gib mal!« Er riß Arne das Blatt aus der Hand.

Ich lief hinter Mick her. »Wieso sollte der Bauunternehmer eine Belohnung aussetzen, wenn er selbst damit zu tun hätte? Da wäre er ja schön blöd.«

»Oder schön schlau«, rief uns Arne hinterher. »Wie könnte er besser von sich ablenken? Vielleicht sitzt Winter längst bei ihm im Heizungskeller.«

Das war selbst Mick zuviel. Er schüttelte seine Mähne. »Quatsch. Wieso sollte der Bauunternehmer jemanden entführen? Das ist doch Blödsinn. Außerdem steht hier ...«

Ich entwand ihm die Zeitung. »Mann! Stellt euch das mal vor! Zehntausend Mark! Alter Schwede, das ist 'ne Menge Holz.«

Eine Weile brütete jeder so vor sich hin, während wir ein Stück die Straße entlangtaperten, ohne uns übermäßig zu beeilen. Weit voraus sah man im Westen, über dem Meer, am bläulichgrauen Himmel einen Vogelschwarm in Formation, der die Küste entlang in Richtung Norden flog. Gut möglich, daß der Winter bald ein Ende hatte.

»Ich würde mir 'ne Stratocaster kaufen«, sagte Mick und klang erheblich ernsthafter als sonst. »So eine wie Ritchie Blackmore hat. Und einen dicken Verstärker. Marshall ... oder Orange. Mit 'ner Monsterbox.« Er zeigte mit den Händen, wie groß er sich die Anlage vorstellte. Ungefähr wie der alte Eichenschrank, der bei mir im Zimmer stand.

Bei dem Gedanken an den Lärm, den wir damit veranstalten konnten, wurde mir ganz schwindlig. »Dann will ich auch ein Ludwig-Schlagzeug. Wie Ian Paice. Mit 'ner extradicken Snare. Sechseinhalb Zoll.« Ich zeigte, wie dick das war, und dachte an meine Neckermann-Trommeln. *»Black Beauty«*, sagte ich. Ich traute mich kaum, es laut auszusprechen. Wir würden sie alle von der Bühne fegen.

Einen Moment lang sah ich Arne mißtrauisch an, dann schlug ich ihm die Zeitung in die offene Hand »Und du?«

Arne blieb mitten auf der Straße stehen und tat, als müßte er erst überlegen. Das war natürlich nur ein Scherz. Wie ein Black Panther schlug er seine Handschuhfaust in die Luft und schrie »Rickenbacker!« über die Wiesen, daß sich Frau Droste und die anderen nach uns umdrehten. Sie waren schon ein Stück voraus, und ich konnte nicht verstehen, was sie antwortete. Ich hoffte nur, sie würde nicht gleich heute mittag bei uns anrufen.

»Apropos! Spielen wir jetzt eigentlich Petritag im Kursaal oder nicht?« Mick hüpfte auf dem Bürgersteig voraus, schüttelte seinen Afro und deutete ein bekifftes Solo auf der Joe-Cocker-Gitarre an. Er konnte unseren ersten Auftritt kaum erwarten.

»Wenn ich richtig zählen kann, haben wir erst fünf Stücke«, sagte Arne ungewohnt kleinlaut, als wüßten wir anderen das nicht.

»Na, und?« Mick klang ungeduldig. Sein Blick zuckte hin und her. »Dafür ist jedes 'ne Viertelstunde lang ... und ich kann noch länger. Wenn ich soll.«

Wie ein Esel blieb ich stehen.

»Moment mal!« sagte ich, denn ich hatte eine Idee. Die beiden drehten sich um, daß ihre Kapuzen im Nacken gleichzeitig hochklappten. »Stand eigentlich in der Zeitung irgendwas von dem falschen Postboten, der Winters Ohr abgegeben hat? Nach dem müßten die Bullen doch eigentlich suchen, oder? Der ist doch nie im Leben zu Fuß gekommen. Vielleicht hat irgendein Nachbar die Autonummer erkannt. Oder wenigstens, was für ein Auto es war. Das wäre doch 'ne Spur. Könnte doch sein.«

Stirnrunzelnd sahen mich die beiden einen Moment lang an. Mick schlug die Hacken zusammen, verbeugte sich feierlich und hielt mir seine rechte Hand hin. »Inspektor Harms, wie ich vermute?«

»Wieso denn nicht?« rief ich. »Irgendwo müssen wir doch anfangen, wenn wir uns die Belohnung verdienen wollen!«

Es war, als läutete irgendwo eine Glocke.

Ich hatte ausgesprochen, was alle dachten.

Wer kannte sich hier aus wie wir? Wer wußte am besten, wo man auf dieser Insel jemanden verstecken konnte? Wer kannte die alten Bunker am Strand, die zugewachsenen Höhlen und Gänge auf der Heide, die vergessenen Hütten in den Dünen, die halbverfallenen Kasernen überall? Wir mußten uns nur mal richtig umsehen, die Ohren spitzen, uns ein bißchen umhören, hier mal fragen, da mal fragen … Diese Belohnung verdienten wir uns doch mit links.

Zehntausend.

Wir sahen uns an und grinsten.

Nachdem wir drüben an der Biike beim Abladen der Tannenbäume von der nervigen Frau Droste noch mal dieselbe Leier inklusive Drohung mit der Lehrerkonferenz zu hören gekriegt hatten, war unsere morgendliche Pflicht erfüllt, und wir schwangen uns auf unsere Mofas.

Wir fühlten uns echt stark.

Als Pulk knatterten wir im matten Sonnenschein durch die Mittagsruhe unserer Stadt. Ich fuhr voraus, was – wie ich fand – meiner Rolle als treibende Kraft und intellektueller Wortführer unserer Gang auch am ehesten entsprach. Allerdings war ich etwas enttäuscht, daß ich – nachdem ich das blutverschmierte Ohr immerhin so gut wie persönlich entgegengenommen hatte – in der *Sylter Rundschau* mit keinem einzigen Wort erwähnt worden war.

8

Zu Hause war der Löwe los.

Schon als ich mein Mofa unter dem Küchenfenster der *Dünenrose* aufbockte, war mir, als hörte ich Gebrüll, das mit dem Wind vom Meer herüberwehte, aber als ich mich umsah, war ich allein.

Drüben beim Wellenbad standen drei eiserne Rentner mit Handtüchern unter den Achseln, offenbar auf dem Weg in die überdachten Fluten. Zwischen den Autos auf dem Parkplatz hielten ein paar Möwen Mittagsstunde. Der bloße Gedanke an kaltes Wasser schickte mir einen Schauer über den Rücken.

Ich war so richtig durchgefroren.

Kaum bimmelte das Glöckchen über mir, hörte ich den Löwen schon von irgendwo jenseits der Halle. Er war nicht richtig zu verstehen, was bei einem Löwen wohl auch nicht verwundern konnte, doch je näher ich der Küche kam, desto klarer wurde, was er brüllte.

»Hagedorn, sind Sie noch bei Trost? Wieso haben Sie mir nicht längst was davon gesagt?« Der Käpt'n schlug mit der flachen Pranke auf den Küchentisch, daß die Löffel in den Tellern schepperten.

Irgendwo im Haus knallte eine Tür.

»Moooin«, sagte ich etwas lauter als beabsichtigt.

Plötzlich war ich wie ein Filmvorführer, der mitten in der Vorstellung den Projektor anhielt. Ich stand in der Tür, und die beiden alten Männer starrten mich an, mit den Ellenbogen auf der karierten Tischdecke, hockten einander gegenüber, vor ihren leeren Suppentellern, als warteten sie darauf, daß ich die Spule weiterlaufen ließ.

Herr Hagedorn tat mir richtig leid, wie er da so saß, in seinem abgewetzten, grauen Anzug mit dem wilden, weißen Haarschopf, als wollte er zum Gottesdienst. Meinetwegen mußte er diese Predigt über sich ergehen lassen. Vielleicht war es ja wirklich nicht das Christlichste auf der Welt gewesen, einen Konfirmanden um den Schlaf zu bringen, aber so schlimm konnte es nun auch wieder nicht sein. In letzter Zeit war der Käpt'n manchmal päpstlicher als der Papst.

»Komm ruhig rein, Hannes«, knurrte er. »Ich beiß nicht.«

Herr Hagedorn nutzte seine Chance und hob die Hände wie zur Kapitulation. »Herr Harms, ich weiß nicht, welcher Teufel mich geritten hat! Da habe ich wohl einfach nicht nachgedacht ...«

»Wahrscheinlich haben Sie mal wieder dagesessen und irgendwelche wirren Theorien aufgestellt«, knurrte der Käpt'n, woraufhin ihn Hagedorn fragend ansah. Er runzelte die Stirn, erst zum Käpt'n hin, dann in meine Richtung. »Das menschliche Gehirn«, sagte er feierlich und klopfte dabei an seinen Schädel, »weist mehr Nachrichtenverbindungen auf, als nötig wären, um jeden einzelnen Menschen auf der Erde mit jedem anderen zu verbinden. Da kann einem schon mal was durchrutschen, oder?«

Der Käpt'n schüttelte nur den Kopf. »Akademiker«, schnaubte er. »Nie um eine Antwort verlegen.«

»Und wenn das Ganze gar kein Blödsinn ist?« rutschte mir heraus, als ich schon am Herd stand, um mir was von Tante Annis frischer Suppe mit Grießklößen aufzufüllen. »Es mag ja unwahrscheinlich klingen, daß Sylt der Rest von einem untergegangenen Kontinent sein soll ... aber möglich wäre es doch ...« Ich balancierte meinen Teller und steuerte den Tisch an. Da sah ich, wie Herr Hagedorn eine irrwitzige Grimasse zog und mir mit seinen großen Händen Zeichen gab, bloß den Mund zu halten.

Der Käpt'n kratzte sich am Ohr. »Was für ein untergegangener Kontinent denn?«

Ich wich seinem Blick aus. »Ach, hatten wir eben in Erdkunde.« Ich schlürfte meine Suppe.

Willkommen im Fettnapf.

»Habt ihr nicht heute Biikeholz gesammelt?«

»Es war doch immer mitten in der Nacht, meist so gegen frühen Morgen. Ich bin dann oft so sehr in Gedanken«, sagte Herr Hagedorn geknickt. »Ich habe dem Umstand keine größere Bedeutung beigemessen. Und diese ewige Schlaflosigkeit macht mich noch ganz ...«

»Schon gut.« Der Käpt'n winkte ab. »Sie haben also in den letzten Wochen mehrmals gesehen, daß sich nachts jemand im Garten rumtreibt, als wollte er was ausspionieren. Aber Sie haben sich nichts dabei gedacht ...«

Ich starrte den Käpt'n an.

Dann Herrn Hagedorn.

Plötzlich sah ich diese weiße Fratze vor mir, mit wirrem Haar und Segelohren, diesen Gnom auf Augenhöhe, den ich für mein Spiegelbild gehalten hatte.

»Was ist los mit dir, Hannes?« Der Käpt'n legte mir seine Löwenpranke auf die Schulter.

Ich schluckte. »Ich dachte, ich hätte es mir nur eingebildet ... aber ich hab auch jemanden gesehen. Letzte Nacht.« Ich sah Herrn Hagedorn an.

»Aber, Junge, warum hast du nichts gesagt?« seufzte er.

»Ich war mir ja nicht sicher.«

Beide sahen wir den Käpt'n an, dessen Blick zwischen uns hin und her ging. »Treibst du dich nachts etwa rum,

Hannes?« sagte er und schob die buschigen Augenbrauen zusammen. »Was hattest du im Ballsaal verloren?«

Hagedorn schüttelte den Kopf. »Letzte Nacht habe ich niemanden gesehen, aber wenn Hannes sagt, daß da jemand war, wird es wohl stimmen.«

»Was ist denn eigentlich los?« Ich begriff nicht ganz. Nachts schlich manchmal einer ums Hotel, aber so schlimm konnte das ja wohl nicht sein. Vielleicht hatte sich ein Betrunkener verlaufen.

Irgendwo oben knarrten eilige Schritte durchs Haus. Die Sonne warf einen gelben Balken auf die Fliesen, daß man die Spuren meiner Stiefel erkennen konnte.

Unschlüssig sahen mich die beiden Alten an.

»Was ist denn?« fragte ich.

Eher widerwillig langte der Käpt'n in seine Jackentasche, zog einen zusammengeknüllten Zettel hervor, strich ihn zwischen den Tellern auf der Tischplatte glatt und schob ihn mir herüber.

Ich holte tief Luft. »Doch nicht schon wieder dieser Henker von Tondern, oder?«

»Lies erst, Junge«, sagte Herr Hagedorn. »Das lag vorhin im Garten. Vorne, vorm Haus.«

Jemand, der offensichtlich der Schreibschrift nicht ganz mächtig war, hatte mit Kugelschreiber ein paar windschiefe Blockbuchstaben aneinandergereiht. Auf den ersten Blick war das Gekrakel kaum zu entziffern. Erst dachte ich, da machten sich ein paar Sextaner einen Scherz.

ALTER MANN –
FERKAUF DEINE BRUCHBUHDE
SONST FAKELN WIR DICH AB
X X X

Ich las das Ganze noch mal … und noch mal … Irgendwie sah ich immer noch Fünftkläßler vor mir, gackernde Rotzlöffel in der Ecke vom Schulhof … diese Schrift, die Rechtschreibung. Ich sah den Käpt'n an.

»Was meinst du, wer so was schreibt?« fragte er.

Ich zuckte mit den Schultern. »Der Gnom, den ich heute nacht draußen im Garten gesehen habe … das war bestimmt kein kleiner Junge.«

»Wie sah er aus?«

»Ich weiß nicht. Wie ein Wicht irgendwie, schon wie ein Kind, aber alt. Segelohren, weißes Haar, ging mir bis hier. Aber ich weiß nicht … ich könnte mich auch irren.« Ich sah Herrn Hagedorn an. »Und Sie? Was haben Sie gesehen? In den anderen Nächten?«

Herr Hagedorn wischte an seiner Brille herum. »Ich kann es nicht sagen, ehrlich. Wenn ich was gesehen habe, dann meist nur einen buckligen Schatten, ein Huschen, ein dunkles Etwas …«

»Wie ein schwarzer Hund?« fragte ich.

Erstaunt nickte er mich an. »Du hast ihn auch gesehen? Drüben beim Rhododendron?«

Der Käpt'n schnaubte in sein Taschentuch. »So was machen keine Bengels. Das kann ich mir nicht vorstellen. Das hätten wir uns damals nicht getraut. Und wenn doch … dann gnade ihnen Gott! Denen zieh ich die Ohren lang, daß sie zum Petritag alle Mann als Meister Lampe gehen können!«

Das stellte ich mir bildlich vor.

In diesem Moment hoben die beiden alten Hasen gleichzeitig ihre Köpfe, und als ich mich umdrehte, stand Tante Anni in der Tür, in ihrer strammen Kittelschürze, mit einer weißen Uniform über dem Arm. Wie eine Mamutschka stampfte sie herein, ohne Gummistiefel zwar, aber mit Dutt und roter Nase.

»So!« sagte sie barsch, hängte die Uniform über eine freie Stuhllehne und strich sie glatt. »Mir reicht's mit diesem Quatsch! Erst Mord und Totschlag! Und jetzt noch Revolution! Die Linken meinen ja wohl, jeder, der ein Dach überm Kopf hat, ist gleich erst mal Kapitalist ... und wenn man auch nur so ein altes Hotel hat, das sowieso schon fast in sich zusammenfällt. Aber wenn die glauben, die können uns so einfach das Dach über dem Kopf anstecken, diese ... diese ... Verbrecher ...« Sie drohte Herrn Hagedorn mit ihrem roten Zeigefinger.

Ich räusperte mich vorsichtig. »Tante Anni, ich glaube, da bringst du jetzt aber echt ein paar Sachen durcheinander ...«

»Ich bin schließlich auch 'ne Harms, nich, Uwe? Und mein Vater ... also, mein Vater hat immer zu uns gesagt: ›Kinder‹, hat er gesagt, ›die Frage ist nicht, ob man Angst hat, sondern was man trotzdem tut!‹« Kratzbürstig sah sie in die Runde. Keiner wagte ihr zu widersprechen.

»Wieso denn Angst? Ich hab keine Angst«, sagte der Käpt'n, was aus seinem Mund ungewohnt kleinlaut klang.

»Na, denn ist ja gut, Uwe. Mehr wollte ich gar nicht hören. Hier, ich hab dir deine alte Uniform rausgesucht. Riecht ein bißchen nach Mottenkugeln, aber die hängen wir gleich mal auf die Leine.«

Der Käpt'n schob seine Mütze aus der Stirn. »Das Ding hab ich nicht mehr angehabt, seit Auguste von uns gegangen ist. Das weißt du doch.«

Tante Anni ließ sich nicht beirren. Mit beiden Händen rückte sie den Stuhl, auf dem der Käpt'n saß, ein Stück zurück, holte den alten Mann auf die Beine, schob ihn aus seiner Wolljacke, bis er im blaugestreiften Fischerhemd mit Hosenträgern da stand.

»Anni! Hör mal, ich weiß ja, du meinst es gut …«

»… aber du willst nie wieder den Promenadenkapitän spielen, ich weiß. Sollst du auch nicht. Jetzt brauchen wir einen echten Kapitän!«

Sie nahm die Uniformjacke vom Bügel und half ihm hinein, was nur ging, weil er mitspielte. Manchmal wunderte ich mich, wie handzahm mein Opa bei Tante Anni werden konnte. Ich wußte ja, daß sie seine Lieblingscousine war, aber das, was sie da mit ihm anstellte, hätte sich kein anderer erlauben dürfen.

»Uwe, Uwe«, sagte sie und lächelte, »da bist du doch tatsächlich noch ein Stück gewachsen, seit du das Jackett zuletzt anhattest.« Wie verliebt sah sie ihn an. »Kannst du dich noch an Jens Mungard aus Keitum erinnern?« Sie versuchte, einen der goldenen Knöpfe vorn an der Jacke zuzukriegen.

»Willst du mich veräppeln?« Der Käpt'n richtete sich auf und breitete die Ellenbogen aus, daß die Jacke in den Schultern spannte.

»Dann weißt du ja bestimmt auch, was auf dem Grabstein der Mungards steht?« Tante Anni hörte nicht auf, am Jackett herumzuzupfen. »Oder?«

Der Käpt'n sah an sich herab und wirkte etwas hilflos. »Anni, ich kann das nicht mehr! Jetzt müssen mal andere ran. Ich will mich ja auch weiß Gott nicht drücken, aber das, was du von mir verlangst …«

»Gehorche Gott, tue recht, weiche keinem!«

Einen Moment hallten die Worte durch das alte Hotel.

»Ich weiß ja.« Der Käpt'n wand sich, als sollte er mit kurzen Hosen zum Keitumer Dorffest. »Ist aber leider ein schlechtes Beispiel. Irgendwer hat Mungard das Dach über dem Kopf angesteckt, weil ihm die Dänen lieber waren als die Deutschen.«

»Was verlang ich denn schon?« Tante Anni nahm die Hose von der Lehne, schüttelte sie aus, hielt sie ihm hin.

Herr Hagedorn beugte sich ein Stück weit vor und sammelte hilfsbereit einen Fussel vom Stoff. »Ja, was verlangen Sie denn eigentlich?«

Ich nickte gespannt.

»Sagt mal, lest ihr eigentlich gar keine Zeitung? Heute werden drüben im Wellenbad die Modelle vom Architektenwettbewerb für dieses ATLANTIS-Dingsda ausgestellt. Der Bürgermeister lädt zum Empfang. Das gucken wir uns an!«

Der Käpt'n stand ganz still und schien zu überlegen, stierte reglos aus dem Küchenfenster, als segelten seine Gedanken mit den Möwen auf dem Wind hinaus. Weiße Bartstoppeln glitzerten im Sonnenschein. Schließlich knöpfte er seine alte Cordhose auf und sagte: »Unter einer Bedingung.«

Tante Anni stützte ihn, damit er nicht auf die Fliesen kippte, als er schwankend ausstieg.

»Was für eine Bedingung denn?« fragte ich.

O-beinig stand der Käpt'n da, wie Sancho Pansa ohne Esel, musterte erst mich, dann Herrn Hagedorn, als wartete er nur darauf, daß wir uns über ihn lustig machten. Er war so alt wie das Jahrhundert, und das sah man ihm auch an. Langsam schob ich mit den Kniekehlen meinen Stuhl zurück.

»Wo willst du hin, Junge?«

»Ich hol dir deinen Stock.«

»Ich brauch keinen Stock!« hörte ich ihn noch, doch da war ich schon auf dem Weg.

Als ich wieder in die Küche kam, stand der Käpt'n aufrecht da, wie ich ihn von früher kannte: ein verwitterter Seebär, etwas wacklig auf den Beinen zwar, aber irgendwie gewaltig, jemand, mit dem man sich nicht anlegen wollte. Tante Anni fummelte an den goldenen Knöpfen herum und nuschelte mit Stecknadeln zwischen den Lippen irgendwas davon, das sei alles überhaupt gar kein Problem, da müsse man nur noch ein bißchen rauslassen und da noch ein bißchen ...

»Hier!« sagte ich und legte Opas Gehstock auf den Tisch. Der Arzt hatte ihm dazu geraten, also hatten wir ihm zu Weihnachten einen aus besonders hartem Holz geschenkt. Noch allerdings wartete das Ding auf seine Jungfernfahrt. Unter buschigen Augenbrauen blitzte mich der Käpt'n an, als wäre es meine Schuld, daß er was mit der Hüfte hatte.

»Und welche Bedingung jetzt?« fragte ich mit einem Blick in die Runde.

»Blödsinn!« sagte Tante Anni, ohne aufzusehen. »Was soll das denn für eine Bedingung sein ...?«

Der Käpt'n richtete sich zu seiner vollen Größe auf.

Draußen in der Halle läutete das Telefon.

»Meinetwegen ...«, sagte er. »Meinetwegen gehe ich mit euch dahin, aber danach ... wenn wir heute abend wieder zu Hause sind ...« Er sah uns der Reihe nach in die Augen, um sicherzugehen, daß wir auch alle mitbekamen, was er zu sagen hatte.

Wieder läutete das Telefon einsam vor sich hin. Tante Anni sah zur Tür.

»... dann will ich dieses Wort in meinem Haus nie wieder hören! Habt ihr mich verstanden?«

Herr Hagedorn sah mich fragend an, mit seiner weißen Flamme auf dem Kopf. Ich suchte Rat bei Tante Anni, die sich offenbar nicht entscheiden konnte, ob sie jetzt die Jacke weiter abstecken oder lieber ans Telefon gehen sollte.

Da riß das Klingeln ab.

»ATLANTIS«, knurrte der Käpt'n wie ein angeschossener Löwe. »Dieses Wort … will ich in meinem Haus nie wieder hören! Auch nicht von Ihnen, Herr Hagedorn!«

Ich blies die Backen auf. »Oha«, sagte ich. »Das wird nicht einfach.«

Tante Anni schüttelte nur lächelnd ihren Dutt.

Herr Hagedorn sah sehr unglücklich aus.

Dann stand der kleine Herr Wanderer in der Tür und sagte: »Da ist eine Frau Droste am Telefon. Könnte vielleicht mal jemand kommen?«

9

Ich mag nackte Frauen.

Mochte ich schon immer. Schon als kleiner Butscher am FKK-Strand war ich wie gebannt von diesem sensationellen Schwung um Po und Hüften, diesem Hauch von weichem Bauch, dem nackten Nabel, dem buschigen Busch und immer, immer wieder von Brüsten, vor allem solchen, für die man beide Hände brauchte. Ob mit langen Beinen, langem Haar, langen Wimpern, langer Nase – ich mochte sie mir einfach schrecklich gern ansehen, so rätselhaft und aufregend, daß in meiner Jeans nicht mal mehr Platz für meinen Mofaschlüssel war.

Ich fand nackte Mädchen einfach toll.

Oft saß ich da und stellte mir vor, wie sie sich wohl anfühlen mochten. Manchmal strich ich mit den Fingerspitzen über meine Brustwarzen oder wischte mit der Wange innen an meinem Oberarm entlang, was natürlich – wie ich ahnte – nicht dasselbe war, aber ich hatte ja noch nie im Leben ein nacktes Mädchen im Arm gehalten, nur einmal meine Cousine aus Dänemark, letztes Jahr beim Baden, allerdings war das wohl eher ein gegenseitiges Versehen gewesen.

»Johannes, mein Sohn, wenn ich mich recht erinnere, hast du mir unlängst eine Frage gestellt. Oder bist du an der Antwort gar nicht interessiert?« hörte ich.

Hastig schob ich das Vokabelheft mit den eingeklebten Nacktfotos meinem Tischnachbarn auf die Knie zurück und sah mich um, als wäre nichts gewesen. Ein paar müde Blicke waren auf mich gerichtet, nur mäßig amüsiert.

Pastor Haase lächelte in meine Richtung, froh, daß jemand einen Anflug von Interesse zeigte. Unter uns hieß er nur »Hasenhiob«. Zäh zog sich diese Stunde einmal in der Woche hin, und schon drohte der Funke, den ich mit meiner Frage kurz hatte aufblitzen lassen, kläglich zu verglühen, so daß sich Pastor Haase richtig ins Zeug legen mußte, wenn er seine Schäfchen bei der Stange halten wollte.

»Doch, doch …«, preßte ich hervor. »Ich war nur gerade …«

»Denn es ist eine gute Frage!« Der Pastor nickte in die Runde seiner elf Konfirmanden und wischte das gescheitelte Haar beiseite, damit es ihm nicht vor den Augen hing. »Gescheit und berechtigt! Laßt mich noch einmal wiederholen, was Johannes eben sagte! ›Ist die Bibel Gottes Wort?‹ Anke, mein Kind, was meinst du?«

Sie saß mir gegenüber, die schärfste Braut auf unserer Schule, der blanke Sex mit hüftlangem, blondem Haar und Hot Pants unter ihrem indisch bestickten Fellmantel, aus dem selbst im Februar nur diese endlos langen Beine ragten.

Etwas mürrisch zuckten ihre Mundwinkel, als hätte sie Grund zu schmollen, dann zuckte sie mit den Schultern, ratlos, wie jemand daraufkam, daß diese Frage sie aus ihren Träumen reißen könnte. Ich glaube, ich hatte sie noch nie ein Wort sagen hören. Hin und wieder tuschelte sie mit ihrer besten Freundin, einer etwas derberen Ausgabe ihrer selbst, die nie von ihrer Seite wich.

»Gar keine Meinung?« Pastor Haase war enttäuscht. Sein Blick wanderte an den Tischen entlang. »Sven-Uwe, du vielleicht?« Hektisch versetzte mein Tischnachbar seiner Bildersammlung einen solchen Stoß, daß sie in das Fach unter der Tischplatte rutschte und hinten ans Holz schlug. Er neigte sich ein Stück zu mir herüber.

»Was hat er gesagt?« flüsterte er, fast ohne den Mund zu bewegen.

»Ob du ihm dein Heft mal leihen würdest«, flüsterte ich zurück, woraufhin Sven-Uwe die Farbe von reifem Rhabarber annahm. Ohne dem Gottesmann in die Augen zu sehen, murmelte er: »Das ist doch wohl nicht Ihr Ernst, oder?«

Pastor Haase war ein langer, knochiger Mann, ein ausgemergelter Protestant mit seltsam hoher Stimme, als sänge er im Knabenchor. Sprachlos starrte er Sven-Uwe an.

»Oh, doch, mein Sohn!« rief er und hob den rechten Zeigefinger. »Und ob das mein Ernst ist!« Er schien verletzt und ließ seinen Blick ein Stück nach rechts wandern, bis er bei mir landete. »Ich hatte geglaubt, es sei eine rhetorische Frage, doch da muß ich mich wohl getäuscht haben. Was glaubst du selbst, Johannes? Ist die Bibel Gottes Wort?«

Sven-Uwe rächte sich mit einem schmerzhaften Knöchelhieb an meinen Oberschenkel, daß ich mich kurz krümmte, bevor ich meine Antwort herausbekam. »Eigentlich wollte ich was ganz anderes wissen«, stieß ich hervor.

Der Pastor schüttelte den Kopf. »Nein, nein! Bleiben wir doch dabei! Das scheint mir nun ein ganz entscheidender Punkt zu sein …«

Entschlossen schlug ich mit links meine schwarze Bibel auf. Das Alte Testament. Erstes Buch Mose 6–9. Die Genesis. »Hier steht …«, holte ich aus.

»Was machst du da? Wo bist du jetzt? Was suchst du denn?« Ziellos blätterte Pastor Haase in seinem Exemplar herum.

Ich sah in seine grauen Augen. »Ich möchte wissen, ob das mit der Sintflut wirklich stimmt.«

Der Pastor stutzte kurz. »Wohlan, mein Sohn! Sehen wir doch mal nach! Bei Mose steht geschrieben: Als Noah sechshundert Jahre alt war, kam Gott zu ihm und hieß ihn eine Arche bauen, auf daß er sich und seine sieben Gefährten mit je einem Paar von jeder Tierart retten konnte, denn Gott, der Herr, wollte eine Sündflut über die Menschen kommen lassen, weil sie böse waren.«

»Je ein Paar von jeder Tierart …«, schnaubte Sven-Uwe neben mir und strich eine fettige Strähne hinters Ohr. »Da geht es doch schon los! Was war mit den Eisbären? Und den Pinguinen? Oder den Kängurus? Den Koalabären? Den …?«

Der Pastor sah in unsere Richtung und redete einfach weiter. »Vierzig Tage und vierzig Nächte regnete es ohne Unterlaß, bis selbst die höchsten Gipfel fünfzehn Ellen unter Wasser standen. Hundertfünfzig Tage blieb das Wasser stehen, bis es wieder abfloß und die Arche unversehrt auf dem Berg Ararat landen konnte, wo …«

»In Armenien! Vulkanisch, aber erloschen!« quäkte der blasse Gunnar dazwischen, der normalerweise nur in der

Briefmarken-AG den Mund aufmachte. »Im Grunde sind es zwei Vulkane. Im Dreieck zwischen der Türkei, Persien und Armenien.«

Ich kniff den Mund zusammen. Gunnar Mommsen war ein etwas undurchsichtiger Streber, aber eigentlich harmlos. Er ging in meine Klasse und wollte immer gern dazu gehören, was aber nie klappen würde. Nicht mit den gemusterten Pullundern, die ihm seine Mutti strickte, nicht mit diesen Trachtenschuhen und schon gar nicht mit seinem Pilzkopf. So rannten nicht mal mehr die Beatles rum. Eigentlich hatte er überhaupt keinen Grund, wie eine Wassermelone zu grinsen.

»1829 war zum ersten Mal ein Mensch da oben, ein Deutscher«, plapperte Gunnar ungerührt weiter. »Auf der Suche nach der Arche Noah. Einige haben behauptet, sie hätten sie gefunden oder zumindest etwas, das so ähnlich wie der Kasten aussah, von dem in der Bibel die Rede ist, doch keiner konnte es bisher beweisen. Fotos gab es keine, und das Stück Holz, das einer als Beweis mitgebracht hatte, war gerade mal tausendfünfhundert Jahre alt. Das kann ja nicht stimmen. Inzwischen ist der Berg gesperrt, keiner kommt mehr rauf.«

Der Pastor staunte. »Woher weißt du das denn alles so genau, mein Sohn?«

»Ach, aus so Büchern. Hat mich schon immer interessiert.« Gunnar leuchtete vor Stolz. Sein großer Bruder hatte mal bei »Jugend forscht« den dritten Platz gemacht. Unter schweren Lidern sah sogar Anke einmal kurz zu ihm hinüber.

»Schön, schön.« Der Pastor nickte. »Ja, wenn es um Gott geht, geht es eben immer auch um Wunder. Da kann man gar nicht alles erklären … das Wunder des Lebens, das

Wunder der Auferstehung ... auch das Wunder der Sintflut, die Teilung des Roten Meeres ...«

»... die auf einem Übersetzungsfehler beruht!« flötete Gunnar siegesgewiß durch das Gemeindeheim. »Im hebräischen Original der Bibel durchqueren die Juden ein Schilfmeer. Die englische Übersetzung aus dem 13. Jahrhundert lautete ›Rede Sea‹, woraus Martin Luther dann das ›Rote Meer‹ gemacht hat.«

Sven-Uwe neben mir hob die rechte Faust.

Pastor Haase wirkte gar nicht froh. »Nun, sicher ist manches im Buch der Bücher sinnbildlich gemeint. Da sollte man vielleicht nicht allzu sehr nach bloßen Fakten schielen, damit ...«

»Aber hier ist doch alles voll von Fakten!« sagte ich und deutete mit dem Finger auf eine Bibelstelle, als könnte er von seinem Platz aus sehen, was ich gerade las. »Hier steht sogar eine Bauanweisung für die Arche, wie Noah sie bauen soll! Das wäre glatt was für Thor Heyerdahl ...«

»Ein guter Einwurf«, sagte Pastor Haase, als bekäme er Oberwasser. »Ende des 18. Jahrhunderts hat sich Johannes Elias Silberschlag eingehend mit der Frage beschäftigt, wie die vielen Tiere in die Arche paßten, wie sie zu tränken und zu füttern waren, was man mit dem vielen Dung gemacht hat, wieso keine Polartiere darunter waren, wie Sven-Uwe schon ganz richtig angemerkt hat ...«

Stolz sah Sven-Uwe in die Runde und fügte hinzu: »Und wer soll denn glauben, daß dieser Noah so alt geworden ist? Was steht hier? Siebenhundertsiebenundsiebzig Jahre.«

Pastor Haase schüttelte so heftig den Kopf, daß er sein Haar wieder ankleben mußte. »Nein, Kinder, das sind doch Sinnbilder! So kann man mit der Bibel nicht umgehen ...

und außerdem kann Gott in seiner Allmacht tun, was ihm beliebt ...«

»Wie denn jetzt?« rief ich. »Stimmt das, was in der Bibel steht, oder nicht?«

»Aber so hattest du deine Frage vorhin doch gar nicht formuliert! Deine Frage war: ›Ist die Bibel Gottes Wort?‹ Und da bin ich unerschütterlich: Das ist sie bestimmt!«

Gunnar hatte seinen Taschenrechner gezückt. »Nehmen wir die vorhandenen Angaben.« Er würde sicher mal Finanzbeamter werden. »Vierzig Tage und vierzig Nächte hat es geregnet, und aus den Brunnen trat das Wasser. Es stieg und stieg, bis alle Berge auf der Erde fünfzehn Ellen unter Wasser standen. Da eine ›Elle‹ ursprünglich wohl nach dem menschlichen Unterarm bemessen wurde, dürfte sie schon damals etwa um die fünfzig, sechzig Zentimeter lang gewesen sein ... macht nach Adam Riese«, er tippte auf seinem Taschenrechner herum, »zwischen siebeneinhalb und neun Metern, was allerdings kaum einen Unterschied machen dürfte, wenn man bedenkt, daß der Ararat – wenn wir den mal als Beispiel nehmen – etwa fünftausendeinhundertvierundzwanzig Meter hoch ist. Fünftausendeinhunderteinunddreißigeinhalb Meter also. So hoch stand das Wasser ... mindestens. Vom Mount Everest wollen wir hier mal gar nicht reden ...«

Gunnar sah in die Runde.

Jemandem fiel ein Bleistift runter.

Sven-Uwe sagte: »Das hättest du jetzt aber auch im Kopf ausrechnen können.«

Gunnar strich seinen Pilzkopf glatt und seufzte ungeduldig. »Okay, wenn man das mal weiterdenkt: Unsere Meere enthalten fast anderthalb Milliarden Kubikkilometer Wasser. Mindestens dreimal soviel wäre nötig, um die

Erde zu fluten. Das wären dann etwa viereinhalb Milliarden Kubikkilometer. Daraus ergeben sich folgende Probleme: Erstens: Woher kam das ganze Wasser? Zweitens: Wohin ist es abgeflossen?«

»Kinder! Kinder! Kinder!« Der Pastor breitete die Arme aus und sah einen Moment lang aus wie ein gekreuzigter Beerdigungsunternehmer. »Laßt uns doch gemeinsam noch einen Kanon singen, bevor sich auch unsere heutige Stunde nun langsam ihrem ...«

»Wäre die fehlende Menge in Form von Regen gefallen, wären Überlebende – also auch Noah und seine Leute – einem Atmosphärendruck ausgesetzt gewesen, der in etwa«, Gunnar tippte etwas länger auf den Rechner ein, »das 840-fache des normalen Drucks betrüge. Die Luft bestünde zu 99,9% aus Wasserdampf, was keine Lunge atmen könnte. Wie sollen die Menschen und Tiere auf der Arche unter solchen Voraussetzungen überlebt haben?«

Unser Pastor sah auf seine Uhr. »Vielleicht darf man nicht jeden einzelnen Stein umdrehen, wenn man sich der Wahrheit Gottes nähern will ...«

Ich schüttelte den Kopf und sah Gunnar an. »Also hat die Flut jetzt stattgefunden oder nicht?«

»Jedenfalls bestimmt nicht so, wie es in der Bibel steht«, sagte er. »Betrachten wir das Problem vom thermodynamischen Standpunkt: Da jedes Kilogramm Wasser, das sich aus der Atmosphäre verflüssigt, 2260 Kilojoules an Wärme freisetzt, ergibt sich daraus ...«, es klapperte eine Weile, während er tippte, »... eine Lufttemperatur von etwa 3500 Grad Celsius.«

Pastor Haase seufzte und kniff den Mund zusammen.

»Sollte die Flut aber doch eher aus den Brunnen aufgestiegen sein, müßte auch in diesem Fall aufgrund der Nähe des Wassers zum Erdmantel mit einer Temperatur von mindestens 1 600 Grad Celsius gerechnet werden.«

»Uff«, machte Sven-Uwe und wischte sich die Stirn, als wäre ihm jetzt schon heiß.

Anke versank in ihrem Fellmantel und kippelte mit ausgestreckten Beinen auf ihrem Stuhl, aber alle anderen stützten sich auf ihre Tische, kauerten ganz vorn am Rand ihrer Stühle und starrten Gunnar, den Streber, mit unverhohlener Bewunderung an.

»Wie kann man bloß so viel wissen?« hauchte Ankes blonde Freundin.

Gunnar zuckte mit den Schultern und lief rot an.

»Und selbst wenn der Mensch die Bibel aufgeschrieben haben mag ...«, alle Blicke wandten sich dem Pastor zu, »... dann doch zweifellos auf Gottes Geheiß hin. Seine Worte flossen den Schreibern aus der Feder. Sie schrieben doch in Gottes Namen!« Er hakte seinen knochigen Mittelfinger hinter den Kragen seiner Robe, als schwitzte er. »Und Noah ließ einen Raben fliegen, der nicht wiederkehrte, und dann eine Taube, die nirgends landen konnte und deshalb wieder zur Arche kam, und sieben Tage später versuchten sie es noch einmal, und die Taube brachte einen Ölzweig, was ihnen zeigte, daß in der Nähe Land sein mußte! Wenn das nicht mitten aus dem Leben gegriffen ist ... Genauso würden es Seeleute noch heute machen! In einer vergleichbaren Situation.«

Gunnar richtete sich auf und faltete die Hände. »Ich glaube ja an die Sintflut«, sagte er ernst. »Nur das mit dem Regen kann nicht stimmen.«

Dieser Satz stand einen Augenblick im Raum herum. Die dichten Bäume vor den Fenstern ließen kaum noch Licht herein.

»Also stimmt das gar nicht, was da in der Bibel steht«, sagte Karsten Pflock, der mit dem Rücken zur Tür saß. Er war noch nie das hellste Licht am Firmament gewesen. Er brauchte immer einen, der ihm sagte, was er machen sollte. Er knöpfte seine Jeansjacke über dem dicken Norweger zu und rückte mit dem Stuhl zurück, als reichte es ihm langsam. Neben ihm saß der säuerlich riechende Hartmut Lembecker, diese seltsam plumpe Eule. Hilfesuchend sah er mich an.

Ich weiß gar nicht, wieso, aber plötzlich mußte ich an Dr. Winter denken und daran, ob man ihn inzwischen wohl gefunden hatte. Zu Hause wollte ich Pepsi anrufen, weil ich wissen mußte, wie es ihr ging. Dann fiel mir der Drohbrief ein, den der Käpt'n am Mittag bekommen hatte, und ich dachte, ob das Hotel wohl noch stand.

Langsam beugte sich die schöne Anke vor. Sie wirkte ungewohnt verkrampft, und da sie sich im Konfirmandenunterricht so gut wie nie bewegte, fiel es auch allen auf. Sie räusperte sich, was klang, als meckerte eine kleine Ziege. Auf ihrer Stirn bildeten sich zwei vertikale Falten, gleich oberhalb der Nasenwurzel. Es schien, als überlegte sie. Das hatte ich bei ihr noch nie gesehen.

Dann zwitscherte sie mit seltsam piepsiger Stimme, wie eine Meise, die sich ins Gemeindeheim verflogen hatte: »Mh, also ... ich versteh das alles nicht. Kann ja sein, daß die Menschen damals nicht so toll waren, aber wieso konnte Gott sie nicht einfach sterben lassen und sich dann bessere erschaffen? Wieso mußte er die armen Leute denn ertränken? So stell ich mir den lieben Gott nicht vor. Das ist doch gemein. Und die armen Tiere erst ... die konnten doch überhaupt nichts dafür ...«

Gunnar sah aus, als würde er gleich auf die Knie fallen und die Jungfrau Maria anbeten. Ankes Freundin nickte majestätisch in die Runde der Staunenden, und Sven-Uwe neben mir versuchte vergeblich, seine rechte Hand in die enge Hosentasche zu zwängen. Offenbar wollte er sein Kleingeld zählen, um sicherzugehen, ob er bald genug beisammen hatte, um mit Anke nach Gretna Green durchzubrennen.

Mir ging es da ganz anders.

Es erinnerte mich nur daran, wieviel lieber mir die sprudelige Pepsi war, mit ihrem Strubbelkopf und dem abgebrochenen Zahn.

Pastor Haase sah sehr einsam aus. Mit gefalteten Händen saß er an seinem Pult. Die meisten seiner Schäfchen waren aufgestanden, schoben ihre Stühle unter die Tische und suchten ihr Zeug zusammen. Viele wirkten irgendwie verloren. Anke saß noch immer da und starrte den Pastor an, mit diesen beiden kleinen Falten an der Stirn.

Ihre Freundin stand schon hinter ihrem Stuhl. »Und wie jetzt? Hat es diese Sintflut nun gegeben oder nicht?« fragte sie, an niemand Speziellen gerichtet. Bedächtig wickelte sie ihren lila Strickschal um den Hals.

»So steht es geschrieben«, murmelte der Pastor.

»Ja, aber stimmt das auch?« fragte Hartmut Lembecker. Er klang verzweifelt. Noch an meinem Platz konnte ich ihn riechen.

»Die Bibel ist das Wort Gottes«, erwiderte Pastor Haase trotzig.

Langsam knöpfte Gunnar seinen Lodenmantel zu. »Ich halte es für sehr wohl möglich, daß es eine Sintflut gab«, sagte er nickend, als wollte er den Pastor trösten. »Es kann aber eigentlich nur eine gewaltige Welle gewesen sein. Wie ein Tsunami oder so was in der Art.«

»Was für 'n Ding?« fragte Karsten Pflock.

10

Es konnte kein Zufall sein, daß die Honoratioren unserer Stadt die Pappmodelle für ihr umstrittenes Renommierobjekt an einem Mittwochnachmittag an einem verschwiegenen Ort wie dem Wellenbadcafé präsentierten. Um diese Zeit waren die meisten potentiellen Nörgler noch bei der Arbeit.

Man blieb gern unter sich.

Ich war ein paar Stufen vorausgelaufen, blieb kurz vor der Drehtür stehen und sah aufs Meer hinaus, zum flammenden Horizont hinüber. Fast schien es, als tropfte Sonnenglut durch die grauen Wolken und steckte mit Lava die Welt in Brand.

Apropos.

Ich war ehrlich erleichtert gewesen, als ich nach dem Konfirmandenunterricht mit meinem Mofa in die Steinmannstraße gebogen war und das Hotel noch stand. Ich hatte gleich bei Pepsi angerufen, aber es kam nur ein Polizist ans Telefon, der mich eher unwirsch darauf hinwies, daß ich die Leitung blockierte. Ob ich denn gar nicht mitbekommen habe, was passiert sei. Ja, ja, keine Sorge, Katharina Winter gehe es gut, und wenn er sie sehe, wolle er ihr ausrichten, daß ich angerufen hatte.

Es dauerte ewig, bis die anderen die Freitreppe schafften. Tante Anni hielt mit einer Hand ihren weißen Sonntagshut, damit er nicht über den Parkplatz wehte, und stützte mit der anderen den Käpt'n, der mit seinem Stock herumfuchtelte, als führte man ihn zum Duell. Herr Wanderer blieb vorsorglich in seinem Windschatten, kleinmütiger Sekundant, der er war. Nur Herr Hagedorn schien bester Dinge, er sah aufs wilde Meer hinaus, daß seine weißen Haare landeinwärts wehten.

Drinnen, hinter der Drehtür, war es seltsam dunkel, weil irgendwer den großen Vorhang zum Schwimmbad zugezogen hatte. Am Rand und durch die Ritzen blutete das Sonnenlicht herein. Man wollte wohl verhindern, daß sich die Stadtvertreter ihre Nasen an der Scheibe platt drückten, weil da unten nackt gebadet wurde.

Ganz hinten im schmalen Café, beim Tresen, sah ich ein paar alte Männer in Schlips und Kragen stehen, deren Gesichter ich zum Teil aus der Zeitung kannte: Stadtvertreter, Bürgervorsteher, solche Leute. Sie hielten Sektgläser in den Händen, ließen ernste Blicke über kalte Platten schweifen oder steckten die Köpfe zusammen.

Noch war kaum was los.

Ich kreiselte mit der Tür hinein, ließ mich von dem Drehdings in den Glasbau schieben. Drinnen roch es frisch gefeudelt. Weiße Drahtstühle standen schweigend um runde Bistrotische versammelt. Schon von weitem sah man ihnen an, daß sie auf den Fliesen quietschen würden, wenn man sich darauf setzte. Zwei Kellner in Westen standen da. Der eine rauchte. Von irgendwo schleimten leise Geigen die Titelmelodie von »Love Story«.

Es war beklemmend.

Die Blicke der meisten Anwesenden waren hoffnungsvoll auf die Drehtür gerichtet, als würde jeden Augenblick der Heiland auf Badelatschen hereinspazieren, um sie aus ihrem Elend zu befreien. Lässig blieb ich mit den Händen in den Taschen stehen und tat, als wäre ich unsichtbar.

Da kreiselte die Tür erneut, und meine Mannschaft kam aufs Spielfeld. Ich mußte einen Schritt beiseite treten, damit der Käpt'n mich mit seinem Stock nicht niederstreckte.

»Aus dem Weg, Junge!«

Links und rechts sah ich auf langen Tischen weiße Pappmodelle stehen, jeweils fünf oder sechs pro Seite. Allen gemeinsam war, daß man sie auf den ersten Blick für Raumstationen hätte halten können, seltsam kantige Dinger auf ihrer Odyssee durchs Weltall, wäre da nicht neben allen Exponaten das immer gleiche, handbemalte Meer mit blondem Strand und ein paar altbacken wirkende Bauten gewesen, bevölkert von winzigen Figürchen mit Hut und Sonnenschirm, die aussahen, als flanierten sie sonntagsnachmittags zwischen Betonsilos umher. Denen konnte ich nur wünschen, daß sie keinen Windschutz suchten. Man hatte Mini-Wellenbäder und die drei Blöcke des Neuen Kurzentrums daneben gebastelt, dazu das *Hotel Miramar* und die rote Musikmuschel auf der Kurpromenade, wohl um die Größenverhältnisse zu verdeutlichen. Neben ATLANTIS schrumpfte alles andere zur Bedeutungslosigkeit.

»Sehr verehrte Gäste! Meine lieben Mitbürger!« hörte ich eine sonore Stimme vom anderen Ende des Cafés her. »Dann sollten wir vielleicht schon mal beginnen, was?« Der Westerländer Bürgermeister war kaum größer als ein Strandkorb, aber fast so breit, und es lag nicht nur an seinem Doppelnamen, daß man, wenn man ihn sah, unweigerlich an die Schlagzeile zu seiner Amtseinführung denken mußte.

Schmidt-Paulsen – Ich bin zwei Bürgermeister!

Gewichtig trat er vor und zupfte am Ärmel seines blauen Zweireihers, um einen Blick auf die Uhr zu werfen. »Der eine oder andere muß heute noch aufs Festland zurück, und Reisende soll man – wie man so sagt – nicht aufhalten ... selbst wenn sie unserer schönen Insel den Rücken kehren! Sie werden es noch bereuen, meine Herren!« Er wischte über seinen schmalen Haarkranz und erntete das eine oder andere Lächeln. »Nun, ich will nicht zu lange schwadronieren, sondern Sie, die Sie heute so zahlreich zu diesem großartigen ...« Er schwenkte seinen Arm mit wunderbarer Geste durch den Raum. Im Rücken unserer Fünfergruppe drückten sich noch drei, vier Interessierte herum, wie beim Freistoß vor dem Tor. Schmidt-Paulsen räusperte den Frosch im Hals beiseite, drückte die geballte Faust kurz an den Mund und rief: »... möchte ich also alle Anwesenden herzlich willkommen heißen, die sich heute hier versammelt haben, um diese – wie ich ehrlich sagen muß – im wahrsten Sinne des Wortes *phantastischen* Entwürfe erstrangiger Architekten aus dem In- und Ausland zu begutachten. Begrüßen Sie mit mir auch den Urheber des siegreichen Entwurfes, Herrn Dr. Isgard Schemel vom Büro Schemel & Schemel in Düsseldorf, der den weiten Weg zu uns in den hohen Norden nicht gescheut hat, um heute diesen schönen Anlaß hier mit uns begehen zu können ...« Er deutete auf einen jugendlich wirkenden Mann, der sich kauend die Hand vor den Mund hielt und grinste wie Ilja Richter. »Natürlich begrüße ich auch ganz herzlich den stellvertretenden Direktor der Firma SCHÜTT-BETON, verantwortlich für sämtliche Bauvorhaben seines Unternehmens in Nordeuropa. Wenn ich ihn recht verstanden habe, dann ist ihm nach zahlreichen Besuchen unsere schöne Insel ganz besonders ans Herz gewachsen, und deshalb hat er sich unseres Vorhabens auch persönlich angenommen. Begrüßen Sie mit mir Herrn Diplom-Ingenieur Gregor Dregger aus München! Herzlich willkommen!«

Jemand quietschte mit seinem Stuhl auf den Fliesen, und

hinter uns klatschte einer, bis sich zwei, drei Leute nach ihm umdrehten.

Dieser Dregger sah irgendwie finster aus, mit dunklen Schatten um die Augen, als hätte er sich vom Galeerentrommler hochgearbeitet. Mißtrauisch nickte er in die Runde.

Ich merkte, daß der Käpt'n nicht mehr bei uns stand. Ich sah mich um und fand ihn weiter hinten bei einem der Pappmodelle. Er stand weit vorgebeugt, auf seinen Stock gestützt, und inspizierte in Paradeuniform einen Entwurf, bei dem es sich auch um einen Getreidesilo mit Aussichtsplattform hätte handeln können. Er hatte seine Mütze aus der Stirn geschoben. Tante Anni zwinkerte mir zu, als wollte sie sagen: »Laß ihn man lieber in Ruhe.«

Vorn hatte sich mittlerweile Kurdirektor Blessing mit seiner weißen Nelke im Knopfloch in Positur gestellt, um ein paar warme Worte zu sagen. Von Dankwart Blessing hieß es, er habe seine Reetdachkate längst für den fünffachen Preis an die Baufirma verkauft und residiere demnächst in Braderup, mit goldenen Wasserhähnen und Blick aufs Watt. In seinem Peter-Frankenfeld-Sakko stand er da und sah aus, als wollte er was singen.

»Meine sehr verehrten Damen und Herren, vielleicht kennen Sie noch den alten plattdeutschen Ausspruch: ›*Mok, wat du wull, de Lüt schnackt doch!*‹« Er wartete einen Augenblick auf Reaktion, stolz darauf, daß er so volksnah war.

Tante Anni stand neben mir und runzelte die Stirn.

Blessing nickte mit feuchten Augen. »Das hat meine Mutter, Gott hab sie selig, immer zu mir gesagt, wenn ich meiner Sache sicher war, aber Gegenwind fürchtete. Egal, was man tut, man wird es doch nie allen recht machen können.

Wie Sie sicher wissen, ist die Bevölkerung unserer Insel keineswegs in ihrer Gesamtheit davon überzeugt, daß im Rahmen der Planungen für ATLANTIS Großes geleistet wurde … und nach wie vor geleistet wird, wie ich persönlich finde!«

Ein paar der umstehenden Herren brummten, leerten ihre Gläser. Einer funkte mit seinem Feuerzeug herum, um sich eine Zigarre anzuzünden.

»Zweifellos werden wir auf lange Sicht nicht darum herumkommen, daß wir uns um Einigkeit bemühen müssen. Eines Tages wird diese Insel eine gemeinsame Verwaltung und sicher auch einen Inselbürgermeister brauchen …«, mit gespieltem Bedauern sah er Schmidt-Paulsen an, der lächelte, als hielt er das für einen Scherz, »… und möglicherweise – das will ich gar nicht ausschließen – sogar einen Inselkurdirektor.« Er zuckte mit den Schultern, daß die Nelke in seinem Knopfloch wippte. »Nur einmütige Entscheidungen können auf Dauer den *dringend* nötigen Zusammenhalt gewährleisten! Wir dürfen die Bedenken der Bevölkerung nicht auf die leichte Schulter nehmen! Als Personen des öffentlichen Lebens, denen die Menschen die Verantwortung für das Wohlergehen ihrer Insel übertragen haben, ist es unsere Pflicht, ihnen zu vermitteln, welche Vorteile für uns als Gesamtheit erwachsen, wenn wir – ich sag mal – klotzen, statt zu kleckern!«

Ich seufzte. Solche gedrechselten Reden konnte ich mir nicht unbegrenzt anhören.

Nach wie vor stand Tante Anni neben mir und zog ihre Stirn in Falten. Hagedorns Blick schweifte bereits nach Nordost, über den Parkplatz zur *Villa Dünenrose*, deren linker Turm von dort, wo ich stand, gerade eben noch hinter einer Häuserecke zu erkennen war.

Ich wich ein Stück zurück und sah mich um. Die Sonnenglut schien den Rand des dunklen Vorhangs zu versengen, als würden jenseits davon Höllenfeuer brennen, als müßte man erblinden, wenn man auch nur einen einzigen Blick auf das Verbotene warf.

Einfach unwiderstehlich.

Niemand merkte, daß ich mich zu den Pappmodellen hinübertreiben ließ. Es waren allesamt eckige, kantige Dinger, manche irgendwie elegant und auch modern, wenn man so wollte, solange man sich nicht ausmalte, wie sie nach zehn Jahren an der See aussehen würden. Das Neue Kurzentrum wirkte längst nicht mehr so neu wie zu seiner Eröffnung.

Und es stand erst seit fünf Jahren.

»Wir müssen unserer Bevölkerung vermitteln, welch ein Segen es war, daß die Firma SCHÜTT-BETON mit dem Angebot an uns herantrat, für einen Spottpreis ein hochmodernes Kurmittelhaus auf Sylt zu errichten, für das wir ansonsten weit über zwanzig Millionen Mark aufbringen müßten. Und das wir, meine Damen und Herren, dringend – ich wiederhole: dringend – brauchen! Dafür verlangt man von uns nicht mehr, als daß wir Herrn Schütt ein größtenteils unbebautes Grundstück im Zentrum unserer Stadt übereignen. In bester Lage zwar, doch soll es nicht zu unserem Schaden sein. An dieser Stelle wird ein ultramoderner Apartmentkomplex entstehen, eine Stadt in der Stadt, die ihresgleichen in Europa, ach was, auf der ganzen Welt sucht. Und sagen wir es doch mal, wie es ist …«

Es schien, als wollte er den Rest des Vortrags flüstern.

Vorsichtig tat ich einen Schritt von den Modellen zum Ende des geteilten Vorhangs hin, schob ihn ein Stück beiseite und stand im warmen Sonnenlicht. Ich fürchtete schon, die Helligkeit würde mich verraten, aber bei einem Blick hinüber sah ich, daß niemand auf mich achtete.

»Es wird wohl allgemein bekannt sein, daß die Stadt Westerland bis über alle Kirchturmspitzen verschuldet ist, so daß die läppischen fünfhunderttausend Mark, die wir notfalls zusammenkratzen könnten, um die notwendigen Reparaturen am alten Kurmittelhaus vorzunehmen, auf deutsch gesagt – rausgeschmissenes Geld wären! Mit dem roten Schornstein sieht der Bau aus wie ein Krematorium, und mit einem solchen Image kann man als Kurbetrieb wirklich nicht gelassen in die Zukunft blicken. Ich will es gern bildlich sagen, meine Damen und Herren: Unserer Stadt fehlen die Mittel, sich am eigenen Schopf aus dem Morast ihrer altmodischen Schlickpackungen zu ziehen!« Ein paar dumpfe Lacher hallten durchs Café. »Hinzu kommt, daß uns bei mangelhaftem Kurbetrieb in absehbarer Zeit die Gäste ausbleiben werden. Und das, meine Damen und Herren, wäre unser aller Ende. So sieht es nämlich aus!«

Und es sah gar nicht übel aus.

Ich hatte Glück.

Der FKK-Tag im Wellenbad war eher was für Kurgäste. Ich kannte keinen Sylter, der freiwillig den doppelten Eintrittspreis bezahlte, um ohne Hosen herumrennen zu dürfen.

Touristen waren irgendwie anders.

Mit einem Blick hatte ich die ansehnlichsten Exemplare in den Fluten ausgemacht. Zwei propere Mädchen in meinem Alter, die mit ihrer Mutter und dem dürren, kleinen Bruder armwedelnd durch die Wellen hüpften.

Drüben, bei den Fenstern zum Meer hin, wo das Sonnenlicht die nackten Leiber wärmte, lag so eine Uschi-

Obermeier-mäßige Hippieschönheit auf der breiten Fensterbank. Ihre Freundin streckte sich daneben aus, lehnte mit dem Rücken am Pfeiler.

Echt malerisch.

Fünf Schritte links davon stand der Bademeister mit seinen weißen Gummilatschen und sah zu mir herauf. Er hatte den besten Job der Welt. Eigentlich hätte er ruhig etwas freundlicher aus der Wäsche gucken können.

Ich wich zurück, und ganz kurz war alles schwarz mit gelben Punkten, weil sich meine Augen so schnell nicht an die Dunkelheit gewöhnen konnten, als plötzlich ein kranker Laut durch das Café hallte, ein wütendes Krächzen, das in die Ohren schnitt. Irgendwie animalisch. Abrupt fuhr ich herum und verhedderte mich glatt im Vorhang.

Drüben, bei den Modellen auf der anderen Seite, an der Drehtür, bemerkte ich den Käpt'n in seiner leuchtenden Paradeuniform. Er stand da, leicht vorgebeugt, als wäre ihm was runtergefallen.

Er sah aus wie ein trauriger Clown.

Als hätte er geweint.

Zumindest gab er reichlich merkwürdige Geräusche von sich, so ein feuchtes Schluchzen, wie von jemandem, dessen Enkel eben über die Reling gegangen war. Er bebte wie im Rückwärtsgang. Mit beiden Händen hob er den Gehstock hoch über seinen Kopf, als wollte er etwas zerschlagen.

Es war ein bißchen unheimlich.

Ein erstickter Schrei gurgelte aus seiner Kehle hervor, dann richtete er sich auf, holte aus und schlug mit dem Stock auf das letzte Modell in der Reihe ein, daß die weißen Fetzen flogen. Erst zweimal, als haue er auf einen Lukas ein, dann nahm er den Stock wie einen Baseball-Schläger und köpfte den Pappturm mit weitem Schwung. Das Ding segelte durchs Café, überschlug sich auf dem Nebentisch, trudelte zu Boden und kullerte dem sprachlosen Kurdirektor vor die Füße.

»Wo?« krächzte der Käpt'n, was wohl nur ich verstehen konnte, weil ich ganz in der Nähe stand. »Wo ist meine *Dünenrose*? Wo? Ich seh sie nicht!« Wütend hieb er dem Wellenbad das Dach kaputt, zertrümmerte das Kurzentrum mit drei gezielten Schlägen, dann fegte er das *Miramar* samt roter Muschel vom Tisch, so daß die kleinen Figuren, die eben noch entspannt über die Promenade flaniert waren, wie von Gottes Faust geworfen durch die Gegend flogen.

Es sah aus wie nach der Sintflut.

»Noch hab ich nicht verkauft!« brüllte der Käpt'n außer sich und mußte schrecklich husten, was seinen Vortrag etwas schwächte. Schnaufend blickte er sich um, hielt seinen Stock mit beiden Pranken, als suchte er jemanden, dem er den Schädel einschlagen konnte.

11

Was soll ich sagen?

Manchmal war mir der Käpt'n fremd.

Nun war er sowieso noch nie ein Opa gewesen, wie man ihn aus Kinderbüchern kennt, so ein verständnisvoller Tattergreis, dem man mit jedem Scheiß kommen konnte, der mit seinem Enkel im Keller bunte Märchenfiguren laubsägte. Es hatte lange gedauert, bis ich ihn überhaupt – und sei es nur im Scherz – »Opa« nennen durfte.

Alt werden war noch nie sein Ding gewesen. Und dann hatte Oma Auguste mit fünfundsechzig ihren Schlaganfall gehabt, was für alle völlig überraschend kam. Sie hatte nur so gesprüht vor lauter Leben. Kaum eine Woche lag sie da, halbseitig gelähmt, in einem Gitterbett in einem kahlen Krankenzimmer. Wir besuchten sie fast jeden Tag, in der Hoffnung, daß sie eines Morgens wieder auf der Bettkante sitzen und mit den Beinen baumeln würde.

Mit ins Zimmer durften Charlotte und ich nur einmal, und ich sehe sie noch vor mir, wie sie da lag, halb zur Wand gedreht, mit stierem Blick, wie ein hilfloser Seehund. Einen Moment später hatte mein Vater uns Kinder auf den Flur hinausgeschoben. Wie er die Ruhe bewahren konnte, ohne daß man ihm viel angemerkt hätte, war mir ein Rätsel.

Meine Mutter heulte ununterbrochen.

Zwei Wochen redete Opa mit niemandem ein Wort. Er war schon immer eigen. Ich weiß noch genau, wie er seinen Abschied als Kapitän auf diesem Ausflugsdampfer nahm, denn ich war dabei, als er Oma Auguste die frohe Botschaft überbrachte. Sie stand in der Küche und legte Wäsche zusammen, und er strahlte, als wollte er ihr einen Heiratsantrag machen. Man sah es ihm an: Es war eine echte Erlösung, nicht mehr auf Butterfahrt gehen zu müssen. Er war so froh, daß er sich nicht mehr wie eine flügellahme Ente fühlte, nur weil er das Geld brauchte. Die Zeiten waren schwierig. Damals trug sich das Hotel in manchen Jahren nicht mehr von allein.

Plötzlich aber saß der Käpt'n von morgens bis abends in der Küche rum, löste Kreuzworträtsel und wußte alles besser.

Oma Auguste war überhaupt nicht begeistert.

So kam es, daß er bei der Westerländer Kurverwaltung anheuerte und einen Sommer lang auf der Promenade in seiner schmucken Uniform den Seebären markierte. Er mußte gar nicht viel tun, nur auf und ab stolzieren und sich bewundern lassen. Es ging nicht lange gut. Die vorlauten Gören mit ihren plumpen Streichen nervten ihn vom ersten Tag an, die welken Damen, die ihm bis nach Hause folgten, nervten bald schon meine Oma, und dann waren da noch diese rechthaberischen Pensionäre, Ex-Amtmänner oder Regierungsräte, die im Urlaub einen vom Leder ziehen mußten und ihn in Diskussionen verstrickten, die er gar nicht haben wollte.

Geduld war nicht eben seine Stärke. Allerdings ist es wohl ohnehin ein billiges Klischee, daß alte Friesen stur und dröge sind. Der Käpt'n konnte ganz schön aufbrausen. Das hatte er vom Wind gelernt.

Somit war es also keineswegs das erste Mal, daß ich meinen Opa vor mir stehen sah und nicht begriff, was in ihm vor sich ging. Ich meine, ich sah ja, was los war, und kannte auch die Hintergründe, aber daß er ausgerechnet hier und jetzt vor Zeugen, die ihm ernstlich schaden konnten, explodieren mußte, schien mir nicht sehr klug. Wenn er so weitermachte, landete er noch in Schleswig, und dann ging die *Dünenrose* ganz bestimmt verloren.

So weit durfte es nicht kommen.

Als ich den Vorhang losließ und meinen ersten Schritt in seine Richtung tat, um ihm den unseligen Gehstock aus der Hand zu reißen, sah ich links im Augenwinkel Tante Anni mit ihrem Sonntagshut, die noch vor den beiden Kellnern und zwei, drei anderen in unsere Richtung stampfte.

»Nicht, Uwe! Laß das nach!« rief sie über die Stimmen der aufgebrachten Honoratioren hinweg, und als sie fast schon bei ihm war – bevor die anderen den alten Mann mit seinem Gehstock niederringen konnten, was sicher für uns alle auf der Polizeiwache im Amtsgericht geendet hätte –, passierte etwas, das dem Gang der Dinge eine gänzlich neue Wendung gab.

Plötzlich kam die Drehtür ins Rotieren.

Im Schwall spuckte sie Leute aus, mit jeder Drehung mindestens vier Mann, manchmal sogar mehr, ein buntes Völkchen mit Pudelmützen und Kapuzen, in Parka oder Trenchcoat, ganz normale Sylter, soweit es so was gibt, dazwischen immer wieder Freaks und Hippies, auch welche von den Rockertypen, die ich bei der Demo schon gesehen hatte, Leute über Leute, einen nach dem anderen, mittendrin Karl Marx mit seiner Pelzmütze Marke Ulbricht, der wie ein Reichsgraf in den Thronsaal trat und majestätisch in die Runde blickte. Draußen vor dem Eingang drängte sich sein frierendes Gefolge.

Es dauerte nicht lange, bis alle Plätze besetzt waren und ein Gewirr von Stimmen den Raum erfüllte. Die Leute verteilten sich, standen an den Tischen, verdeckten bald schon die Modelle. Einige hatten Schriftbänder dabei, andere bemalte Schilder, auf denen sie ihre Meinung kundtaten.

Ein dunkles Raunen ging am anderen Ende durchs Café, drüben bei den Stadtvertretern, und jemand schaltete das Licht an, so daß die Neonröhren flackerten und viele Stimmen »Aaaah« machten.

Tante Anni zerrte den Käpt'n resolut in die Ecke neben der Tür, damit er vom Menschenstrom nicht umgerissen wurde. Er ließ es über sich ergehen, als hätte er irgendwie den Faden verloren. Ich nahm ihm zur Sicherheit den Stock aus der Hand. Seine Augen schimmerten im kalten Licht der Neonröhren.

Die beiden Kellner und die anderen, die sich den Käpt'n hatten schnappen wollen, um die Raumschiffe zu retten, standen nun mitten im Café und sahen aus, als müßten sie sich ganz allein der Menschenmenge stellen.

»Wie ich mich freue! Nein, wirklich! Willkommen! Herzlich willkommen, meine sehr verehrten Damen und Herren!« Bürgermeister Schmidt-Paulsen drängte nach vorn. »Schön, daß das Interesse an unserer kleinen Ausstellung nun doch so groß geworden ist!« Zielstrebig steuerte er auf Professor Lüttjohann zu, den er offenbar als Rädelsführer ausgeguckt hatte. »Leider mußten wir schon ohne Sie beginnen, und der offizielle Teil ist gerade zu Ende. Schade, wirklich schade.« Er nahm Lüttjohanns Rechte mit beiden Händen und pumpte daran herum, als freute er sich ehrlich. »Aber sehen Sie sich die Modelle gern an. Dafür sind sie ja da. Und sollten Sie noch Fragen haben, tun Sie sich nur keinen Zwang an ...«

Über seiner Schulter ragte Kurdirektor Blessing im karierten Sakko auf und grinste wie ein Muli.

Lüttjohann klappte den Deckel seiner Aktentasche auf, zog einen Stapel Papiere hervor und blickte räuspernd in die Runde, was ihm etwas Ruhe verschaffte. »Vielen Dank«, sagte er, »aber wir sind nicht gekommen, um uns Ihre Bastelstunde anzusehen. Dieser Bau darf – weder hübsch noch häßlich – um keinen Preis an unserem Strand errichtet werden. Sie kennen meine Meinung dazu. Bitte schön ...« Damit hielt er Schmidt-Paulsen den Packen hin, der offensichtlich ziemlich schwer war. »Hiermit übergebe Ihnen offiziell unsere Unterschriftenliste mit mehr als 19000 Namen von Einwohnern und Gästen, die sich in dieser Form gegen eine weitere Bebauung unserer Insel mit Apartmenthäusern aussprechen. 4000 Unterschriften stammen allein von Westerländer Bürgern, deutlich mehr als die Hälfte aller Wahlberechtigten.«

»Yeah! Gib's ihm!« rief jemand aus der Menge, und die meisten lachten.

Schmidt-Paulsen hob die Hände, als kapituliere er, nahm den Packen, reichte ihn an einen Helfershelfer weiter und wollte sich wohl verabschieden, als sei sein Auftritt in diesem Schauspiel beendet, da rief eine Frauenstimme von irgendwo aus der Menge: »Stimmt es, daß die Stadt schon bindende Verträge mit dem Bauunternehmer eingegangen ist? Daß es ganz egal ist, wie die Stadtvertretung nächste Woche abstimmt?«

»Genau!« riefen andere. »So ist es doch!«

Irgendwer brüllte: »Alle bestochen!«

Noch immer drängten Menschen ins Café, so daß es für uns da hinten in der Ecke langsam schwierig wurde, alles mitzubekommen, was so geredet wurde. Dann sah ich weiter vorn Herrn Hagedorn, der versuchte, sich zu uns durchzudrängeln. Er kam nicht weit. Ratlos hob er seine Schultern und ließ sie wieder fallen, als wollte er sagen: »Was soll man denn nun *damit* anfangen?«

Die ersten Besucher wurden mittlerweile von den Nachdrängenden rückwärts an die Tische mit den Pappmodellen gedrückt, daß diese immer weiter knarrend zu den Fenstern rückten.

»Vorsicht, bitte! Vorsicht!«

Die beiden Kellner und ein paar Helfer von der Kurverwaltung gaben sich alle Mühe, die Modelle vor den Leuten zu schützen, die zum Teil schon ihre Mäntel darauf abgelegt hatten, aber im Grunde hätte lieber mal jemand an der Tür stehen und verhindern sollen, daß immer mehr Leute hereindrängten, weil man fast nichts mehr mitbekam, von der schlechten Luft mal abgesehen, und wenn ich es recht bedachte, konnten wir froh sein, daß die Decke hielt, denn so viele Besucher hatte das Wellenbadcafé garantiert noch nie gesehen.

Schmidt-Paulsen schien sich mit dem Kurdirektor zu besprechen. Eine heisere Männerstimme rief: »Angeblich drohen der Stadt Schadenersatzforderungen in Millionenhöhe. Stimmt das?«

Ich sah, wie die Blicke an dem Vertreter der Baufirma hängenblieben. Düster stand er da, wie ein Hecht, der abschätzte, mit wie vielen Karpfen er es gleichzeitig aufnehmen konnte.

Kurdirektor Blessing ließ sich nicht beirren. »Aber wir haben doch schon reduziert! Acht Stockwerke niedriger, nur noch siebenhundert Apartments, kein Hotel mehr, kein Schwimmbad, kein Dachcafé. Jetzt muß es aber reichen! Sonst endet ATLANTIS noch als Bungalow ...«

Professor Lüttjohann hob den rechten Arm. »Da heute offenbar ein Vertreter des Bauunternehmens anwesend ist, sollten wir die Frage doch gleich an die richtige Adresse richten. Wie hoch schätzen Sie mögliche Regreßansprüche Ihrer Firma für den Fall ein, daß ATLANTIS nicht gebaut wird?«

Nun waren endgültig sämtliche Blicke im Café auf diesen Dregger gerichtet, daß ich schon dachte, wären es Brenngläser gewesen, stünde er im nächsten Augenblick in Flammen.

»Unser Anwalt spricht von fünfzehn Millionen«, knurrte er, was kaum zu verstehen war.

»Mark?« fragte jemand.

»Lauter!« riefen einige.

Er richtete sich auf. »In jedem Fall mehr, als der Stadt Westerland lieb sein kann! Die Planungen für ATLANTIS laufen seit der Zusage vor über zwei Jahren. Die Firma

SCHÜTT-BETON behält sich vor, Schadenersatz nicht nur für bereits erbrachte Planungsleistungen, sondern auch wegen Rufschädigung und …«

»Buuuuh!« riefen einige.

Blessing blieb am Ball. Er faltete die Hände, als stünde er auf der Bühne einer seiner Unterhaltungsabende. »Meine lieben, engagierten Sylter Mitbürger! Lassen Sie uns doch diesen schönen Anlaß heute nicht allzusehr auf die Probe stellen. Ich denke, man wird auch überlegen müssen, was eigentlich geschieht, wenn ATLANTIS nicht gebaut wird – von möglichen Regreßansprüchen einmal ganz abgesehen. Die Fachleute sind sich einig, daß es zu einer Zersiedelung der Insel kommen wird. Nehmen Sie doch das *Sonnenland* an der Blidselbucht. So wird bald die ganze Insel aussehen, hübsch und adrett, aber dicht besiedelt. Auch in Westerland werden im Zuge der Nachbarschaftsbebauung rundherum neungeschossige Apartmenthäuser entstehen. ATLANTIS könnte das alles bündeln!« Er lächelte wie in eine Kamera.

»Baustopp! Baustopp!« grölten ein paar Langhaarige, die sich drüben am Vorhang drängten.

Blessing sah hinüber und schüttelte den Kopf. »Aber, aber! Sie wissen doch, daß ein Baustopp unmöglich durchzusetzen wäre. Rechtlich ist das gar nicht machbar! Man kann den Menschen nun mal nicht verbieten …«

»Baustopp! Baustopp!«

»Vermutlich wird es auch gar nicht nötig sein … Meiner Einschätzung nach dürfte die Bautätigkeit auf unserer Insel ohnehin Mitte der siebziger Jahre ein Ende nehmen. Wenn alle Baupläne ausgeschöpft sind …«

»… werden doch neue erstellt«, rief jemand.

»Heuchler!«

»Blender!«

»Baustopp! Baustopp!«

Die ersten konnten nicht mehr stehen. Es lag wohl an der schlechten Luft. Mitten im Café setzten sich welche auf die Fliesen und zogen andere mit zu Boden, so daß sich nach und nach ein Kreis bildete, wie eine Lichtung. Manche lachten und fingen an zu singen, dieses Lied von Donovan:

»Way down below the ocean
Where I wanna be, she may be ...«

Es gab ein Gerangel zwischen denen, die sitzen, und denen, die stehen bleiben wollten, dann sah es einen Moment lang aus, als sollte gleich der Plumpsack rumgehen, mit Blessing, Schmidt-Paulsen und Karl Marx in der Mitte.

Neben mir stand Tante Anni auf den Zehenspitzen und machte einen langen Hals, um etwas zu erkennen. Der Käpt'n hockte auf einem Stuhl und starrte trübsinnig aus dem Fenster. In manchen Häusern gegenüber brannte Licht.

Ärgerlich schüttelte Tante Anni den Kopf. Erst dachte ich, sie sei sauer, weil sie nicht sehen konnte, was da hinten vor sich ging. Dann aber rief sie laut über die Köpfe hinweg: »Was seid ihr bloß für Friesen? Ihr solltet euch was schämen!«

Alle drehten sich zu uns um.

»Tante Anni, nicht!« Ich zupfte an ihrem Mantel, aber unwirsch machte sie sich von mir los.

»Steht da wie die Ölgötzen und schachert, aber kein einziger verliert auch nur ein Wort über den armen Dr. Winter! Schämt euch! Die einen wie die anderen! Ich will mal lieber gar nicht nachfragen, wer von euch alles bei ihm zur Schule gegangen ist ... Dr. Winter ist doch ein netter Mann!

Irgendwer hat ihn entführt, weil wir uns nicht einig werden können. Schlimm ist das, wie hier mit Menschen umgegangen wird! Schlimm!«

Einen Augenblick herrschte betretenes Schweigen. Die Leute um uns rückten etwas ab, als fürchteten sie, der Zorn der alten Dame mit dem Sonntagshut könnte auch sie ereilen.

Die drei Männer in der Mitte starrten zu uns herüber, und einer wie der andere sah aus, als fühle er sich ertappt.

Schmidt-Paulsen kam als erster zu sich. »Wie froh ich bin! Wie dankbar, daß endlich die Stimme des Volkes spricht und uns mahnt, der Opfer zu gedenken, die …«

»Opfer? Wieso Opfer?« rief jemand. »Winter doch wohl nicht! Der ist doch auch geschmiert!«

Drüben, vom Vorhang her, kam etwas geflogen. Es segelte im Bogen durch die Luft, und ob es nun dem Bürgermeister galt oder wem auch sonst, das ließ sich von meinem Standpunkt aus nicht einschätzen. Jedenfalls stieg das Ding auf, blieb ganz oben, mitten in der Luft, kurz stehen, dann stürzte es ab und traf Schmidt-Paulsen rechts am Kopf. Es klatschte kurz und vernehmlich, dann platzte das Ding auf, und man sah, daß es ein Beutel mit roter Farbe war, die ihm nun aus seinem schmalen Haarkranz bis über den blauen Zweireiher lief.

Er sah aus, als hätte man ihm das Ohr lackiert.

Da kam schon der nächste Beutel geflogen.

Der Professor hob die Hände. »Nicht! Nicht doch! Liebe Freunde! Wir schaden uns nur selbst!«

Schmidt-Paulsen sah an sich herab und schien die Opferrolle zu genießen.

Eben eilte ihm Dankwart Blessing mit seinem bestickten Taschentuch zur Hilfe, da flogen von der anderen Seite her zwei braune Eier. Daß sie roh waren, erkannte man erst, als sie den Kurdirektor trafen. Daß sie faul waren, roch man ziemlich bald. Eins traf ihn am Hinterkopf und lief ihm in den Nacken, das andere saute ihm sein Sakko ein.

Die ersten Leute hielten sich die Nasen zu, mit großen Augen und dicken Backen. Manche drängten schon mit ausgestreckten Armen zur Tür, da flogen die nächsten Eier.

Es stank nach Verwesung.

Kurz entschlossen drückte ich dem Käpt'n seinen Gehstock in die Hand, half ihm vom Stuhl hoch und bugsierte ihn durch die Leute zum Ausgang. Tante Anni hatte auch genug. Als ich mich umdrehte, winkte ich Herrn Hagedorn und sah, wie unser Bürgermeister und sein Kurdirektor einander umklammerten, als hätten sie sich lieb. Ich sah, wie die sitzstreikenden *Atlantis*-Sänger ihre Galionsfigur stützten, damit der Professor in dem Durcheinander nicht auf die Sitzenden kippte. Drüben bei den Langhaarigen, die mit Farbbeuteln warfen, wurde es handgreiflich, als sich die Helfer von der Kurverwaltung dorthin durchgedrängelt hatten. Einer krallte sich im Vorhang fest, zwei andere stürzten sich auf ihn, und im Zuge der Gewichtsverlagerung kippte alles nach rechts. Die Ringe oben an der Stange gaben nach.

Mit einem Bersten, einem mächtigen Reißen und Poltern gingen die meisten der Umstehenden zu Boden.

Männer brüllten sich an. Man hörte spitze Schreie. Ob vor Schreck oder Schmerz, das kann ich gar nicht sagen.

Kurz bevor ich von den Leuten hinter mir aus dem stinkenden Saal in die Drehtür geschoben wurde, beobachtete ich noch, daß unten im Wellenbad ein paar Touristen wie nackte Pinguine in den Fluten standen und glotzten, als konnten sie nicht fassen, was sie da oben sahen.

12

Ich glaube, ich habe Arne Jepsen schon immer beneidet, seit dem Moment, als er zum ersten Mal mit weinroter Samthose und aufgeknöpftem Hemd vor unserer Klasse stand und Herrn Volquardsen angrinste, als könnte der ihm in hundert Jahren nicht das Wasser reichen. Ich weiß, daß Neid kein feiner Zug ist und man so nicht denken sollte, wenn man mit jemandem befreundet ist, aber es abzustreiten würde einen Lügner aus mir machen, und ich habe mir fest vorgenommen, bei der Wahrheit zu bleiben.

Arne war älter als ich, etwas größer, schlanker, vor allem aber charmanter und – so ungern ich es zugebe – um einiges männlicher. Als er trotz allem sitzenblieb und bei uns in der 9b landete, erblühten selbst die Mauerblümchen in ungeahnter Farbenpracht. Es schien, als nähme seine bloße Gegenwart direkten Einfluß auf ihren Hormonhaushalt. Ich denke, die meisten wünschten Pepsi Winter Pickel an den Arsch, seit sie Micks Geburtstagsfete mit Arnes Hand unter dem Pulli verbracht hatte.

Pepsi paßte überhaupt nicht in die Reihe seiner Eroberungen, dieser makellosen Folge blauäugiger Blondinen. Sylter Mädchen lernten früh, ihre Reize am Hauptstrand auszutesten.

Pepsi war da anders.

Gut ein halbes Jahr gingen die beiden nun schon miteinander, und ich konnte es noch immer nicht begreifen, weder von seiner noch von ihrer Seite. Ich glaube, er war für sie ebensosehr eine Trophäe wie sie für ihn. Aber wer weiß schon, was Liebende zusammenhält? Erzählen wollte Pepsi mir jedenfalls nichts davon. Um mich zu schonen, sagte sie, was nur meine Phantasie anregte und mich nicht wirklich schonte.

Arnes Vater arbeitete bei der Bundesvermögensstelle, seine Mutter verkaufte halbtags in einem dieser zugigen Andenkenläden unten im Kurzentrum handbemalte Porzellanmöwen und so Zeug. Die beiden hätten kaum unterschiedlicher sein können. Herr Jepsen war ein wortkarger Mann von fast zwei Metern, mit strammem Wanst und Haaren auf den Händen. Seine Frau reichte ihm kaum bis zur Gürtelschnalle, eine aufgedrehte Dickmadame mit Sinn für Nippes. Nach Arnes Erzählungen hatten sie sich im Wartezimmer beim Logopäden kennengelernt, denn beide litten unter dem gleichen Sprachfehler. Anfangs haben wir uns über das nasale Nuscheln schlapp gelacht, aber nach einer Weile hört man so was gar nicht mehr, und die beiden waren schon okay.

Herr Jepsen jedenfalls fuhr einen nicht mehr ganz taufrischen türkisfarbenen Opel Kadett mit elfenbeinfarbenem Dach, so ein Mittelding zwischen Badewanne und Umzugskarton. Er brauchte ihn nur selten, denn Jepsens wohnten in der Marinesiedlung, gleich neben seiner Arbeitsstelle, und Frau Jepsen fuhr fast nie, denn wenn sie erst ein Kissen unter dem Hintern hatte, damit sie auch was sehen konnte, kriegte sie die Kupplung nicht mehr durchgetreten. Deshalb parkte der Wagen meistens um die Ecke beim Feuerlöschbrunnen im Pidder-Lüng-Wai.

»Hast du überhaupt schon ’n Führerschein?« meinte Gunnar. »Du bist doch erst siebzehn, oder?«

Arne grinste nach hinten. »Willst du lieber laufen?« fragte er, während er schaltete. Draußen segelte das milchige Licht der Straßenlaternen vorüber.

Gunnar sah mich an. »Er weiß, was er tut«, sagte ich.

»Wenn was passiert, ist keiner von uns versichert ...«

Mick drehte das Beifahrerfenster herunter, um seine zerknüllte Bierdose rauszuwerfen. »Wenn bei dieser Sache was schiefgeht, hilft uns auch keine Versicherung.«

Und damit hatte er natürlich recht.

Ich war ziemlich baff gewesen, als ich den Kadett unter der Laterne vor der *Dünenrose* parken sah. Mick und Arne hatten schon eine Weile auf mich gewartet und vom Tumult im Wellenbadcafé nichts mitbekommen. Dabei waren es kaum hundert Meter bis dorthin.

Die beiden hatten ganz andere Sorgen.

Tante Anni und der Käpt'n schlurften schon voraus ins Haus, denn Opa sah aus wie Gevatter Tod persönlich und mußte sich vor dem Abendessen dringend eine halbe Stunde hinlegen. Den alten Hagedorn hatten wir unten an der Treppe vor dem Wellenbad zurückgelassen, denn er wollte auf Herrn Wanderer warten, den wir, als die Polizei eintraf, im Gedränge nicht mehr hatten wiederfinden können.

Noch baffer war ich gewesen, als Mick und Arne, die mir beide etwas hektisch vorkamen und sich gegenseitig dauernd ins Wort fielen, erklärten, sie hätten einen absolut hundertprozentig vielversprechenden Tip bekommen, wir müßten nur mal kurz hinfahren und nachsehen, und vielleicht wäre dieser Tag ein echter Glückstag für alle Beteiligten.

Vor allem für uns.

»Hoffentlich gilt das auch für Dr. Winter«, hatte ich hinzugefügt und mich wie Tante Annis moralischer Vollstrekker gefühlt.

Am baffsten allerdings war ich gewesen, als wir unterwegs an der Süderstraße haltmachten, Mick kurz ausstieg, hinter einer weißen Gartenpforte zwischen den Büschen verschwand und einen Moment später mit Gunnar, dem

Streber, wieder auftauchte. Seit seinem Auftritt im Konfirmandenunterricht sah ich ihn zwar in anderem Licht, aber deshalb wollte ich ihn noch lange nicht dabeihaben, wenn wir uns die Belohnung verdienten.

Wozu auch?

»Okay, Gunnar«, sagte Arne, als alle vier im Auto saßen und die Sache mit der Versicherung geklärt war. »Jetzt erklär uns noch mal, was du mir vorhin am Telefon erzählt hast.«

Ich sah Gunnar an, neben mir dort auf der engen Rückbank, in seinem dunkelgrünen Lodenmantel, brav gekämmt und zugeknöpft, als hätte Mutti ihm eben noch auf der Schwelle die Schuhe zugebunden.

Ein hoffnungsloser Fall.

Gunnar strich seinen Pony glatt. »Also: Montagabend, gegen Viertel nach neun, war ich mit unserem Hund noch draußen und hab was beobachtet, das mir gleich irgendwie merkwürdig vorkam, aber erst bei genauerer Überlegung wurde mir bewußt, daß ich möglicherweise Zeuge von Dr. Winters Entführung gewesen sein könnte«, sagte er und kniff die Augen zusammen.

Der Wagen nahm ein Schlagloch, so daß wir alle gleichzeitig nicken mußten.

»Und weiter?« fragte Mick. »*Was* hast du gesehen?«

»Es hat ziemlich geregnet. Deshalb hatte ich mich mit Pawlow an der Bushalte untergestellt ...«

»Der weiß auch davon?« Mick wischte mit seinem Afro über den weißen Plastikhimmel, als er sich zu uns umdrehte. Offensichtlich fürchtete er um seinen Anteil.

»Das ist unser Pudel! Pawlow? Russischer Verhaltensforscher?« Gunnar schien ratlos, daß es jemanden gab, der Pawlow nicht kannte.

»Da kann man seinen Hund ja gleich Sputnik nennen und ihn auf den Mond ...«

»O Mann, Mick!« stöhnten Arne und ich im Chor.

»Ich steh da im Regen und warte, daß Pawlow endlich fertig wird. Es ist nichts los, kein Mensch weit und breit, alles sitzt vorm Fernseher, weil da dieser Durbridge läuft, da kommt von links so ein dunkler Amischlitten vorbei, ziemlich schnell, in Richtung Süden. Der fährt hier immer auf der Insel rum. Habt ihr bestimmt schon mal gesehen. Reichlich ungepflegt. Am Steuer sitzt meistens so ein bärtiger Typ mit langen Haaren ...«

»Dr. Winter und Mister Heide!« grinste Mick, der einfach nie die Klappe halten konnte.

Arne sah ihn an. »Gib mir mal einen Schluck von deinem Bier«, sagte er und streckte seinen Arm aus. »Das ist schon dein fünftes. Und nimm die Füße da runter. Du zerkratzt noch alles.«

»Das war soweit natürlich noch nicht ungewöhnlich«, sagte Gunnar, »und ich hab mir auch nichts dabei gedacht, aber einen Moment später kommt so ein weißer Käfer auf zwei Rädern um die Kurve und ...«

»Ach, so ...«, sagte ich enttäuscht.

»Moment, Moment!« Gunnar tippte an seine Stirn. »Ich bin ja nicht blöd.«

»Aber vorschnell vielleicht?« sagte ich.

Gunnar verzog den Mund. »Nein, nein. Der Punkt ist, daß ich erst dachte, ich seh doppelt oder so, denn am Steuer von diesem Käfer saß noch mal der gleiche Typ mit Bart und langen Haaren ...«

»Na, und?« sagte ich.

»Die beiden kenne ich«, meinte Arne, ohne seinen Blick von der Straße abzuwenden. Wir anderen starrten ihn nur an. »Na, ja, den einen wenigstens ... und kennen ist vielleicht zuviel gesagt, aber ich weiß, wo er wohnt.«

»Und dem rücken wir jetzt auf die Pelle.« Mick sah nach vorn und trank, als müßte er sich Mut ansaufen.

Einen Augenblick war alles still, vom brummenden Motor abgesehen. Ich sah den Mond über dem Wattenmeer, wo er den Wolken einen hübschen Silberrand verpaßte. Ich hatte so eine dunkle Ahnung. Langsam beugte ich mich zu Arnes Hinterkopf vor und sagte ihm ins Ohr: »Und woher weißt du, wo der Typ wohnt?«

»Ich seh den schwarzen Chevy manchmal unten am Rantumer Hafen stehen.« Er räusperte sich mit der Faust vor dem Mund.

»Am Rantumer Hafen? Und was machst du da? Der ist doch total verschlickt.«

Arne schüttelte den Kopf, daß seine blonden Locken wippten. »Ich fahr ja nicht zum Angeln hin ...«

»Geangelt hat er dann schon«, warf Mick ein und drehte sich grinsend zu uns um. »Da muß er sich nur noch seinen Fisch abschuppen lassen.«

Gunnar und ich sahen uns an. Ich glaube, die näheren Einzelheiten wollten wir beide nicht hören. Außerdem hatte ich kein Interesse daran, mir vorzustellen, ob er vielleicht auch mit Pepsi hierherfuhr.

»Du fährst wohl öfter mal mit dem Kadett von deinem Vater rum, was?« sagte Gunnar.

»Liegesitze«, sagte Mick.

Ich versuchte, draußen zu erkennen, wie weit wir eigentlich schon gekommen waren. Im Mondschein war nicht viel zu sehen, aber *Haus Hanna*, die einzige menschliche Behausung an der Straße nach Rantum, hatten wir schon hinter uns, als Mick sich abrupt umdrehte, Gunnar musterte und sagte: »Nur eins versteh ich nicht. Ich mein, ich finde es ja nett, daß du uns den Tip gegeben hast, aber wieso gehst du damit eigentlich nicht zur Polizei und holst dir die Belohnung ab?«

Gunnar saß da, strich den Pony an seinem Pilzkopf glatt und sagte wie selbstverständlich: »Ich steh nicht auf die Bullenschweine.«

Ich glaube, danach herrschte mindestens zwei Minuten Funkstille, in denen wir anderen drei den letzten Satz erst mal verdauen mußten. Aus Gunnars Mund klang der Spruch irgendwie nicht richtig. Im Grunde war uns doch wohl allen klar, daß er unsere Nähe suchte, weil er unbedingt dazu gehören wollte ... was ja auch okay gewesen wäre, aber er fing immer wieder davon an, daß er in unserer Band mitorgeln wollte. Schließlich hatte er seit sechs Jahren Klavierunterricht ... wie es sich für einen amtlichen Streber gehörte. Im stillen sah sich Gunnar schon an der Hammond sitzen, um im Kursaal den Keith Emerson raushängen zu lassen. Leider konnte er sich nur von seinem Bruder so eine quäkende Farfisa ausleihen. Entscheidend allerdings war, daß er nie den Rhythmus hielt.

Bei aller Liebe – Gunnar groovte überhaupt nicht.

»Ach so«, sagte Mick, als würde er kein Wort glauben.

Als wir den verwaisten Campingplatz hinter uns hatten, setzte Arne den Blinker, um links abzubiegen. Auf der ganzen Fahrt war uns kein einziges Auto begegnet, und auch hier schien alles menschenleer. Wie eine Festung zeichnete sich rechter Hand die alte Kaserne im Mondschein ab, die Torbögen wie dunkle Mäuler. Seit hier keine Soldaten mehr Wache schoben, war die Gegend im Winter wie ausgestorben.

Am Himmel zogen wilde Wolken entlang.

Je näher wir dem Hafen kamen, desto stiller wurde es im Wagen. Der Weg war unbefestigt und sah aus wie die Holsteinische Seenplatte, so daß Arne reichlich manövrieren mußte, um den Kadett nicht völlig einzusauen.

Mick hielt sich am Griff über der Beifahrertür fest. »Ich glaub, ich weiß jetzt, wen du meinst«, sagte er.

Arne fuhr zu schnell und mußte sich konzentrieren, um nicht im Graben zu landen.

»Nicht so hastig«, sagte ich. »Laß uns hier irgendwo parken. Sonst sehen sie uns noch.«

Gunnar beugte sich zu mir herüber. »Wo soll denn hier was sein?« fragte er mit Blick übers weite Rantum-Becken. »Hier ist doch nichts.«

»Immer gut, wenn man echte Sylter dabei hat, was?« sagte Arne, was irgendwie fies war. Gunnar war nicht hier geboren, aber dafür konnte er ja schließlich nichts. Langsam rollte der Wagen noch ein Stück. Arne stellte erst den Motor ab, dann machte er das Licht aus.

Draußen heulte der Wind.

»Okay«, sagte Arne und zog den Reißverschluß an seiner Jacke hoch. »Ich geh mal gucken. Bin gleich wieder da.«

»Sollen wir hier etwa sitzen bleiben?« Mick konnte kaum abwarten, daß endlich was passierte. »Wieso das denn?«

Arne riß seine Kapuze über den Kopf. »Ich kenn mich hier am besten aus. Sobald ich was gefunden hab, komm ich zurück und hol euch. Meint ihr, ich will alleine was auf die Mütze kriegen?«

Damit drückte er die Fahrertür auf. Wind fegte herein, als die Funzel über dem Rückspiegel anging. »Tür zu!« rief ich, was eher eine blöde Angewohnheit war, die ich von meiner Mutter hatte.

Dann saßen wir zu dritt im Dunkeln und schwiegen.

Je länger es dauerte, desto deutlicher konnte man drüben auf dem Deich die Umrisse von ein paar frierenden Schafen erkennen. Immer wieder bahnte sich der Mond einen Weg zwischen den Wolken hervor. Man hörte Krähen.

»Mann, wie lange soll das eigentlich noch dauern?« stöhnte Mick schon ziemlich bald. Er konnte kaum stillsitzen und sah Gunnar und mich erwartungsvoll an, als wüßten wir darauf eine Antwort.

»Habt ihr eigentlich auch schon woanders gesucht?« Gunnars Gesicht war nur ein schwarzer Fleck.

»Nach Dr. Winter?« sagte ich.

»Wir haben noch massenweise Ideen in petto«, warf Mick etwas eifrig dazwischen, »aber deinem Hinweis wollten wir zuerst nachgehen.«

An seinen schimmernden Zähnen sah ich, daß Gunnar lächelte. Ich glaube, er war wohl manchmal etwas einsam.

Nach einer Weile seufzte er und sagte leise: »Na, da bin ich ja mal gespannt.«

Ich nickte und versuchte mir vorzustellen, daß Pepsis Vater hier irgendwo ganz in der Nähe war, versuchte zu fühlen, ob ich ihn spüren konnte, irgendwelche Vibrations oder so, was natürlich Blödsinn war. Neben der Belohnung und blanker Neugier spielte bei dieser ganzen Sache für mich eine entscheidende Rolle, was ich für Pepsi tun konnte. Damit es ihr besser ging. Bei Arne war ich mir da nicht so sicher.

»Soll ich mal einen Witz erzählen?« fragte Mick.

In diesem Moment wurde die Fahrertür aufgerissen, und Arne kletterte herein, durchgeweht und aufgeplustert. »Okay«, keuchte er. »Da ist Licht. Vorne, in dieser flachen Halle bei der Mole. Und der rostige Chevy steht auch da.«

Er schob sich die Kapuze vom Kopf, um uns besser sehen zu können.

»Was schlägst du vor?« fragte ich.

Auch Gunnar beugte sich nach vorn. »Ja, was sollen wir jetzt machen?«

»Wir lassen den Wagen hier stehen und schleichen uns ran. Das Licht würde uns verraten. Ist aber nicht weit. Ein Stück den Weg runter, hinter den Büschen. Als erstes sollten wir uns umsehen, ob da irgendwo der weiße Käfer versteckt ist. Wenn nicht, können wir uns den ganzen Aufwand sparen.«

»Der *muß* da sein. Ich hab ihn doch gesehen«, sagte Gunnar, als wollte er sich verteidigen.

»Hat eigentlich einer 'ne Taschenlampe dabei?« fragte ich. »Falls wir den Wagen finden und sichergehen wollen, daß es auch der richtige ist?«

»Nee, ich hab was Besseres«, sagte Mick mit seltsamer Stimme und langte grinsend in die Innentasche seiner Jacke. Langsam zog er etwas hervor. Im Dunkeln war es kaum zu erkennen, nur daß es metallisch war und schwer sein mußte.

»Mann, Alter, spinnst du?« sagte Arne. »Steck dir Knarre weg!«

13

Was soll ich sagen? Ich weiß ja, daß es der entscheidende Augenblick war. Ich hätte mich einfach aus dem Staub machen sollen, am Strand zu Fuß nach Hause. Oder trampen, ganz egal, Hauptsache weg.

Aber ich blieb sitzen.

Wie alle anderen auch.

Einen Moment lang starrten wir das Ding auf Micks Schoß an, diesen silbernen Revolver mit Perlmuttgriff, den er aus der Nachttischschublade seiner Mutter hatte. Wir hatten ihn uns oft genug angesehen.

»Ladykiller«, sagte Arne.

Mick grinste ihn an. »Für alle Fälle.«

»Du meinst wohl: *für den Fall der Fälle*«, sagte Gunnar neben mir etwas altväterlich. »Sonst würdest du ihn ja *in jedem Fall* benutzen.«

»Auf alle Fälle«, Mick ließ sich nicht beirren, »sind wir damit nicht wehrlos.«

Arne drückte seine Tür auf. »Laß das Ding bloß im Handschuhfach. Wenn wir was finden, fahren wir sowieso zu den Bullen. Den Rest sollen die regeln.«

»Ganz meine Meinung«, sagte ich erleichtert. »Dann müssen wir nur noch warten, daß sie uns die Belohnung überweisen.«

Das war doch ein guter Plan.

Rüde rempelte uns der Wind den matschigen Weg entlang, trieb manchmal riffelige Wellen durch die Pfützen, in denen das Mondlicht glitzerte. Als mir wieder einfiel, was wir hier wollten, wurde mir plötzlich ganz mulmig, und ich ließ mich etwas zurückfallen. Die ganze Aktion war mir nicht geheuer. Außerdem war es arschkalt.

Im Mondschein zwischen zwei dunklen Wolken sah ich, wie die drei anderen als Schattenrisse über den freien Platz vor dem Deich geweht wurden. Dahinter lag die kleine Mole. Der Rantumer Hafen war nicht mehr als ein verschlammtes Loch im Watt, das selbst bei Hochwasser kaum irgendwem was nützte. Einmal war ich erst hier gewesen, war als kleiner Butscher auf meinem Dreirad den Deich runtergerollert, bis ich in so einem blöden Loch hängenblieb und eine Schwalbe in den Schlick machte. Der Käpt'n hatte vor Jahren erzählte, daß hier mal ein Yachthafen entstehen sollte.

Rechts von mir drückte sich eine flache Halle in den Schutz hoher Büsche, ein langgestreckter Backsteinbau mit Pappdach und breitem Schornstein. Das alles stammte noch aus der Zeit, als das Rantum-Becken Seeflughafen für tausendjährige Marineflieger gewesen war. Finster sah der Bau aus, wie die leeren Kasernen ein Stück landeinwärts, nur viel flacher und kleiner. Die Fenster waren schwarz verhängt, aber oben im angeschrägten Dach gab es so eine Art Oberlicht, aus dem es leuchtete. Vorn an der Tür, über der Veranda, funzelte eine nackte Birne einsam vor sich hin. In deren Lichtschein sah man etwas abseits gerade noch das Heck von einem dunklen Chevrolet.

Ich schlich den anderen hinterher, solange ich im Mondschein was erkennen konnte, zum hinteren Ende der Halle, wo Arne, der vorausgelaufen war, etwas entdeckt zu haben schien. Ich sah, daß er uns Zeichen gab, und die beiden anderen dackelten ihm brav hinterher.

Eine Windbö schob mich an, als spürte sie, daß ich nicht wirklich wollte.

Da drüben standen alte Autos.

Das Ganze war ein Schrottplatz.

Irgendwo hörte ich einen Hund bellen.

Unwillkürlich blieb ich mitten auf dem schlammigen Vorplatz stehen und lauschte. Die Kapuze wehte mir vom Kopf, als ich mich umdrehte, aber zu hören war nichts mehr.

Nur der Wind rauschte durch die Büsche.

Mußten wir hier eigentlich so herumschleichen?

War das nicht öffentliches Gelände?

Im Grunde konnten wir doch machen, was wir wollten. Oder?

»Hey, psst!« hörte ich aus dem Schatten neben der Halle und sah etwas flackern, das wie ein Feuerzeug aussah.

Ich seufzte und stapfte durch die Pfützen.

Je weiter ich kam, desto deutlicher wurde, wie groß das Gelände eigentlich war. Hier standen eine ganze Menge alte Autos herum: Käfer, Enten, Heckflossen, manche halb zerlegt, die Marke kaum noch zu erkennen. Mittendrin ragte aufgebockt ein alter Fischkutter auf, wie von Fußvolk umgeben, das Goldene Kalb, rostig wie der Chevy.

Ich hatte mich schon oft gefragt, wo eigentlich die vielen Kutter geblieben waren. Früher lagen sie in Viererreihen im Lister Hafen, und wir haben tütenweise Krabben gekauft und gepult und gepult und die Viecher in solchen Mengen zum Abendbrot vertilgt, daß uns das Eiweiß aus den Ohren kam. »Hau rein, Junge!« hatte mir der Käpt'n zugeraunt, »gibt ordentlich Tinte auf 'n Füller!«, und mir dabei zugezwinkert, so von Mann zu Mann, wobei meine Mutter und Oma Auguste jedesmal die Nase rümpften und mein Vater nur grinsend den Kopf schüttelte.

Eine dunkle Wolke schob sich vor den Mond, daß kaum noch was zu sehen war, nur ein paar Umrisse, wo eben noch …

»Hey!« Da stand jemand im Weg.

Fast wäre ich in den Matsch gestolpert, wenn mich der andere nicht mit beiden Händen festgehalten hätte.

»Paß doch auf!« zischte Gunnar.

Mich von unserem Klassenstreber maßregeln zu lassen, hatte mir gerade noch gefehlt. Ich sah, daß seine Brillengläser matt gen Himmel schimmerten, und folgte seinem Blick.

»Zählst du hier Sterne, oder was?«

»Und wenn?« flüsterte Gunnar, ohne sich vom Himmel abzuwenden.

Ich sah zu Mick und Arne hinüber, die zwischen den Autowracks herumschlichen und den weißen Käfer suchten. »Wir sollten lieber langsam mal ...«

»Paß auf, wenn die eine Wolke da oben vorbei ist ...«

Ich runzelte die Stirn. »Gunnar, das ist jetzt nicht wichtig.« Ich sah ihn an, wie er da mit seinen schicken Schuhen im Morast stand. »Du bist nicht zufällig mit einem gewissen Herrn Hagedorn verwandt, oder?«

»Schätz mal«, sagte er.

»Mann, Gunnar, jetzt komm endlich ...«

»Schätz doch mal.« Mit dem Zeigefinger schob er seine Brille am Nasenrücken entlang bis ganz nach oben.

»Was denn?«

»Wie viele kann man sehen?«

»Sterne? Pfff ... Dreiundzwanzig?« Langsam kriegte ich einen steifen Hals.

Gunnar schüttelte den Kopf.

»Jetzt komm endlich ...«

»Siebzig *Trilliarden*.« Gunnar sah mich an, und seine Brille schimmerte silbern. »Hab ich gelesen«, sagte er.

»Siebzig Trilliarden?« flüsterte ich. »Das ist aber eine eher grobe Schätzung, oder? Wie viele Nullen sollen das denn sein?«

Gunnar sah zum Himmel auf. »Ungefähr zehnmal soviel wie Sandkörner auf der Erde.«

Der Wind wehte mir das Haar in die Augen.

»Quatsch«, sagte ich aus vollem Herzen.

»Pssst! Könntet ihr zwei Quasselstrippen vielleicht mal mitsuchen?« Im Mondlicht sah Micks Afro echt gewaltig aus. »Oder wollt ihr lieber noch ein bißchen Händchen halten?«

Wir suchten ziemlich lange, stapften die Reihen der Schrottautos auf und ab. Ratten oder kleine Katzen oder irgendwelche anderen pelzigen Viecher huschten vor unseren Füßen hin und her, und an manchen Stellen roch es eklig nach Pisse und Benzin. Ich nahm mir den Fischkutter in der Mitte vor und klopfte rundherum den Rumpf ab, in dem es eisern hallte. Weiter war da nichts.

»Wir suchen einen weißen VW Käfer«, raunte mir Arne im Vorübergehen zu, als müßte ich daran erinnert werden.

Vor einem windschiefen Wohnwagen am Fuß des Deiches stieg er auf einen Ytong-Stein und versuchte, da drinnen was zu erkennen. »Sieht bewohnt aus«, sagte er, als wir im Windschutz der Halle wieder beieinander standen. »Ist aber keiner drin.«

»Das konntest du im Dunkeln erkennen?« fragte Gunnar, der eben dazukam und an seinem Lodenmantel herumwischte.

»Allerdings«, gab Arne leicht genervt zurück.

Ich zuckte gerade mit den Schultern, als wir Mick von weiter hinten etwas rufen hörten. Er hatte sich zwischen den Wracks bis an den Drahtzaun des Geländes durchgekämpft. Ich sah seinen übergroßen Kopf und zwei rudernde Arme, als wollte er einen Segelflieger einweisen.

»Ein Käfer!« flüsterte er aufgeregt, als wir bei ihm ankamen. »Hier, unter der Plane ...«

Arne klang mutlos: »Dahinten stehen mindestens zehn Käfer ...«

»Aber der hier ist weiß!«

»Von den anderen waren auch ...«

»Hier!« Mick bückte sich und zog die raschelnde Plane von einem weißen Kotflügel. Der Wagen sah nicht so alt und verrostet aus wie die anderen, aber im Grunde war es viel zu dunkel, um etwas zu erkennen.

»Laß mal das Kennzeichen sehen!« meinte Gunnar und ging mit fachmännischer Geste in die Hocke.

»Welche Nummer hat der Käfer von Frau Winter eigentlich?« Ich hatte es nur so dahingesagt.

Wir sahen uns an.

Mist.

Arne riß die dunkle Plane ein Stück hoch.

Hinten war das Nummernschild abgeschraubt.

Vorne auch.

»Und jetzt?« fragte Gunnar.

Arne zurrte die Plane wieder fest. »Wir sollten mal nachsehen, was in dieser Halle da passiert«, sagte er.

Ich warf einen Blick auf meine Armbanduhr. »Wann müßt ihr eigentlich zu Hause sein?« Das mit dem Abendessen konnte ich wohl vergessen.

Es war schon halb neun.

»Meine Mutter ist beim Chor«, sagte Gunnar.

»*Meine Mutti ist beim Chor ...*«, äffte Mick ihn lispelnd nach und wackelte mit seinem großen Schatten an der Wand.

Arne rollte mit den Augen wie ein überarbeiteter Kindergärtner.

Wir standen an der Ecke des dunkelroten Backsteinbaus. Das Dach war nicht sehr hoch, die Regenrinne hing kaum einen Meter über uns, so daß man sie fast mit ausgestrecktem Arm erreichen konnte. Arne suchte Halt für seine Stiefel, wippte ein paarmal in den Knien. Dann sprang er hoch und hing einen Moment an der Regenrinne, bis er sich an einem verbogenen Bettgestell abstützte, das an die Wand gelehnt stand. Elegant schwang er sich an der knirschenden Rinne hinauf, stockte kurz, als er merkte, was für einen Lärm er veranstaltete, dann nahm er mit dem rechten Bein noch einmal Schwung und hangelte sich auf das Pappdach hinauf.

Einen Moment lang hockte er da oben.

Wir anderen warteten unten und lauschten, ob jemand kam. Alles an Arne flatterte, als er sich ein Stück weit aufrichtete und zum hellen Oberlicht hinübersah.

Keiner von uns anderen machte Anstalten, ihm zu folgen.

Ich sah Gunnar an, der im Sportunterricht nicht besser war als ich. Schweigend rückte er seine Brille zurecht.

»Komm schon!« Mick baute sich breitbeinig vor mir auf und faltete die Hände zur Räuberleiter. »Das kann doch nicht so schwer sein ...«

Tja, und so kam es, daß ich – Harms Johannes Harms, für jeden Scheiß zu haben, aber am Reck ein nasser Sack – allen Ernstes versuchte, auf dieses Dach zu klettern. Okay, ich hätte mich weigern können, aber damit wäre ich für alle Zeiten Arnes Mitleid ausgesetzt gewesen. Bei Gunnar war das was anderes. Von einem Streber erwartete niemand, daß er klettern konnte.

Von mir schon.

Und was soll ich sagen?

Es ging fast schief und war eine elende Plackerei, aber alles in allem stellte ich mich gar nicht so blöd an.

Oben konnte ich mich kaum halten. Trotz der hohen Büsche, die etwas Windschutz boten, wehte es gewaltig. Arne war ein Stück voraus gekrochen, robbte schon zum Oberlicht.

Ich drehte mich um, sah – nicht weit von uns – die verstreuten Lichter von Rantum-Inge, dahinter den Hörnumer Leuchtturm. Draußen auf dem Watt war alles schwarz, aber am Nösse-Deich entlang konnte man die äußersten Häuser von Archsum erkennen, zumindest glaubte ich, daß es wohl Archsum sein mußte. Als ich meinen Blick nach Norden wendete, ragte dort am Horizont – hell erleuchtet, wie ein Klotz in der Landschaft – das Westerländer Kurzentrum auf. Kurz dachte ich an ATLANTIS, sah es förmlich dahinter aufragen, wie eine fixe Idee, als hätte ich nicht ganz andere Probleme. Dann sah ich ganz nah vor mir, hinter den Büschen, auf der unbefestigten Straße, die zum Rantumer Hafen führte, wie zwei Scheinwerfer dort die Pfützen umschifften.

Fast rutschte ich vom Dach.

»Schnell! Verschwinde!« spuckte ich Mick ins Gesicht, als ich mich auf dem Bauch liegend über die Regenrinne beugte und er schon auf halber Höhe hing, so daß wir fast zusammenstießen. »Dahinten kommt einer! Hau ab!«

Mick sprang, landete auf beiden Beinen und verschwand wie ein Wiesel zwischen den Wracks.

Gunnar zählte irgendwo die Sterne.

Arne war liegengeblieben und rührte sich nicht, er sah zu mir herüber, machte eine Geste, als wollte er wissen, was los war. Ich gab ihm Zeichen, daß er seinen Kopf einziehen sollte, und drückte meine Wange an die Dachpappe.

Ich hielt die Luft an, als würde das etwas nützen.

Wer auch immer da kommen mochte, hatte bestimmt schon längst den Kadett am Straßenrand stehen sehen.

Unten fuhr ein schwerer, dunkler Wagen vor, drehte mit Standlicht langsam einen weiten Bogen, als wollte er nicht gesehen werden, und kam drüben beim Deich zum Stehen. Am blanken Kühlergrill erkannte ich einen Benz.

Ein Mann im schwarzen Mantel stieg aus, mit einem schlanken, kräftigen Hund an der Leine, warf mit der anderen Hand die Fahrertür zu, schloß ab und ließ sich über den Platz zur Veranda zerren, als würde sich der Hund hier auskennen.

Ich sah mich nach Arne um und merkte, daß er schon bis zum Oberlicht gerobbt war und einen Blick hinunterwarf. Er winkte mir, ich sollte mich beeilen.

Also robbte ich auf dem Bauch über die Dachpappe.

Da unten sah es eigentlich ganz gemütlich aus.

Arne und ich kauerten einander gegenüber, beide auf die Ellenbogen gestützt, lagen auf den Bäuchen und schoben vorsichtig die Nasen über den Rand des leuchtenden Fensters.

Vier Meter unter uns lümmelten auf zerschlissenen Sofas die beiden Langhaarigen herum, die Gunnar uns beschrieben hatte. Zwischen ihnen stand ein flacher Tisch. Der eine Typ stopfte gerade eine dicke Wasserpfeife, der andere hatte seinen linken Zeigefinger in eine Bierflasche gesteckt, ließ sie baumeln und stierte etwas an, das von meinem Platz aus nicht zu erkennen war. Vielleicht lief in der Ecke bei der Tür ein Fernseher. Von oben sahen die beiden aus wie zwei Yetis nach Feierabend.

An der langen Wand gegenüber stand ein aufgebocktes Motorrad, eine dunkelgrüne 750er Honda mit hohem Lenker und fettem Endrohr, glitzernd wie eine Skulptur aus Edelstahl, als würde sie täglich mit Zahnseide geputzt. Direkt darüber hing eine 3 x 3 Meter große Stones-Zunge an der Wand, ein Poster oder irgendwas, daneben eine Fahne mit der verwaschenen Aufschrift *Hell's Angels Oakland*.

»Lükendeeler?« flüsterte ich.

»Pssst«, machte Arne und runzelte die Stirn.

Unangenehmerweise fing es wieder an zu regnen.

Der Totenkopfaschenbecher auf dem Tisch quoll über, am Boden stand eine ausgelutschte Armee von Flaschen, der Teppich war komplett versifft, die Pflanzen in der Ecke längst vertrocknet oder ohnehin nur zum Rauchen da ... Es sah aus, als lebten die zwei hier allein.

Frauen konnte ich mir in so einem Loch nicht vorstellen.

Höchstens als Pin-up an der Wand.

Abrupt hoben beide die Köpfe und sahen in dieselbe Richtung, wo offenbar die Tür war. Jetzt konnte ich auch ihre Gesichter erkennen, oder besser: Ich sah, daß sie komplett behaart waren, beide gleich, fettige Strähnen bis auf die Schultern und Vollbärte wie zwei echte Wikinger. Im Grunde sahen sie beide aus wie der Sänger von Canned Heat an einem seiner schlechten Tage.

Als der eine wie selbstverständlich unter dem Sofa eine ziemlich große Pistole hervorzog und mit dem schwarzen Ding in der Hand die Tür ansteuerte, wich ich ein Stück zurück. Mir wurde ganz flau. Der andere verschwand aus dem Blickfeld und kam einen Moment später mit einem eher unsympathischen Hund zurück, den er mit blau tätowierter Hand am Halsband hielt. So ein Vieh mit kleinen roten Augen, das nur aus Wülsten und Sabber bestand. Man sah, daß der Hund bellte, was aber im Wind auf dem Dach fast nicht zu hören war. Vermutlich war das Wetter sowieso unsere Rettung. Bei Windstille hätten sie uns längst erwischt.

Dann kam dieser Mann mit Hut und schwarzem Mantel ins Bild, und die beiden Hunde kläfften sich eine Weile an, bis man das sabbernde Vieh wegschaffte. Das andere war wohl so was wie ein Dobermann. Brav machte er

Platz, als der Typ im schwarzen Mantel mit den Fingern schnippte. Man konnte ihn nicht richtig erkennen unter dem Hut, aber mit seinem Seidenhalstuch erinnerte er mich irgendwie an Jason King, den Fernsehdetektiv und Sprücheklopfer, vielleicht auch nur wegen dieser arroganten Pose und wie er mit den Händen sprach, aber ich meinte einen Oberlippenbart erkannt zu haben, der an den Mundwinkeln heruntergezogen war. Fast mongolisch.

Irgendwas gefiel ihm nicht.

Der Typ mit der Lederkutte hatte seine Waffe weggesteckt, als er sah, wer hereinkam. Dann hatte er sich wieder hingesetzt und weiter an seiner Wasserpfeife herumgestopft. Das schien dem Mann im schwarzen Mantel nicht zu passen. Jedenfalls deutete er immer wieder mit dem Finger auf ihn, als drohte er, aber der Haarige sah ihn nicht mal an. Dann kam der andere zurück und sollte wohl den Rest der Predigt über sich ergehen lassen, doch auch er hörte nur kurz zu, dann schob er den Mann mit der flachen Hand aus dem Blickfeld.

Ich rückte ein Stück zur Seite, preßte meine rechte Wange an den Rand des Oberlichts, um weiter hinten was erkennen zu können. Der Rahmen schnitt mir in die Haut, und Arne warf mir einen Blick zu, als hätte ich sie nicht mehr alle ... Ich sah einen dreckigen Napf am Boden, die Pfoten von diesem sabbernden Köter, der da hockte, mit Blick auf die Ecke, auf einen Stuhl und ...

»Da steht ein brauner Halbschuh«, flüsterte ich.

In diesem Moment rutschte Arne ab.

Eigentlich hätte da oben auf dem Dach gar nichts passieren können, aber durch den Regen war alles glitschig geworden, und vielleicht hatte er nur sehen wollen, wovon ich redete ... Jedenfalls verlor er plötzlich den Halt, schlitterte rückwärts bäuchlings die Schräge herunter, bis er mit den Stiefeln an der Regenrinne hängenblieb, was neben einigem Rumpeln und Scharren auch die alte Rinne selbst laut knirschen ließ.

Das konnte selbst der Wind nicht übertönen.

Ich blies die Backen auf und hielt die Luft an.

Unten – wie aus einem hell erleuchteten Schacht – starrten die beiden Wikinger und der Dobermann zu mir herauf.

14

Es war ein langer Tag gewesen.

Dunkle Wolken zogen übers Land, von Westen her, vom Meer, und brachten Regen mit.

Ach, das hatte ich schon erwähnt?

Es war aber auch reichlich viel auf einmal, und wenn ich bedenke, daß ich damals noch keine sechzehn war, daß die meisten von uns im Grunde nach zehn Uhr abends nicht mal mehr allein auf die Straße durften, dann wundere ich mich im nachhinein kein bißchen. In dem Augenblick, als der eine Wikinger vom Tisch den schwarzen Knüppel griff und schon auf dem Weg nach draußen war, wohl um mich vom Dach zu zerren, als ich Arne um Hilfe rufen hörte, weil er sich mit seinen schicken Schlaghosen irgendwo verfangen hatte und abzustürzen drohte, und dann schließlich der fette Köter sabbernd seinem Herrchen hinterherhetzte, da wurde mir wohl zum ersten Mal bewußt, daß das alles wirklich und wahrhaftig passierte, real und in Echtzeit, keine Proberunde, kein Schnupperkurs Philosophie, keine zehn Meter Vorsprung bei den Bundesjugendspielen, weil wir noch kleine Jungs waren.

Ich bereute bitterlich.

Ich ließ mich vorsichtig ein Stück herunterrutschen, weil ich Arne helfen wollte, reichte ihm die Hand, damit er Halt fand, aber er hatte sich schon selbst befreit und suchte am Boden eine Stelle, auf der er ungefährdet landen konnte.

Da kam der erste Hüne aus dem Haus, mit seinem galoppierenden Nilpferd auf den Fersen, und gleich darauf der Mann im wehenden Mantel. Mit der einen Hand hielt er seinen Hut, mit der anderen den Dobermann, der schrecklich gern dem Nilpferd hinterhergelaufen wäre, hätte ihn nicht die kurze Leine zu Herrchens Auto gezerrt.

»Nicht, Arne! *Nicht!*« zischte ich.

Es war nicht Arnes größter Tag. Wenn ich ehrlich sein soll, trugen die Ereignisse dieses zweifelhaften Abends am Rantumer Hafen erheblich dazu bei, daß mich der Neid auf ihn ganz plötzlich gar nicht mehr so schrecklich quälte wie bisher.

Drüben am Deich setzte der Benz zurück, und als ich eben im Licht der nackten Birne das Kennzeichen erkennen wollte, wurde ich von Arne abgelenkt, der wie ein durchgeknallter Ikarus die Arme ausbreitete und sprang.

Vielleicht sah es ungeschickter aus, als es in Wahrheit war, aber bekanntermaßen ist der Absprung allein nur die halbe Miete. Arnes Landung wirkte irgendwie plump, und wenn er hatte flüchten wollen, um dem Köter zu entkommen, so hatte er offenbar nicht mit einkalkuliert, daß man sich beim Sprung von einem Dach leicht den Fuß verstauchen konnte.

Nun kauerte er wimmernd am Boden und rieb seinen Knöchel, während der dicke Hund schon zähnefletschend vor ihm stand und sich nach seinem Herrchen umsah, ob er nun ungestraft zuschnappen durfte oder nicht.

Das Vieh hatte mehr Zähne im Maul als ein Krokodil.

»Flipper! Sitz!« brüllte der Bärtige. Die langen Haare flatterten ihm von hinten ins Gesicht. Er hatte keine Eile, kam etwas breitbeinig angelatscht, schlug seinen Knüppel prüfend in die linke Hand. »Den will ich erst mal sehen, bevor du ihn kriegst.«

Ich wich ein Stück zurück, denn vielleicht wußte der Typ ja gar nicht, wie viele auf dem Dach gewesen waren.

Kurz fragte ich mich, ob Dr. Winter da irgendwo unter mir in diesem Loch saß und alles mit anhörte. Gefesselt wahrscheinlich und geknebelt, oder war das alles Quatsch? Ich mußte Pepsi dringend fragen, was für Schuhe ihr Vater trug.

Der große Wagen pflügte durch die Pfützen, daß es nur so spritzte. Es war ein dunkelblauer 280er, da war ich sicher, auch wenn er sein Licht erst anschaltete, als ich ihn schon hinter den Büschen fahren sah.

»Was hast du hier zu suchen, Rattenkopp?« Die Stimme rollte das R und knurrte, als hätte der Typ seinen Hund selbst gezeugt. Mit der Knüppelspitze stieß er Arne an die Schulter. Er sah zum Dach auf, als suchte er, ob da noch jemand war, aber ich hatte es schon kommen sehen.

Schnotternd zog der Typ die Nase hoch und rotzte.

Dieses Lachen klang irgendwie krank. »Braver Flipper ... Leck ihn ab! Da ... an der Backe hängt noch was ...«

Einen Moment lang rauschte nur der Wind.

Dann klopfte er dem Köter die Flanke, und Flipper japste und jaulte, freute sich wie ein Welpe.

»Und? War interessant?«

Arne schüttelte den Kopf. »Ich hab überhaupt nichts gesehen«, jammerte Arne.

»*Bitte?* Ich kann nichts hören.« Etwas Schneidendes sprach aus dieser heiseren Stimme.

»Wirklich, glauben Sie mir doch ...« Selbst von oben sah Arne aus, als hätte er die Hosen voll. »Ehrlich, es tut mir leid, ich wollte nur ... Ich dachte ... Ich wollte nur mal sehen, was ...«

Ich war ganz froh, da oben auf meinem Dach.

Und ich fand es auch okay, daß Arne den Typen von mir ablenkte, denn schließlich hatte er uns die ganze Sache ja auch eingebrockt. Nur dieses Urviech mit den vielen Zähnen war mir nicht geheuer. Es sah aus, als könnte es einem mal eben den Oberschenkel knacken.

Plötzlich hörte ich eine Stimme, die mir irgendwie bekannt vorkam, wenn auch gepreßter als sonst.

»Hände hoch!«

Da hatte jemand eindeutig zu viele Krimis gesehen.

Ich beugte mich vor, um etwas zu erkennen.

Mit dem Ladykiller in beiden Händen – ausgestreckt am langen Arm – schob sich Mick breitbeinig zwischen den Autowracks hervor.

»Hände hoch! Oder ich schieße!« rief er etwas lauter, was irgendwie verzweifelt rüberkam, weil sich seine Stimme überschlug, als wäre er noch im Stimmbruch. Sein Parka war total verdreckt.

Odin sah nicht sonderlich beeindruckt aus.

Der Typ stand da und grinste.

»Hohoho!« machte er, markierte den Knecht Ruprecht, hob zwei schwielige Handflächen an und neigte seinen Oberkörper etwas, als wiche er vor Angst zurück. Es schien ihm langsam Spaß zu machen. »Da kommt der zweite von den sieben Zwergen ...«

»Okay, Hannes!« rief Mick und sah zwei-, dreimal hektisch zu mir herauf und nickte, als hätte er das Kommando. »Du kannst runterkommen!«

Na toll.

Ich richtete mich auf.

Der Typ grinste mich an, da oben auf meinem Dach. Zumindest hatte ich den Eindruck, aber bei den vielen Haaren kann ich mich auch getäuscht haben. Sein Fleischwolf fing an zu bellen, sprang in die Luft, nahm Anlauf … wie ein Flughund ohne Flügel.

»Komm runter da, du Wicht! Damit ich dir die Ohren abreißen kann!« Der Mann sprach ganz ruhig, sah mich an, spielte mit dem Knüppel in der Hand. Micks Revolver nahm er gar nicht wahr. »Wer von euch Milchbärten hatte die Idee? *Du?*«

Er trat einen Schritt auf Mick zu.

»Stehenbleiben!« Micks lange Finger zitterten. Man sah es im trüben Lichtschein über der Tür. »Kommen Sie bloß nicht näher … sonst schieß ich! Das ist mein Ernst! Ich schieße … Hannes, komm endlich jetzt … Wir hauen ab!«

O Mann.

Es war ja nett gemeint, aber hätte er mich nicht einfach da oben sitzen lassen können?

»Los, mach schon!« Er zerrte an Arne herum, der offensichtlich aus eigener Kraft nicht wieder auf die Beine kam. »Ich krieg ihn nicht hoch …«

»Das ist blöd«, sagte der Wikinger.

Was blieb mir anderes übrig?

Vorsichtig postierte ich mich so, daß ich zwischen meinen Füßen am Boden diesen Köter sitzen sah, der hechelte und sabberte und wartete.

»Spring!« rief Mick.

»Oh, ja … spring!« bellte der Bärtige.

Flipper knurrte.

Da hörte ich eine andere Stimme, seltsam quäkig, so ein

schnarrendes Meckern: »*Aber, aber, aber* … was ist denn *hier* los …?«

Ich sah an der Dachrinne entlang.

Im Licht der nackten Birne, vorn bei der Veranda, stand der andere Rockertyp mit einer großen Flasche in der Hand. Es war schon echt erstaunlich, wie ähnlich sich die beiden sahen: der Fusselbart, die langen Haare, die Lederkutte mit der ausgefransten Jeansjacke drüber, die dreckige Hose, das dreckige Grinsen … Nur eins fiel jetzt aus dieser Perspektive auf: Der Mann da drüben schien mir etwas abgebrochen, mindestens anderthalb Kopf kleiner als sein Bruder.

»Wir haben Gäste, und ich weiß gar nichts davon?« Kopfschüttelnd kam er näher und schwenkte die Flasche in seiner Hand.

»Stehenbleiben!« schrie Mick gegen Wind und Regen an, daß seine Stimme quiekte. Er baute sich immer breitbeiniger auf, nur war es, als würde die Waffe in seinen Händen immer kleiner. »Ihr glaubt nicht, daß ich schieße, aber ich tu's. Ich tu's …«

»Nun seid mal nicht so unlocker.« Der Typ schlenderte heran, mit spitzen Stiefeln durch den Schlamm, zeigte seine große Flasche her.

Asbach Uralt.

»Kleiner Umtrunk gefällig?« Er grinste lückenhaft.

»Komm *runter*!« rief Mick und sah verzweifelt zu mir auf. »*Komm* endlich!«

»Okay, okay …«

Ich kniff die Augen zusammen und stieß mich von der Regenrinne ab.

Eigentlich hatte ich gehofft, daß ich mit meinen dicken Boots auf dem Kopf der Töle landen würde, und mir ausgemalt, daß sie damit fürs erste ausgekläfft hätte, aber das war wohl nichts. So ein Vieh mag träge wirken, hat allerdings eine mörderische Reaktion.

»Wie siehst du denn aus?« sagte Arne, als ich mit brennenden Sohlen etwas zittrig neben ihm am Boden kauerte.

Ich sah an mir herunter.

Alles voller Möwenscheiße.

»Das muß doch eklig sein, oder?« sagte der Große und sah seinen Bruder an. Die beiden lachten gern.

»Hände hoch!« Mick war im Wind kaum noch zu hören. Ich half Arne auf die Beine, damit er sich auf seinem heilen Fuß abstützen konnte.

»Nun kommt schon her! Seid mal nicht so ... Trinkt was mit uns!« Der Kleine zog den Korken mit den Zähnen aus der Flasche. »*Im Asbach Uralt ist der Geist des Weines* ... Jungs, das kennt ihr doch, oder?«

Der Typ hielt die Flasche hoch, sah sich den Inhalt an. »Warte mal ...«, schnarrte er. »Vielleicht kriegen wir damit sogar deine Flecken wieder raus ...« Er drückte sich an seinem großen Bruder vorbei, der ihn grinsend mit dem Ellenbogen anstieß.

Der Hund wich ihm aus.

»Mit Asbach?« fragte ich.

Was war hier eigentlich los?

Dann, als dieser kleine Rockertyp, der wie eine Mischung aus Muff Potter und Charles Manson aussah, auf Armeslänge vor mir stand und ich ihn sogar riechen konnte, diese Mischung aus Schweiß, Bier und ungeputzten Zähnen, da schüttete er mir einen ganzen Schwung aus seiner Flasche über meine Jacke, und als ich zurückwich, kriegte Arne eine volle Ladung ab, denn er konnte ja nicht ausweichen, und der Typ schüttete und schüttete, bis eigentlich gar nichts mehr in der Flasche sein konnte.

Die Neige schwappte er Mick in die Haare, der mit seinem Ladykiller in beiden Händen da stand, als müßte er sich daran festhalten. Er quiekte kurz. Sein Afro sank endgültig in sich zusammen.

Eigentlich hatte ich es schon gleich gerochen.

Ich war zwar kein Spirituosen-Fachmann, schon weil mir das Zeug nicht schmeckte, aber schließlich hatte ich ein Mofa, und Mofas brauchen Sprit, die Tankfüllung Gemisch für zwei fuffzig beim alten Schmidt gegenüber vom Bahnhof.

So einen Geruch erkennt man überall.

Der Große hielt ein Sturmfeuerzeug in der Rechten und hauchte es an. »Hoffentlich ist mein Feuerstein nicht feucht geworden«, sagte er ehrlich besorgt.

Wir standen da wie die Idioten, mit offenen Mündern, und glotzten unsere nassen Sachen an.

Benzingetränkt.

Mick warf mir einen gehetzten Blick zu.

»Jetzt bloß nicht schießen«, sagte ich.

Mit seinen gelben Fingern zählte uns der Kleine ab: »Catherina Valente hat 'nen Arsch wie 'ne Ente, hat 'n Maul wie 'ne Kuh, und raus bist du ...«

Das klang nicht wie ein Kinderreim.

Arne schüttelte den Kopf. »Es regnet doch ... Die wollen uns nur Angst machen«, preßte er hervor, als bereitete ihm das Sprechen Schwierigkeiten. »Das kann doch gar nicht klappen ...«

»Genau!« schnarrte der Kleine. »Kann ja gar nicht ... Wie denn? Ich glaub es auch nicht ... Komm, Langer, zünd an das Ding ... Kann ja nichts passieren. Wer will zuerst? Du?«

Benzindampf stieg mir in die Nase.

Ich wich einen Schritt zurück.

Plötzlich sah ich hinter den beiden, etwas abseits, am Rand des Lichtscheins bei der Tür, eine Bewegung, die nicht dorthin gehörte. Sah aus wie ein dunkelgrüner Lodenmantel.

Die anderen wandten ihm den Rücken zu, kriegten davon nichts mit.

Aber ich.

Gunnar Mommsen holte aus, als würde er etwas werfen. Einen Moment später hörte ich es drüben im Dunkel bei den Autos scheppern, und alle anderen sahen sich um.

»Flipper! Faß!« brüllte der Große. Das Untier sah nur kurz an ihm hoch und wetzte los, viel schneller, als man es einem Nilpferd zugetraut hätte. Schnaufend, galoppierend verschwand das Vieh im Dunkel der Nacht. Wieder schepperte es irgendwo, erst ganz weit links, dann ganz weit rechts, daß der arme Köter gar nicht wußte, wohin er zuerst sollte.

»Scheiß drauf ... Gib her!« Der Kleine nahm dem Großen das Feuerzeug aus der Hand, riß es dreimal an, dann ließ er die Flamme vor seinem Gesicht aufflackern. »Feuer, Pfeife, *Stanwell* ...«, schnarrte er. Da sah ich zum ersten Mal die kleinen, kalten Augen und die fiese Narbe an der Stirn, als hätte jemand vor langer Zeit versucht, ihm seinen Schädel zu spalten.

»Hände hoch!« jammerte Mick, als könnte er seine Arme demnächst nicht mehr oben halten.

»Komm, vergiß es! Wir hauen ab!« raunte ich ihm zu und wollte rennen, aber Arne heulte auf, als sollte er amputiert werden, und kam ins Wanken, so daß ich stehenbleiben mußte, damit er mir nicht umfiel. Also, man kann ja in einen Menschen nicht hineinsehen, und so ein verknackster Fuß kann ziemlich weh tun, doch irgendwie fand ich, daß Arne sich ziemlich anstellte. Ich meine: Will man in so einer Lage denn auch noch das Gesicht verlieren?

Die beiden Schläger hatten jedenfalls ihren Spaß. »Wir wissen nicht, was dieser freundliche Tankwart empfiehlt«, meinte der Kleinere, »wir empfehlen … *Verpißt euch!*«

Das taten wir dann auch.

Still und leise machten wir uns auf den Weg, ganz langsam, Humpelschritt für Humpelschritt, mit Arne in der Mitte, traten den geordneten Rückzug durch den Morast an. Nach wie vor hielt Mick seinen Ladykiller auf die beiden Typen gerichtet, selbst wenn nicht zu erwarten stand, daß man mit dem Ding gegen irgendwen was ausrichten konnte.

Gunnar gab uns Rückendeckung.

So ging es langsam voran.

Die beiden Rocker taten, als gäbe es nichts Normaleres auf der Welt. Sie schlenderten uns hinterher, als wollten sie nur mal sehen, was noch so passierte.

Wieder schepperte es drüben bei den Autos. Klang, als wäre eine Scheibe zu Bruch gegangen.

»Da wirft irgendwer mit Steinen«, knurrte der Kleine und blieb stehen.

»Was soll sein? Wahrscheinlich noch so'n Pickelface. Keine Sorge, Flipper wird ihn sich schon holen.« Der Lange hielt Ausschau nach seinem Hund.

Das schlechte Gewissen stand dem Nilpferd ins Gesicht geschrieben, als es unverrichteterdinge wieder angetrabt kam. Wäre der Schwanz nicht nur ein Stummel gewesen, hätte es ihn sicher eingekniffen.

»Na gut, Kleiner. Schnapp sie dir!« Mit seinem dicken Zeigefinger deutete der Große auf uns.

Das Vieh schien zu grinsen.

Dann passierte etwas, womit wohl niemand gerechnet hatte. Eben kam der blöde Hund in die Hufe, um nach uns zu schnappen. Auch der beste Trick kann wohl nicht ewig klappen. Gunnar hielt stur an seinem Ablenkungsmanöver fest, das ja schon die ganze Zeit gut funktioniert hatte, nur leider war die handlichere Munition verschossen, und der Klotz, den er nun in Händen hielt, war erheblich größer und schwerer und damit auch längst nicht so leicht zu manövrieren, wenn man kein Kugelstoßer war. Es handelte sich um so einen roten Mauerstein, wie sie manchmal am Strand herumlagen, Reste abgestürzter Häuser.

Ich sah, wie Gunnar im Schatten neben der Halle mächtig weit ausholte, und dachte noch, ob ich wohl beim Sport genau so ungelenk aussah wie er.

15

Angst ist ein schlechter Ratgeber, sagt man.

Trotzdem sind die meisten Menschen angstgesteuert. Fürchten kann man sich schließlich vor allem und jedem, nicht nur vor Tod und Teufel, Sport und Latein, sondern selbst vor ahnungslosen Achtbeinern, wohnungslosen Schnecken oder harmlosen Nagern, und mögen sie noch so klein sein … Irgendwo steht garantiert jemand auf einem Stuhl und kreischt sich die Seele aus dem Leib.

Meist weiblich – sagt der Käpt’n.

Schlimmer sind Ängste, die einen bis in den Schlaf verfolgen: Angst vor großen Plätzen, kleinen Räumen, hohen Türmen, tiefen Brunnen …

Und für alles hat der Mensch – wie es so seine Art ist –

eine ganze spezielle Bezeichnung. Läßt sich die Angst nicht abschütteln, nennt man sie *Phobie*. Da gibt es die *Erythrophobie*, wenn man sich vor dem Erröten fürchtet und davon gleich rote Ohren kriegt, die *Agoraphobie*, wenn man sich nicht vor die Tür traut, weil man fürchtet, daß einem der Himmel auf den Kopf fallen könnte. Es gibt den *phobischen Attackenschwindel*, bei dem die Menschen vor lauter Angst einfach aus den Latschen kippen.

Dann gibt es da noch abwegige Unterarten.

Beispielsweise die Angst vor Bärten.

Pognophobie sagt man.

Okay, ich will jetzt nicht behaupten, daß ich damals schon darunter litt, aber es sollte mich nicht wundern, wenn wir alle, die wir uns an diesem kalten Februarabend da unten am Rantum-Becken herumtrieben, für den Rest unseres Lebens Bartträgern mit einer gewissen Skepsis begegneten. Zumindest was lange Fusselbärte anging, in denen noch das halbe Frühstück hing.

Endlich holte Gunnar Mommsen aus und warf.

Ich sah den Stein fliegen, wenn auch eigentlich nur das kurze Stück, als er hellrot durch den Lichtschein zuckte, und ich wollte ja auch nicht dauernd in die Richtung glotzen, sonst hätte ich ihn noch verraten.

Der blöde Hund kam angerannt, schnaufend, zielstrebig, wild entschlossen, kräftig zuzubeißen, und im Kopf hörte ich schon meinen Oberschenkel knacken, als Flipper plötzlich stehenblieb, als hätte er sein Wurstbrot auf dem Küchentisch vergessen. Er wandte seinen runden Kopf kurz hin und her. Falls er allerdings etwas gehört haben sollte, war es für eine Reaktion diesmal zu spät.

Man hörte einen dumpfen Schlag, wie eine Faust im Sandsack … und der Klops fiel um.

Einfach so.

Kippte am Deichfuß in den Schlamm.

»Weitergehen!« flüsterte ich. »Bloß nicht stehenbleiben!« Ich sah die dunklen Silhouetten der beiden Rocker. Der Kleine stand da und sah uns nach, wirkte irgendwie unentschlossen. Wie eine Eiche ragte der andere hinter ihm auf, starrte zu Boden, als könnte er nicht glauben, was er sah, dann sank er auf die Knie und heulte verzweifelt mit dem Wind, daß uns allen angst und bange wurde.

Ein Hund – der beste Freund des Menschen.

Es war wie ein Startschuß.

Arne stieß mich von sich und versuchte allein zu laufen, was zwar komisch aussah und bestimmt verdammt weh tat, aber wenn er sich nicht so anstellte, schien es zu gehen, und auf diese Weise konnten wir einen Schritt zulegen, den breiten Weg am Deich hinauf.

»SCHWEEEEIIIINEEEEEEE!« hörte ich Odin heulen, was uns der Wind glatt um die Ohren schlug. Ich sah ihn dort am Boden kauern, im kalten Licht des Mondscheins. Er sah aus, als wäre ihm eben sein Kind unter den Händen weggestorben. Dann kam er hoch, steifbeinig wie King Kong, mit seinem Nilpferd auf dem Arm, und sah sich um, suchte das Schwein, das den Stein geworfen hatte.

Er fand nur uns drei.

Tick, Trick und Track.

Der andere war uns mit kleinen Schritten hinterhergelaufen, schien mir mit seinen rutschigen Cowboystiefeln doch eher im Motorradsattel heimisch zu sein. Anders läßt sich kaum erklären, wieso er uns nicht mal eben kurz ungespitzt in den Boden rammte.

Oben auf der Deichkrone lahmte Arne in Richtung Norden. Mick war schon ein Stück vorausgerannt, mit dem Revolver in der Hand, konnte oder wollte nicht mehr warten.

Wenn wir alle auf dem Deich entlangliefen, hätten die beiden Rocker leichtes Spiel, selbst ohne ihren Köter. Sie müßten uns nur folgen und sähen selbst im Dunkeln, wie weit wir mittlerweile waren. Das wiederum konnte immer nur so weit sein, wie der Langsamste im Pulk vorankam.

Und das war ohne Zweifel Arne Jepsen.

Also schwenkte ich aus, ließ mich auf der Seeseite des Deiches abwärts treiben, was mir eine kurze Windstille bescherte, bis ich unten ankam und den feuchten Schlick am Deichfuß schimmern sah. Da unten wehte es heftig. Ich wollte in die andere Richtung laufen, am besten die beiden Rocker voneinander trennen, aber leider kannte ich mich nicht so richtig aus. Unerwartet versperrte mir ein Stacheldrahtzaun den Weg. Mit dem Ärmel blieb ich daran hängen und mußte mich mit Gewalt befreien, was meiner Jacke nicht gefallen wollte. Fetzen von Schafwolle flatterten vor meinen Augen. Ich machte kehrt, sah in den Wind.

Oben am Deich stand der Kerl, als wäre er eben seinem Hünengrab entstiegen. Er hielt seinen Hund auf dem Arm und sah zu mir herab. Ich weiß gar nicht, ob er mich eigentlich erkennen konnte, aber ich für mein Teil sah genau, daß er wankend den Deich hinunter stapfte.

Wo sollte ich hin?

Der Stacheldraht war zu hoch, als daß ich drüberklettern konnte, so daß die Reise nach Süden nicht weiterging. Nach Norden konnte ich nicht, weil mir der Kerl den Weg abschnitt, aber stehenzubleiben schien mir auch keine so tolle Idee, also peilte ich den schmalen Holzsteg an, der nicht weit von mir ein Stück ins Watt hinaus führte. Vielleicht wäre ich da draußen vom Land aus nicht zu sehen.

Hoffte ich.

Der Steg war morsch. Zu sehen war kaum was, aber ich hörte und spürte, wie das ganze Ding knarrte und schwankte. Ein paar schlichte Poller ragten auf, im Grunde nur dünne Pfähle, an denen man Boote vertäuen konnte. An so einem Poller hielt ich mich fest. Die Bohlen waren ziemlich rutschig, fühlten sich an, als wären sie vereist, was bei der Kälte wohl kein Wunder war.

Das hatte ich nicht bedacht.

Der Hüne war nicht mehr zu sehen, was allerdings nichts zu bedeuten hatte, denn dahinten beim Deich war alles schwarz. So weit reichte das Licht der Halle nicht. Hin und wieder ließen Wolken eine Lücke, so daß der Mond den Schlick hübsch glitzern ließ. Einzelne Priele waren auszumachen, in denen Wasser schwappte. Am Horizont blinkte ein Leuchtturm, aber ich war mir nicht mehr sicher, welcher es eigentlich war. Langsam tastete ich mich voran und gab mir alle Mühe, nicht herunterzufallen und sowenig Lärm wie möglich zu machen, auch wenn der Wind fast alles mit sich riß, zum Festland hin, weit über das kalte Watt.

Nach ein paar Schritten ging ich in die Hocke, lehnte mich an einen Poller. Rechts von mir, zwischen dem Steg und einer schmalen Landzunge, die wohl aufgeschüttet worden war, als dieses Schlammloch noch ein Hafen werden sollte, lag ein alter Kutter fest oder eher so was wie eine eiserne Schute, schon ziemlich eingesunken. Schwimmen würde sie nie wieder, und bei Flut stand ihr das Wasser sicher bis zum Kragen.

Wenn ich es da rüber schaffen könnte …

Da hörte ich es knarren.

Ich rührte mich nicht von der Stelle.

Vorn, beim Deich, wo der Steg begann, sah ich ein zitterndes Licht, das schwebte wie ein verirrtes Glühwürmchen.

Der Typ war auf dem Steg und rauchte.

Ganz langsam kam ich auf die Beine. Mir blieb nichts anderes übrig, als mich zu verkrümeln. Ich konnte ihn nicht sehen, nur seine Glut. Es war nur schwer zu schätzen, wie weit er noch entfernt sein mochte. Ich gab mir Mühe, dem rhythmischen Knarren seiner Schritte zu entsprechen, was bedeutete, daß ich mit ihm eine Weile im Gleichschritt lief, kurze, zögerliche Schritte auf dem Eis.

Das Ende des Anlegers konnte nicht mehr weit sein.

Hier draußen peitschten kleine Regentropfen, stachen mir mit kalten Nadeln ins Gesicht, wenn ich mich umsah, und rissen an meiner Jacke, daß sie flatterte. Ich mußte echt aufpassen.

Dann war der Steg so abrupt zu Ende, daß ich doch um ein Haar abrutschte. Zitternd ging ich in die Hocke, hoffte, daß ich so nicht zu sehen wäre. Vielleicht hatte ich Glück, und der Typ kehrte um, wenn es ihm zu glatt wurde.

Plötzlich hörte ich einen Schuß.

Laut und deutlich – von Norden her, direkt vom Rantum-Becken, aus der Richtung, die Mick und Arne genommen hatten. Mit dem Wind wehte der Knall zu mir herüber.

Ich lauschte.

Bitte nicht …

Ich sah zum Deich hinüber und versuchte etwas zu erkennen, was natürlich Blödsinn war. Erstens war es viel zu dunkel, und zweitens waren die anderen da drüben viel zu weit entfernt, als daß ich irgendwas hätte ausmachen können.

Hatte Mick geschossen?

Mit Muttis Ladykiller?

Moment mal …

Welcher von den beiden Rockern hatte eigentlich die schwarze Pistole unterm Sofa rausgeholt?

Fast rutschte mir das Herz in die Hose.

Und dann …

Ich roch ihn schon, bevor er bei mir war.

Mir blieb nichts anderes übrig, als stillzuhalten. Der Hüne ließ sich Zeit, denn er wußte ja, daß ich in der Falle saß. Wo sollte ich auch hin? Ins Wasser?

Ich sah hinunter.

Es schwappte an die Pfähle. Schwer zu sagen, wie tief es hier eigentlich war. Vor allem aber wäre es viel zu kalt, um reinzuspringen. Ich würde schnell an Unterkühlung sterben. Wenn ich nicht sowieso gleich einen Kreislaufkoller kriegte.

Was blieb mir also übrig?

Ich hockte da und wartete, gab mir alle Mühe, nicht durchzudrehen. Während ich überlegte, wer auf wen geschossen haben mochte.

Dann knurrte die heisere Stimme: »Wenn meinem kleinen Bruder was passiert ist, ersäuf ich dich wie eine Katze, dich und deine pickligen Freunde …«

Der Kerl war ein Koloß.

Nasses Haar klebte an seiner Stirn. Der lange Bart wehte hin und her, als er auf mich herabsah, ganz ruhig, als hätte er alle Zeit der Welt. Er schnippte seine Kippe ins Wasser und packte mich mit seiner Riesenpranke vorn an meinem Parka, hob mich fast von den Beinen und hauchte mir so eklig ins Gesicht, daß ich die Augen zusammenkneifen mußte.

»Du kleiner Pisser … du wirst mir jetzt erzählen, wer

hier mit Steinen nach wehrlosen Hunden schmeißt ... Haben wir uns verstanden?«

Ich kriegte kaum noch Luft.

»*Wie bitte?*« Der Typ riß mich noch näher zu sich heran.

Der Steg knarrte, als hätte schon länger niemand mehr darauf gestanden. Wer sagte eigentlich, daß dieses Ding zwei Leute trug?

In diesem Augenblick leistete der Mond ganze Arbeit. Er schob sich zwischen den grauen, ausgefransten Wolken hervor, so daß kurz sogar Sterne auszumachen waren, was mir allerdings eher am Rande auffiel, denn im Grunde sah ich nur diesen fusseligen Bart, die narbige Nase, die kleinen, kalten Augen, das eine davon irgendwie zermatscht. Er hatte Schwierigkeiten, beide Augen gleichzeitig auf mich zu richten.

»Dich kenn ich doch ...«, knurrte er und ließ kurz etwas locker. Mir war total schwindlig. »Bei Golden Earring. Im Alten Kursaal.« Einen Moment lang sah es aus, als arbeitete es in ihm. »Du standst da vorne an der Bühne. Bist du nicht der Neger von Ollo?« Er runzelte die Stirn.

Tja, wie sagt der Käpt'n immer: Alles im Leben hat seinen Sinn. Man muß nur lange genug warten, bis man weiß, wozu es gut war.

Es mag an der schlichten Erkenntnis gelegen haben, daß ich Ollo kannte, oder aber an dem Umstand, daß wir beide in diesem Augenblick ein herzzerreißendes Jaulen hörten, wie von einer verirrten Robbe, seltsam klagende Laute, die man so gar nicht mit dem Wattenmeer in Verbindung brachte.

Der Hüne horchte auf, was leider nicht bedeutete, daß er seinen Schraubstock, mit dem er mir die Luft abdrückte, weiter gelockert hätte. Nein, wie einen stinkenden Fisch hielt er mich am ausgestreckten Arm und drehte seine Mähne so, daß er hören konnte, was dahinten, am anderen Ende des Stegs, vor sich ging.

Ich krächzte, wollte atmen, zappelte herum.

Und wieder war da dieses Jaulen.

Es klang, als rief der Fleischwolf seine Mutter.

Wortlos sah mich der Wikinger an, und bevor er sich auf den Weg machte, um seinen heulenden Liebling in die Arme zu schließen, versetzte er mir einen Stoß vor die Brust, der mich rückwärts taumeln ließ.

Armrudernd verlor ich das Gleichgewicht.

16

Unglaublich, was einem in so einem Moment alles durch den Kopf schießt. Noch im Fliegen dachte ich: Okay, das war's dann wohl. Ich sah schon meine Wasserleiche, aufgedunsen, das Maul voll Schlamm, die Lungen voller Salz, von Krebsen angefressen. Du wirst im Dunkeln die Orientierung verlieren und mit der Strömung im Priel abdriften, dachte ich, wenn sich deine Muskeln bei der Kälte nicht sowieso total verkrampfen. In dem Fall sackst du einfach auf den Grund.

Ich war geliefert.

Dann sah ich diese ledernen Rentner vor mir, die mit Todesverachtung jahrein, jahraus in die Fluten sprangen, egal, wie kalt es war, Sportabzeichensammler, die erst aufgaben, wenn die Nordsee zufror oder die Brecher wieder ausspuckten, was ihnen zu zäh war. Wenn die es überlebten, standen meine Chancen eigentlich nicht schlecht.

In diesem Augenblick schlug ich rückwärts ins kalte

Wasser und setzte eine halbe Sekunde später am Boden auf. Ich schnellte hoch wie ein Delphin, schnappte nach Luft, japste, quiekte kurz und fiel hin.

Dann saß ich mit dem Hintern breit im Schlick.

Wahrscheinlich hatte ich geschrien, so kalt, wie es war, aber wer sollte mich da draußen hören?

Einsamer konnte es am Nordpol auch nicht sein.

Und es stank.

Ich meine, das Watt ist ja kein Rosengarten und riecht fast nie nach Blumenstrauß.

Herzlos schwappte mir der Wind die schlammigen Fluten ins Gesicht. Oben sah ich den Rocker auf dem vereisten Steg landeinwärts stapfen, um sich um seinen Höllenhund zu kümmern. Er drehte sich nicht mal nach mir um.

Erst blieb ich im Wasser sitzen, wagte nicht aufzustehen, aber ziemlich bald klapperten mir die Zähne, und meine Arme fingen fast von allein zu paddeln an. Bibbernd kam ich auf die Beine und merkte, daß mir das Wasser gerade mal bis zum Oberschenkel reichte.

Soviel zu meinen Todesphantasien.

Frierend stand ich im Watt und suchte den Deich ab. Von den anderen war nichts zu sehen.

Mir blieb nur, mich im Dunkeln an den Pfählen entlangzutasten, auf der Suche nach einer Leiter oder irgendwas, aber so was gab es da draußen nicht. Ich war mir auch nicht sicher, ob ich wirklich wieder auf den Steg klettern sollte. Also blieb mir nur, durch den eisigen Morast zu staksen. Ich schleppte mich ans Ufer, tropfend und schnaufend wie das Monster aus der Schlammlagune.

Dann stapfte ich ein Stück am Deich entlang, um dem Tierfreund zu entgehen, doch als der Mond sein Licht über den vereisten Steg warf, sah ich, daß ich mutterseelenallein war.

Da fiel mir Pepsis Vater ein.

Dieser braune Schuh am Boden bei dem Freßnapf, als würde der Fleischwolf ihn bewachen. Und der weiße Käfer auf dem Schrottplatz voller Käfer. Das war doch alles Quatsch. Die beiden Rockertypen hatten bestimmt manches auf dem Kerbholz, aber eine Entführung? Wozu? Ich meine: Nicht, daß ich es ihnen nicht zutraute, aber was hätten sie davon? So ein Hochhaus interessierte die doch einen Dreck, solange es nicht am Rantumer Hafen gebaut wurde. Okay, sie hatten ein paar Teenies Feuer unterm Arsch gemacht, aber so leicht war ich nun auch nicht zu beeindrucken. Ich weiß gar nicht, wieso ich mich damals wie unverwundbar gefühlt habe. Siegfried nach dem Bad im Drachenblut. Das geht mir heute oft noch so.

Oben auf der Deichkrone schnatterte ich wie ein Erpel. Der dunkle Chevy stand noch da, die Funzel über der Tür brannte … alles wie gehabt, nur menschenleer.

Auch von Mick und Arne keine Spur.

Ich hielt mich etwas abseits, weit rechts von der Halle, machte kleine Trippelschritte, um nicht am Boden festzufrieren, und peilte in meiner Not den Feldweg zur Straße nach Westerland an. Durch den Wald am Rantum-Becken zu laufen wäre schwierig. Da würde ich mich nur irgendwo verirren. Auf dem Weg zur Straße blieb ich wenigstens im Schutz der Büsche, und mir war so unglaublich kalt, daß ich selbst für ein paar warme Worte so ziemlich alles hergegeben hätte. Hektisch hechelte ich vor mich hin, und meine Schritte wurden immer kleiner. Ich patschte durch die halbgefrorenen Pfützen. Nasse Füße hatte ich ja schon.

Dann sah ich ihn dort stehen.

Erst konnte ich es gar nicht fassen, aber schon von weitem war er nicht zu übersehen, da drüben am Straßenrand. Ich legte einen Zahn zu. Erst dachte ich noch, Mick und Arne und Gunnar warteten auf mich, dann zögerte ich kurz, denn ich fürchtete, die beiden Rocker könnten mir irgendwo auflauern. Nach zwei Minuten bibberte ich so sehr, daß mir endgültig alles egal war.

Ich schwöre: Noch nie hatte ich Herrn Jepsens popeligen Opel Kadett mit derart liebevollem Blick betrachtet.

Ich stand da und probierte die Fahrertür.

Sie war nicht abgeschlossen.

Nie in meinem ganzen Leben bin ich schneller irgendwo eingestiegen.

Kaum saß ich drinnen, half mir schon der Wind beim Türenknallen. Als erstes fiel mir auf, daß der Schlüssel steckte. Ich stutzte. Das sah Arne Jepsen überhaupt nicht ähnlich.

Waren sie schon hier gewesen? Rannten Mick und er da draußen rum und suchten mich? Ich versuchte, jenseits der Windschutzscheibe etwas zu erkennen, konnte aber nur die Deichlinie ausmachen. Kein Schwein zu sehen.

Ich mußte gewaltig niesen, bestimmt sechs-, siebenmal hintereinander, und dann fingen meine Zähne wieder an zu klappern. Einen Moment zögerte ich, schließlich ließ ich den Motor an und fummelte eine Weile an den Heizungsreglern herum, bis warme Luft kam. Ein Schauer lief an meiner Wirbelsäule hinunter. Ich drückte alle Knöpfe an den Türen. Dann rutschte ich auf dem Fahrersitz ein Stück abwärts und wartete.

Draußen war es so kalt, daß die anderen bestimmt bald wiederkommen würden. Einen Moment lang fand ich es schon seltsam, daß Arne plötzlich wieder so gut laufen konnte, aber vielleicht war das mit seinem Fuß ja wirklich nicht so schlimm gewesen.

So saß ich da und wartete.

Dieses Auto war speziell. Mann, wie oft hatten wir uns schon über den gehäkelten Toilettenrollenhalter auf der Hutablage amüsiert ... oder über das Troddelkissen mit der Aufschrift *Lot di tid, spor sprit*. Neben der Christophorus-Plakette am Armaturenbrett klebte so eine Saugnapfvase mit gelben Plastikblümchen. Ich hatte schon immer geahnt, daß Opel Kadetts im Grunde gar nicht zum Autofahren da waren.

Langsam lief mir die Nase.

Wie lange wartete ich schon? Die anderen mußten doch noch irgendwo hier draußen sein. Oder waren sie einfach abgehauen und hatten den Wagen stehengelassen, aus Angst vor den Menschenfressern?

Eine Weile wehrte ich mich noch gegen den Gedanken, aber irgendwann kam ich ernstlich nicht mehr darum herum.

Wie ein rissiger Staudamm ragte die Erkenntnis über mir auf: Die Schweine hatten mich im Stich gelassen.

Ich saß da und brütete.

Und brütete.

Ziemlich bald wurden meine Lider schwer. Wie eine Heizdecke schloß mich die Wärme in ihre Arme, auch wenn ich innerlich vibrierte. Ich wagte nicht, den nassen Parka auszuziehen, auch wenn der – wie alles andere an mir – klatschnaß war.

Ich stutzte kurz, sah mich im Wagen um. Ich hatte alles eingesaut, die Teppiche, die Sitze ... alles voller Schlick. An den moderigen Gestank hatte ich mich schon fast gewöhnt.

Ich sah auf meine Uhr.

Bald halb elf.

Eine Weile spielte ich noch mit dem Gedanken, wendete ihn links herum, dann rechts herum, begutachtete ihn von allen Seiten, aber als dann ernstlich nichts weiter passierte und ich nur rumsaß und wartete und mir in den klammen Klamotten den Tod holte, reifte in mir der Entschluß, das Beste aus meiner Situation zu machen.

Ich mußte dringend was Trockenes anziehen. Schließlich konnte ich ja bei Mick und Arne vorbeifahren und nachsehen, ob sie vielleicht inzwischen zu Hause waren. Falls nicht, konnte ich immer noch wieder herkommen.

Das schien mir doch ein fairer Deal.

Und der Motor lief ja schon.

Müde setzte ich mich auf, rückte den Fahrersitz zurecht und sah mich draußen noch mal um.

Offiziell durfte ich ja nicht mal Moped fahren.

Ich nahm den Ganghebel in die Hand, trat die Kupplung durch, fummelte den ersten Gang rein, löste die Handbremse, ließ die Kupplung langsam kommen und half etwas mit dem Gas nach, damit mir der Motor nicht absoff.

Als hätte ich im Leben nie was anderes getan.

Okay, ich gebe zu: Ich hatte schon öfter geübt, und ich war gelehrig, wenn ich wollte. Herr Wanderer war mit mir im letzten Herbst ein paarmal auf den Parkplatz bei der Oase zur Sonne gefahren. Da durfte ich mein Glück mit seinem Opel Kapitän versuchen. Gar nicht einfach, so einen Kahn zu manövrieren, aber wenn man einmal einen Kapitän im Griff hatte, konnte einem ein Kadett nichts mehr vormachen.

So kam es, daß mir die kleine Badewanne keine größeren Probleme bereitete. Gut, es war dunkel, und ich traute mich nicht, Licht zu machen, weil ich fürchtete, die beiden Rocker könnten mich sehen, aber was dann kam … damit konnte keiner rechnen.

Als ich eben quer auf dem Feldweg stand und Herrn Jepsens Schmuckstück zurücksetzen wollte, um die Karre in die richtige Richtung zu bugsieren, wurde es plötzlich höllisch laut. Ich drehte mich um und konnte mir gar nicht erklären, woher der Lärm kommen sollte. Erst klang es noch wie Donnergrollen, nur sah man keine Blitze, obwohl es immer weiter donnerte.

Unvermittelt bemerkte ich grelle Scheinwerfer von rechts. Vom Hafen her raste ein Wagen heran, schien in die Pfützen abzutauchen, daß die Scheinwerfer glatt in den Himmel strahlten, bevor er wieder auftauchte. Er fetzte den Weg entlang, nahm die weite Biegung, hinter der ich quer zur Straße stand, und röhrte wie ein weidwunder Hirsch übers weite Watt.

Das konnte nur der Chevy sein.

Ich wollte den Weg frei machen, ehrlich. Ich setzte zurück, wieder in die alte Richtung, wollte mich an den Straßenrand drücken und hoffen, daß sie mich schlicht ignorierten, sofern ich ihnen nicht in die Quere kam, aber so schnell ging das mit dem Kadett nicht. Vielleicht lag es auch an mir … Jedenfalls kam ich irgendwie nicht in die Gänge, und am Ende blieb mir nichts anderes übrig, als im allerletzten Augenblick, als die Kollision schon kaum noch zu vermeiden war, mein Fernlicht aufzublenden. Wie Suchscheinwerfer.

Ich glaube, überraschter hätte der Typ am Steuer gar nicht aussehen können. Er ging voll in die Eisen, daß sein wippender Straßenkreuzer glatt ins Schleudern kam und der Schlamm nach allen Seiten spritzte. Für einen kurzen Augenblick sah ich zwei Mondgesichter käseweiß hinter der Scheibe. Beide schienen sie zu schreien: der Yeti und sein treues Nilpferd. Das Vieh hatte eine Mullbinde um den Kopf.

Ich kniff die Augen zusammen, hielt mich am mickrigen Lenkrad fest und rechnete mit dem Schlimmsten.

Ich wartete.

Und wartete.

Und dann …

… passierte nichts. Ich meine, es passierte schon was, aber keineswegs das, was ich erwartet hatte. Im Grunde kann es sich nur um Millimeterbruchteile gehandelt haben, was mich gar nicht wundern sollte. Wie oft regte sich Tante Anni darüber auf, daß bei mir immer alles auf den letzten Drücker passieren mußte?

So auch hier.

Draußen brüllte der Chevy an mir vorbei, wie ein Tiger, der sich im Anlauf verschätzt hatte. Als ich die Augen wieder aufschlug, blubberte das Riesending ein Stück weiter im Leerlauf vor sich hin. Aus dem flachen Graben neben dem Feldweg ragte das Heck auf, und sechs runde Rücklichter zwinkerten rot.

Ich rammte den ersten Gang rein und trat das Gaspedal aufs Bodenblech, so daß die geballte Kraft von vierzig Pferdestärken die schmalen Räder im Matsch glatt durchdrehen ließen. Dieser Feldweg war dermaßen von Schlaglöchern übersät, daß ich mich kaum auf meinem Sitz halten konnte. Ich hüpfte am Lenkrad herum, stieß mit dem Kopf an den Himmel und war froh, daß ich mich irgendwo festhalten konnte. Es hatte seinen Grund, warum man solche Autos niemals bei der Rallye Monte Carlo sah.

Schon kam ich zur Hauptstraße. Ich tippte die Bremse nur leicht an. Um diese Uhrzeit kam da keiner, und ich mußte die Kurve kriegen. Eiernd scherte ich auf den Asphalt ein und schaltete mit knirschendem Getriebe.

Hier ging es schon viel besser.

Im Rückspiegel blieb alles dunkel. Ich atmete tief ein und ganz langsam wieder aus, um mich zu beruhigen. Das hatte Pepsi mir gezeigt, weil ihr auch manchmal das Herz bis zum Hals schlug. Ich schüttelte den Kopf, um diesen Gedanken wieder loszuwerden.

Im vierten Gang machte die kleine Kiste glatt ihre hundertzwanzig Sachen, was mir irre schnell vorkam, aber ich war mir auch darüber im klaren, daß ich gegen den Chevy kein Land sah, falls er sich aus dem Graben befreien konnte.

Zum Glück blieb der Rückspiegel dunkel.

Ich kam an *Haus Hanna* vorbei und dachte noch, wo wohl Gunnar geblieben war. Wenn Mick und Arne den Weg am Deich entlang genommen hatten, latschte Gunnar wahrscheinlich hier irgendwo allein am Straßenrand herum. Als ich zwischen den verkrüppelten Kiefern durchraste, kam mir ein Auto entgegen, so daß ich mich sehr darauf konzentrieren mußte, auf meiner Straßenseite zu bleiben, zumal der Idiot mich total blendete, daß ich schon Sterne sah, bis ich merkte, daß ich immer noch mit Fernlicht fuhr. Kaum war er an mir vorbei, entdeckte ich im Spiegel seine roten Lichter.

Aber nicht nur die.

Da leuchteten zwei grelle Punkte.

Zwar konnte ich nicht sicher sein, daß es der Chevy war, aber ich wollte auch kein Risiko eingehen, also bog ich bei nächster Gelegenheit rechts ein. Da gab es weit und breit nur eine Möglichkeit: die Straße zur Kläranlage. Ich scherte scharf ein, duckte mich auf meinem Sitz, als würde das was nützen, und fuhr, so schnell es ging, aber ich hatte noch nicht mal die nächste Kurve erreicht, da sah ich die Scheinwerfer schon im Spiegel.

Mir brach der kalte Schweiß aus.

Die Straße wurde immer schmaler. Und holpriger.

Durch die Wiesen kam man irgendwie nach Tinnum, Keitum, Archsum, auf Umwegen auch nach Westerland. Leider hatte ich mir noch nie merken können, wie. Es war ein Labyrinth für Landmaschinen. Wenn ich mich da vorne links hielt, müßte ich doch eigentlich ... oder war das doch nur ein Feldweg, der am Acker endete? Ich wußte noch, wie mein Vater darauf bestanden hatte, daß meine Mutter sich an seinen alten Ford Taunus gewöhnte, einen Tag nach ihrer Führerscheinprüfung. Charles und ich saßen hinten, als meine Mutter uns alle um ein Haar rückwärts im Güllegraben versenkte, während um uns herum die Lerchen sangen und die Schafe blökten.

Ich hielt mich lieber weiter rechts. Die Straßen waren mehr oder weniger im Schachbrettmuster angelegt. Man fuhr endlos geradeaus, nur um dann plötzlich irgendwo zwischen den Weiden scharf abbiegen zu müssen. Für die Trunkenbolde, die hier nachts nach Hause schlichen, war es vielleicht besser, geradeaus zu fahren. Für mich nicht.

Auf so einer Geraden hatte ich keine Chance.

Ich hoffte, der Typ wollte mir nur Angst machen.

Schon setzte der Chevy zum Überholen an, was auf dem schmalen Weg der komplette Irrsinn war, vor allem mit so einem breiten Amischlitten, wenn der Vordermann mitten auf der Straße Schlangenlinien fuhr.

Hektisch riß ich das Lenkrad hin und her, was die kleine Kiste beinahe aus dem Gleichgewicht brachte, und plötzlich sah ich ein Stück voraus diese schmale Brücke, keine richtige Brücke, eher so eine Delle in der Straße, die über einen breiten Graben führte. Wie eine Sprungschanze. Früher kriegten wir gar nicht genug von diesem Fahrstuhlgefühl. Allerdings war mein Vater hier draußen selten schneller als vierzig gefahren. Schon wegen der vielen Tiere und der schönen Natur.

Ich starrte auf meinen Tacho.

Die Nadel stand bei Hundertzehn.

Plötzlich machte der Chevy Ernst, mit aufgeblendeten Scheinwerfern. Zwei Kaninchen fegten im Zickzack über die Straße ab in den Graben. Wahrscheinlich hätte ich bremsen sollen, um den Kerl vorbeizulassen. Ich hatte ja doch keine Chance.

Da rempelte er mich an.

Blech knirschte, und ich machte einen Satz, daß ich mein ganzes Geschick aufwenden mußte, um nicht von der Straße abzukommen. Kurz sah ich Herrn Jepsen vor mir, wenn er seinen verbeulten Wagen zurückbekam.

In diesem Moment wurde es eng.

Der Typ hinter mir mußte sich entscheiden, ob er ernstlich überholen wollte. Ich hatte keine Zeit mehr, darauf zu achten, was er plante, denn schon setzte ich zum Sprung an. Die kleine Kiste ging kurz in die Knie, dann hob ich ab.

Eine Weile flog ich durch die Nacht, am Mond vorbei und an den Sternen. Erst setzte das linke Vorderrad auf, dann krachte und knirschte es, als der ganze Wagen wie ein Flummi durch die Wiesen hüpfte. Ich weiß wirklich nicht, wieso ich auf der Straße blieb, denn es dauerte ziemlich lange, bis ich im Licht der Scheinwerfer überhaupt wieder etwas erkennen konnte.

Zum Glück wußte ich wieder, wo ich war.

Die Straße würde bald schon eine Biegung machen. Links

ging es nach Keitum, rechts zum Deich, und geradeaus … ab in die Wiesen.

Gut, ich weiß, wenn man es so erzählt, dann klingt das alles, als wüßte man schon, was jetzt gleich kommt, aber als ich da so in Herrn Jepsens Auto saß, mit diesem Neandertaler und seinem Schweinehund im Nacken, da lag mir die scharfe Kurve ganz schön schwer im Magen. Zumal jeder zweite Schaltvorgang mit schmerzhaftem Knirschen im Getriebe verbunden war. Das machte kein Auto ewig mit.

Sagte Herr Wanderer.

Also setzte ich seinen liebsten Fahrschullehrerwitz in die Tat um. »Hannes, du weißt doch, wie die Ostfriesen um den Zweiten Weltkrieg herumgekommen sind, nicht?« Seine runden Augen blitzten aus Vorfreude, egal, wie oft er den Witz erzählte. Er wußte ja nicht, daß Ostfriesenwitze in Nordfriesland nicht so angesagt waren. »Als die Amis hinter ihnen her waren, haben sie einfach rechts geblinkt und sind links abgebogen.«

Und genau so machte ich es.

Der Chevy schoß hinter mir geradeaus auf einen Acker, konnte nicht mehr reagieren, weil er gerade Anlauf nahm, rechts an mir vorbeizuziehen. Mit Mühe blieb ich auf der Straße und trat die kleine Kiste gnadenlos. Einen Moment fühlte ich mich wie Jochen Rindt zu seinen besten Zeiten. Ich schrie mir die Angst aus dem Leib. Im Spiegel sah ich, daß alles dunkel blieb. Ich atmete tief und schaltete in den vierten Gang. Jetzt mußte ich nur noch ein paarmal im Zickzack wie die Karnickel … und schon war ich in Sicherheit.

Vor mir sah ich den Keitumer Bahnhof, wenn auch auf der falschen Schienenseite. Die Schranke war geschlossen, aber ich wußte noch einen anderen Weg, ein Stück durch die Wiesen in Richtung Archsum, dann links auf die Hauptstraße. Da gab es noch einen Bahnübergang. Ohne Schranken.

Es war ein Stück zu fahren, aber ich kam ganz gut zurecht, und von meinem Verfolger war nichts mehr zu sehen. Inständig hoffte ich, daß er festsaß. So ein Amischlitten hat reichlich PS und ist schwer wie ein Trecker, nur mit zu kleinen Reifen. Das rächt sich, wenn man feststeckt.

Vorn an der Hauptstraße bog ich in Richtung Keitum ein. Jenseits der Wiesen flimmerten die Lichter abgelegener Höfe. Auf der Straße war ich weit und breit der einzige. Vom Festland kam ein Personenzug, wahrscheinlich der letzte heute, und hielt wie ein leuchtender Aal auf den blinkenden Übergang zu.

Ich zögerte, war mir nicht sicher, ob ich es schaffen würde, und ließ es lieber bleiben. Ich konnte ja froh sein, daß bis jetzt alles gut gegangen war.

Da hörte ich dieses Brüllen, irgendwo nicht weit hinter mir, und ahnte schon, was kommen sollte. Im Rückspiegel bog der Chevy auf die Straße. Er stürzte sich auf mich, als wollte er mich rammen. Plötzlich überlegte er es sich anders, bremste ab und gab mir doch nur einen kleinen Ruck nach vorn.

Ich hätte heulen können.

Ich sah die Lok von rechts und stieg mit beiden Füßen auf die jämmerliche Bremse von Herrn Jepsens Badewanne. Dieser Straßenkreuzer hatte mindestens zehnmal mehr Kraft als ich. Ich hätte beten sollen, hatte aber im Augenblick keine Hand frei. Im Spiegel sah ich den Rocker im roten Schein meiner Heckleuchten. Dämonisch, mit dem Höllenhund an seiner Seite.

Er stieß mich an.

Er spielte mit mir und ließ seinen Motor blubbern.

Es quietschte und knarrte und stank nach verbranntem Gummi. Ich hatte keine Wahl. Ich wollte es nicht tun, aber das alles war zuviel. Es ging nicht weiter. Ich konnte einfach nicht mehr. Ich wartete noch einen letzten Augenblick.

Dann, als die Lok schon fast am Übergang war und der Lokführer sein Warnsignal gab, weil er sehen konnte, daß da irgendwas nicht stimmte, knallte ich den ersten Gang rein, ließ abrupt die Bremse los und gab Vollgas.

Der Kadett ging ab wie ein Starfighter, als hätte er nur darauf gewartet, mal zu zeigen, was er drauf hatte. Es kreischte und quietschte überall um mich herum. Ich weiß wirklich nicht, welcher Teufel mich geritten hat, wieso ich mir so sicher war, daß es schon irgendwie gutgehen würde.

Laut hupend donnerte die Lok hinter mir vorbei, mit ihrem Rattenschwanz aus glühenden Waggons, so knapp, daß sie mir glatt die Heckstoßstange wegriß.

Es ging bergab.

Ich trat aufs Gas und ließ den Motor jammern, hielt die Wanne auf Kurs. Ich starrte geradeaus, ohne mich noch einmal umzusehen. Ich wollte nicht wissen, ob der Zug hielt, ob der Typ mit seinem Chevy darunter eingeklemmt war, ob die Lok ihn mitschleifte, bis sie irgendwo zum Stehen kam und der Wagen nur noch ein blutverschmierter Klumpen Blech war.

Ich wollte das alles gar nicht wissen.

Mit zusammengebissenen Zähnen nahm ich die letzten Kurven vor dem Ort, ließ den Rückspiegel kaum noch aus den Augen. Ich fuhr und fuhr unter den alten Ulmen durch und wünschte mir fast, ich würde ihn sehen.

Nichts passierte.

Am Ortsausgang gab ich Gas. Ich wischte mir den kalten Schweiß von der Stirn und überlegte, was ich tun sollte. Mußte ich nicht zur Polizei fahren und denen melden, was mir passiert war? Ich konnte doch nichts dafür.

Ich hatte doch nur fliehen wollen.

Aber ohne Führerschein? Im geklauten Auto?

Der Typ war tot, da war ich mir ganz sicher. So was konnte niemand überleben.

Was hatte ich getan?

Zum Revier ging es immer geradeaus. Mir war, als drehte sich alles, als kreiselte der Kopf auf meinem Hals.

Ich hatte etwas Furchtbares getan.

Mir wurde richtig übel.

Am liebsten hätte ich einfach irgendwo angehalten, aber ich konnte nicht. Ich traute mich einfach nicht. Ich kurbelte das Fenster herunter und spürte im kalten Wind, wie naß ich noch war. Ich fuhr und fuhr geradeaus, wie ferngesteuert, konnte einfach nicht denken, weder, was ich tun, noch, wohin ich fahren sollte, nur, ob ich mich schuldig fühlen mußte oder nicht.

Ich sah das gelbe Ortschild.

Westerland/Sylt – Zollgrenzbezirk …

Dann, in diesem Augenblick, flackerte hinter mir ein mattes Licht auf, schon ziemlich nah. Erst fürchtete ich, es sei doch nur ein Motorrad, denn es hatte nur einen Scheinwerfer und kam extrem schnell näher, doch dann erkannte ich im Lichtschein der Laternen den dunklen Chevy, einäugig. Er sah reichlich demoliert aus, die ganze Front zerquetscht, aber er fuhr, und wenn er fuhr, dann lebte auch der Fahrer.

Ich lachte und hustete und schlug mit tauben Händen

auf das dünne Lenkrad ein. Als ich aber dann grinsend in den Spiegel sah, merkte ich, daß der Wagen wie eine wildgewordene Ochsenherde auf mich zu hielt. Er brüllte über die ganze Insel.

Was hatte ich anderes erwartet?

Trotzdem hätte ich mir in diesem Augenblick fast in die Hosen gemacht. Es war ein böser Traum.

Okay, sagte ich mir, ganz ruhig: Jeden Augenblick klopft Tante Anni an die Tür, um dich zu wecken.

Da setzte der Typ zum Überholen an.

Genau in der Rechtskurve vor dem Westerländer Amtsgericht.

Blau leuchtete ein Schild über dem Eingang.

POLIZEI.

Hypnotisierend.

Dann ging alles ganz schnell.

Vielleicht war es nicht die allerbeste Idee, die ich je hatte, aber in dem Moment fiel mir echt nichts anderes ein, und als der Typ schon fast auf meiner Höhe war, riß ich mit aller Kraft abrupt das Steuer herum.

Nach rechts.

17

Es war gerade ein Jahr her, daß die Westerländer Wache aus dem engen Bau in der Bomhoffstraße ins eindrucksvolle ehemalige Amtsgericht nahe der Dorfkirche hatten umziehen dürfen. Die Situation war untragbar geworden. Im letzten Sommer hatten die Jungbullen vom Festland angefangen, sich gegenseitig durch die Türen zu rempeln, was nicht nur das Klima in der Herde ernstlich trübte, sondern auf Dauer dem ganzen Stall schadete. Es wurde unumgänglich, sich den modernen Zeiten anzupassen. Heutzutage hatte man es nicht mehr mit gewöhnlichen Dieben, Hochstaplern und Trickbetrügern zu tun. Heute ging es um Drogen, Raub, Erpressung. Die Brutalität, mit der sich das Verbrechen auf der Insel ausbreitete, machte ganz neue Strategien nötig.

Soweit war ich durch Fräulein von Hadersleben informiert. Sie gehörte zu Tante Annis wöchentlichem Friesisch-Kurs und feudelte täglich einmal die Wache durch, seit nunmehr dreiundzwanzig Jahren. Wahrscheinlich hatten die Schupos noch nie gemerkt, daß sie nur schlecht was für sich behalten konnte. »Nächsten Sommer soll die neue Geheimwaffe zum Einsatz kommen«, hatte sie noch letzte Woche in unserer Küche verkündet. *»Politessen!«* Sie verzog den Mund, als schmeckte das Wort nach Nagellack.

Alles wurde neu. Fast alles.

Vor dem Umzug hatte man im Gerichtssaal eine Art Großraumbüro eingerichtet, was auf den ersten Blick modern klingen mag, aber die alte Einrichtung war geblieben, ehrfurchtgebietend, von wilhelminischer Strenge. Ein langer Tresen trennte den Arbeits- vom Publikumsbereich. Das Parkett war matt und abgewetzt und knarrte schlimmer als die Treppe in der *Dünenrose*. Telefone klingelten. Ein Funkgerät schnarrte und rauschte. Am Tresen standen drei angetrunkene Soldaten vom Fliegerhorst und warteten, daß sich jemand um sie kümmerte. Einer hielt sein Auge.

Mit angewinkelten Knien hockte ich ganz links auf einer Holzbank, die von Hosenböden blankpoliert war. Draußen vor den großen Fenstern blinkte das gelbe Rundumlicht eines Abschleppwagens. Die Wache lag jedoch im Hochparterre, und deshalb konnte ich nicht genau erkennen, was da unten vor sich ging.

Denken konnte ich es mir schon.

Noch immer waren meine Haare nicht ganz trocken, und ich saß in meiner feuchten Unterhose da. Alles andere hing über nikotingelbe Heizkörper verteilt. Freundlicherweise hatte mir der Storch, dem ich gestern nachmittag bei Winters begegnet war, eine kratzige Decke mit der Aufschrift *Bereitschaftspolizei Rendsburg* um die Schultern gelegt. Das fand ich eigentlich nett, angesichts der Tatsache, daß mich hier alle offenbar für einen pathologischen Lügner hielten. Der Mann hieß Erichsen.

Schon am frühen Abend, so gegen sieben, hatte Arnes Vater seinen Wagen als gestohlen gemeldet, weil er plötzlich nicht mehr vor dem Feuerlöschbrunnen im Pidder-Lüng-Wai stand. Ausgerechnet heute hätte er ihn gebraucht. Natürlich war, als ich seinen Kadett an die Mauer vor dem Amtgericht gesetzt hatte, weit und breit kein Mensch auf der Straße gewesen, der hätte bezeugen können, daß ich nicht einfach mit einem geklauten Auto zu schnell gefahren und aus der Kurve geflogen war.

Ende Februar war es, so gegen halb zwölf Uhr abends.

Als die ersten Polizisten ans Fenster kamen, hatte sich der Rockertyp längst aus dem Staub gemacht. Ich hatte echt Schwein gehabt, sowohl daß mir kaum was passiert war, als auch daß ich bei der ganzen Aktion nicht irgendwo einen Unbeteiligten über den Haufen gefahren hatte. Wie schnell ich gewesen war, kann ich gar nicht sagen, aber mit sechzig Sachen war die Kurve notfalls noch zu kriegen, hatte mir dieser Erichsen zugeraunt, und ich weiß, daß ich unmöglich schneller hätte fahren können, ohne die kleine Kiste umzukippen. Die Mauer hatte ich schräg rechts getroffen, so daß der Wagen ein ganzes Stück daran entlanggeschlittert und vorn am Pfeiler der Einfahrt hängengeblieben war.

Ich muß wohl kurz ohnmächtig gewesen sein, denn als ich wieder zu mir kam, lag ich am Boden vor dem Beifahrersitz, starrte die Fußmatte an und hörte von irgendwo Stimmen. Mein Knie tat weh, mein Ellenbogen brannte, mein Kopf war ein hohler Kürbis. Jemand schrie. Es dauerte eine Weile, bis ich merkte, daß ich es selbst war.

So kauerte ich da.

Ein Krankenwagen aus der Nordseeklinik kam mit Blaulicht und Sirene. Zwei Sanitäter hoben mich auf eine Trage. Der Notarzt betastete mich von oben bis unten, daß ich schon dachte, ob er mich wohl näher kennenlernen wollte, aber ich schätze, ich konnte froh sein, daß sich jemand um mich kümmerte. Ich zitterte am ganzen Leib, vom Schock vor allem, aber auch, weil mir in meinen nassen Sachen scheußlich kalt war. Schwerere Verletzungen konnte der Arzt nicht feststellen, nur Prellungen, Schürfungen und eine fette Beule an der Stirn. Dann fragte er mich, wieso ich eigentlich so naß war und woher die ganze Möwenscheiße kam.

Ich mußte erst mal überlegen.

Im Grunde hätte ich froh sein sollen, daß ich noch lebte. Frei von der Leber weg hätte ich erzählen sollen, wie alles gekommen war, doch es fiel mir schwer. Ich traute mir selbst nicht. Ich fürchtete, wenn ich zuviel erzählte, würde ich es früher oder später bestimmt bereuen.

Bullenschweinen konnte man nicht trauen.

Die knüppelten auch Demonstranten nieder.

Natürlich mußte ich zugeben, daß ich nicht allein gewesen war. Was anderes hätte mir sowieso keiner geglaubt. Wie hätte ich auch ohne Arne an Herrn Jepsens Autoschlüssel kommen sollen? Also gab ich wahrheitsgemäß zu, daß wir drei uns die Belohnung verdienen wollten.

Gunnar ließ ich außen vor, um die Lage nicht unnötig zu verkomplizieren. Wir hatten in der Schule einen Tip bekommen und nachsehen wollen, ob was dran war.

»Ist das hier eigentlich ein Kindergarten? Mann, ihr kleinen Jungs habt mir gerade noch gefehlt ... falls überhaupt stimmt, was du da behauptest.« Hauptkommissar Holtkötter aus Kiel schien mir nicht danach auszusehen, als wollte er sich die Ausflüchte minderjähriger Autodiebe anhören. Er ballte die Faust, dann streckte er die Finger wie ein Boxer, der gerade zugeschlagen hatte. »Und komm mir nicht damit, ihr hättet tatsächlich was gefunden.« Zaghaft kippelte ich ganz vorn auf meinem Stuhl vor seinem Schreibtisch. »Unsere Beamten haben sich heute früh am Rantumer Hafen umgesehen. Da war nichts.«

Betrübt nickte mir sein Assistent zu, der wie Bata Illic aussah und tat, als wollte er nur das Beste für mich. Ihre Guter-Bulle/Böser-Bulle-Masche konnten sie sich bei mir sparen. Schließlich hatten wir auch einen Fernseher.

Ich setzte mich etwas gerader hin. »Ich hab es doch schon hundertmal gesagt: Der eine von den beiden, der Größere, hat mich durch die Wiesen gejagt, bis mir nichts anderes übrigblieb, als Herrn Jepsens Wagen da draußen gegen Ihre Mauer zu fahren! Wie kommen Sie darauf, daß die Typen nichts zu verbergen haben? Wieso sollten die mich sonst verfolgen? Und wieso haben die uns mit Benzin übergossen? Wieso hat mich der eine ins Wasser gestoßen ...?«

»Haben deine Freunde was davon gesehen?«

»Nur den Anfang. Dann sind sie abgehauen.«

»Schöne Freunde.« Prüfend sah er mir in die Augen, aber ich sagte nichts dazu. Er wollte nur einen Keil zwischen uns treiben. »Wer kann bezeugen, daß du uns hier keinen

Bären aufbindest? Daß ihr drei nicht einfach eine Spritztour gemacht habt, die an der Mauer endete, weil du zu klein bist, um Auto zu fahren?«

»Und wo sind Mick und Arne dann geblieben?«

Genervt sah Holtkötter seinen pferdegesichtigen Assistenten an. »Hat er nicht eben selbst gesagt, daß seine Freunde zum Weglaufen neigen? Was machen kleine Kinder, wenn ihnen was schiefgeht? Sie suchen Ausflüchte und drücken sich vor der Verantwortung. Was sagt der Fachmann?«

Sein Assistent trug eine breite Krawatte und hatte sich das Haar geschickt über den äußeren Rand seiner Ohrmuscheln gekämmt. Momentan fummelte er an seiner Timex herum, verglich sie mit der Wanduhr.

»Daffke?«

Der arme Kerl zuckte richtig zusammen.

»Will ich mich mit Pubertierenden auseinandersetzen, denen die Hormone schon als Pickel auf die Stirn geschrieben stehen?«

»Nein, natürlich nicht, Herr Hauptkommissar.«

Holtkötter sah seinen Assistenten an, als wäre er ihm bisher noch gar nicht weiter aufgefallen. »Schleimen Sie nicht immer so rum, Daffke«, sagte er.

»Gern, Herr Hauptkommissar.«

Ich weiß wirklich nicht, wieso es am Ende dann doch klappte, aber irgendwie brachte ich die Bullen dazu, mit mir mitten in der Nacht nach Rantum zu fahren. Wahrscheinlich konnten sie es sich einfach nicht leisten, so einen Hinweis zu ignorieren, auch wenn sie mich für einen Quatschkopf hielten.

Die beiden Rocker waren echt üble Typen mit einem Vorstrafenregister so lang wie das Westerländer Vermieterverzeichnis. Strafen wegen Körperverletzung, Nötigung, Diebstahl, Alkohol am Steuer, Drogenbesitz. Der eine hatte ein paarmal gesessen, der andere war von Geburt an nicht ganz richtig im Kopf, so daß man ihn in vielen Fällen nicht belangen konnte. Sein Bruder nahm das meiste auf sich. Seit der Vater nicht mehr lebte, wohnten die beiden allein. Den Krabbenkutter hatten sie an Land geholt, weil der kümmerliche Fang die Wartungskosten nicht mehr trug. Außerdem war Fischen harte Arbeit. Die beiden hatten jede Menge Dreck am Stecken. Aber eine Entführung mit politischem Hintergrund? Im Grunde sah ich es wie dieser Holtkötter, selbst wenn ich ihn nicht leiden konnte.

»Na gut, fahren wir hin und sehen uns das Gesocks mal an. Doch wehe …«, er saß vorn neben dem Fahrer und drehte sich mit drohendem Zeigefinger zu mir um, »… du spinnst mir hier was vor!« Im VW-Bus hinter uns schoben fünf müde Uniformierte Überstunden. Selbst dieser Daffke neben mir gähnte wie ein Maultier. Er hatte mir einen seiner bunten Pullis geliehen, mit dem ich mir wie der Spatz von Avignon vorkam. Leider waren meine eigenen Klamotten noch immer nicht ganz trocken. Einer hatte mir sogar seinen Polizei-Parka anvertraut, auch wenn es gegen die Vorschrift verstieß, wie Wachtmeister Erichsen beteuerte. Ich war mir nicht ganz sicher, ob ich mich damit nun wichtig fühlen oder schämen sollte.

Mehr als hundertachtzig Hinweise waren in den letzten Tagen aus der Bevölkerung eingegangen, neben den Haussuchungen und Befragungen, die auf dem Mist der SOKO Sylt gewachsen waren. Systematisch hatte man alles durchkämmt, was als Versteck auf der Insel in Frage kam. Natürlich konnten sich die Beamten der Sonderkommission nicht sämtliche Heizungskeller ansehen, selbst wenn man sich in diesem Fall mit richterlicher Genehmigung über verfahrenstechnische Bedenken hinwegsetzen durfte.

Gefunden hatte man rein gar nichts.

Keine Spur von Frau Winters weißem Käfer und auch keine Spur von ihrem Mann. Langsam fiel den Beamten nichts mehr ein. Nur deshalb fuhren wir nach Rantum.

»Zentrale an Düne Drei – Düne Drei, bitte melden!« schnarrte das Funkgerät.

Wachtmeister Erichsen griff sich das Mikro. »Düne Drei«, sagte er. »Was gibt's?«

»Ihre Frau ist am Telefon. Sie sagt, sie geht jetzt schlafen. Soll ich ihr was ausrichten?«

Entgeistert musterte Hauptkommissar Holtkötter den Mann und wartete, was er antworten würde.

Der Storch zögerte nur kurz. »Ja, mh ... sagen Sie ihr, es kann noch dauern. Schließlich sind wir hier im Einsatz. Ende.«

Am schlimmsten war vielleicht gewesen, daß die Bullen nach Mitternacht erst meine Mutter in Pforzheim aus dem Bett geklingelt hatten und dann auch noch Tante Anni den Käpt'n an den Apparat holen mußte, damit er als Erziehungsberechtigter vor Ort darüber informiert war, daß sein Schutzbefohlener ein Auto geklaut, einen schweren Verkehrsunfall verursacht und auf der Polizeiwache wilde Anschuldigungen geäußert hatte, denen man wohl oder übel noch in der Nacht würde nachgehen müssen.

Der Käpt'n war überhaupt nicht begeistert gewesen. Tante Anni weinte fast.

Dreimal nacheinander mußte ich niesen, bis mir ein Tropfen an der Nase hing. Ich war aber auch reichlich klamm in der Hose.

»Gesundheit!« meinte Daffke. Da bog der Streifenwagen eben in den Feldweg ein und schüttelte uns durch, daß weitere Worte nicht mehr möglich waren.

Am Hafen hatte sich nichts verändert. Der Wind fegte über den Platz, das Licht über der Tür funzelte einsam vor sich hin, nur der Chevy stand nicht da. Es wäre aber auch zu einfach gewesen.

Mit eiserner Faust schlug Hauptkommissar Holtkötter gegen die Verandatür, trat einen Schritt zurück und brüllte: »Polizei! Aufmachen!«, während seine Mannschaft noch aus dem Bully kletterte und Aufstellung nahm. Assistent Daffke zückte seine Dienstpistole und baute sich neben der Tür auf, mit dem Rücken an der Wand. Holtkötter warf einen Blick zu den Schrottautos hinüber, dann zum erleuchteten Oberlicht hinauf, als würde er prüfen, ob wenigstens meine Ortsangaben stimmten.

Als der kleine Rocker an die Tür kam, tat er erst, als hätte er schon geschlafen, aber Holtkötter war ein Profi. Dem konnte keiner was vormachen. Neben dem Hauptkommissar sah man erst, wie klein der Giftzwerg eigentlich war. Er gab sich jovial und überrascht, was die Beamten von ihm wollten, sah nur einmal kurz zu mir herüber. Er ahnte sicher, was kam.

Es sah aus, als drängte eine Fußballmannschaft in die gegnerische Kabine. Dem Rocker war das gar nicht recht. Anfangs zeterte er wie eine Krähe, die ihr Nest verteidigt. Ich hörte irgendwas von »Dein Gesicht merk ich mir!« und »Du kannst dich schon mal freuen!«, aber von Drohungen ließ sich Holtkötter offensichtlich nicht beeindrucken.

Ich kauerte auf einem der Sofas, während die Beamten die ganze Bude auf den Kopf stellten, die schimmligen Schränke aufrissen, unterm Teppich suchten, hinterm Fernseher, nebenan, überall. Draußen machten sie mit Taschenlampen weiter.

Mir gegenüber, auf dem anderen Sofa, saß der Wikinger in seiner Lederkutte, breitbeinig, mit kleinen roten Augen. Er sah mich an, als könnte ich mich schon mal auf was gefaßt machen, sagte allerdings kein Wort, drehte sich nur einmal um, als die Uniformierten den Tankdeckel an seiner Honda aufschraubten.

»Da ist keiner drin«, sagte er.

»Wo ist Ihr Bruder, Herr Schott?« Holtkötter verschränkte die Arme. »Und ich will Sie gleich im Vorfeld warnen. Dieser junge Mann hier …«, er deutete auf mich, »… behauptet, Sie und Ihr Bruder hätten ihn bedrängt und genötigt, mit Benzin übergossen und ins Watt gestoßen.«

»Blödsinn«, sagte der Typ. »Was hatten die Bengels hier auch zu suchen?«

Daffke kam von nebenan herein, knallte die Wasserpfeife auf den Tisch und warf eine pralle Plastiktüte daneben. »Getrocknete Pilze«, sagte er. »Spitzkegeliger Kahlkopf. Wirkstoff Psilocybin. Natürliches LSD. Mindestens ein halbes Pfund.«

»Na, und? Das Zeug wächst auf den Schafwiesen, auf den Deichen, überall … wie Unkraut … Wir sind Botaniker …«

»Woher Sie Ihre berauschenden Substanzen beziehen, ist uns im Grunde völlig egal. Das ist ein schöner Batzen. Jeder Richter dürfte wohl davon ausgehen, daß Sie das Zeug nicht für den Eigenbedarf gesammelt haben. Angesichts Ihrer Vorstrafen werden Sie beide bei einer Anklage vermutlich ein paar Jahre ohne Ihre Drogen auskommen müssen.« Holtkötter grinste wie ein Fuchs. »Reden wir doch

Tacheles«, sagte er. »Sie kennen Dr. Winter? Reinhold Winter?«

Der Rocker strich seinen Bart glatt. »Bin mal kurz bei ihm zur Schule gegangen. Der war okay. Bin immer gut mit ihm zurechtgekommen.« Er faltete die tätowierten Hände vor dem Bauch und sah Holtkötter an. »Ich möchte Anzeige erstatten«, sagte er und deutete vage in meine Richtung. »Gegen den Knirps da … und seine beiden Freunde. Die haben sich hier heute abend rumgetrieben und wollten uns beklauen.«

Holtkötter sah mich an.

Zwei Uniformierte kamen herein und wischten sich den Regen von den Jacken. Der Blonde schüttelte seine Locken. »Ist der Falsche«, sagte er und kniff den Mund zusammen. Sie hatten sich den weißen Käfer unter der Plane angesehen. »Der Kutter ist leer. Im Wohnwagen ist auch keiner«, fügte der Kleinere hinzu.

Ich merkte, wie mein Kopf rot anlief.

Das Ganze war ein großer Blödsinn.

Gunnar hatte sich in eine wilde Theorie verstrickt und uns alle damit angesteckt.

Der Rocker grinste mich an. Ihm fehlten zwei Zähne.

»Na, gut«, sagte Holtkötter und winkte den beiden Beamten, die gerade hereingekommen waren. »Daffke, holen Sie Ihre Handschellen. Wir nehmen den Mann mit. Zur Sicherheit. Und stellen Sie die Drogen sicher.«

Die Beamten hoben den kleinen Kerl vom Sofa, was nicht sonderlich schwierig aussah. Hektisch zappelte er herum, wand sich, wollte sich wehren, aber die beiden Männer mit den Schirmmützen waren kräftiger, als sie aussahen. »He, Finger weg!« quäkte er mit dieser seltsamen Stimme – wie Rumpelstilzchen. »Ich spreng euch alle in die Luft …!«

Hauptkommissar Holtkötter stand schon draußen im Regen. Es war spät. Er hatte keine Lust, sich irgendwelche Märchen anzuhören.

18

Ganz hinten links auf dem dunklen Hof vom Amtsgericht stand der Abschleppwagen von Kress & Hansen mit Herrn Jepsens Totalschaden auf der Ladefläche. Als wir direkt daneben parkten, begriff ich erst, was ich angerichtet hatte. Daß ich noch lebte, grenzte an ein Wunder. Der Kadett war nur noch ein Klumpen Blech, als hätte ihn jemand drüben beim Schützenhaus die Himmelsleiter hinuntergestoßen. Von vorn sah er aus wie eins von diesen Spielzeugautos, auf die Mick und ich früher mit dem Hammer eingedengelt hatten, damit es echt aussah. Wenn schon Unfall, dann auch richtig.

Mir wurde flau im Magen. Ich hatte aber auch seit Ewigkeiten nichts gegessen. Als Holtkötter sah, wie käsig ich da rumstand, gab er seinem pferdegesichtigen Assistenten Anweisung, meine Klamotten von den Heizkörpern einzusammeln und einen Streifenwagen auf den Weg zu bringen, der dafür sorgte, daß ich heil nach Hause kam … daß ich vor allem *überhaupt* nach Hause kam. Schließlich hätte ich guten Grund gehabt, auf dem erstbesten Bananendampfer in Richtung Chile anzuheuern.

»Glaub nicht, daß ich mit dir schon fertig wäre, Sportsfreund«, hatte Holtkötter zum Abschied noch geknurrt und war ansonsten grußlos in seinem Büro verschwunden, mit Daffke im Schlepptau.

Niemand wollte sich festlegen, aber Gesten und Blicke

sagten mir, daß man mich vermutlich – obwohl ich ja noch nicht mal sechzehn war – wegen Autodiebstahls, Fahrens ohne Führerschein und schwerer Verkehrsgefährdung belangen würde. Und bezahlen müßte ich den Schaden sicher auch, sogar die Mauer vor dem Amtsgericht, selbst wenn die schon ziemlich altersschwach gewesen war. Ich hoffte nur, daß der Käpt'n nicht an meiner Stelle ins Gefängnis wanderte und daß ich – falls ich tatsächlich hinter Gitter käme – meine Zelle nicht mit irgendwelchen Rockern teilen mußte. Ich wollte die Zeit nutzen, in Einzelhaft, meinetwegen bei Wasser und Brot. Ich würde ein Buch schreiben.

Die Nackte Wahrheit von Harms Johannes Harms.

»Da sind wir«, sagte Hauptwachtmeister Erichsen und hielt am Straßenrand. »Macht acht Mark vierzig. Kleine Quittung vielleicht?«

Verdutzt sah ich ihn an.

»Dein Gesicht müßtest du mal sehen!« Der Storch spitzte seinen Schnabel, als wollte er einen Breitmaulfrosch aufspießen, aber irgendwann war mir im Laufe des Abends mein Humor abhanden gekommen. Vermutlich lag er in den Wiesen irgendwo am Straßenrand, breitgefahren wie ein Igel. Ich versuchte zu lächeln.

»Nur Mut!« sagte er. »Auch Jochen Rindt hat mal klein angefangen. Der Alte wird dir schon nicht den Kopf abreißen ...«

»... aber die Ohren vielleicht!« rief ich ihm noch hinterher, als ich dem grünen Käfer nachsah. Außerdem war Jochen Rindt schon sechs Wochen tot, als man ihn zum Formel-1-Weltmeister machte.

Einen Moment lang stand ich draußen vor der *Dünenrose*, blickte etwas ratlos die breite Treppe zur Eingangstür hinauf und überlegte, ob ich mich nicht lieber erst mal irgendwo verkriechen sollte. Aber bei wem? Sven-Uwe? Ollo? Mick? Arne Jepsen konnte ich wohl vergessen. Schon weil ich den Kadett von seinem Vater auf dem Gewissen hatte. Ich mußte niesen – viermal. Dann zog ich die Nase hoch.

Es nützte ja doch nichts.

Da sah ich rechts von mir, abseits der Treppe, jemanden im Schatten der Villa stehen. Tausend Bilder blitzten vor meinen Augen auf. Erst dachte ich, die Bullen hätten den abgebrochenen Rocker doch wieder freigelassen. Oder der Gnom mit den weißen Haaren wäre zurückgekommen. Ich dachte an den Drohbrief, der mittags im Garten gelegen hatte …

SONST FAKELN WIR DICH AB

Ich hatte echt die Schnauze voll.

Sollten sich andere darum kümmern. Wer war ich denn? Percy Stewart? Der Mann, der alles kann?

Ich brauchte eine Auszeit.

Träge nahm ich Anlauf, wollte immer zwei Stufen auf einmal nehmen und drinnen Bescheid sagen, daß da einer im Garten stand, aber meine Beine waren so lahm und schwer. Auf halber Treppe ging mir schon die Luft aus.

Da erkannte ich sie.

Um Kopf und Schultern trug sie so ein Palästinensertuch, rot und weiß gewebt. Ansonsten war im Dunkeln nur die gestreifte Hose auszumachen. Ihre Haare waren klatschnaß.

»Pepsi!«

Ich merkte gleich, daß irgendwas nicht stimmte.

Sie wimmerte ganz leise. Wie Charlotte, als sie noch ganz klein war. Schlug die Hände vors Gesicht und blieb mitten auf dem Rasen stehen.

Mit drei Sprüngen war ich unten an der Treppe.

Ich hätte sie so gern umarmt, blieb aber lieber vor ihr stehen. Ich wollte ja nicht aufdringlich erscheinen. Mädchen glaubten immer, Jungs ginge es nur darum, sie möglichst schnell ins Bett zu kriegen.

Brüderlich nahm ich ihre Hand und zog sie hinter mir die Treppe rauf zum Eingang der Villa. Vor der Haustür stand sie so nah neben mir, daß ich deutlich ihr Patchouli riechen konnte. Bei anderen roch es nach Büffel. Pepsi gab es so was Wildes, Verruchtes, das niemandem gefallen wollte.

Unwiderstehlich.

»Kann ich bitte bei dir bleiben?« schniefte sie mit dem Kopf an meiner Schulter. »Heute nacht?«

Ich überlegte nur ganz kurz.

Die schwere Haustür kriegte ich gerade noch leise auf, aber vor diesem elenden Glöckchen gab es kein Entrinnen. Außerdem mußte ich schon wieder niesen, bevor mein Parka überhaupt am Haken hing, und so war es keine Überraschung, daß unser Empfangskomitee schon in der Halle Aufstellung genommen hatte. Der Kronleuchter ließ die hölzernen Wände erstrahlen, was wirklich hübsch, aber ganz und gar kein gutes Zeichen war, denn der Leuchter wurde nur benutzt, wenn etwas Offizielles im Schwange war.

Tante Anni stand da und wartete, meine gute, meine allerliebste Tante Anni, der ich mit jedem Scheiß kommen konnte, die immer für mich da war. Jetzt stand sie im Morgenmantel mit verschränkten Armen in der Halle und gab sich alle Mühe, grimmig auszusehen. Was ihr soweit ganz gut gelang, zumindest so gut, daß sich Herr Wanderer lieber in ihrem Windschatten hielt.

»So!« rief sie, als ginge es nicht böser.

Dann merkte sie, daß hinter mir noch Pepsi stand. Vor Überraschung vergaß sie glatt, die Mundwinkel zusammenzukneifen. Das Kinn sackte ab, die weichen Wangen gaben nach. »Ach, du meine Güte! Kind, was ist denn mit dir passiert? Bist du nicht die Kleine von Dr. Winter? Was habt ihr denn jetzt schon wieder angestellt?«

»Kann Pepsi heute nacht hier schlafen?« fragte ich, um den sentimentalen Augenblick zu nutzen. Tante Anni ignorierte mich. Mit ihren roten Händen schob sie Pepsi an mir vorbei in die Küche, nahm ihr den Feudel vom Kopf, setzte sie auf einen Stuhl und half ihr kopfschüttelnd aus den nassen Sachen.

»Der Käpt'n ist schon wieder ins Bett gegangen«, hörte ich Herrn Wanderer schüchtern hinter mir. »Ich selbst konnte nicht einschlafen. Schreckliche Vorwürfe habe ich mir gemacht. Wie konnte ich dir nur zeigen, wie man Auto fährt? Du bist noch viel zu jung ... und dann gleich so ein schlimmer Unfall! Unverantwortlich von mir! Ich hätte dir niemals ... nie im Leben hätte ich ...«

Ich kniete am Boden und fädelte die Schnürsenkel aus meinen aufgeweichten Wildlederboots. »Keine Sorge, Herr Wanderer. Wenn Sie es mir nicht beigebracht hätten, wäre alles noch viel schlimmer gekommen. Im Grunde haben Sie mir das Leben gerettet.«

Ein Leuchten strich über sein Mondgesicht. »Wirklich?«

»Ehrlich«, sagte ich. »Glauben Sie mir: Sie sollten stolz auf Ihren Fahrschüler sein.«

»Na ja, also ... stolz ...« Das ging ihm dann doch zu weit.

Hinten in der Halle hörte ich schwere Schritte knarren und fürchtete schon, der Käpt'n sei aufgewacht, aber dann war es doch nur Herr Hagedorn, der im Bademantel gähnend übers Parkett geschlurft kam, offensichtlich aus dem Ballsaal, als hätte er von allem gar nichts mitbekommen.

»Hannes, Junge, wir haben dich vermißt!« Er räusperte sich, daß es hallte, und zeigte mit dem Finger in meine Richtung. »Hör mal, ich will dich was fragen: Wußtest du, daß auf der menschlichen Haut mehr Kreaturen leben als Menschen auf der Erde?«

»Nicht jetzt, Herr Hagedorn!« rief Tante Anni aus der Küche. Wir mußten alle schrecklich lachen. Pepsi saß halbnackt mit nassen Haaren auf der Küchenbank und lachte mit, ohne zu wissen, worüber eigentlich.

Zum Glück entspannte sich die Lage danach etwas.

Später saßen wir zu fünft um den großen Küchentisch, schlürften Hühnerbrühe aus Bechern und tunkten unser Brot. Pepsi hockte neben mir, mit einer Fransendecke um die Schultern, lehnte sich müde an mich, so vertrauensvoll, daß ich gar nicht wagte, mich zu bewegen, weil ich fürchtete, sie würde wieder abrücken. Bei allem, was passiert war, fühlte ich mich noch erstaunlich fit und mußte alles erzählen, die ganze Geschichte, von Anfang an, was ich bereitwillig tat. Ich erzählte von Gunnars Tip, wie wir nach dem Tumult beim Architektenwettbewerb direkt nach Rantum gefahren waren, den dunklen Hafen abgesucht und einen Blick in dieses Oberlicht geworfen hatten, wie uns die Schlägertypen erwischt hatten, wie sich Arne den Fuß verknackste, wie uns die Rocker mit Benzin abfackeln wollten, wie mich der eine ins eiskalte Wasser gestoßen hatte …

»Solche Schweine …«, hauchte Pepsi entgeistert und sah zu mir auf. Tante Anni schüttelte nur den Kopf.

Mit der Zeit spürte ich, daß sie mir glaubten. Ich war froh, denn manchmal wußte ich selbst nicht so genau, ob ich nicht manches hin und wieder zu bunt ausschmückte. Die anderen hingen an meinen Lippen, und je wilder die Geschichte wurde, desto größer wurden ihre Augen.

»Gut, daß wenigstens einer von diesen Verbrechern jetzt im Kittchen sitzt«, seufzte Herr Wanderer ehrlich erleichtert. »Auch wenn er mit der Entführung nichts zu schaffen hat. Wer weiß, was dem armen Dr. Winter in Wahrheit zugestoßen ist ...«

Plötzlich fing Pepsi wieder an zu weinen. Tante Anni meinte, wir sollten jetzt wohl mal lieber schlafen gehen. Bestimmt würde man ihren Vater bald finden. Vielleicht schon morgen. Die Küchenuhr zeigte zehn vor zwei.

In der Halle bestellte sie mir noch schöne Grüße vom Käpt'n. Ich könnte mich schon mal geistig auf ein Leben in Pforzheim einstellen, wenn ich mich nicht ab sofort gewaltig am Riemen riß. Die Verantwortung für einen halbwüchsigen Randalierer könne und wolle er nicht übernehmen. Dafür sei er zu alt, und im Moment würde ihm das sowieso alles viel zuviel. Ich hätte die Wahl.

Flehend sah ich Tante Anni an.

Nicht das jetzt auch noch.

»Du hast ihn ja gesehen, heute abend im Wellenbadcafé ... Er ist einfach nicht mehr der alte. Wenn du mir versprichst, daß du dir in Zukunft den Blödsinn verkneifst, lege ich morgen früh ein gutes Wort für dich ein«, sagte sie noch, als wir schon alle auf dem Weg ins Bett waren. »Und mach dir man keine Sorgen wegen dem Geld. Für so was haben Eltern Haftpflichtversicherungen.«

Für Dr. Winters Tochter hatte sie das Bett in einem besonders hübschen Einzelzimmer im dritten Stock bezogen. Pepsi blieb ganz nah bei mir, als wir die Treppe hinaufknarrten. Herr Hagedorn verschwand unten im Ballsaal, wo er wohl seine Bernsteine zählte. Tante Anni wohnte im ersten Stock, Herr Wanderer im zweiten, und als Pepsi und ich im dritten ankamen und ganz allein auf dem holzgetäfelten Treppenabsatz standen, wollte sie sich ihr hübsches Zimmer nicht mal ansehen.

»Ich schlaf hier nicht allein«, flüsterte sie und schob mich sanft die Treppe rauf. Ich wußte echt nicht, was ich dazu sagen sollte. Ich ließ mich schieben, fühlte ihre warme Hand im Rücken.

Mein Bett war ganz schön schmal, und als Pepsi, die noch nie in meinem Zimmer gewesen war, meinen Turm begutachtete, kam mir die Pritsche plötzlich noch viel schmaler vor. Vierundzwanzig Stufen lang vom dritten in den vierten Stock hatte ich kaum was anderes denken können, und als wir dann plötzlich in der Tür standen, fürchtete ich schon, Pepsi würde einen Rückzieher machen und doch lieber allein schlafen wollen.

»Das ist dein Zimmer, Hannes?« Sie wischte sich die Augen. Ich mochte es, wie sie meinen Namen aussprach.

»Willkommen«, sagte ich und zog die Tür hinter mir zu, damit es nicht so zog. Der Wind pfiff durch die Ritzen, und als ich die Kerzen auf der Fensterbank anzündete, flackerten sie erst wie verrückt. Ich machte einen langen Arm und knipste das Deckenlicht aus. Still stand Pepsi neben mir am Fenster und sah aufs dunkle Meer, sofern da draußen überhaupt was zu erkennen war.

Demonstrativ schnüffelte ich an mir herum und rümpfte die Nase. »Ich stinke ja fürchterlich … Bin gleich wieder da, okay?«

»Darf man hier auch rauchen?« fragte sie.

Weltmännisch deutete ich auf eine halbe Auster, in der ich meine Groschen sammelte. *»Mi casa es su casa«*, sagte ich. »Da drüben steht mein Tonband, falls du Musik hören willst. In der Ecke beim Waschbecken stehen Gläser. Es gibt aber nur Wasser aus dem Hahn, falls du was trinken möchtest. Du kannst auch meine Zahnbürste benutzen, wenn du willst, und …«

»Du bist echt süß.« Dankbar lächelte sie mich an. Dann runzelte sie die Stirn. »Was ist das eigentlich für ein angeberischer Pullover …?« Sie deutete mit dem Finger auf mich, als müßte sie erklären, welchen Pullover sie meinte.

»Hab ich bei Dieter Thomas Heck gewonnen«, sagte ich, froh, daß sie wieder lächelte. »Ich werf ihn übermorgen in die Biike, wenn er dir nicht gefällt …«

Plötzlich – ohne erkennbaren Grund – standen ihr wieder die Tränen in den Augen. Mit zitternden Fingern fummelte sie ihre Zigaretten aus ihrer Tasche, hockte sich auf die Bettkante, seufzte schwer und sah mich an.

»Es wird nicht lange dauern«, sagte ich.

Vor lauter Gähnen stolperte ich draußen fast die Treppe runter, und als ich mir unter der Dusche das heiße Wasser in den Nacken prasseln ließ, wußte ich ehrlich nicht mehr, wo ich mit dem Denken anfangen sollte. In der Küche hatte ich die ganze Zeit erzählt und erzählt, und Pepsi war so gut wie nicht zu Wort gekommen. Wieso war sie eigentlich hier? Was war mit Arne? Waren Mick, Gunnar und er noch immer nicht zu Hause? Was war mit ihrem Vater? Wußte sie was Neues? Und ihre Mutter? Ob die Polizei nach Pepsi suchen würde, wenn Frau Winter merkte, daß sie nicht in ihrem Zimmer war? Ob Pepsi mich mochte?

Ich stutzte.

Klar mochte sie mich irgendwie, sonst würde sie wohl nicht auf meinem Bett sitzen, aber mochte sie mich *wirklich*? O Gott, ich wollte lieber gar nicht daran denken.

Außerdem war jetzt wohl kaum der richtige Moment. Sie brauchte jemanden, auf den sie bauen konnte. Nicht so einen Stecher wie Arne. Betrübt sah ich an mir herab. So konnte ich mich unmöglich zu ihr ins Bett legen. Ich war ja auch nicht besser.

Entschlossen drehte ich das kalte Wasser auf.

Als ich wieder in mein Zimmer kam, saß Pepsi aufrecht wie eine indische Göttin im Schlabberhemd auf dem Bett und rauchte mit geschlossenen Augen. Die Decke hatte sie um ihre nackten Schultern gelegt. Die meisten Kerzen auf der Fensterbank waren runtergebrannt. Eins von den Räucherstäbchen, die sie mir zu Weihnachten geschenkt hatte, glimmte vor sich hin und duftete nach Sandelholz. Das Tonband leierte ein bißchen. Cat Stevens sang *Moon Shadow*, und in meiner halben Auster lagen zwei ausgedrückte Kippen.

Schweigend warf ich meine Klamotten in die Ecke bei der Tür und nahm mir eilig etwas Frisches aus dem Schrank, bevor sie mich so sah. Oh, Mann. Vor lauter Gänsehaut kam ich mir schon vor wie ein gerupfter Ganter. Dann druckste ich kurz in T-Shirt und Unterhose auf dem Flokati herum und zögerte, aber mir blieb ja keine Wahl. Ich räusperte den Frosch im Hals beiseite.

»Kann ich mit unter deine Decke?«

Pepsi schlug ihre dunklen Augen auf und lächelte mich an, als freute sie sich, mich zu sehen. Ich glaube, so hatte mich im meinem ganzen Leben noch niemand angelächelt. »Komm an Bord«, sagte sie und hielt mir die Decke hin.

Wir waren eine Insel auf der Insel.

Mit angewinkelten Knien saßen wir an diesen Bastteppich gelehnt, den der Käpt'n von irgendeiner Afrikareise mitgebracht hatte. Weil ich so bibberte, legte Pepsi ihren rechten Arm um mich, was nicht sonderlich bequem, aber erheblich mehr war, als ich mir von diesem Abend erhofft hatte. Ich rührte mich nicht von der Stelle. Stocksteif saß ich da. Sie drückte ihr nacktes rechtes Bein an mein nacktes linkes Bein und hielt mit einer Hand die Decke fest, damit es bei mir nicht reinzog. So saß sie da und rauchte.

Sie war kein bißchen müde.

Sie sei so froh, daß sie bei mir sein könne, sagte sie und blies Ringe in die Luft. Ich wisse ja gar nicht, *wie* froh eigentlich. Sie fühle sich bei mir so aufgehoben. Einen Freund wie mich gebe es nicht oft, da könnten sich die anderen ruhig mal eine Scheibe von abschneiden, vor allem Arne, der Idiot.

Ich schluckte, nickte und sah lieber woandershin.

Sie hatte es zu Hause einfach nicht mehr ausgehalten. Ihre Mutter, die blöde Kuh, mit der sie sich schon lange nicht mehr verstand, war nur noch mit sich selbst beschäftigt, hockte den ganzen Tag heulend in ihrem Zimmer. Pepsi rümpfte die Nase.

»Und was macht sie da den ganzen Tag?« Meine Augen fingen an zu jucken.

»Na, heulen wahrscheinlich. Was weiß ich? Die Alte spinnt.« Pepsi zuckte mit den Schultern, was meinen Kopf anstieß und mich die Augen aufreißen ließ.

Rund um die Uhr wechselten sich die Polizisten ab. Jeweils mindestens zwei Uniformierte und ein Beamter der Sonderkommission saßen vor dem Telefon und warteten darauf, daß sich die Entführer meldeten, aber bisher hatte weder jemand angerufen, noch war eine Nase oder so was abgegeben worden.

»Ich bin aus dem Fenster geklettert«, erzählte sie. »Genau wie du gesagt hast …«

Ich mußte glatt mein Grinsen runterschlucken, als so ein wunderbares Gefühl wie eine Woge über mich hinweg ging.

Arne war auch um Mitternacht noch nicht zu Hause gewesen. Seine Eltern machten sich Sorgen, hatten aber schon mit der Polizei gesprochen. Sie wußten, was ich mit ihrem Auto angestellt hatte und daß ich auch nicht wußte, wo Mick und Arne steckten.

Plötzlich fiel mir was ein. Ich schlug die Augen auf. »Trägt dein Vater eigentlich braune Halbschuhe?«

Die Fenster klapperten im Wind.

»So braune Dinger, die oben drauf durchlöchert sind? Die heißen ... Wiener, Berliner, Pariser ...«

» ... Budapester?«

Ich überlegte kurz, ob ich ihr erzählen sollte, was ich in diesem unheimlichen Haus am Hafen gesehen hatte.

»Hannes?«

»Was hab ich eben gesagt?« Ich wollte mich aufsetzen, aber sie hielt mich fest. »Ich glaube, ich hab geträumt. Ich hab geschlafen, oder?«

Liebevoll drückte Pepsi meinen Kopf an ihre Brust, die weicher war als alles, was meine Wange je berührt hatte. Und so warm. Und sie roch so gut. Ich war so glücklich und ...

Bilder blitzten auf.

Gesichter.

Der Kurdirektor mit seiner Nelke im Knopfloch, der Rocker mit der fiesen Narbe an der Stirn, Herr Hagedorn im Bademantel, Frau Droste mit dem Klassenbuch, Pepsis Vater, gefesselt und geknebelt, und ...

Jason King mit seinem Dobermann.

Den hatte ich total vergessen. Auch schon bei der Polizei.

Er kam mir irgendwie bekannt vor.

»... der kommt mir irgendwie bekannt vor ... ich weiß nur nicht woher ...«, versuchte ich zu sagen.

Pepsi strich mir übers Haar und erzählte einfach weiter. Ich hatte wohl die Lippen gar nicht auseinander bekommen.

Ich hörte sie reden und reden. Ihre Stimme wehte über mich hinweg. Der Wind schlug an die Scheiben. Sie erzählte von ihrem Vater, wie gern sie ihn hatte, daß es ihr so leid tat, was mit ihm passiert war, wie sehr sie sich wünschte, daß er heil nach Hause käme.

Jim Croce sang *Time In A Bottle*.

Ich ließ die Leinen los und sank auf den Grund des Meeres. Wie eine Flaschenpost ohne Korken. Warme Wogen gingen über mich hinweg.

Als ich wiederauftauchte, war alles stockdunkel. Ausgestreckt lag ich im Bett. Warme Füße schmiegten sich an meine. Es war so ungewohnt und angenehm.

Es dauerte, bis ich merkte, wo ich war.

Dann sah ich Pepsis Augen schimmern, gleich neben mir auf meinem Kissen. Sie sah mich an.

»Ich hab geschlafen«, sagte ich.

»Schscht«, machte sie und lehnte ihre Stirn an meine.

19

Zu Zeiten der Jäger und Sammler, als die Menschen noch in Höhlen hausten oder den Büffelherden durch die Tundra folgten, als Frauen noch wie Tarzans Jane herumliefen und die Männer allesamt wie Rantumer Rocker aussahen, war es weit verbreitet, die Dame seines Herzens müde zu hetzen und sie sich wie eine erlegte Gazelle über die Schulter zu werfen. Nach Feierabend, am Lagerfeuer wurde die Beute im Kreise der Brüder begutachtet. Daran hat sich nicht viel geändert.

Gut, mittlerweile ist das Rad erfunden, der Mensch fliegt zum Mond und trinkt Sunkist aus dem Tetrapack, aber im Grunde ist doch alles beim alten. Der moderne Neandertaler fährt seine Beute auf seinem Ofen spazieren, damit die Morlocks wissen, wo Bartel den Most holt.

Mit dem Wind im Rücken rollte ich an der ehemaligen Inselbahntrasse entlang, um möglichst lange im Strom der Schülerschaft zu treiben, die mit Ranzen auf dem Rücken aus der Stadt gelaufen kam. Im Schrittempo rollte ich am Kiosk vorbei, wo schon die ersten Bonbons oder Kippen kauften.

Alle sollten sehen, wer hinten auf meinem Mofa saß.

Ich persönlich hockte etwas unbequem ganz vorn auf dem harten Horn meines Bananensattels, das sich mir spitz in den Hintern drückte.

Das war mir alles ganz egal.

Ich fühlte mich, als leuchtete ich von innen. Das Gold der aufgehenden Sonne glitzerte in meinen Augen. Der Himmel über der Insel war schon jetzt von strahlendem Blau, wie ich es seit Wochen nicht gesehen hatte.

Vor dem Haupteingang der Schule drückten sich ein paar Jungs mit Army-Mützen herum und pafften. Mücke und Achim aus Hörnum ballten die Fäuste. »Hannes! Yeah!« riefen sie, als wir an ihnen vorbeiknatterten.

Ich scherte auf den schmalen Weg bei der Turnhalle ein und mußte hinter zwei Sextanerinnen bleiben, die mit ihren Ranzen auf dem Rücken ihre Kinderräder schoben und vor lauter Plappern gar nicht merkten, daß sie den Weg versperrten. Ich hielt mich zurück und ließ die beiden gewähren, zumal eben unser Hausmeister mit seiner Harke um die Ecke bog.

»Wie spät ist es eigentlich?« hauchte ich, als wir abgestiegen waren. Ich schwebte einen Daumenbreit über dem Asphalt.

»Zwanzig vor.« Pepsi lächelte verschlafen.

Wir sahen uns mit anderen Augen. Es hatte sich tatsächlich was verändert. Ich kriegte rote Ohren, als sie meine Hand nahm.

Herrn Hagedorn hatte es am Morgen glatt aus den Puschen gehauen. »Es gibt wohl doch nur eine Geschichte«, hatte er uns zugeraunt. »Alle sind böse, und zwei haben einander lieb.« Verträumt war er im Bademantel einfach in der Tür stehengeblieben und hatte zugesehen, wie Pepsi und ich unsere Stiefel zuschnürten. Wir mußten uns beeilen, wenn wir nicht zu spät zur Schule kommen wollten. Vor allem aber wollte ich dem Käpt'n lieber aus dem Weg gehen. Das dicke Ende würde schon noch kommen. Tante Anni sah mich aus den Augenwinkeln an, forschend, etwas vorwurfsvoll, als sie uns das Schulbrot schmierte. Sie hatte Pepsi wecken wollen und natürlich gleich geahnt, was los war, als sie das unbenutzte Bett sah. »Wenn ich mich nicht irre, seid ihr beide nicht mal sechzehn«, hatte sie nur gesagt. Nichts weiter. Dabei war Pepsi fast schon siebzehn, aber ich hielt lieber meinen Mund.

Ein schmaler Plattenweg führte um die neue Turnhalle, immer an der Wand lang, und als wir um die Ecke kamen, sah ich vor der weißen Baracke, in der die neunten Klassen waren, schon die anderen stehen und palavern. Auf der matschigen Wiese kickten ein paar Jungs wie jeden Morgen ihren Ball durch die Pfützen. Drei blasse Mädchen standen in den ersten Sonnenstrahlen und tuschelten wahrscheinlich über Pferde oder Donny Osmond.

»Ach, nee!« rief Mick, als er uns sah. Alle drehten sich um. Arne stand nur da und lächelte. Ein müder Prinz.

Pepsi ließ meine Hand los.

»Moin, die Herren«, sagte ich in die frische Morgenluft und hatte wohl gehofft, ich könnte mich ungeschoren an dem Pulk vorbeidrücken, aber Pepsi blieb direkt vor Arne stehen.

»Du brauchst gar nicht so arrogant zu grinsen«, sagte sie und bohrte ihm den Zeigefinger in die Brust. »Ich hab dich gestern überall gesucht.«

»Wußte gar nicht, daß ich mich bei dir abmelden muß …« Arne sah an seiner langen Nase auf sie herab.

»Er war bei mir. Ehrlich! Wir haben den ganzen Abend geflippert, beim Holländer …«, sabbelte Mick dazwischen, doch Pepsi hörte gar nicht hin.

»Gestern hätte ich dich echt mal gebraucht«, sagte sie, was wie ein Vorwurf klang und bestimmt auch einer sein sollte. »Aber du warst nicht aufzutreiben. Wie immer.«

»Wie ich sehe, hast du Ersatz gefunden. Schön zu wissen, wie schnell so was geht.« Verächtlich sah er mich an.

Der Typ hatte sie wohl nicht mehr alle.

Ich trat einen Schritt vor. »Und wieso habt ihr feigen Schweine mich gestern in Rantum sitzenlassen?« Plötzlich merkte ich, wie wütend ich eigentlich war. »Wieso seid ihr einfach abgehauen? Ich hab stundenlang auf euch gewartet.«

»Und bist dann mit dem Auto von meinem Alten abgehauen. Tolle Idee, Johannes Harms. Wir haben zwischen irgendwelchen kackenden Vögeln am Deich gehockt und uns versteckt, bis die Typen weg waren. Als wir den Kadett holen wollten, stand er nicht mehr an der Straße. Ich durfte mit meinem kaputten Knöchel den ganzen Weg nach Westerland humpeln. Um halb drei war ich zu Hause. Mein Vater saß noch im Wohnzimmer. Das mit dem Auftritt am Sonntag können wir vergessen. Ich hab Hausarrest. Vielen Dank dafür.«

Ich kniff den Mund zusammen. »Ich hab wirklich lange gewartet, und mir war so scheißkalt, weil die Typen mich ins Wasser geschmissen hatten. Irgendwann dachte ich, ihr habt mich einfach im Stich gelassen, und da hab ich ...«

»Ein schöner Freund bist du ...«

Arne und Mick sahen mich irgendwie so überheblich an. Von oben herab. Das konnte ich überhaupt nicht leiden. Sogar der stinkende Hartmut Lembecker, der plumpe Uhu, der eigentlich nur daneben stand, warf mir einen entrüsteten Blick zu, als ginge es ihn was an. Ich trat ihm mit dem Stiefel auf den Fuß, damit er beschäftigt war.

»Achtung! Qualle kommt!« zischte Karsten Pflock, der an der Ecke Schmiere stand.

»Wo steckt Gunnar eigentlich?« rief ich den anderen hinterher, bekam aber keine Antwort, weil alle in die Klassenräume stürmten. Da sah ich den dicken Volquardsen schon mit Frau Droste um die Halle segeln. Die beiden paßten richtig gut zusammen. Wenn die sich fortpflanzten, käme dabei wahrscheinlich ein HB-Männchen heraus.

»So, meine Herrschaften, dann wollen wir mal!« Volquardsen hatte seine braune Ledertasche unter den rechten Arm geklemmt und machte den linken lang, um auch die letzten Fußballer vom Feld heranzuwinken.

»Und was ist mit euch zwei Hübschen? Ich hoffe, ihr habt eure Aufsätze bereit ...« Mit quietschenden Sohlen nahm er die Stufen zur Baracke und bog schon in unsere

Klasse ein. Frau Droste nahm die andere Tür. »Guten Morgen!« flötete sie noch, da fiel die Tür auch schon ins Schloß. Die armen Kinder hatten keine Chance.

Als Pepsi zu ihrem Platz am Fenster ging, warf sie mir noch einen kurzen Blick zu, der aber alles und nichts bedeuten konnte. Gunnar Mommsen saß drei Reihen hinter ihr. Der hatte gestern abend bestimmt Ärger bekommen. Er sah ganz schön angeschlagen aus.

Kaum hatten wir auf unseren Stühlen Platz genommen und unsere Sachen herausgeholt, da stieß mir Hartmut Lembecker von hinten an die Schulter und nuschelte irgendwas davon, wenn ihm der Fuß in der Pause noch weh täte, würde er zum Direx gehen, woraufhin ich mich blöderweise zu ihm umdrehte, was wiederum Herrn Volquardsen nicht verborgen blieb.

»Johannes! Mach dich mal nützlich und sammel die Aufsätze ein!«

Die meisten hatten was abzugeben, sogar Mick und Arne, was mich ehrlich erstaunte. Wahrscheinlich hatten sie vor der Stunde noch von Gunnar abgeschrieben. Pepsi und Reimer, der Schleimer, waren entschuldigt, weil sie in der letzten Stunde gefehlt hatten. Ich nahm die Zettel entgegen und knallte den Packen vorn auf den Tisch, ohne ein Wort darüber zu verlieren, daß meine Hausaufgabe fehlte. Vielleicht klappte es ja. Ich konnte immer noch behaupten, daß mein Zettel aus dem Packen gerutscht sein mußte.

Ich war ganz schön müde.

Gerade hatte Volquardsen die Kreide genommen, um das Thema der Stunde an die Tafel zu schreiben, da flatterten meine Gedanken schon zum Fenster hinaus. Im Augenwinkel sah ich, wie Volquardsen mit jugendlichem Schwung die beiden Tafelhälften aufklappte.

Und stutzte.

Ein umfangreiches Gemälde zierte das weite Grün.

Da stand ein Strichmännchen mit Pilzkopf und breitete die Arme aus. Das Männchen hielt zwei Tafeln in Händen – wie Moses mit den zehn Geboten. Auf der einen stand *Michel Deutschland*, auf der anderen *St. Pauli Nachrichten*. Eine gewaltige Woge türmte sich über ihm auf. Das Ganze war nicht besonders gut gelungen, doch für den Fall, daß der Betrachter nicht begriff, was dieses Bild bedeuten sollte, hatte der Künstler den Titel darübergeschrieben.

Moses Mommsen teilt das Rote Meer.

Die Klasse brüllte vor Lachen.

Kreidedunst taumelte im Sonnenschein.

Volquardsen sah sich um.

Karsten Pflock und sein tumber Tischnachbar kriegten sich gar nicht wieder ein vor Gackern, aber Gunnar Mommsen saß nur da und starrte blaß die Tafel an.

»Was hat das zu bedeuten?« Volquardsen rückte seine Honeckerbrille zurecht.

Zögernd hob Gunnar eine Hand. Unter seinen Haaren ragten rote Ohrläppchen hervor. »Ich denke, das soll wohl ich sein«, sagte er und sah unter seinem Pony zu Hartmut hinüber. »Ich hatte gestern Pastor Haase gegenüber im Konfirmandenunterricht die naheliegende Vermutung geäußert, daß die biblische Sintflut, wenn es sie denn gegeben haben sollte, eigentlich nur durch einen Tsunami ausgelöst worden sein kann.«

Wie brachte der Typ bloß solche Sätze zustande?

»Soll ich es abwischen?«

»Hm«, machte Volquardsen. Dann klappte er die Tafel zu. »Karsten, komm doch bitte mal nach vorn!«

Ich hätte Gunnar küssen können. Lehrer sind manchmal

echt einfach zu nehmen. Man muß nur wissen wie. Wenn die merken, daß sich irgendwer auch nur einen Hauch für ihr Fach interessiert, kann man mit denen so ziemlich alles anstellen.

Im Grunde sind sie dankbar.

Volquardsen warf Karsten Pflock die Kreide zu, dem sie gleich erst mal auf den Boden fiel. »Schreib auf: *tsu nami*! Zwei Worte. Und häng uns mal die Karte vom Pazifik auf!«

Tja, und so kam es, daß ich zu reichlich unchristlicher Zeit, nach kaum mehr als vier Stunden Schlaf in zwei Nächten, morgens kurz nach acht, während Mick und Arne müde drüben am Fenster lümmelten und sich einen Dreck für irgendwas interessierten, allen Ernstes hellwach war, weil der dicke Volquardsen endlich mal Wissenswertes von sich gab. Ich sah noch kurz zu Pepsi hinüber. Sie saß ganz links in der ersten Reihe neben ihrer Freundin Bettina, in Arnes Dunstkreis, was mir vor Sehnsucht einen Stich versetzte.

Plötzlich war sie so weit weg.

Volquardsen nahm einen Zeigestock vom Schrank. »Dann kann jetzt auch wieder Ruhe einkehren, Herrschaften! Das gilt auch für dich da drüben, Freund Erken ... Ja, genau, dich meine ich! Brauchst gar nicht so blöd zu gucken.« Er sah zur Karte, als müßte er sich erst mal orientieren. »Also: Japan gilt als eines der erdbebenreichsten Länder der Erde. Etwa 1 500 Beben pro Jahr. Dazu kommt eine nicht näher spezifizierbare Zahl von Seebeben im freien Pazifik, die sich direkt auf die Japanischen Inseln auswirken. Immer wieder entstehen durch vulkanische Aktivitäten oder ruckartige Verschiebungen der Erdkruste extrem große Wellen, so genannte *Tsunamis*.« Er deutete auf den Begriff an der Tafel, damit auch der letzte Depp begriff, worum es ging. »Tsunami ist Japanisch und heißt ›Hafenwelle‹. Kann sich jemand vorstellen, wieso?« Er sah in die Runde.

»Weil die Fischer auf See nichts merken, aber wenn sie nach Hause kommen, ist der Hafen zertrümmert, und alle, die an Land waren, sind ertrunken«, sagte Gunnar ziemlich leise.

Volquardsen nickte. »Aber wie kann das sein? Sehen wir uns eine normale Welle an.« Er malte an der Tafel herum. »Sie entsteht durch Wind und Strömung und wird kaum länger als vierhundert Meter. Manche türmen sich zwölf Meter hoch auf und werden hundertzwanzig Stundenkilometer schnell. Selbst ein Orkan braucht Stunden, bis er solche Wellen zustande kriegt. Eine Bebenwelle dagegen ...«

Er sah in die Runde, suchte sich weiter hinten jemanden aus und sagte: »Wodurch entstehen denn solche Bebenwellen ...? Waltraut, was meinst du?«

Waltraut Pannsen kam aus Archsum. Sie kriegte eigentlich nie was mit. »Keine Ahnung«, nuschelte sie mit trübem Blick, als wäre es ihr egal.

Volquardsen notierte kurz etwas in seinem roten Lehrerkalender, dann fragte er ihre ahnungslose Nachbarin. Er schüttelte den Kopf. »Kinder, Kinder ... Na ja. Ihr müßt hier ja nichts lernen. Zimmer vermieten kann man auch, wenn man von nichts 'ne Ahnung hat.«

Was ihm einen Lacher einbrachte.

Von da an kümmerte sich Volquardsen nur noch um die wenigen, die zuhörten. Sollten die anderen zusehen, wo sie blieben. Seine Skizze an der Tafel wuchs.

Es ging um Wellen. Beim Licht, beim Schall, im Wasser, überall das gleiche Phänomen. Tsunamis waren sogenannte »Solitonen«. Sie konnten hundert Kilometer lang werden, bewegten sich mit Jetgeschwindigkeit und wuchsen auf dreißig, vierzig Meter an, wenn sie sich der Küste näherten. Eine solche Welle brachte kein Wasser, sondern transportierte nur den Impuls des Bebens, die reine Energie. Normale Wellen fransten früher oder später auseinander, weil sie sich gegenseitig in die Quere kamen. Man sprach von »Dispersion«. Unter bestimmten Umständen war es möglich, daß sich das Abflachen der Wellenkämme (aufgrund der Dispersion) und das Aufsteilen (aufgrund nichtlinearer Effekte infolge der Bodenreibung) gegenseitig aufhoben.

Ich rieb mir die Augen.

Den Satz mußte ich bestimmt viermal lesen.

So eine Welle war nur einen Meter hoch, aber hundert Kilometer lang. Auf See merkte niemand, was unter ihm durchlief, aber wenn die Welle an die Küste schlug, raste sie als weiße Wand ins Landesinnere und hinterließ eine Spur der Verwüstung, manchmal zehn Kilometer breit.

»Also, Waltraud ... merken: Tiefgang gleich halbe Wellenlänge ... Kapiert?« Volquardsen warf die Kreide auf sein Pult und sah Gunnar an. »Und was war das jetzt mit dir und deiner Sintflut?«

Gisbert Knudsen aus Hörnum meldete sich dazwischen und fragte, ob wir das zur nächsten Stunde können müßten und ob das nicht eigentlich eher Physik als Erdkunde sei.

Da sah ich, daß draußen zwei Männer kamen. Die Köpfe wippten am unteren Fensterrand entlang. Ich hörte, wie sie sich vorn auf den Stufen den Matsch von den Stiefeln trampelten. Ich hatte nicht erkennen können, wer da kam, nur daß der eine mit beiden Händen vorsichtig seine weiße Schirmmütze abnahm, als wollte er gleich ein Gedicht aufsagen.

Schon klopfte es energisch an der Tür.

Dreimal.

20

Sie kamen, um Pepsi zu holen.

Im Grunde ging die ganze Aktion unspektakulär über die Bühne. Der eine blieb in seiner grünen Uniform an der Tür stehen, als müßte er jemandem den Fluchtweg verstellen, und der andere, dieser Typ mit Hasenzähnen, der mich vorgestern wegen der Sache mit dem Ohr vernommen hatte, tuschelte kurz mit dem dicken Volquardsen, der daraufhin einsichtig nickte und Pepsi nach vorn winkte. Die ganze Klasse spitzte die Ohren wie die Erdmännchen. Ich saß ganz vorn und meinte zu verstehen, daß Pepsis Mutter einen Nervenzusammenbruch erlitten hatte, weil nun am Morgen auch noch ihre Tochter verschwunden war.

Pepsi kniff den Mund zusammen, packte wortlos ihre Sachen. Sie hatte ja nicht viel dabei gehabt. Es sah ein bißchen danach aus, als würde sie abgeführt. Die Klassentür fiel hinter ihr ins Schloß, und draußen vor den Fenstern sah man die gescheitelten Frisuren der beiden Schergen vorüberwippen, diesmal in die andere Richtung. Pepsi lief vermutlich zwischen ihnen, aber sie war eher klein und deshalb nicht zu sehen.

Ich schluckte trocken.

Einen Moment saß die ganze Klasse schweigend da. Selbst Herr Volquardsen starrte den Polizisten hinterher.

Wir dachten wohl alle das gleiche. Hoffentlich tauchte Dr. Winter wieder auf. Der Oberstufenleiter unserer Schule. Selbst Mick sparte sich seine blöden Sprüche vorsichtshalber.

Herr Volquardsen sah erst Gunnar an und dann zur Tafel, als überlegte er, ob er noch mal ansetzen wollte, wo wir stehengeblieben waren.

Da schnarrte die Klingel zur Pause.

Die meisten waren aufgesprungen, bevor Volquardsen irgendwas von Hausaufgaben sagen konnte. Er sah erschüttert aus, als fehlte ihm die Kraft, sich durchzusetzen.

Arne stürmte schon zur Tür, mit einer aufgerollten Zeitung in der Hand. Mick hängte sich an seine Fersen, und noch zwei, drei andere rannten ihnen hinterher. Ich drehte mich um. Gunnar saß an seinem Platz und sah zu mir herüber. Die erste Pause war nur kurz. Ich zuckte mit dem Kopf zur Tür, gab ihm ein Zeichen, und er stand auf und folgte mir.

»Danke, Gunnar«, sagte ich draußen. »Wegen gestern abend.«

Er sah mich an, als wollte ich ihn für dumm verkaufen. »Meinst du, es tut mir nicht leid?« sagte er. »Von jetzt an sag ich nur noch, was ich echt sicher weiß.«

»Na, die Sache mit der Sintflut und der Riesenwelle glaube ich jedenfalls auch …«, sagte ich, aber Gunnar war schon zwei Schritte voraus.

Die anderen standen unter den Bäumen am Rand des Fußballfelds und drängten sich um Arne, der die *Sylter Rundschau* mit beiden Händen ausgebreitet hielt und laut daraus vorlas.

Hauptkommissar Holtkötter wurde zitiert. Man habe mittlerweile die gesamte Insel abgegrast, den Strandhafer durchkämmt, die halbe Heide umgegraben und jeden Fuchsbau ausgeleuchtet. Langsam falle ihnen nichts mehr ein. Natürlich habe man auch das Pionierlager durchsucht, die leerstehenden Kasernen, die alten Bunker, sämtliche

Hafenanlagen, von flächendeckenden Hausdurchsuchungen überall auf der Insel mal abgesehen. Eine Gruppe *Fünf vor zwölf* habe sich zu der Entführung bekannt und der *Rundschau* ein flammendes Pamphlet gegen den Bau von ATLANTIS geschickt, aber man sei sich einig, daß es sich dabei wohl nur um Trittbrettfahrer handeln könne.

Zu melodramatisch.

Von der Vorstellung der Architektenmodelle im Wellenbadcafé war die Rede, von dem Tumult, von fliegenden Eiern, demolierten Modellen, einer Schlägerei, die stattgefunden hatte, als wir schon draußen waren. Es hatte auf beiden Seiten einige Verletzte gegeben, blaue Augen und Schürfungen, zwei, drei Platzwunden, zum Glück nichts Schlimmeres. Der eine oder andere unbescholtene Bürger kam aus der Schlacht lädiert nach Hause.

Die Stadt war voller Märtyrer.

Auf beiden Seiten.

Dann stand da was von Drohbriefen, die bei mehreren Familien eingegangen waren. Anscheinend nutzte mancher die Gelegenheit, seinem ungeliebten Nachbarn eins auszuwischen. Es hieß, man dürfe diese Machwerke zwar nicht auf die leichte Schulter nehmen, solle sich aber auch nicht ins Bockshorn jagen lassen. Betroffene könnten sich vertrauensvoll an die SOKO Sylt wenden. Ich dachte an den Käpt'n und sah schon diesen Daffke in unserer Küche rumhocken. Mir fiel ein, daß ich ihm seinen Pullover zurückgeben mußte.

Der Artikel endete mit der Vermutung, daß Dr. Winter sich aller Wahrscheinlichkeit nach noch auf der Insel befand, denn ihn allein hätte man zwar im Zweifel auch mit einem Boot wegschaffen können, den weißen VW Käfer jedoch nicht, und da der Wagen nicht mehr aufzufinden war, konnte das nur bedeuten, daß die Verbrecher offenbar ein geeignetes Versteck gefunden hatten.

Das konnte man nun logisch finden oder nicht.

Da klingelte es zur zweiten Stunde.

Der Rest des Vormittags verging in dichtem Nebel. Ich war einfach zu müde. Mehrmals ertappte ich mich dabei, wie ich den Sekundenzeiger auf meiner Armbanduhr anfeuerte.

Nach der fünften Stunde war ich platt und ausgestanzt wie Tante Annis Plätzchenteig. Ich fühlte mich so schwer – ich konnte kaum mein Mofa schieben und wollte wirklich und wahrhaftig nichts sehnlicher, als mich zu Hause aufs Ohr zu hauen, damit ich abends zur Biikewache wieder fit war.

Als ich dann allerdings so gegen halb eins endlich draußen vor unserer Schule stand, erwartete mich jemand drüben auf der anderen Straßenseite, vor der Grube mit den windgeschützten Tennisplätzen, und ich wußte, daß der Tag noch nicht zu Ende war.

Er hatte die ganze Straßenseite für sich allein.

Keiner traute sich da rüber.

Er stand im Sonnenschein, an seine große BMW gelehnt, ein Klotz von einem Kerl, ein Gladiator in Jeans und Lederjacke. Am Hals wuchs ein tätowiertes Spinnennetz bis herauf zur Wange, wo die Haut von einer breiten Narbe ausgefranst war. Er war nicht mehr der Jüngste, eher so ein Rock 'n' Roller, der aussah, als hätte er schon in den fünfziger Jahren mit Marlon Brando Kleinbürgern über die Straße geholfen. Mit verschränkten Armen stand er da und sah herüber.

»Hey!« brüllte er, und ich spürte, daß die kleinen Jungs um mich herum vor Schreck fast von den Rädern kippten.

So war Ollo.

Wenn er schlechte Laune hatte.

Er streifte die Handschuhe über und schwang sich hinter den dicken schwarzen Polyestertank. »Steig auf!« knurrte er in seinen Schal. »Nimm den Helm!« Er deutete auf das verschrammte Ding, das hinten an der Bank hing, und ließ den Motor an.

»Ach was …«, sagte ich und winkte ab, aber er stieß mir den Ellenbogen in die Rippen, daß mir kurz die Luft wegblieb. »Nimm den Helm, hab ich gesagt!« Man muß im Leben immer wissen, wann man lieber die Klappe hält.

Als ich saß, klemmte ich meine Mappe zwischen uns und hielt mich an ihm fest wie ein Orang-Utang-Baby am Mutterrücken. Man konnte leicht mal herunterfallen, wenn man mit Ollo fuhr.

Der Fahrtwind nahm mir glatt den Atem.

Wir donnerten durch den Sonnenschein, geradewegs in Richtung Strand, brüllten alles von der Straße, was im Weg war. An der Kreuzung zur Kampstraße sah ich Herrn Pörksen auf seinem Fahrrad herumeiern, mit der Aktentasche am Lenker und der Baskenmütze auf dem Kopf. Er stieg lieber ab, um uns vorbeizulassen. Mann, war ich froh, daß er mich unter dem Helm nicht erkennen konnte.

Wir steuerten die alte Seenotrettungsstation auf der Düne an, nicht weit von der Schule. Ollo ließ den Sand fliegen, fuhr bis rauf an den Strand und hielt hinter der Station. Der Bau sah aus wie ein kleiner Tower, als könnte man da oben sitzen und die Möwen segeln lassen. Über Winter waren Fenster und Türen des Restaurants mit groben Brettern vernagelt. Die Schaukästen waren von innen beschlagen. Vorn am Strand begann die Promenade, zog sich von hier aus Richtung Süden bis zur Himmelsleiter.

Ich hatte kaum einen Blick dafür.

Ollo war stinksauer. Da sprach man ihn besser nicht an. Ich schlurfte ihm nur hinterher, fühlte mich irgendwie erwischt, wußte aber nicht so ganz, wobei. Auf seiner Lederjacke stand in verwitterter, altdeutscher Schrift *Lükendeeler* über dem Emblem der Sylter Rocker. Sie hatten sich nach Störtebekers Bande benannt. Unwillkürlich mußte ich an die Rantumer Brüder denken.

Ich kannte Ollo schon lange. Im Sommer stand er mit seiner Fischbude in der Friedrichstraße und drehte den Kurgästen Krabbenbrötchen an. In den Ferien half ich manchmal aus, pulte Krabben, holte Bier und Zigaretten, solche Sachen. Irgendwie hatte er mich unter all den Jungs, die sich bei ihm rumtrieben, ins Herz geschlossen. Keine Ahnung, wieso eigentlich. Ich war für ihn ein kleiner Butscher. Er war ein echter Brecher, nicht lang, aber breit. Wahrscheinlich habe ich ihn daran erinnert, daß er auch mal ein Butscher war. Als mein Vater starb, hatte er mich abends manchmal mitgenommen, nach Hörnum in die *Aalreuse* oder nach Rantum in den *Klabautermann* oder zum Billard beim Holländer. Keiner traute sich, zu fragen, was ich da zu suchen hatte und ob ich nicht vielleicht noch zu klein für so was wäre.

Andere hatten ihre Hunde dabei, Ollo seinen Johannes.

Über den blöden Witz konnten sie sich alle endlos schlapp lachen, aber Ollo kratzte das kein bißchen. Um Punkt zehn Uhr abends setzte er mich vor der *Dünenrose* ab. Nur mit reinkommen wollte er nie. Ich glaube, er hatte Respekt vor Tante Anni.

Schwerfällig wankte Ollo ein Stück der Sonne entgegen, dann blieb er stehen, hob ein Bein und stieg mit knarrendem Leder über das weiße Geländer. Er lehnte sich an und fischte seine Kippen aus der Jacke. Er schien gar nicht darauf zu achten, ob ich ihm folgte oder nicht.

Ich kletterte neben ihm auf das Geländer und knöpfte meinen Parka auf. In der Mittagssonne wurde einem richtig warm. Das Meer war himmelblau und der Horizont so scharf geschnitten, daß es schien, als konnte man die Rundung der Erde erkennen. Möwen segelten am Flutsaum entlang, und die Wellen glitzerten und brachen weiß und sauber. Nichts erinnerte an die Finsternis der letzten Tage.

Es dauerte eine Weile, dann sah er mich mit schwarzen Augen an. »Am liebsten würde ich dir in den Arsch treten, aber das nützt bei dir ja nichts«, sagte er, was er öfter sagte, aber heute grinste er dabei nicht so wie sonst.

»Was denn?«

»Verarsch mich nicht …« Er sah aufs Meer und zog die Nase hoch. »Das kann ich echt nicht ab.«

»Aber ich weiß nicht, was du meinst! In den letzten Tagen ist soviel passiert! Mann, Ollo …« Ich wollte ihn nach den Rantumer Brüdern fragen und nach diesem Jason King mit seinem Dobermann … und wo er einen Entführten verstecken würde, und das mit Pepsi wollte ich ihm erzählen …

»Meinst du, ich war nicht auch mal so alt wie du?« Ollo sah mich an. »Meinst du, ich weiß nicht, wie der Hase läuft?«

»Welcher Hase denn?«

Er nickte und schnaubte Rauch aus.

»Hast du ein Mädchen, Hannes?«

Ich stutzte.

Er sah mich durchdringend an, und plötzlich wurde mir ganz flau im Magen. So hatte ich Ollo noch nie gesehen. Sonst stand er über den Dingen. Heute stand er zwei Schritte neben sich. Seine Augen waren kleiner und härter als sonst. Sein rechter Mundwinkel zuckte. »Ich war mal verlobt«, sagte er ganz leise und nickte.

Ich hielt die Luft an.

Das war schwer vorstellbar.

Er taxierte mich, wollte wohl sehen, wie ich reagierte. »Ist lange her. Antje. War ein paar Jahre jünger als ich. Blonde Haare, blaue Augen. Unschuld vom Lande. Allerdings eine, mit der man auch was anfangen konnte.«

»Mh-hm. Und wie alt warst du da?«

Ollo runzelte die Stirn, als müßte er ganz hinten in seiner Schublade wühlen. »Ich glaub, damals hatte ich noch meine Norton ...«

Wir hockten da wie die Hähne auf der Stange. »Na«, sagte ich, »das muß dann wohl Anfang der Fünfziger gewesen sein ...«

Er sah mich ganz ruhig an. »Halt's Maul!« sagte er.

Einen Moment flatterte seine Tolle im Wind.

»Wir wollten heiraten. Sogar ihren Alten hatten wir soweit. Die Mutter stand sowieso auf mich. Ich war hier auf der Insel der Gene Vincent.«

Ich sah den oberen Rand von seinem blauen Spinnennetz und diese breite Narbe, die daraus hervorzuwachsen schien. »Wir waren in Archsum, auf dem Dorffest. Wir hatten alle unsere Mädels dabei und haben ordentlich einen gebechert ... Deshalb waren wir ja schließlich da, oder? Antje hat es irgendwie gestunken. Manchmal hatten wir Streit. Nicht oft, aber sie wollte mir erzählen, was ging und was nicht. Dabei konnte sie selbst ganz gut mithalten, aber da war noch so ein Mädchen, ich weiß nicht mal mehr, wer eigentlich, und weil ich sauer war, hab ich mit der mal eben ne Runde gedreht, nach Nösse raus, runter an den Teich, wenn du verstehst, was ich meine ... war blöd, ich weiß.«

Plötzlich hörten wir Schritte hinter uns.

Ein braungebrannter Mann mit weißer Pudelmütze blieb nicht weit von uns am Geländer stehen und hielt die Nase in den Wind. Gutgelaunt biß er in einen roten Apfel, als gäbe es nichts Wichtigeres auf der Welt und keinen anderen Ort, an dem man es tun konnte.

Knarrend drehte sich Ollo um und musterte den Mann, stützte seine Dachdeckerpranke auf dem Oberschenkel ab, zeigte seine Tätowierung vor und wartete, bis der andere ihn bemerkte. Der Mann hörte kurz auf zu kauen und starrte uns an. Dann ging er weiter, als wäre nichts gewesen.

Ollo wischte mit beiden Händen über seinen Kopf und schnaufte. »Okay. Es gab Streit, totaler Scheiß, völliger Blödsinn. Plötzlich war sie weg, und ich dachte, die zickt bloß rum und ist mit ihrer Freundin Bärbel los, rüber in den Pesel. Ich hab mir keine großen Gedanken gemacht. Ich wußte ja nicht, daß sie sich ein Fahrrad klaut und dann den ganzen Weg durch die Wiesen bis nach Westerland fährt. Im Dunkeln.« Ollo schnippte seine Kippe in den Sand.

Ich kniff den Mund zusammen.

»Irgendwo in den Wiesen war sie so sauer, bestimmt auch auf sich selbst, da hat sie am Deich angehalten, hat ihren goldenen Ring vom Finger gerissen und weggeworfen. Einfach so. Unseren Verlobungsring.« Er rieb seine Hände aneinander, als würde ihm kalt.

Ich sah die drei tätowierten Punkte auf seiner Linken, selbst gestochen. »Und dann?«

»Sie hat es bereut, ziemlich bald. Sie ist umgekehrt und hat gesucht, mitten in der Nacht. So was hat sie öfter mal gemacht. Aufbrausend eben. Unbeherrscht.«

»Und wo ist sie jetzt?« fragte ich, naiv, wie ich war. »Ich meine, wieso bist du nicht mit ihr verheiratet?«

»Es war stockfinster. Sie konnte den Ring nicht wiederfinden, und dann hat sie angefangen zu heulen … Wie sie eben so sind … Irgendwann kamen Leute vorbei, vier Typen auf Mopeds, die auch beim Dorffest gewesen waren. Die haben sie da gefunden, auf den Knien, mitten auf der Straße, und haben angehalten. Einer hat geleuchtet, die anderen haben ihr beim Suchen geholfen.«

»Da hat sie aber Glück gehabt. Und haben sie den Ring gefunden?«

Ollo nickte vor sich hin. »O ja«, sagte er. »Sie haben den Ring gefunden.«

Es dauerte eine ganze Weile. Er schien in seinen Erinnerungen zu versinken, aber ich wußte mal wieder nicht, was mir das alles sagen sollte.

»Das war doch gut, oder nicht?«

Er sah mich an. »Der eine wollte sich von ihr belohnen lassen, ein Küßchen für seine Hilfsbereitschaft, aber sie hat ihn weggestoßen. Das hat ihm nicht gepaßt. Und da hat er sie sich genommen. Einfach so. Mitten auf der Straße.«

Ich spürte, wie sich mir der Hals zusammenschnürte.

»Die anderen haben festgehalten, und als sie mit ihr fertig waren, haben sie das Mädchen in den Graben geworfen, wie einen alten Präser.«

Eine dunkle Ahnung legte sich über mich.

»Ich hab sie nie wiedergesehen«, sagte er.

»Wieso denn?« krächzte ich.

»Sie hat sich erhängt. Am nächsten Tag. Im Morsumer Wäldchen.«

Ollo saß nur da und starrte in den Sand.

Der Horizont war irgendwie so verschwommen, als braute sich da was zusammen.

»Ihre Freundin Bärbel hat mir erzählt, was gelaufen ist. Bei ihr war sie nachts noch. Zu mir hat sie sich nicht getraut.«

»O Mann ...« Ich wußte überhaupt nicht, was ich dazu sagen sollte. »Und weißt du ... weißt du, wer die Typen waren?«

Er stierte mich an, mit totem Blick. »Was fragst du so blöd? Du weißt es doch«, sagte er und hielt seine Zigarettenschachtel in der Hand. Ich merkte, daß er zitterte. »Dem einen hab ich fast den Schädel gespalten. Der hat 'ne Narbe an der Stirn, die ist schlimmer als meine. Lag ein halbes Jahr im Krankenhaus, das Schwein. Ich hätte ihm lieber den Schwanz abschneiden sollen. Vier Jahre hab ich gekriegt, wegen schwerer Körperverletzung. Hätte ich die Sau damals umgebracht, würde ich heute noch in Rendsburg sitzen.«

»Wieso bist du denn bloß nicht zur Polizei gegangen?«

»Scheiß auf die Bullen. Denk nach, Hannes! Mein Mädchen war tot. Ich hab total rot gesehen. Hätte ich denen beweisen können, wer sie vergewaltigt hat? Wie denn? Außerdem wollte ich mit eigenen Augen sehen, wie das Schwein an seinem Blut erstickt ...«

Ich sah dieses Rumpelstilzchen, den kleinen Fusselbart mit seiner breiten Narbe an der Stirn vor mir, die kalten, toten Augen, als er mich mit Benzin übergossen hatte. Dem war alles zuzutrauen. Und seinem Bruder auch.

Bleischwer sackte mir das Herz in die Hose.

Ich sah die Schulmappe auf meinen Knien liegen, und mit einer Hand strich ich darüber, als müßte ich sie sauberwischen. »Wieso meinst du, daß ich die Typen kenne?«

Ollo sah mich nicht mal an.

»Hör zu, Kleiner«, sagte er. »Ich geb dir einen guten Tipp: Laß passieren, was passiert, und freu dich, daß du noch nicht alt genug bist, für deinen eigenen Scheiß geradestehen zu müssen. Laß die Finger von den Schotten. Die Typen sind krank, echt krank. Denen ist alles scheißegal. Die haben nichts zu verlieren. Hatten sie noch nie. Ich will nie wieder hören, daß du dich bei denen rumtreibst. Hast du mich verstanden?«

»Aber wenn sie nun Pepsis Vater wirklich entführt haben? Wir können doch nicht einfach zusehen, wie ...«

»Habt ihr denn was gefunden, da draußen am Hafen?«

Ich schüttelte den Kopf.

Ollo beugte sich ein Stück vor, damit ich seine Narbe in der Mittagssonne besser erkennen konnte, gleich über dem Spinnennetz an seinem Hals – verbrannte Haut, weit verzweigt, eine zerrissene Mondlandschaft, rot und fleckig, wie an einem heißen Auspuffrohr versengt. »Und?« sagte er. »Gefällt dir das? Willst du auch irgendwann so rumrennen?«

21

»Das gibt's doch überhaupt nicht!« Micks blonder Afro wankte mit dem Wind. »Der Typ *muß* hier einfach irgendwo sein!«

»Wir sollten unsere Taktik überdenken«, sagte Arne und humpelte wie ein Kriegsversehrter durch den nassen Sand. Muscheln knirschten unter seinen Stiefeln.

»Welche Taktik denn?«

Arne sah mich nur strafend an.

Ich weiß gar nicht mehr, wer auf die blöde Idee gekommen war, mit Schlafsäcken unterm Arm am Strand entlang den ganzen Weg zur Biikewache zu laufen, aber motorisierte Untersätze standen nach dem gestrigen Abend bei unseren Erziehungsberechtigten nicht mehr so richtig hoch im Kurs. *Da könnt ihr euch Schritt für Schritt überlegen, wie ihr das alles wiedergutmachen wollt.* Originalton: Arnes Vater.

Wir konnten ja froh sein, daß man uns überhaupt vor die Tür ließ, nach allem, was passiert war. Und wäre es dabei nicht um eine Sylter Tradition gegangen, für die wir uns freiwillig die Nacht um die Ohren schlagen wollten, hätten wir sowieso keine Chance gehabt. Wir stellten in diesem Jahr die Biikewache. Also, nicht wir Konfirmanden allein, sondern mit noch ein paar anderen, die aufpaßten, daß nicht irgendwelche Dorfdeppen unseren Haufen vorzeitig abfackelten.

Das konnte doch ganz lustig werden.

So zumindest stellten wir es uns vor, nach allem, was wir von den Älteren wußten, die in den letzten Jahren ihren Spaß gehabt hatten. Leider war am Nachmittag das Wetter umgeschlagen. Mittags hatte ich noch geglaubt, nur Tränen trübten meinen Blick, weil mir weinerlich zumute wurde, als ich Ollo da so traurig sitzen sah, aber schließlich war es dann doch die nächste Wolkenwand am Horizont gewesen, ein Tief von Westen her.

Der Winter auf so einer Insel ist *lang und dunkel*. Wenn man mal in Ruhe in sich hineinhorcht und dabei den allerschlimmsten Fall wachruft, wie sich *lang und dunkel* anfühlen könnte, wenn es ganz schlimm kommt, darf man ruhig noch mal die doppelte Extra-Portion *lang und dunkel* obendrauf legen, dann hat man eine ungefähre Ahnung davon, *wie* lang und dunkel der Sylter Winter sein kann.

»Könntet ihr vielleicht mal auf mich warten?« rief Dreizehn ein Stück weit hinter uns. »Wenn ich schon euer Bier schleppen muß ...!«

Ich blieb stehen und seufzte. »Unsere Taktik bisher war, auf vagen Verdacht hin dem erstbesten Käferbesitzer aufs Dach zu steigen«, sagte ich und kickte ein Stück Holz ins Wasser. »Ollo hat mir heute erzählt, was das für Schweine sind, diese Typen da aus Rantum. Selbst wenn sie Pepsis Vater nicht entführt haben ... Also, ihr wart ja gestern nicht dabei, als der Große mit seinem Amischlitten hinter mir her war. Ich kann drei Kreuze machen, daß er mich nicht in den Wiesen massakriert hat. Wir hatten echt Glück.«

»Glück?« Arne blieb stehen. »Soll das ein Witz sein? Hast du schon mit meinem Vater gesprochen?«

Schnaufend stapfte Dreizehn mit ihrem Rucksack an uns vorbei. »In Rantum wart ihr gestern abend ...? Etwa bei den Fusselbärten am Hafen?«

Sprachlos sahen wir ihr hinterher.

»He!« rief ich und mußte im selben Moment dem schäumenden Ausläufer einer Welle ausweichen, daß ich fast nasse Füße kriegte. »Moment mal! Woher kennst du die?«

Dreizehn hatte ihre Daumen hinter die Gurte vom Rucksack gehakt. »Wo kommt ihr denn her?« sagte sie nur. »Ekke und Nekke ... Die kennt doch jeder. He, guck mal ... dahinten! Ist das nicht Gunnar Mommsen?«

»Oh, *bitte* nicht!« heulte Mick und klappte die Kapuze über seinen blonden Afro.

Gunnar kam am Flutsaum entlanggerannt und scheuchte mit flatterndem Lodenmantel ein paar Möwen auf. Er lief wie ein Mädchen.

»Was will *der* denn schon wieder?« Mick schüttelte den Kopf. »Das mit gestern reicht ja wohl noch nicht ...«

»Na, komm ...«, sagte ich. »Wir wollten es doch so.«

Arne fummelte den Reißverschluß an seiner Jacke zu. »Aber nur, weil wir dachten, der Typ weiß, wovon er redet …«

»Huuuuhuu!« machte Dreizehn und winkte in Gunnars Richtung.

»O Mann, Maike!« Ihr Bruder war ziemlich genervt. »Der denkt doch bloß, wir wollen ihn dabeihaben!«

Was blieb uns übrig?

Wir standen da und warteten.

Ich war ganz schön aufgeheizt, vom Laufen durch den Sand, aber auch, weil mir Tante Anni so eine lange Unterhose vom Käpt'n aufgenötigt hatte.

»Sag mal …«, rief ich Mick zu, der vorn am Flutsaum stand und beobachtete, wie das Wasser durch kleine Urstromtäler floß. »Was war eigentlich gestern abend mit dem Revolver von deiner Mutter los? Irgendwann hat's geknallt, als mir das Wasser bis zum Hals stand. Ich dachte schon …« Aber er drehte einfach wortlos in den Wind ab, wie ein Segelboot, und stampfte schon mal vor, als hätte er keinen Bock mehr, auf den Rest der Flotte zu warten.

Arne lächelte mich an, zum ersten Mal seit Tagen. »Das Ding ist ihm aus der Hand gerutscht. Oben auf dem Deich … ist von selbst losgegangen und hat die Vögel im Rantum-Becken aufgescheucht. Mann, das war vielleicht ein Geschrei! Erst dachte ich, der Zwerg kommt gleich zurück, aber der hatte wohl genug … den ganzen langen Deich lang und dann mit seinen kurzen Beinen …« Wir sahen uns an, aber Arnes Grinsen bröckelte ziemlich bald, als er merkte, daß er schon zu lange lächelte. »Und?« sagte er. »War gut … heute nacht?«

Ich stutzte. »Was meinst du? Das mit eurem Kadett?«

»Na klar.«

»Sag es einfach. Es gibt bestimmt ein Wort dafür.«

»Allerdings. *Abstauber!*« Seine Stimme rauchte vor Kälte. Verächtlich zog er die Nase hoch und humpelte Mick hinterher, der inzwischen schon ein Stück voraus war.

Hilfesuchend sah ich Dreizehn an, als müßte ich mich rechtfertigen. »Mann, Arne, jetzt hör mal endlich auf damit! Ich dachte, wir sind Freunde!«

»Das dachte ich auch!« brüllte er, ohne sich umzudrehen. »Bis du dich an Pepsi rangeschleimt hast, weil du ...!« Der Rest war nicht mehr zu verstehen.

Dreizehns Blick zuckte zwischen Arne und mir hin und her. »Echt?« sagte sie. »Hast du?« Sie machte eine unzweideutige Geste, die für ein kleines Mädchen absolut unangemessen war.

Ich hatte echt keinen Bock auf den Scheiß.

»Hey, Gunnar!« rief ich. »Komm ran! Wir warten nur auf dich!«

Die See war aufgewühlt, der Horizont bedrohlich schwarz. Die ersten Wellen brachen schon weit draußen auf dem Meer. Unmöglich zu sehen, wo der Himmel anfing und das Meer aufhörte, aber wenn man die Augen zusammenkniff, konnte man sich einbilden, dort hinten türmte sich eine Riesenwelle auf, eine dunkelgraue Wasserwand.

Ich schüttelte den Gedanken ab. »Wer weiß, wie lange ich überhaupt noch hier bin!« sagte ich und rief den beiden hinterher: »Dann hast du endlich freie Bahn, Arne Jepsen!«

Dreizehn neigte ihren Kopf zur Seite und knirschte etwas näher heran. Ihre Augen waren blau und klar. »Du willst weg von hier?«

Ich schnaubte und sah den beiden nach. »Von wollen kann keine Rede sein. Ich muß ... unter Umständen. Aber Arne kann es ja jetzt schon kaum erwarten.« Ich dachte an

Pepsi und überlegte, ob sie mich wohl auch so ansehen würde, wenn ich ihr erzählte, daß ich wegzog.

Dreizehn wischte ihre blonden Locken aus dem Gesicht und hielt sie fest. »Weißt du, was mein Onkel Winfried immer sagt?«

»O Mann, Dreizehn! Daß du mal in deinen Paß nachgucken sollst, wie alt du bist?«

»Ein Weib, das bewacht werden muß, ist der Wächter nicht wert«, sagte sie. »Hängt bei ihm im Flur an der Wand, der Spruch. Handgeschnitzt. Ich glaub, er meint meine Ex-Tante.«

»Wenn mir nur einer glauben würde! Mit Pepsi ist letzte Nacht überhaupt nichts passiert!« Ich stand da und schüttelte den Kopf. »Sie hat doch nur bei mir übernachtet«, sagte ich.

Dreizehn grinste viel zu dreckig für ihr Alter.

Endlich kam Gunnar angehechelt wie eine Hürdenläuferin nach dem ersten Sieg. »Heee!« japste er und stützte sich auf beiden Knien ab. Er schwitzte in seinem Lodenmantel und brauchte eine Weile, bis er zu verstehen war. »Darf ich ... kann ich mitkommen?« Er holte tief Luft. »Zur Biikewache? Oder muß man dafür hier geboren sein?«

»Ach was, Gunnar!« Dreizehn winkte ab. »Aber dafür kommst du oben in die Tonne. Das weißt du, oder?«

Einen Moment sah Gunnar aus, als wollte er ernstlich wieder umkehren. Sein Pony klebte an der Stirn.

»Außerdem hatte ich 'ne Idee ...«, sagte er und sah mich fragend an. »Wo wir Dr. Winter suchen könnten ...«

Oh, Mann.

Dabei hatte der Tag eigentlich ganz gut angefangen. Ich muß ehrlich sagen: Ich war nicht bereit für noch so eine

Nacht. Der Abend in Rantum saß mir in den Knochen, und nach allem, was Ollo erzählt hatte, wollte ich die Brüder nicht wiedersehen. Ekke und Nekke. Wirklich niedlich, aber meine Neugier war befriedigt. Zumindest was den Großraum Rantum betraf.

»Was haltet ihr von Braderup?« fragte Gunnar. »Die einsamen Ferienhäuser unten am Watt? Also, wenn ich eine Entführung planen würde ... ich würde mich da unten verstecken. Kaum Nachbarn, hohe Hecken, auf der einen Seite Heide, auf der anderen Watt. Ansonsten fetzt der Wind ums Haus. Da kommt doch nie jemand vorbei, oder?«

»Blödsinn!« schnaubte Mick, der stehengeblieben war, bis wir ihn eingeholt hatten. »Was meinst du, wie teuer diese Häuser sind? Du glaubst doch nicht, daß sich die Entführer ein Ferienhaus gemietet haben? Mit goldenen Wasserhähnen, oder was? Auffälliger geht's wohl nicht.«

»Du meinst da unten bei diesem Wrack?« fragte Dreizehn. »Die *Mariann* oder wie sie heißt?«

Gunnar zuckte mit den Schultern. »Da stehen doch reichlich abgelegene Häuser, oder nicht?«

»Mehr als reichlich«, sagte Arne. »Das ist aber ja das Problem! Da können wir auch gleich in der Springerburg suchen. Oder im Sonnenland. In Hörnum auf der Düne ... Mick hat recht. Die Frage wäre: Wie kommen die Entführer zu so einem Haus?«

Ich schüttelte den Kopf. »Wir sind viel zu scharf darauf, daß die Täter irgendwelche Schlägertypen sind. Denken wir doch mal ganz neu! Was wäre, wenn Geld für die Entführer keine Rolle spielen würde?«

Dreizehn kam mit ihrem schweren Rucksack kaum noch hinterher. »Wieso sollten sie Pepsis Vater denn entführen, wenn sie schon so viel Geld haben, daß es keine Rolle spielt?« schnaufte sie hinter uns. »Was hätten die denn davon?«

»Bienchen Latrinchen mal wieder!« Mick blieb stehen und verwuschelte seiner Schwester den blonden Schopf, als sie an ihm vorbeistapfte. »Natürlich damit sie hinterher noch mehr Geld haben, Dussel …«

»Allerdings wurde bisher kein Lösegeld gefordert«, warf Gunnar ein, was leider stimmte. »Die haben sich überhaupt nicht mehr gemeldet, seit das Ohr abgegeben wurde.«

Arne schüttelte den Kopf, als wäre die Welt nur von Schwachmaten bevölkert. »Geld verdient man heutzutage sowieso ganz anders«, sagte er. »Mit Investmentfonds zum Beispiel. Oder Immobilien.«

Als ob ausgerechnet Arne was davon verstehen würde.

Unaufhaltsam sank der Abend über den breiten Strand. Wir mußten die Dünen links von uns im Auge behalten und den richtigen Übergang finden, damit wir den Weg zum Biikeplatz nicht verpaßten. Ich versuchte auf meiner Uhr was zu erkennen. Bald fünf. Wir waren spät dran.

»Dahinten müssen wir rüber!« rief Dreizehn. Sie blieb stehen und blies die Backen auf. »Mann, ey! Kann mir vielleicht mal jemand dieses Zeugs abnehmen? Das ist echt schwer!«

Mick stapfte einfach weiter. »Du hast es so gewollt!« rief er zurück. »Eigentlich dürftest du gar nicht hier sein. Erstens bist du noch viel zu klein, und zweitens …!«

»Morgen werd ich vierzehn! Das ist nicht klein, du Vollidiot!« Sie stampfte mit dem Fuß auf.

»… und zweitens bist du ein *Mädchen*.«

Nickend humpelte Arne an mir vorbei. »Biikewache ist ja wohl Männersache!«

Das war der entscheidende Satz.

Ich will ja nun nicht sagen, daß ich meinen Freunden gern in den Rücken fiel, auch wenn ich die im Moment gerade nicht so toll fand, aber irgendwie blieb mir gar nichts anderes übrig. Ich wartete, bis sich Dreizehn an mir vorbeischleppte, dann nahm ich ihr den Rucksack von den Schultern und schwang ihn mir flaschenklirrend auf den Rücken.

Ich ging fast in die Knie.

»Wer soll das eigentlich alles trinken?« fragte Gunnar, was wohl nur von ihm kommen konnte.

Dreizehn himmelte mich an.

»Schleimer«, hörte ich Arne noch sagen, aber er war schon ein Stück voraus.

22

So weit, so gut.

Bis hierher kann ich mich für meine Erinnerung verbürgen, mehr oder weniger. Bevor ich mich allerdings jetzt auf dem Weg durch die Dünen verfranse, sollte ich lieber noch mal kurz sortieren, damit nicht der falsche Eindruck entsteht und jemand, der damals mit dabei war und sich besser erinnert als ich, ankommt und sagt: Das und das war überhaupt ganz anders, da spinnst du dir einen zurecht, und diese Sache mit ATLANTIS und der Entführung von Dr. Winter, das muß man im nachhinein doch wohl alles ganz anders sehen. Da stellt sich einem doch die Frage: Wenn jeder seine eigene Wahrheit hat, was ist dann am Ende eigentlich wahr?

Der kleinste gemeinsame Nenner?

Nein, nein, ich könnte auch kurz rausgehen und wieder reinkommen und wäre immer noch überzeugt davon, daß es genau so war, wie ich sage. Allerdings ist in diesem einen Winter auch so irre viel passiert, als wäre die graue Realität wie einer von diesen Tsunamis über uns hereingebrochen. Und das, während die meisten von uns unter dem Einfluß depressionsfördernder Hormone standen, harter, körpereigener Drogen, wenn man so will. So kommt es mir jedenfalls im Rückblick vor. Ich meine, die siebziger Jahre waren ja selbst schwer pubertär. Alles, was als modern galt, war aus quietschbuntem Plastik und irgendwie schon abgegriffen, bevor man es überhaupt angefaßt hatte.

Pussycat statt Steppenwolf.

Jinglers statt Wranglers.

So zumindest sahen es unsere älteren Brüder, sofern wir welche hatten. Die waren immer so lässig, immer aus der Hüfte, sexuell befreit, politisch engagiert und bewußt in allem, so tiefsinnig und Rudi-Dutschke-mäßig. Da kam ich irgendwie nicht mit. Wenn schon, wollte ich wie Rainer Langhans sein: Locken bis zum Arsch, in der einen Hosentasche das Kleine Rote Schülerbuch, in der anderen eine Tüte Gras, im Arm ein nacktes Groupie. Das war doch was, worauf man sich einigen konnte. So stellte ich mir mein Leben vor. Echte Freaks kümmerten sich einen Dreck darum, was Eltern oder Lehrer davon hielten. Die machten einfach ihr Ding.

Vorausgesetzt, sie kamen nicht schon am nächsten Tag wegen Erregung öffentlichen Ärgernisses in die Ausnüchterungszelle oder verloren ihren geblümten Verstand auf schlechten Trips, wenn sie sich rapunzelmäßig zur Endlosgitarre das Hirn aus den Haaren schüttelten.

Viele waren mittlerweile nur noch Leichenheinis, erstarrt in den Posen toter Helden: Jimi Hendrix, Jim Morrison, Che Guevara, Janis Joplin. *Die Nacht der Reitenden Lei-*

chen. Sterben war schick. Blumenkinder waren reine Werbestrategie: *Sexyflowerpopopcola – alles ist in Afri-Cola.* Jede zweite Mutter zeigte Knie, ob man es nun sehen wollte oder nicht. Mein Freund Ollo sagt immer, wir kleinen Butscher seien die »Prilblumenkinder«, und da ist bestimmt was Wahres dran. Von den meisten Menschen unbemerkt, war aus dem »Sommer der Liebe« ein Winter all dessen geworden, was sich vordergründig darauf reimte: Triebe, Hiebe und Diebe.

Der Feuerwehrmann, den man extra für uns abgestellt hatte, damit wir die Westerländer Biike nicht versehentlich selbst anzündeten, war auf unsere Schule gegangen, der große Bruder von Boy Bahnsen, ein paar Jahre älter als wir, in blauer Uniform. Blonde Locken quollen unter der Schirmmütze hervor. Der schmale Mund sah seinem kleinen Bruder ziemlich ähnlich. Boy war sechzehn, aber schon in festen Händen. Seine Freundin war immer mit dabei, und die beiden hießen eigentlich überall nur Siegrid und Boy. Ich weiß gar nicht, ob Siegrid ihr richtiger Name war. Meistens saß sie nur so da und sagte keinen Ton.

Außer uns *Glorreichen Sieben* hatte sich bei dem Wetter niemand am Biikeplatz eingefunden. Die anderen Konfirmanden drückten sich, und von den Leuten aus dem letzten Jahr, die sich angeblich so großartig amüsiert hatten, war keiner wieder aufgetaucht.

Kalt war es, wie zu erwarten, und es drohte zu regnen, aber wir waren ausgerüstet. Dreizehn reichte mir ein Bier und nahm sich selbst eins aus dem Rucksack. Bedrohlich ragte der hölzerne Haufen über uns in den schwarzen Himmel, flackerte im Licht des Lagerfeuers, um das wir uns versammelt hatten, etwas abseits und im Windschatten der Biike, damit uns bei Funkenflug bloß kein Mißgeschick passierte. Die Feuerwehr hatte Stullen, Tee und Würstchen dabei.

Bahnsens Bruder wollte uns einen vom Pferd erzählen. Wie sich die Morsumer einmal bei den Archsumern angeschlichen und deren Biike angezündet hatten und wie mit Hilfe aller Archsumer bis zum Abend ein neuer, viel schönerer Haufen aufgestapelt worden war. Wie mal einer im Haufen verbrannt war, weil welche ihn angezündet hatten, weil sie nicht wußten, daß da jemand im Windschutz schlief. Oder wie vor ein paar Jahren Rocker mit ihren Motorrädern über die Insel gedonnert waren und eine Biike nach der anderen angesteckt hatten. Keiner hatte gewagt, sich ihnen zu widersetzen. Das war noch gar nicht lange her. Die Geschichte kannte jeder. Die blasse Siegrid rückte näher an ihren Boy, als hätte er ihr verschwiegen, daß es gefährlich werden könnte.

Mick und Arne hatten freiwillig die erste Wache übernommen, zogen weite Kreise um uns, stapften in der Finsternis durchs Dünengras und paßten auf, daß sich niemand heimlich von hinten anschlich. Allerdings waren sie nicht richtig bei der Sache, denn sie kriegten nicht mal mit, als Pepsi so gegen halb acht auftauchte. Plötzlich stand sie flackernd im Lichtschein, ernst und schweigend, nickte in die Runde, lächelte mit ihrem abgebrochenen Zahn, sagte aber nichts, setzte sich nur raschelnd neben mich auf meinen Stein und packte ihren Rucksack aus.

Punsch und Persiko.

Dreizehn rückte auf der anderen Seite etwas von mir ab.

Boy Bahnsens Bruder, der Feuerwehrmann, war überhaupt nicht begeistert. Schließlich hatte er die Verantwortung für uns und wußte, daß die Nacht noch lang sein würde. Wer so früh mit dem Trinken anfing, wäre bald nicht mehr zu gebrauchen. Sein kleiner Bruder war schon nicht mehr fahrtüchtig – und wir sprechen hier von Mofas. Ich hatte gesehen, daß Boy – sobald die Feuerwehr nicht hinsah – heimlich eine Flasche Korn aus seinem Parka zog. Siegrid stieß ihn an. Sie wollte auch.

Keiner sagte einen Ton.

Gerade noch hatten wir uns über Dr. Winter unterhalten, die Entführung und das alles. Boy Bahnsen hatte getönt, Winter sei doch sowieso ein Scheißnazi und könne, wenn es nach ihm ginge, ruhig in irgendeinem Loch versauern, verkümmern, verhungern, ganz egal. Seinetwegen sei er schließlich sitzengeblieben und mußte die Schule wechseln. Boy hatte eine reichlich große Klappe gehabt, aber als Pepsi kam und sich zu uns setzte, schwieg er plötzlich und starrte wie alle anderen ins knisternde Feuer, als wäre nichts gewesen.

Der feige Hund.

Um des betretenen Schweigens Herr zu werden, fing Boys Bruder wieder mit seinen Gruselgeschichten an. Wie die Rantumer in alten Zeiten besonders besessene Biikebrenner gewesen seien, die nicht mal nach Hause gingen, wenn das Feuer schon runtergebrannt war. Einmal sahen sie aus der Ferne die Flammen neu aufflackern, als sie schon fast wieder im Dorf waren, und die Biike heller brennen als vorher. Sie rannten zurück und sahen einen großen Pudel, der aus der Asche Flammen scharrte. Allen war klar, daß der schwarze Hund der Teufel höchstpersönlich sein mußte, und da sie fürchteten, er würde nun für immer bei ihnen bleiben, schworen sie, nie wieder heidnische Opferfeuer abzuhalten.

Pepsi saß ganz steif da neben mir, sah sich dauernd um, als suchte sie jemanden. Arne wahrscheinlich.

»Stimmt gar nicht!« quiekte Dreizehn etwas lauter als nötig. »In Rantum gibt's ja wohl ne Biike!«

Alle lachten, bis auf Pepsi, sogar Gunnar, der mir in seinem Lodenmantel gegenübersaß. Das Feuer spiegelte sich in seiner Brille.

»Geschichten mit dem Teufel sind wohl nichts für kleine Mädchen.« Der Feuerwehrmann zog seine schmalen Lippen in die Breite und steckte eine *Rote Hand* dazwischen.

Am Petritag, einen Tag nach der Biike, mußten auf Sylt alle Männer, die Peter hießen, Kindern einen Groschen schenken. Das hing mit Petrus zusammen, klar, aber auch mit dem finsteren *Pietje fan Skotlön*, der die Stürme von Westen her brachte.

»Wenn früher auf der Insel die Biiken brannten, kamen Rottgänse aus dem Watt geflogen, umkreisten die Flammen und schrien laut. Die Menschen standen da und wußten, daß es die Seelen der Ertrunkenen waren, die da um ihre versunkenen Dörfer klagten.« Der Feuerwehrmann sah in die Runde und wartete, ob jemand etwas dazu sagen würde.

»Mann, du bist vielleicht 'ne Märchentante!« meinte Boy und legte schützend einen Arm um seine Siegrid, die sich im Feuerschein mit beiden Händen die Ohren zuhielt.

In diesem Moment tauchten Mick und Arne wieder auf, oder besser: Erst kam Arne, was Pepsi rechts neben mir ganz unruhig machte, und dann – mit einigem Abstand – Mick. Er schwankte wie besoffen, als wehte der Wind ihn vor sich her. Überheblich grinsend ging er am Feuer in die Hocke, tat, als müßte er sich beherrschen, damit er vor Lachen nicht herausplatzte. Er tuschelte mit Arne, flüsterte ihm was ins Ohr, und beide kicherten albern. Mick sah irgendwie verändert aus, und Arne hatte anscheinend noch immer nicht gemerkt, daß seine Freundin gekommen war.

Ich traute mich nicht, Pepsi anzusehen, vielleicht aus Angst, ich könnte etwas an ihr erkennen, was mich in die letzte Nacht katapultierte, als sie neben mir im Bett gelegen und mich angesehen hatte, als wäre ich was ganz Besonderes. Die Erinnerung daran, wie geborgen ich mich in diesem Moment gefühlt hatte, nagte an mir.

Seltsam starr richtete sich Pepsi neben mir auf, schraubte mit spitzen Fingern den Verschluß vom Persiko auf und hielt Arne die klebrige Flasche hin. Der merkte noch immer nichts. Oder wollte nichts merken. Das Ganze war sehr seltsam.

Absurdes Theater.

»Und habt ihr jemanden erwischt? Troubadix gefesselt und geknebelt? Irgendwelche Tinnumer, die sich anschleichen wollten?« fragte Boy Bahnsens Bruder, der Feuerwehrmann, absichtlich mit lauter Stimme. Er wollte eigentlich nur nett sein, aber es kam nicht so richtig an.

Mick und Arne beachteten ihn gar nicht, taten, als hätten sie nichts gehört, was komplett unmöglich war. Die anderen widmeten sich wieder ihren Gruselgeschichten. Ich hörte allerdings nur halb zu. Fast spürte ich die elektrische Spannung, der ich ausgesetzt war. Links von mir saß Dreizehn auf dem Stein, war etwas abgerückt, doch immer noch so nah, daß ich sie spürte, rechts von mir saß Pepsi, was mich allein schon wie eine Neonröhre flackern ließ, aber dann hockten da auch noch Mick und Arne, deren Fratzen im Feuerschein irgendwie diabolisch wirkten.

»Was gackert ihr denn so blöd?« sagte Pepsi.

Arne ließ sie mit ihrem Persiko am ausgestreckten Arm verhungern, aber Mick nahm die Flasche und setzte sie an.

Arne würdigte sie keines Blickes, stocherte nur mit seinem Stock in der Glut herum, als müßte sich irgend jemand darum kümmern. Er wirkte trotzig.

»Nichts«, nuschelte er, was eine glatte Lüge war. »Echt nichts. Ich hab ihn nur gefragt, ob er weiß, wann Clownfische wissen, ob sie Männchen oder Weibchen sind«, sagte er etwas undeutlich. Es klang soweit ganz harmlos, hätte Mick nicht vor lauter Lachen den ganzen Mundvoll Persiko ins Feuer geprustet.

»Paß doch auf!« rief der Feuerwehrmann. Mick konnte sich vor Lachen gar nicht halten. Boy Bahnsen und die anderen sahen schweigend zu uns herüber.

»Was soll daran so komisch sein?« fragte Pepsi. Sie klang mißtrauisch, als hätte sie genug von dem ganzen Blödsinn.

»Und wann jetzt?« lallte Boy Bahnsen herüber.

»Wann was?« Arne stocherte in den Flammen herum.

»Na, das mit den Fischen ...«

Mick wischte sich den roten Likör aus dem Gesicht. »Wann sie wissen, ob sie einen Pimmel haben oder nicht ...«

»Und?« Der Feuerwehrmann schien interessiert, als wollte er es morgen früh seinen Kameraden erzählen.

»Sofort nach der Partnerwahl«, meinte Gunnar, was das erste war, was er an diesem Abend von sich gab. Er sagte es, als sei es das Selbstverständlichste auf der Welt. »Der stärkere Partner wird zum Weibchen.« Wahrscheinlich hieß der Typ mit Nachnamen eigentlich Brockhaus.

»Und das ist komisch?«

Es war wohl als Frage gedacht.

Pepsi runzelte die Stirn.

Arne sagte nichts, aber Mick kriegte gar nicht genug davon. »Na, und da haben wir uns gedacht ... Wenn das man bei den Menschen nicht genauso ist ... vor allem bei euch beiden …« Er hatte total rote Augen. »Ob du hier der Kerl bist oder eher Pepsi … das ist die Frage. Sagt Arne. Oder, Alter? Stimmt doch.« Er stieß ihn an, daß Arne in der Hocke fast umkippte.

Meine Wangen brannten, als hätte er mir ins Gesicht geschlagen. Okay, vielleicht hatten sie ja sogar recht. Ich war wirklich nicht besonders männlich und Pepsi nicht besonders weiblich, aber die ganze Sache auf so eine billige Ebene zu ziehen … Ich fand den Spruch einfach nur engstirnig und gemein.

»Was soll das hier eigentlich werden?« sagte ich zu Arne. »Hör endlich auf mit dem Scheiß! Ich hab dir nichts getan. Und deiner Freundin auch nicht. Und *dir* …«, ich zeigte auf Mick, »… dir erst recht nicht.«

Arne nuschelte irgendwas vor sich hin, was offenbar nicht dazu gedacht war, daß ich es verstehen sollte.

Damit kriegte er mich immer.

Jedesmal.

Wütend sprang ich von meinem Stein auf und wollte ihn rückwärts in den Sand stoßen, aber Pepsi und Dreizehn hielten mich hinten an der Jacke fest. »Sag es laut, oder halt's Maul, du feige Sau!« Ich glaube, ich habe vor Wut gequiekt.

»Hohoho!« machte Mick.

»Juuuuungs, nu vertragt euch mal wieder!« ging Boy Bahnsens großer Bruder dazwischen, der wohl fürchtete, daß ihm sein Fähnlein auseinanderfledderte.

Ich stand direkt am Feuer und sah auf Arne herab, der mit seinem Stock darin herumstocherte. »*Was?*« schrie ich ihn an. »Was hast du eben gesagt?«

Arne lächelte zu mir auf, milde, als hätte er es mit einem kleinen Hund zu tun, niedlich, aber anstrengend. *»Die Spreu ist stolz, wenn sie beim Weizen liegt.«*

Das Feuer knisterte so vor sich hin.

Es dauerte, bis das bei mir eingesickert war. Der Typ stand mir Oberkante Unterlippe. »Spreu? Weizen? Hast du das von deiner Oma, oder was? Bist du hier der Moralapostel? Ausgerechnet *du*, Arne Jepsen?«

»Ausgerechnet ich«, sagte er gelassen. »Was dagegen?«

Tja, und dann ...

Ich weiß selbst nicht, wie es über mich gekommen ist. Ich weiß nur: So weit hätte es erst gar nicht kommen dürfen, aber in diesem Augenblick verlor ich den Boden unter meinen Füßen. Ich taumelte kurz, und alles wurde so verschwommen, als sollte ich mich lieber mal hinsetzen, bevor ich in den Sand kippte, aber dann sah ich ihn vor mir, dieses Grinsen, diese arrogante Fresse. Plötzlich wußte ich gar nicht mehr, wieso ich den Typen mal gemocht hatte. Was für ein Idiot! Dabei schraubte er doch selbst die ganze Zeit an irgendwelchen Mädchen rum. Na ja, jedenfalls sah ich ihm offen ins Gesicht, sah seinen verzerrten Mund, die Augen blitzten vor Gemeinheit, und dazwischen sah ich diese lange Nase.

Ich weiß, ich hätte es nicht tun sollen.

Blitzschnell nahm ich seine Nase zwischen Zeige- und Mittelfinger meiner rechten Hand, fast freundschaftlich, und bevor er mir entwischen konnte, drückte ich so fest zu, wie ich konnte. Ich meine: wirklich echt *so fest es ging*. Mit aller Kraft. Was für eine Idee! Ich kann mich nur dunkel erinnern, daß ich kurz überlegt hatte, ob ich ihm eine reinhauen sollte. Aber wohin? Ins Gesicht? In den Magen? So was hatte ich noch nie gemacht.

Tja, und da fiel mir dann die Nase ein.

Arne beugte sich vor und folgte meiner Bewegung wie ein Ochse seinem Nasenring, als hätte er keine Chance, aber ich glaube, er war einfach nur viel zu verdattert, um weglaufen zu können.

Es dauerte eine ganze Weile. Ich weiß nicht, wie lange – eine halbe Minute vielleicht, wahrscheinlich nicht mal. Die Zeit bleibt in so einem Augenblick glatt stehen, und wer sieht schon auf die Uhr, wenn er gerade jemandem die Nase zerquetscht?

Arne fiel auf die Knie und schlug jammernd beide Hände vors Gesicht. »Du Schwein!« heulte er. »Du blöder Spast! Hau bloß ab, Mann!« Als er gequält zu mir aufblickte, beobachtete ich im Licht des Lagerfeuers, wie er vorsichtig seine dunkelrote Nase betastete, die sich langsam, aber sicher violett einfärbte.

Dreizehn sog Luft durch ihre Zähne. »*Auuuuutschi* …«, sagte sie und zog eine Fratze. »Das muß doch weh tun!«

23

Als ich mitten in der Nacht zu mir kam, war mal wieder alles finster. Ich weiß noch, daß ich dachte: Könnte ich doch nur einmal im Leben richtig ausschlafen! Ich wollte nach meinem Wecker tasten, um zu sehen, wie spät es sein mochte, aber da fiel mir ein, daß ich ja gar nicht zu Hause war. Hatten die anderen das Feuer ausgehen lassen? Ich wollte mich aufrichten, um nachzusehen, aber es ging nicht.

Ich steckte fest.

Mühsam rückte ich herum und spürte, daß ich auf einem Holzboden hockte und meine Arme hinter dem Rücken gefesselt waren. Ich versuchte die Beine auszustrecken, bis ich merkte, daß dafür kein Platz war. Eingeklemmt kauerte ich da. Der Boden schwankte unter mir, ganz leicht nur, aber unverkennbar. Und es knarrte.

Als ich aufblickte, sah ich über mir Sterne am Himmel. In meinem runden Blickfeld leuchtete der Große Bär. Eigentlich sah das Ganze eher wie ein Großer Fuchs aus. Seltsam, was einem in einem solchen Moment alles auffällt. Ich starrte aber nicht sehr lange in den Himmel. Ein paar Sekunden vielleicht, dann zerriß irgendwas in mir. Ich schrie wie am Spieß oder versuchte es zumindest, doch es kam nur so ein Grunzen heraus, wie von einem mürrischen Buckelwal. Ich kriegte den Mund nicht auf. Meine Lippen klebten zusammen, und ich hatte so einen ekligen Geschmack von Pflaster auf der Zunge.

Ich versuchte, mich zu erinnern, was passiert sein mochte; mir fiel nichts ein. Ich hatte nicht den leisesten Schimmer, wie ich hier gelandet war.

Es dauerte eine ganze Weile, bis ich endlich auf die Knie kam. Ich streckte mich, mit beiden Händen hinterm Rükken, machte mich so lang es ging und wollte meine Nase über den Rand hinweg schieben, aber der Wind ließ meine Augenlider flattern, und vor Schreck tauchte ich gleich wieder ab.

Irgendwo in meinem Hinterkopf hatte ich so eine dunkle Ahnung gehabt, aber dann traf mich die Erkenntnis doch hart.

Ich saß am Boden einer Tonne.

Und zwar nicht irgendeiner Tonne.

Sie schwankte mit dem langen Baum, auf dem sie stand. Ich konnte nicht direkt nach unten sehen, so weit kam ich nicht hoch, aber ich sah die Insel unter mir. Drüben, nach Osten hin, brannte die Tinnumer Biike schon, loderte mit schwarzem Qualm zum Himmel auf. Ich sah die Lichter des Kurzentrums, und gerade voraus, nur wenige hundert Meter entfernt, sah ich den Westerländer Fackelzug, der sich wie ein leuchtender Wurm durchs Dunkel fraß. Fetzen von Musik wehten herüber, die Feuerwehrkapelle spielte Humptata mit Glockenspiel und Flöten, und in ihrem Fahrwasser schlurfte meine Heimatstadt, die Großen mit Fackeln, die Kleinen trugen ihre selbstgebauten Stinkpötte vor sich her.

Der Zug kam direkt auf mich zu.

Ich rutschte etwas tiefer, als ob ich mich verstecken mußte. Mir wurde übel. Ich dachte an Pepsi. Dann fiel mir ihr Vater ein, und ich dachte noch, ob mir hier jemand eine Lektion erteilen wollte, damit ich mal merkte, wie es sich anfühlte, gefesselt und geknebelt zu sein.

Der Gestank von Benzin stieg mir in die Nase.

Ich konnte es drehen und wenden, wie ich wollte. Ich saß in der Westerländer Biiketonne, und es konnte nicht mehr lange dauern, bis der Fackelzug sein Ziel erreichte.

Ich riß an meinen Fesseln herum, warf den Kopf hin und her, um mich zu befreien, und merkte, wie ich damit nur den ganzen Baum, auf dem die Tonne stand, ins Wanken brachte. Ich hielt ganz still, rührte mich nicht, um bloß nicht abzustürzen. Langsam pendelte sich die Tonne wieder ein.

Mir pochte das Blut in den Schläfen.

Ich gab mir alle Mühe, nachzudenken, mir irgendwas einfallen zu lassen, irgendeine Idee, die mir aus der Klemme helfen konnte.

Die Spitze des Zuges war fast schon angekommen, scherte von der Straße auf den Biikeplatz ein. Ganz vorn, noch vor der Feuerwehrkapelle, lief ein Mann mit langer Fackel und einem schwarzen Hund an seiner Seite.

Nein, kein Pudel. Eher so ein schlankes Tier mit spitzer Schnauze und dürren Beinen, das in der Kälte zitterte. Der Mann trug einen langen, dunklen Mantel und einen Hut mit breiter Krempe auf dem Kopf.

Er kam mir irgendwie bekannt vor, und ich überlegte und überlegte und war immer noch dabei, als ich sah, wie sich der Fackelzug gleichmäßig und ohne Drängeln um die Biike verteilte, so daß ich nur noch einen Teil der Leute unter mir erkennen konnte. *»Vikke tare!«* rief jemand, was soviel heißt wie »Wodan zehre!«, denn diese ganze Sache mit der Biike kommt noch aus einer Zeit, als die Friesen mit dem lieben Gott nichts anzufangen wußten. So steht es in den Heimatkundebüchern. Heute rief keiner mehr *»Vikke tare!«*, und deshalb kam es mir auch reichlich seltsam vor, aber die Leute unter mir fielen in den Chor mit ein, als wüßten sie, was gemeint war.

Endlich hob der Mann mit dem schwarzen Hut seine Fackel an, rief den Umstehenden etwas zu, worauf die Menge antwortete. Ich konnte nicht verstehen, was sie sagten, aber plötzlich warfen alle gleichzeitig ihre brennenden Fackeln zur Mitte hin.

Beißender Gestank stieg mir in die Nase. Rauch verdunkelte den Himmel über meiner Tonne, und ich hustete wie blöde. Mir brannten die Augen, aber ich konnte sie nicht reiben. Wie auch? Meine Hände waren ja gefesselt. Ich wollte schreien und grunzte und grunzte. Meine Augen tränten schrecklich. Wie ein Höllenfeuer flammte unter mir die Biike auf.

Ich hätte heulen können.

Da hörte ich, daß jemand meinen Namen rief.

Ich drehte mich um, als sei ernstlich Platz für noch jemanden in dieser Tonne. Starr kauerte ich da und lauschte.

Der Boden unter meinen Knien wurde warm, und durch die Lücken im Holz sah ich, daß die Flammen schon am langen Baum hinauf leckten.

Mitten im Tosen und Prasseln und Knistern und Knacken hörte ich diese Stimme, die mich rief. Ein Mädchen.

»Hannes! Hannes!«

Wind und Hitze ließen die Tonne schwanken, daß sie mir schmerzhaft an die Schulter schlug.

Irgendwas trat mich wie ein Esel.

»*Hannes!* Wach auf!« Dreizehn rüttelte an meiner Schulter herum. »Wo ist dein Geschenk für mich?«

Ich schlug die Augen auf und kniff sie sofort wieder zu.

Es war grell, grausam hell. Das war kein Höllenfeuer. Die Sonne schien mir mitten ins Gesicht.

»Jetzt komm endlich!« rief sie. »Ist schon gleich halb neun! Du hast total verpennt!«

Ich warf den Kopf hin und her, als könnte ich diesen Traum aus meinem Hirn schütteln. »Mußt du eigentlich so schreien?« wollte ich flüstern, aber es kam zu laut heraus, und die Worte hallten in der Grotte meines Schädels nach. »Mann! Ich hatte vielleicht einen Traum! Gerade eben dachte ich …«

»Jetzt bin ich *vierzehn*!« kreischte sie mir ins Gesicht und strahlte mich mit ihren ultrablauen Augen an. Sie strich die blonden Strähnen hinters Ohr.

Langsam holte ich Luft und spitzte die Lippen, zog eine Schnute, um was zu sagen, aber ich wußte echt nicht, was.

»Du brauchst keine Angst mehr zu haben«, sagte sie. »Jetzt ist es legal! Du darfst mich küssen!« Sie kam ganz nah heran und wollte es tun.

Mich küssen.

Ruckartig kam ich auf die Beine, stieß sie wohl zu heftig von mir, stand kurz da und ruderte mit den Armen, daß sie fast einen Schlag in den Nacken bekam. Dann kippte ich – wie eine Mumie – seitwärts in den Sand. So ein Schlafsack kann einen ganz schön unbeweglich machen.

Die anderen standen drum herum und bogen sich vor Lachen. Mick kringelte sich förmlich, auch wenn er rote Augen hatte wie ein krankes Kaninchen. Arne sah mit seiner blau geprellten Nase auch nicht mehr so arrogant aus, eher wie ein verheulter Charlie Rivel. Gunnar gähnte höflich mit der Hand vor dem Mund, und Boy Bahnsen saß etwas abseits auf einem Wackerstein. Siegrid hielt ihm den dicken Kopf, als könnte der dürre Hals ihn allein nicht tragen.

Oh, war ich froh, sie alle wiederzusehen!

Ich hob die Hände wie zur Kapitulation. »Bin wohl mal wieder eingeschlafen …« Der Himmel war blau wie die Fluten der Karibik oder zumindest so, wie ich mir die Karibik vorstellte. Schillernd, leuchtend und türkis. Weiße Wolkenfetzen zogen von Westen her über uns hinweg. »Ist doch nichts passiert, oder?« Ich schälte mich aus meinem Schlafsack und stand auf. »Oder was?«

Drüben bei der Biike sah ich ein paar Blauberockte von der Feuerwehr, die sich gegenseitig auf die Schultern klopften und laut lachten. Einer bot den anderen seine Zigaretten an.

»Die haben gerade die Tonne aufgestellt«, sagte Gunnar. Die Sonne blitzte in seiner Brille. »Hatte mich erst gewundert, wie sie das eigentlich hinkriegen wollten, weil der Haufen ja schon da war und der Baum schon stand, und hinterher … Das wird ganz schön schwierig, dachte ich, aber guck's dir an: Da steht sie.«

»Wen meinst du? Die Tonne?« Ein kalter Schauer rieselte über meinen Rücken, als ich an dem langen Baum empor sah. »Wo ist Pepsi eigentlich?«

Am Abend war ich nicht mehr angesagt gewesen. Sie hatte sich nur noch um Arne gekümmert, der wie ein Kriegsheimkehrer tat, hatte bei ihm gesessen, ihn im Arm gehalten und bedauert, daß sich mir glatt der Magen umdrehen wollte. Dieses Bild – Maria mit ihrem Jesus, nachdem man ihn gekreuzigt hatte. Es war ja nicht zu übersehen, daß die beiden zusammengehörten, und dann die blonde Dreizehn neben mir, die mich ansah wie eine kleine Eule. Das war echt zuviel. Tja, und da hab ich mir dann die Flasche Persiko gegriffen und mich rüber zu Siegrid und Boy gesetzt.

So weit konnte ich mich noch erinnern.

Langsam war es an der Zeit, nach Hause zu gehen. Ich hatte Hunger. Wir packten unser Zeug zusammen, rollten die Schlafsäcke ein und wollten nur mal kurz rüber, um uns von Boy Bahnsens Bruder zu verabschieden, wegen der Aufsichtspflicht, und damit er keinen Ärger kriegte, weil er nicht wußte, wo wir waren, da dachte ich plötzlich, mich tritt ein Pferd.

Zwischen den Männern, die dort beim Haufen standen und rauchten, ein paar wohl von der Kurverwaltung, entdeckte ich Boy Bahnsens Bruder, und daneben, frisch gestriegelt, in blauer Uniform und mit Schirmmütze, stand der größere der beiden Rocker, der mich durch die Wiesen gejagt hatte, Nekke Schott, oder wie er hieß, stand da und rauchte, als wäre es das Normalste von der Welt.

24

Noch heute kommt es mir oft vor, als wäre ich auf einem fremden Planeten notgelandet, am falschen Ende der Milchstraße. Meistens sehe ich aus wie ein Mensch, warte aber eigentlich nur darauf, daß mich meine Mitmarsmännchen endlich finden und nach Hause holen, in unsere Heimatgalaxie, in der das Leben besser, vor allem aber unkomplizierter ist. Bis dahin sitze ich hier fest, studiere die Menschen und mache mir so meine Notizen.

Ich weiß noch genau, wie ich an diesem sonnigen Freitagmorgen die Steinmannstraße runterkam. Einer von den Stadtarbeitern hatte uns ein Stück mit in die Stadt genommen, damit wir nach der Biikewache nicht auch noch zu Fuß nach Hause laufen mußten. Das fand ich echt nett. Er hatte uns auch erklärt, wieso dieser Rockertyp bei der Feuerwehr war und was er als Rantumer eigentlich bei der Westerländer Biike zu suchen hatte. Die Antwort war denkbar einfach: Die Schotten waren von klein auf bei der Feuerwehr, wie damals schon ihr Vater, der ja inzwischen tot war, und heute morgen hatten die beiden ihren Westerländer Kameraden geholfen, die Tonne auf den Baum zu hieven.

Na prima, dachte ich.

»Wieso fragt ihr?« sagte der Mann, als er bei *Radio Schröter* oben an der Friedrichstraße hielt, um uns rauszulassen. Wir hatten uns alle eilig aus seinem R4 geschält, um bloß nicht antworten zu müssen. Dreizehn hat ihm noch gewinkt, aber ich glaube, er fand uns trotzdem merkwürdig.

Oberschüler eben.

Als ich dann im Sonnenschein unsere Straße entlanglief,

sah ich schon von weitem einen Streifenwagen und das große Löschfahrzeug der Feuerwehr direkt vor unserer *Dünenrose* stehen.

Ich war wie vor den Kopf gestoßen.

Erst überlegte ich noch, was ich tun sollte, aber dann rannten meine Beine wie von selbst; langsam erst, dann immer schneller spurtete ich den abschüssigen Bürgersteig entlang, so daß ich fast ins Stolpern kam. Mann, war ich erleichtert, als ich sah, daß unser Haus noch stand!

Die kleine Glocke über der Haustür grüßte mich mit wildem Bimmeln, als hätte sie mich schon vermißt. Ohne meine Stiefel abzutreten, stürmte ich in die Halle, lauschte im Halbdunkel, ob ich irgendwo was hörte.

Hinten im Ballsaal … laute Stimmen, jemand hämmerte. Und es roch verbrannt.

»Tante Anni?« rief ich die Treppe rauf.

Je näher ich dem Ballsaal kam, desto ekelhafter stach mir der Gestank in meine Nase, und als ich schließlich in der Tür zum Wintergarten stand, hielt ich sie mir zu.

Der ganze, große Raum war schwarz vor Ruß.

Oma Auguste hätte es das Herz gebrochen, wenn sie gesehen hätte, was aus ihrem Ballsaal geworden war. Die Fenster waren matt, daß kaum noch Sonnenlicht hereinfiel. Die Pflanzen ließen ihre Blätter hängen, sofern sie überhaupt noch zu erkennen waren. Das Parkett war angekokelt, Bücher waren verbrannt, die Sessel versengt. Das Klavier war garantiert hinüber. Rechts fehlte eine von den großen Scheiben. Kalter Wind wehte herein.

Draußen auf dem Rasen standen zwei Feuerwehrmänner in voller Montur bei Wachtmeister Erichsen, sahen sich die Außenwand der *Dünenrose* an, begutachteten den Schaden, schüttelten verständnislos die Köpfe.

»Hannes!« Herr Hagedorn kam hinter einem schwarzen Gummibaum hervor. Er schob seine Brille zurecht und winkte mich zu sich herüber. »Junge! Da bist du ja!« Er trug ein dickes Sakko über seinem Bademantel und sah aus wie ein Schloßbesitzer, der eben seinem Hausgespenst begegnet war. »Hast du schon mit dem Käpt'n gesprochen?«

Ich schüttelte den Kopf. »Was ist denn hier passiert?«

In diesem Augenblick stakste Wachtmeister Erichsen mit seinen langen Beinen durch die Scherben herein: »Na, wen haben wir denn da?« sagte er. »Wenn das nicht unser Formel-1-Weltmeister ist! Kommt mir vor, als hätten wir uns erst gestern gesehen ...«

»Vorgestern«, sagte ich und räusperte mich mit der Faust vor dem Mund. »Aber diesmal hab ich echt nichts gemacht! Damit hab ich nichts zu tun.«

»Weiß ich doch.« Der Storch lächelte verständnisvoll. »Kannst dich bei Herrn Hagedorn bedanken. Der hat die Brandbombe gelöscht ...«

»Brandbombe?« fragte ich, als hätte ich das Wort nicht richtig verstanden.

»Molotowcocktail. Erstmals von finnischen Partisanen eingesetzt. Benannt nach dem sowjetischen Außenminister Wjatscheslaw Michailowitsch Molotow.« Herr Hagedorn kniff den Mund zusammen, als müßte er seinen Vortrag möglichst kurz halten. »Ist direkt vor meinen Füßen gelandet, als ich dahinten im Sessel saß. Gut, daß ich nachts nicht schlafen kann!«

»Sonst würde dieses Haus jetzt nicht mehr stehen«, sagte der größere der beiden Feuerwehrmänner mit besorgter Miene. »Diese alten Hotels brennen wie Zunder. Das viele Holz ... Ein Wunder, daß Sie das Feuer in den Griff bekommen haben.«

»Die schrecken vor nichts zurück«, platzte ich heraus.

»Wenn man nur wüßte, wer!« Wachtmeister Erichsen sah mich erwartungsvoll an. »Die Gegner oder die Fürsprecher von diesem ATLANTIS?«

Herr Hagedorn zog den Kopf ein. »Schscht, nicht dieses Wort ...«, flüsterte er und sah sich um, als suchte er den Käpt'n. »Ich habe Ihnen doch von dem Drohbrief erzählt, der gestern mittag vorn im Garten ...«

»Aber haben Sie denn jemanden gesehen? Heute nacht? Jemanden, den Sie wiedererkennen würden?«

Hagedorn schüttelte den Kopf. »Zu sehen war niemand, aber es kann doch keinen Zweifel geben. Wie sonst sollte ...?«

»Ihr Wort in Gottes Ohr ...«, meinte Erichsen gerade, als ein kräftiger Mann in Latzhosen von außen an die verrußten Scheiben klopfte. »Moin, Moin!« rief er herein und sah sich um. »Schöne Scheiße, wa?« Hinter ihm standen zwei mit Mützen auf dem Kopf und hielten ächzend eine Scheibe hoch, was im Wind zwischen den Häusern gar nicht so einfach war.

»Glaser haben immer gute Laune!« sagte der kleinere Feuerwehrmann. »Solange es genügend Steine gibt, die man werfen kann ...«

»Was soll das denn heißen? Als ob ich was dafür kann, daß sich die Leute gegenseitig die Scheiben einschmeißen«, knurrte der Meister in seiner Latzhose. »Wir können auch gleich wieder umkehren! Heute gibt's auf Sylt genug zu tun!« Die beiden, die auf dem Rasen standen und die Scheibe aufrecht hielten, sahen sich an, als glaubten sie nicht, was sie da hörten.

»Man immer sutje ... irgendwo ist uns wohl der Humor abhanden gekommen, was?« knurrte der Feuerwehrmann zurück und packte seinen Kram zusammen. »Nichts anderes wollte ich sagen. Das hier war unser vierter Einsatz heute ... und es ist erst ...«, er sah auf seine Uhr, »... kurz nach zehn.«

Seufzend ließ ich die Männer stehen und machte mich auf die Suche nach Tante Anni und dem Käpt'n. Ich fand sie vorn in der ungeheizten Küche. Vor leeren Kaffeebechern saßen sie am Tisch und schwiegen sich an. Herr Wanderer stand am Fenster und blickte aufs Meer hinaus, als wartete er auf Lilli Marleen.

Tante Anni hielt ihre Arme verschränkt. »Das kannst du nicht machen, Uwe!« Sie gab sich Mühe, ruhig zu bleiben. »Das kannst du uns nicht antun! Hannes nicht, mir nicht und dir selbst auch nicht. Laß uns darüber nachdenken, wenn gar nichts anderes mehr geht ... aber so ...«

»Was ist denn?« Ich setzte mich neben sie auf die Bank.

»Laß uns noch mal gemeinsam überlegen, Uwe!« Tante Anni ließ sich nicht beirren. »Es muß auch anders gehen. Wir können uns nicht so einfach ...«

»Was denn?« Ich trommelte mit beiden Händen auf dem karierten Wachstuch herum. Ich ahnte Schreckliches.

»Und das, wo morgen Piddersdai ist, und heute abend Biikebrennen ... Harms Uwe, überleg doch mal ...«

Der Käpt'n schüttelte den schweren Kopf. »Ach, Biike! Eingeborenentanz für die Kurgäste ...« Er schnaubte, daß er sich die große Nase mit dem Handrücken abwischen mußte. Alt sah er aus, wie er da am Küchentisch saß, in seinem ausgebleichten Fischerhemd mit den breiten Hosenträgern drüber. »Bist du nicht letztens mit Jens Mungard angekommen? *Bald ist für dich, sei's wie es sei, auf dieser Welt die Zeit vorbei ...*« Er hob den Kopf und sah sie an. »Morgen geh ich rüber zu Meinert Knoop und verkauf die *Dünenrose*. Mein Entschluß steht fest!«

Starr und steif saß ich da.

Mir wurde kalt.

Ich sah Pforzheim vor mir, öde und einsam.

»Junge, zieh doch deinen Parka aus!« Tante Anni nestelte an mir herum. Ich begriff erst überhaupt nicht, was sie wollte.

Herr Wanderer wandte sich vom Fenster ab. Er war den Tränen nah. »Und falls nun das Haus, dessen Name in diesem Haus nicht mehr genannt werden darf, dann doch da drüben gar nicht errichtet werden sollte? Aus irgendwelchen anderen Gründen? Ihr Entschluß ließe sich kaum mehr rückgängig machen! Das wäre doch sehr unklug ... Könnten Sie denn nicht warten, bis ...«

»Alle Nachbarn haben längst verkauft. Die warten nur auf uns. Wie die Geier, weil sonst keiner Geld kriegt. Vor allem dieser Angeber vom *Seelenfrieden*. Großes Tier bei den Sylter Unternehmern. Der kann es kaum erwarten. Soviel Geld wie jetzt kriegt später keiner mehr für seinen alten Kasten. Wir müßten alle renovieren. Alle! Nein, nein ... laß man die Jungen ran. Sollen die es besser machen. Laßt die man dieses Haus da drüben bauen. Vielleicht ist Beton gar nicht so schlecht. Vielleicht ...«

Ich wußte überhaupt nicht, was ich dazu sagen sollte. »Aber, Opa ...«, flüsterte ich.

Der Käpt'n sah mich an, mit Augen wie kleine Glaskugeln, dann wandte er sich ab. »Es hat keinen Sinn, das Rad des Lebens anzuhalten.« Langsam wurde er immer leiser.

»Nur weil uns jemand das Haus über dem Kopf anstekken wollte?« Tante Anni richtete sich auf, als wäre sie bereit, die Brandstifter mit eigenen Händen ...

»Nur?« Der Käpt'n runzelte die Stirn. »Das hört nie wieder auf, Anni. Von jetzt an müssen wir jede Nacht fürchten, daß sie wiederkommen.«

»Aber, *Uwe* ...« Tante Anni wischte sich trotzig eine Träne aus dem Augenwinkel. »Ich war immer so stolz auf dich.«

»Ich auch«, sagte ich kleinlaut.

Das war zuviel, zumindest für Herrn Wanderer. Er schluchzte laut und starrte wieder aus dem Fenster.

So heulten alle einsam vor sich hin. Irgendwann stand Tante Anni auf und machte Wasser heiß. Hinten im Ballsaal hörte man ein Hämmern.

»Lot mi an Land!« schnaufte der Käpt'n schließlich. »Daß es soweit kommen mußte ... Ich will das alles nicht, aber wenn wir nicht aufpassen, reißt uns die Strömung noch um.«

»Pjattkram!« Tante Anni goß den Kaffee auf. »Als *ich* klein war, hat mein Vater immer gesagt ...«

»Anni ... als ich klein war ...«, der Käpt'n faltete die großen Hände, »... hatten meine Eltern keine Zeit für Kinder. Wir kriegten morgens und abends 'ne Stulle in die Hand. Dann waren wir drüben bei deinen Großtanten, Hannes. Meta und Erdmine.« Er taxierte mich, als könnte ich unsere ganze Verwandtschaft kennen. »Im Kinderheim in der Dünenstraße. Wir haben uns da einfach reingeschummelt, Cerene und ich. Die hatten so einen großen Speisesaal, hell und schön.« Er driftete kurz ab. »Wenn ich heute daran denke, sehe ich uns immer im Sonnenschein. Es waren keine zwei Minuten bis zum Strand, und für uns Kinder war die Dünenstraße das Größte. Wir waren mittenmang. An der Ecke stand so eine Bude, ein Kiosk, und der alte Griesebeck hinter seinem Guckloch hatte immer so rote Dauerlutscher und ...« Er stockte.

»Ja?« sagte Tante Anni. Sie kam an den Tisch und stellte ihm einen dampfenden Becher vor die Nase. »Uwe? Was wolltest du denn erzählen?«

Er sah sie an, als hätte er alles vergessen.

»Kiosk? Dauerlutscher?« sagte ich, um ihm auf die Sprünge zu helfen.

»Wo liegt denn diese Dünenstraße eigentlich?« fragte Herr Wanderer. »Die kenne ich gar nicht. Dabei dachte ich, ich wüßte inzwischen ganz gut Bescheid.«

Dreimal atmete der Käpt'n tief, legte beide Hände auf den Tisch, wie zu einer Seance, aber danach sah er gar nicht aus. »Die Dünenstraße ...«, sagte er, »... die gibt's schon lange nicht mehr. Nur noch einen ganz kleinen Zipfel. Der Rest ist begraben.«

»Das gibt's doch gar nicht«, sagte ich. »Wie kann denn eine ganze Straße einfach so verschwinden? Das ist doch wohl unmöglich.«

»Ja«, sagte Herr Wanderer. »So was habe ich auch noch nie gehört.«

»Auf Sylt ist alles möglich.« Der Käpt'n sah sich um, als würde er seine eigene Küche nicht mehr wiedererkennen. Vage deutete er zum Fenster hinaus. »Da steht jetzt das Kurzentrum drauf. Die alten Häuser aus der Kaiserzeit haben sie einfach abgerissen, die *Villa Roth*, das *Monbijou*, das Kinderheim von Tante Meta und Erdmine, und dann haben sie da drei Hochhäuser hingesetzt. Als hätte es die Dünenstraße nie gegeben.« Er starrte vor sich hin. »Was soll's? Ich bin ja bald nicht mehr da. Sollen andere damit leben ...«

Ungläubig starrte ich ihn an. »Ich bin aber auch einer von den anderen, die damit leben sollen ... und ich will nicht! Ich will, daß unsere *Dünenrose* noch hundert Jahre steht und wir hier alle in Frieden wohnen können. Wie 'ne Wohngemeinschaft! Das sind wir doch, oder nicht? Nur irgendwie anders.«

»Ach, Junge«, sagte der Käpt'n nur, als könnte ich das sowieso nicht begreifen.

Konnte ich auch nicht.

Hinten im Ballsaal hörte man die Glaser bei der Arbeit. Einer pfiff laut vor sich hin: *Schön ist es, auf der Welt zu sein …*

25

»Are you ready, Steve? … Andy? … Mick?
Alright, fellas … LET'S GOOOOOOOO … !!!«

Die Glasscheibe an meiner Stirn zitterte leicht, als die Band einsetzte. Baß, Schlagzeug und Gitarre. Mick stand vor seiner Stereoanlage und sah sehr unglücklich aus, was aber auch kein Wunder war. Für ernsthafte Heavyrocker war dieser Nachmittag eine harte Prüfung, selbst wenn kleine Schwestern nur einmal im Jahr Geburtstag hatten. Ich dachte, es wäre vielleicht generationenverbindend, wenn ich für Dreizehn zum Geburtstag bei *Radio Schröter* das erste brauchbare Stück ihrer schwachsinnigen Lieblingsband *Sweet* kaufte. Die Single. Als kleine Geste. Und das, obwohl die Typen auf dem Cover so albern aussahen, daß es mir um die fünf Mark echt leid tat.

Seit einer Stunde hörten wir nichts anderes.

»It's, it's the Ballroom Blitz –
it's, it's the Ballroom Blitz …«

Mit angezogenen Knien hockte ich auf der Fensterbank und sah mir die Leute unten auf der Friedrichstraße an. Hier fühlte ich mich einigermaßen sicher. Draußen war es noch fast hell, und so mancher mußte offenbar noch schnell was für das abendliche Grünkohlessen besorgen … Schweinebacke und Aquavit. Das gehörte wohl dazu. Etwas trübsinnig nahm ich einen Schluck von meinem Bier, das auf der Heizung schon ganz warm geworden war.

Eine Stunde saß ich nun schon da und gab mir alle Mühe, nicht zu heulen. Mit Tante Annis Hilfe hatten Herr Wanderer und ich den Rest des Vormittags versucht, den Käpt'n davon abzubringen, die *Dünenrose* zu verkaufen, aber der Alte war nicht zu bewegen. Wie ein alter Kutter.

Für mich hieß das: Lebenslänglich Furzheim.

Mir wurde ganz schwindlig bei dem Gedanken.

Ich sah mir die Leute unten auf der Straße an, als müßte ich von jedem persönlich Abschied nehmen. Auch von denen mit Mänteln und Hüten und schwarzen Hunden. Bisher allerdings war niemand dort unten entlanggegangen, der dem Mercedesfahrer mit seinem Dobermann ähnlich gesehen hätte. Jason King mit Halstuch und Mongolenbart. Ich kannte ihn von irgendwo, da war ich mir ganz sicher. Mir blieb nur, allen Leuten ins Gesicht zu sehen und darauf zu warten, daß irgendwann in meinem Hinterkopf ein Glöckchen läutete.

»Are you ready, Steve? ... Andy? ... Mick?«

»Gnaaaade!« Mick fiel vor Dreizehn auf die Knie und tat, als würde er sie anflehen. »Nur *einmal* was anderes. Bitte, bitte!«

»Stell dich nicht so an!« sagte Dreizehn. »Das ist ja wohl um Längen besser als deine blöden Wichtigtuer ... Außerdem hab ich Geburtstag!«

»O Mann! Brian Connolly! Der Typ ist doch schlimm! Und dieser Gitarrist erst ... Da kannst du dir ja gleich die neue von *Dave Dee, Dozy, Beaky, Mick & Tich* kaufen ...« Er schüttelte den Kopf. »Das ist doch Verarsche! Merkst du das denn nicht? Kommerz! Geldschneiderei!«

Dreizehn schüttelte den Kopf. »Na und? Das ist Pop!«

»Eben«, sagte Mick.

Er riß *Ballroom Blitz* vom Plattenteller und legte mit spitzen Fingern was Richtiges auf. Livin' Blues. *Hitch hikin'.* Quälend heulte die Mundharmonika ihr endloses Intro.

Das fand ich gut.

Ach, im Grunde war ich froh, daß mich irgendwas ablenkte. Ich hatte den anderen noch gar nichts von Pforzheim erzählt. Über die Brandbombe hatte ich allerdings nicht schweigen können. Es war ja auch nicht das einzige, was in der Nacht auf Sylt passiert war. Der Kurdirektor hatte Morddrohungen bekommen, dem Bürgermeister hatte man die Reifen aufgeschlitzt, und allen Ernstes war im Rathaus im Gespräch gewesen, das Biikebrennen in diesem Jahr ganz abzusagen.

Unfaßbar.

Aber so stand es in der Zeitung.

Darunter war die demolierte Badewanne von Herrn Jepsen abgebildet, neben einem kurzen Artikel darüber, daß drei Minderjährige den Wagen für eine Spritztour »ausgeliehen« hatten, die – weil sie nicht Auto fahren konnten – an der Mauer vor dem Amtsgericht ihr Ende fand. Sogar unsere Namen waren aufgeführt. Johannes H. (15), Michael E. (16) und Arne J. (17). Verdammt.

Da stand ich schon mal in der Zeitung, und dann das …

»Are you ready, Steve? … Andy? … Mick?«

Es gab kein Entrinnen.

Dreizehn strahlte wie der Morgenstern. Eine größere Freude hätte ich ihr offenbar kaum machen können.

Irgendwann trudelte auch Gunnar ein, mit Pudelmütze und zwei Fackeln unterm Arm. Er trug eine alte Joppe von seinem Vater, damit er sich den schicken Lodenmantel nicht einsaute. Gunnar war noch nie bei Mick und Dreizehn gewesen, und Mick war auch nicht so richtig begeistert, daß er uns dauernd hinterherdackelte, aber als Gunnar dann beim Blättern in Micks Plattensammlung *Lucifer's Friend* und *Frumpy* fand, mußte Dreizehn kurz mal auf ihre neue Lieblingsplatte verzichten, und wir kamen in den Genuß von *How the Gypsy was Born*, mit Inga Rumpf und viel, viel Orgel.

Da war Mick besänftigt.

Dreizehn kam herüber und brachte mir ein Bier in meine Fensterecke, lehnte sich vor, um hinauszusehen, vor allem aber wohl, um sich weit über mich zu beugen. Ach, ich war dem Ganzen nicht so recht gewachsen. Ich hatte ja Sorgen genug. Die Sache mit Pepsi fraß an mir und die Sache mit Arne auch und erst recht die Sache mit Pepsi *und* Arne, was ja auch kein Wunder war. Nur staunte ich dann doch, daß meine Hormone genau so reagierten, wie man es von Hormonen erwartet, wenn sich ein hübsches, weiches Mädchen sanft an einen schmiegt.

Okay. Dreizehn war keine dreizehn mehr.

Dabei hatte ich am Nachmittag in einem Anflug von akutem Liebesschmerz in meinem Turmzimmer gesessen und für Pepsi ein Gedicht geschrieben. Das hatte ich zwar schon öfter mal getan, aber heute hatte ich den Vogel abgeschossen.

Cat Stevens hätte nicht besser reimen können.

Und so war ich mit meinen Gedanken nicht ganz da, wo ich hätte sein sollen.

Unten auf der Straße zogen ein paar Jungs mit langen Gummistiefeln vorbei. Offenbar konnten sie die Biike kaum erwarten. Ich sah auf meine Uhr. Zwei Stunden noch.

Ich wagte nicht, mich zu bewegen, und auch Dreizehn rührte sich nicht von der Stelle. Sie stützte sich mit beiden Ellenbogen auf die Fensterbank und grinste mich aus dem Augenwinkel an. »Freust du dich schon auf heute abend?« fragte sie. Was meinte sie damit?

In diesem Moment ging lautlos die Tür auf, und Arne schlich herein wie jemand, der mit Knüppeln durch die Friedrichstraße getrieben worden war. Seinen Schal hatte er bis zu den Augen hochgezogen, damit die Nase nicht zu sehen war, aber es nützte alles nichts.

Er tat mir wirklich leid.

Es tat mir leid. Mir war überhaupt nicht klar gewesen, wie bescheuert so eine blaugeprellte Nase aussieht.

Wegen der lauten Musik kriegten Mick und Gunnar drüben bei der Stereoanlage überhaupt nicht mit, daß Arne eingetrudelt war. Wie ein geprügelter Hund schlich er zum Garderobenständer, streifte seine dicke Jacke ab und wollte sie aufhängen. Daß dabei mein Parka vom Haken rutschte, mag noch Zufall gewesen sein, auch daß bei dieser Gelegenheit der Zettel aus meiner Parkatasche fiel und er ihn aufhob, dagegen war sicher nichts einzuwenden. Als er dann jedoch begriff, was das für ein Zettel war, was darauf geschrieben stand und wer ihn verfaßt hatte, tat er etwas, das nur ihm allein anzukreiden war.

Ich sah es von meinem Platz am Fenster aus.

Während Gunnar und Mick nichts schnallten, weil sie gerade allen Ernstes *T. Rex* auf den Plattenteller legten, um das Gitarrenriff von *Children of the Revolution* zu analysieren – als ob es da etwas zu analysieren gäbe –, während Dreizehn auf mir lag – wenn auch quer – und ich mich nicht von der Stelle rühren konnte, hatte Arne Jepsen alle Zeit der Welt, diesen Zettel vom Boden aufzuheben, zu lesen, was darauf geschrieben stand, und seine Chance zu ergreifen.

Hämisch grinste er zu mir herüber. »Ist das nicht deine Schrift?« rief er, was ich ihm bei der lauten Musik aus den Boxen von den Lippen ablesen mußte, aber ich konnte mir ja denken, was jetzt kam.

Er legte sich den Ball zurecht.

Ich stand allein im Tor.

»Hey!« schrie Arne. »Hey! Mach mal leiser ...!« Er winkte mit dem Zettel.

Mick und Gunnar sahen von der Plattensammlung auf, als wollten sie nicht gestört werden, aber Mick hob eine Hand zum Gruß und drehte *T. Rex* etwas runter, während Gunnar immer weiter auf ihn einredete.

»Gib den Zettel her!« schrie ich. Dreizehn kriegte fast einen Herzinfarkt, weil sie gar nichts davon mitbekommen hatte, was hinter ihr passierte.

»Hört euch das an!« Arne Jepsen baute sich mitten im Zimmer auf, wie ein schwuler Stadtschreier, der einen Königlichen Erlaß verkündete. Demonstrativ leidend legte er den Handrücken an die Stirn und sprach, als stünde er auf einer großen Bühne. *»Wie eine kleine Welle, so rollt mein Herz zu dir ...«* Er übertrieb es – wie ein Schmierenkomödiant. *»Ist meist nur eine Delle im großen, weiten Meer ...«* Mick trat näher heran, warf einen fragenden Blick auf den Zettel in Arnes Händen, dann sah er zu mir und Dreizehn herüber.

Es schnürte mir den Hals zusammen.

»Doch ...«, deklamierte Arne und hob den rechten Zeigefinger, *»... doch schlägt sie dann an unsern Strand und tanzt für dich die Kür ...«* Traurig zog er die Mundwinkel herunter und nickte in die Runde. »Jetzt kommt's, meine

lieben Brüder und Schwestern: *... die kleine, weiße Welle, sie will, mein Herz, zu dir.*« Er drehte sich zu Mick und Gunnar um und schniefte. »Ist das nicht wun-der-schön?«

Langsam schob ich Dreizehn von mir, setzte mich aufrecht auf die Fensterbank und sah ihn an. Was konnte ich dazu sagen? »Du siehst unglaublich scheiße aus mit deiner blauen Nase«, rief ich.

»Hast du sie eigentlich noch alle?« Arne explodierte förmlich. »Du schreibst meiner Freundin Liebesbriefe und erwartest, daß ich das so hinnehme? Du mußt mich ja für total bescheuert halten ...«

Mick riß ihm den Zettel aus der Hand und las. »Das hast *du* geschrieben, das mit der Welle und der Kür und so?« sagte er zu mir. Gunnar sah ihm über die Schulter. »Steht Pepsi denn auf so was?«

Ich wußte echt nicht weiter. Sie hatten ja recht. Ich mischte mich in eine Beziehung ein, die mich überhaupt nichts anging. Einem Freund das Mädchen auszuspannen war tatsächlich das letzte. Aber kann man denn einfach ignorieren, was man für jemanden empfindet?

Dreizehn stellte sich zu den anderen, als wollte sie auch mal einen Blick auf mein Gedicht werfen. Da riß sie Gunnar den Zettel plötzlich aus der Hand, machte ein paar Sätze rückwärts und entwischte ihm um Haaresbreite.

»Heeee! Gib her!« Ihr Bruder versuchte sich den Zettel zu angeln, doch Dreizehn war schneller, wich ihm aus und hüpfte auf der Stelle, mit dem Gedicht am langen Arm.

Sie war im letzten Jahr ganz schön gewachsen.

»Are you ready, Hannes?« kreischte sie, wie wir es von der Platte kannten. *»... Arne? ... Mick?«* Abrupt blieben die anderen stehen. »Dieses Gedicht«, rief sie und raschelte mit dem Zettel in der Hand. »Hört ihr mich? Dieses Ge-

dicht hat Hannes nicht für Pepsi geschrieben. Es ist *meins*! Er hat es *mir* zum Geburtstag geschenkt.«

Den anderen fielen glatt die Kinnladen runter.

Mir aber auch.

»Es war mein Geburtstagsgeschenk. Wir wollten es euch eigentlich erst nachher erzählen, Hannes und ich, aber ... also ... von heute an ... wir sind nämlich verlobt ...« Sie sah überglücklich aus.

Ich merkte, wie ich dunkelrot anlief.

»Dreizehn!« rief Mick entgeistert, wie beim Bingo.

»Ihr dürft Vierzehn zu mir sagen.« Entschlossen trat sie zu ihrem Verlobten und hakte sich bei mir unter. Ich versuchte ein Lächeln, als sollte ich fotografiert werden.

Da klingelte das Telefon.

»Quatsch«, sagte Arne, aber Mick grinste schief und schlug mir demonstrativ auf die Schulter. »Du mein Schwager! Wer hätte das gedacht«, sagte er mit tiefer Stimme wie ein Ritter zum anderen.

Es klopfte an der Tür. Die Bombenleger von der Zeitung kamen, um Dreizehn ein Ständchen zu bringen. Ich stand da wie ein Prinzgemahl und sah mir an, wie die beiden mit brennenden Kerzen in der Tür ihr Bestes gaben. Singen konnten sie nicht, aber sie schienen ihren Spaß dabei zu haben. Und während sie noch sangen und Mick vom Telefon her winkte, Dreizehn solle rüberkommen, weil ihre Mutter dran sei, kam sie ganz nah heran, stellte sich auf die Zehenspitzen und flüsterte mir ins Ohr: »Du hast das Gedicht doch für mich geschrieben, oder? Hannes?«

Man kann mich jetzt ruhig für ein Schwein halten, aber ich wußte wirklich nicht, was ich anderes sagen sollte. Also sagte ich: »Na klar hab ich das ...«

26

Biikebrennen.

Das große Fest der Friesen.

Frühlingsfeuer.

Das Ende langer Wintertage.

In alten Zeiten Abschied für die Grönlandfahrer, die nach Hamburg, Bremen, Kopenhagen oder sonstwohin aufbrachen, um von dort auf Walfang zu gehen. Ein halbes Jahr Schufterei im Eismeer bei Spitzbergen. Von denen wußte keiner, ob er den Tod finden oder als reicher Mann heimkehren würde. Es war ein mörderisches Unternehmen – Jahr für Jahr. Fünftausend Schiffe mit 250 000 Mann Besatzung auf der Jagd nach Tran und Fischbein. Mancher Sylter wollte sein Glück lieber im Nordmeer versuchen, als in der kargen Heimat zu verhungern. Aber nur wenige wurden reich. Meistens die Kapitäne. Der Berühmteste von allen war Lorens Petersen de Hahn aus Westerland. Einhundertneunundsechzig Wale hatte er in seiner Zeit auf See erbeutet und damit ein Vermögen gemacht. Er wurde der reichste Mann auf Sylt.

Das wußte jedes Kind auf dieser Insel. Heimatkunde, dritte Klasse. Überall bei C. P. Hansen nachzulesen.

Biikebrennen – Abschiedsfest der harten Männer.

Aber auch: Wodansopfer.

Tausend Jahre alte Tradition.

Der Kirche war das Ganze immer schon ein Dorn im Auge gewesen. Am *Piddersdai*, am Tag nach der Biike, wurde *Thing* gehalten. Die Seefahrer brachten ihre Angelegenheiten in Ordnung, klärten Streitfälle für den Fall, daß sie im Eis den Tod fänden. Die Kirche taufte diesen

Tag nachträglich auf den Namen »Petri Stuhlgang«, um ihn sich anzueignen und dem heidnischen Treiben Einhalt zu gebieten. Es nützte alles nichts. Vielleicht lag es an der eher unglücklichen Namensgebung.

Petri Stuhlgang.

Fest der Friesen.

Allerdings muß ich zugeben, daß C. P. Hansen keineswegs ein treuer Freund der Fakten war. Er war vor allem Friese, Patriot, ein Sagensammler, der seiner Heimat ein paar Mythen andichten wollte. Er war Lehrer, Maler, Autor, Organist. Ein Schwärmer.

Genau wie ich.

Für manchen war das alles blanker Unsinn. Damals schon. Nüchtern betrachtet, gab es die Biike, so wie wir sie feierten, gerade mal hundert Jahre. Verkündete der Käpt'n jedenfalls bei jeder sich bietenden Gelegenheit, ob man es nun hören wollte oder nicht.

Mir war das ganz egal.

Wir fühlten uns wie Grönlandfahrer.

Und sahen auch so aus.

Auf dem dunklen Schulhof hinter der Nikolaikirche hatte sich halb Westerland versammelt. Eine dick vermummte Menschenmenge drängte sich bei der Schranke, im Licht der Straßenlaternen, wo auch schon die Feuerwehrkapelle wartete und ihre Noten sortierte. Ganz vorn hauchte der Mann an der Pauke in die Hände, um seine Finger aufzuwärmen.

Mick und Arne hatten wir im Gewühl schon bald verloren. Die beiden schienen sowieso irgendwas vorzuhaben, bei dem wir anderen nur störten. Dreizehn blieb in meiner Nähe, zog die Schaffelljacke fest um ihre Schultern.

»Meinst du, du bist warm genug angezogen?« fragte ich etwas altväterlich. Seit dieser Sache mit der Verlobung hatte sich was verändert. Lächelnd schob sie ihre Nase unter dem zottigen Fell hervor. Ihre blonden Locken flatterten im Wind. Ihre Augen leuchteten.

Die ersten Fackeln brannten schon. Alte Männer mit Pudelmützen hatte Stinkpötte gebastelt – wie in den guten, alten Zeiten – und führten kleinen Jungen vor, wie man damit umging. Es qualmte und stank nach Petroleum, Wachs und Teer. Gunnar Mommsen stellte sich dazu und hielt seine Fackel an einen der brennenden Pötte, um sie anzuzünden, was bei dem Wind gar nicht einfach war. Ein Funkenregen segelte über den Schulhof. Auf manchen Schultern saßen Kinder mit roten Wangen und überblickten die Menge. Die meisten Leute trugen ihre ältesten Klamotten, um sich nicht einzusauen. Dicke Joppen, ausgediente Wehrmachtsmäntel, Regenjacken. Hin und wieder ein neureicher Pelzmantel.

Ein Stück weiter hinten, zur Stadtbücherei hin, wurden Männerstimmen laut, die grölten: *»Dat geit darna to mit alle Mann, mit Bössen, Schwert un Forken. Wer hier nicht fechten will und kann, dat sin wohl rechte Schorken!«* Drum herum fingen die Leute an zu lachen. Eine dicke Frau schraubte ihre Thermoskanne auf und verteilte Punsch in Bechern.

Plötzlich schepperte es weiter vorn.

Der Mann mit den großen Becken legte los. Das war das Zeichen. Die Pauke stieg mit ein, und schleppend setzte sich das vordere Ende des Zuges in Bewegung. Stiefel schlurften durch den Matsch, und ich mußte echt aufpassen, daß ich nicht umgerempelt wurde. Gunnar schob sich zu uns durch und hielt mir seine brennende Fackel hin. Ihr Flackern spiegelte sich in seiner großen Brille. Ich wußte gar nicht, was ich sagen sollte. Er schenkte mir die Fackel.

Gemeinsam zündeten wir die andere an, mußten aber aufpassen, daß wir den Anschluß nicht verloren. Links und rechts zogen die Leute schon an uns vorbei.

Überall sah ich bekannte Gesichter: Nachbarn, Kinder von Nachbarn. Freunde von Kindern von Nachbarn. Nachbarn von Freunden von Kindern von Nachbarn. Mittendrin trabten Siegrid und Boy an mir vorbei, Macke Knudsen aus der achten Klasse mit seiner bemalten Army-Mütze, Pietsch aus der zehnten mit der schlanken Kim am Arm ... und der unvermeidliche Hartmut Lembecker, die plumpe Eule. Er hielt zwei Fackeln hoch und grinste wie ein Depp, der seinem Dorf den Weg zum Lynchplatz leuchtete.

»Willst du nicht, oder kannst du nicht?«

Von hinten schob mich jemand an, und fast wäre ich über Dreizehn gestolpert, die vor mir stand und darauf wartete, daß Gunnars zweite Fackel endlich brannte. Ich drehte mich kurz um und sah ein rotes Bartgesicht im Fackelschein. Ich hielt lieber den Mund. Mit Bärten hatte ich so meine Erfahrungen.

Als wir vom Schulhof auf die Straße kamen, schlug uns der Wind scharf ins Gesicht. Alle mußten ihre Fackeln höher halten, um ihre Hintermänner nicht abzubrennen. Dreizehn drückte sich in meinen Windschatten, und ich versuchte meine Kapuze über die Mütze zu schieben.

Auf der Straße regelten zwei Schupos in langen weißen Regenmänteln den Verkehr. Ein Streifenwagen rollte dem Zug voraus, der bei H. B. Jensen in die Friedrichstraße einscherte. Die Kapelle war schon fast bei Bendix Düysen. Von der Musik kriegte man kaum noch was mit. Nur so ein elendes Scheppern und Wummern hallte durch die Straßenschlucht.

»Hannes! Hannes! Hier drüben!«

Winkend stand Herr Wanderer aus Wuppertal unter der Markise einer kleinen Parfümerie. Er hatte sich feinmachen wollen, um den friesischen Nationalfeiertag gebührend zu würdigen – soviel hatte ich am Nachmittag noch mitbekommen. Der alte Hagedorn hatte ihn darauf hingewiesen, daß die Sylter strenggenommen eigentlich gar keinen Nationalfeiertag hätten, da sie ja schließlich auch keine Nation seien, selbst wenn es einem manchmal so vorkäme. Und ob sich Herr Wanderer eigentlich darüber im klaren sei, daß sein farbenfroher Anorak aus leicht brennbarem Material bestehe, was doch gefährlich sei. Herr Wanderer war ganz blaß geworden. Darüber hatte er sich noch nie Gedanken gemacht, und so hatte ihm Hagedorn eine von seinen erdfarbenen Geologenjacken abgetreten. Mit hunderttausend Taschen. Die beiden sahen aus wie zwei von der Olsen-Bande.

Ich weiß gar nicht, wie sie es schafften, aber sie drängelten sich zielstrebig zu uns durch. Herr Hagedorn brauchte keine Fackel. Der weiße Haarschopf leuchtete hell auf seinem Kopf. »Soll Sturm geben!« rief Herr Wanderer begeistert. »Wir waren noch drüben am Strand!« Da bemerkte er Dreizehn, die sich auf der anderen Seite an meinen Parka klammerte. Er strahlte sie an. »Neue Freundin, Hannes?«

»Ich bin Vierzehn. Wir sind verlobt«, sagte Dreizehn und reichte ihm die Hand.

Stur starrte ich in meine Fackel. Ich merkte, wie meine Ohren unter der Mütze ganz heiß wurden.

Herr Wanderer hatte gar nicht zugehört. Er freute sich einfach dabeizusein, so mittendrin. Der alte Hagedorn dagegen wirkte düster und bedrückt. Im Gedränge hatten wir einige Mühe, ihm zu folgen. Die Kapelle war schon oben an der Elisabethstraße und bog links ein, was gut war, denn je näher wir der Promenade kamen, desto heftiger schüttelten uns die Böen durch, und immer wieder flogen Funken weit über die Köpfe der Leute hinweg, die halbe Straße hinunter.

Tante Anni wartete vor dem Schaufenster von *Radio Schröter* mit dem Käpt'n am Arm. Sie winkte und gab Zeichen, daß wir ruhig schon mal vorauslaufen sollten. Der Käpt'n sah alt aus, wie er da so stand, auf seinen Stock gestützt, alt wie das Jahrhundert. Er konnte seine Fackel kaum noch hochhalten.

Ob er die *Dünenrose* schon verkauft hatte?

Meine Mutter fiel mir ein, in Pforzheim, meine kleine Schwester, daß mein Vater tot war, daß Pepsis Vater halbtot war, dann dachte ich an Pepsi.

Plötzlich war es, als bräche alles zusammen, das ganze windschiefe Gebäude meines Lebens, die heile Welt im Sonnenschein. Alles nur Fassade. Abbruchreif wie unsere Villa. Ich war eben auch ein Harms. Dem Untergang geweiht. Mir standen die Tränen in den Augen.

»Geht es dir nicht gut?« fragte Gunnar. »Du siehst so blaß aus.«

»Wo sind Mick und Arne eigentlich geblieben?« Dreizehn sah sich um und war im nächsten Moment im Fakkelwald verschwunden.

Finster schnaufte ich in meinen Schal, stapfte vor mich hin, immer den Stiefeln meines Vordermannes nach. Mir war überhaupt nicht mehr nach Feiern zumute. Ich fühlte mich so leer und nutzlos, und dann strich das Licht meiner Fackel auch noch über den Wall vom Friedhof der Heimatlosen, wo die angespülten Wasserleichen verscharrt wurden. Am liebsten hätte ich mich begraben lassen. War ja doch alles egal. Ich wußte überhaupt nicht mehr, wohin ich eigentlich gehörte. Ich sah mich um, und plötzlich kamen mir die Leute alle so fremd vor. Ich dachte an meine Mutter und daß sie auf dieser Insel nie heimisch geworden war. »Moin, Moin!« war leicht gesagt, hatte aber nichts zu bedeuten ... Ich war heimatlos. Der Käpt'n war ein Wrack, wenn Tante Anni ihn nicht steuerte. Arne würde ich nie verstehen. Mick war unberechenbar. Für Ollo war ich nur ein kleiner Junge. Und Pepsi ... Plötzlich fand ich einfach *alles* sinnlos.

Dann sah ich mich in einem Schwarzwaldkaff sitzen und Marienfiguren schnitzen. Mit Lederhosen an.

Ich wischte mir die Tränen aus den Augen.

Mann, der Weg war aber auch lang.

Wir latschten und latschten, bis meine Fackel schon fast abgebrannt war. Still war es geworden. Irgendwie hatten sich die Leute gar nicht mehr soviel zu erzählen wie vorher. Die meisten schlurften schweigend vor sich hin. Auch von Gunnar war nichts mehr zu entdecken. Jenseits vom Schützenhaus ging es an hell erleuchteten Fenstern vorbei. In manchen sah man schon gedeckte Tische, die sich auf den Grünkohl freuten. Im Windschatten beim Südwäldchen machte ich einen langen Hals. Irgendwann mußte unsere Biike doch zu sehen sein, drüben hinterm Campingplatz ...

Da hielt mir jemand die Augen zu.

Ich kam mit meiner Fackel fast ins Stolpern.

»Weitergehen, weitergehen!« raunte mir eine warme Stimme ins Ohr, daß mir ganz schwindlig wurde.

Moschus stieg in meine Nase.

Pepsi hakte sich bei mir ein und lehnte ihren Kopf an meine Schulter. »Ich suche dich schon die ganze Zeit!«

sagte sie und klang erleichtert, weil sie mich gefunden hatte. Sie lächelte mich an, mit ihrem abgebrochenen Zahn, und ich sah diese beiden hübschen Grübchen in ihren Wangen. »Paß auf, gleich tropft dir deine Fackel auf die Finger!«

Erschrocken warf ich das qualmende Ding in den Graben neben der Straße. »Danke«, sagte ich und wischte mir die Hände am Parka ab. »Ich dachte, du bist sauer.«

»Wegen gestern?«

»Kommt mir vor, als wäre es schon länger her.«

»Gewalt ist keine Lösung.«

»Erzähl *ihm* das!« Es kam lauter heraus als beabsichtigt. »Außerdem ist seine Nase ja noch dran ...«, sagte ich und stutzte kurz. »Haben die endlich eine Spur von deinem Vater gefunden?«

Sie schüttelte ihre schwarzen Zotteln wie eine kleine Ziege, was ganz schrecklich hilflos aussah.

»Trotzdem läßt dich deine Mutter vor die Tür?«

»Ist doch Biikebrennen.« Pepsi zog die Nase hoch.

Ich drehte mich um. »Hast du sie etwa mitgebracht?«

»Ach was. Die kniet heulend vorm Kamin, hört Barbra Streisand und zerreißt alte Briefe und so Zeug. Wirft alles ins Feuer. Als hätte sie meinen Alten schon abgeschrieben. Der Arzt hat ihr Valeron gegeben. Trotzdem heult sie die ganze Zeit.«

Ich sah sie an. »Und du?«

»Was ich?« Abrupt nahm sie ihren Kopf von meiner Schulter. »Guck mal, Hannes! Die Biike! Sie brennt ja schon!«

Da sah ich sie auch.

Licht in der Finsternis.

Stolz und schön.

Wie zerfetzte Wimpel flackerten die Flammen im Wind. Eine mächtige Rauchwolke schraubte sich zum Himmel auf, qualmte schwarz in Richtung Festland. Ganz oben, hoch über dem Feuer, ragte der lange Baum auf, der die Tonne trug.

Wie hypnotisiert starrte ich sie an.

Ich dachte an meinen Traum, wie ich da oben gehockt und versucht hatte, über den Rand der Tonne zu spähen. Gefesselt und geknebelt. Ein kalter Schauer lief mir über den Nacken und unter meine Kleider, daß ich zitterte. Jemand schob mich durch den Morast zum Feuer hin.

Irgend etwas stimmte nicht.

Es war so hübsch und friedlich. So feierlich. So viele brave Bürger, die mit ihren Fackeln um das Feuer standen, die sich verteilten, damit alle was davon hatten, damit jeder seinen Platz fand und was sehen konnte. Biike war ein Fest für alle. Eine schöne, alte Tradition. Die einzige, die wir hatten.

Ich wurde gerempelt und gestoßen und ließ mich treiben, nach rechts, weg vom Qualm, zur Düne hin, ohne mich auch nur eine Nanosekunde von der dicken Tonne abzuwenden.

Ich hatte ein komisches Gefühl.

Ich sah mich um, suchte nach …

Wo waren die anderen geblieben?

Und Pepsi?

Ich kniff mir in die Wange.

Ich fühlte mich in meinen Traum zurückversetzt, nur stand ich diesmal unten, bei den Leuten mit den Fackeln. Mitten im Gewühl.

Irgendwelche Bengels zündelten im Dünengras, so daß es auch von hinten qualmte und mir die Augen brannten.

Jemand schimpfte und drohte, den Jungs die Ohren lang zu ziehen. Immer mehr Leute kamen mit ihren Fackeln von der Straße her und stapften durch den Matsch, verteilten sich im Halbrund der Dünen. Ich versuchte vorn am Feuer zu bleiben. Was für ein Geschiebe! Der fette Qualm wehte stramm nach Osten, so daß man gar nicht ganz um den brennenden Haufen kam. Man mußte aufpassen, daß man nicht zu weit nach vorn geschoben wurde. Meine Wangen brannten schon.

Plötzlich sah ich ihn.

Ganz nah, direkt vor mir.

Ich weiß noch, daß ich mich wunderte, wieso es Leute gab, die ihre Hunde mitbrachten. Das war doch Tierquälerei! Viel zu heiß, und der Gestank ... die vielen Leute, der Qualm, das Feuer ...

Wie ein Schattenriß schwebte das schlanke Tier vor dem brennenden Haufen entlang, als würde ihm die Hitze gar nichts ausmachen. Einen Moment sah ich ihm noch nach, konnte gar nicht einordnen, was ich dachte. Irgendwas in mir wollte einrasten, aber es war, als hätte ich Sand im Getriebe.

Da spazierte dieser Jason King an mir vorbei.

Mit schwarzem Hut und Mantel.

27

Ein Schnarren und Kreischen durchschnitt die kalte Luft. Die Leute verzogen ihre Gesichter und hielten sich die Ohren zu.

»Liebe Westerländer ... liebe Westerländerinnen ...« Eine Männerstimme knarzte aus den Lautsprechern, die rund um die Biike an Pfählen hingen. »Liebe Sylter! Liebe Gäste! Auch in diesem Jahr begrüße ich Sie auf das Herzlichste zu unserem traditionellen ...«

Der Wind zerfetzte die Worte in der Luft.

Ich zitterte vor Aufregung.

Als ich mich wieder zum Feuer umdrehte, war der Dobermann verschwunden – und sein Herrchen auch. Ich suchte in der Richtung, die er genommen hatte, aber da war nichts. Die Leute standen dicht an dicht, leuchtende Gesichter im Feuerschein. Alles nur Fackeln und Flackern und Schatten.

Ich sah Gespenster, oder?

»... wollen wir in dieser schweren Zeit gemeinsam für die Zukunft unserer schönen Heimat hoffen ...«

Ich drehte mich um und suchte jemanden, den ich kannte, den ich fragen konnte, ob er den Mann mit dem schwarzen Hut vielleicht auch gesehen hatte.

»Huhu! Hannes ...!«

Tante Anni schob sich durch den Pulk, mit dem Käpt'n und Hagedorn und Wanderer im Schlepptau. »Sei doch mal so nett und wirf meine Fackel in die Biike, Hannes! Die ist ja schon ganz runtergebrannt ...«

Ich winkte. »Moment, ich such gerade jemanden, Tante Anni ...«

»... wollen wir nun, da wir hier um unsere Biike versammelt stehen, an unseren Ersten Stadtrat Dr. Reinhold Winter denken ...«

Einige Leute buhten.

»Junge, ist dir das denn nicht zu heiß hier vorne?« Herr Hagedorn wischte sich die Stirn.

Ich rotierte förmlich. »Sie haben doch eben diesen Mann gesehen, oder? Den mit dem schwarzen Hut ...«

»Hier, nimm, Hannes! Aber nicht so nah rangehen! Die Hitze versengt einem ja glatt die Augenbrauen.« Tante Anni drückte mir ihre Fackel in die Hand.

»... in der Gewißheit, daß er bald wieder wohlbehalten in unserer Mitte ...«

Ich seufzte und trat drei Schritte vor, bis mir das große Feuer glatt den Atem nahm. Im hohen Bogen schleuderte ich den Fackelstummel durch die Luft. Er segelte ein Stück weit mit dem Wind und landete kopfüber zwischen ein paar Tannenbäumen, die leuchteten wie ein Fischgerippe.

Ein Feuerwehrmann mit schmutziggelbem Helm stand da und paßte auf, daß keiner übermütig wurde. Ich hielt schützend die rechte Hand an meine Schläfe und lief ein Stück vor den Leuten entlang in die Richtung, die der Dobermann genommen hatte.

Da drüben sah ich Mick gefährlich nah am Feuer stehen. Er hatte seine Jacke ausgezogen und ruderte im T-Shirt mit den nackten Armen, als wollte er den Gott der Biike beschwören. Abrupt drehte er eine Pirouette und wankte vor den Leuten auf und ab. Die meisten gaben sich Mühe, ihn zu ignorieren. Sie standen da, mit den Händen in den Taschen, und starrten zur Tonne hinauf.

Das große, runde Ding kauerte auf seinem Baum, mit Streben abgestützt. Gierig züngelten die Flammen daran hinauf, leckten am Holz, tasteten mit langen Fingern nach der Tonne.

»Hannes, alter Schwager! Was glotzt du so bescheuert?« Fast rempelte Mick mich in den Matsch, der Vollidiot. »Hier, komm her, Mann ... mach die Hand auf!« Er griff sich meine Rechte und drückte irgendwas hinein. »Willst du viel, spül mit Pril!« raunte er mir zu. Er wankte, wollte mich ansehen, aber seine Augen spielten nicht mit. Er kriegte mich irgendwie nicht ins Bild. Schließlich gab er auf und kreiselte wie ein tanzender Derwisch zum Feuer hin.

Ich hielt ein paar getrocknete Pilze in der Hand.

Das Feuer knisterte und knackte, dann krächzte jemand heiser aus den Lautsprechern und erzählte was auf friesisch. Irgendwas mit »Sölring« und »Biiki«. Die eine Hälfte der Ansprache riß der Wind mit sich, die andere konnte ich nicht verstehen.

Ich sah zur Tonne auf. Die Streben standen schon in Flammen. Der Boden brannte. Der Baum schwankte im Wind. Mann, war ich froh, daß ich nur geträumt hatte!

Die Ansprache dauerte ewig. Wenn man bedachte, daß die Morsumer nicht mal dasselbe Friesisch sprachen wie die Keitumer zwei Dörfer weiter, fragte man sich doch, welchen Sinn so eine Ansprache eigentlich haben sollte. Tante Anni kriegte jedesmal einen Föhn, wenn ich damit anfing.

Wo war sie eigentlich?

Ich trat ein Stück zurück, um da drüben zu suchen, wo ich sie stehengelassen hatte, und mußte schon wieder Mick ausweichen, der wie ein Feuervogel an mir vorbeisegelte. Der Mann mit dem gelben Helm behielt ihn im Blick, konnte aber auch nicht verhindern, was dann passierte.

Selbstvergessen taumelte Mick vor dem Feuer auf und ab. Sengend heiß war es da, wo er war, und er rechnete nicht damit, daß sich ihm jemand in den Weg stellen würde.

Ich hatte den Dobermann ja selbst nicht kommen sehen. Wahrscheinlich hatte er sich aus dem Wald der Hosenbeine hervorgezwängt, weil es ihm zu eng wurde. Solche Hunde waren nicht zum Rumstehen gemacht.

Die Nummer war echt zirkusreif.

Hans Guckindieluft stolperte *lalala* durch die Weltgeschichte, immer der Nase nach, die meist auf die Tonne gerichtet war, und plötzlich taucht da dieser Köter auf, schnüffelt hier und schnüffelt da und kann nichts riechen, weil alles qualmt und stinkt, rennt auf und ab, und Mick, der dreht sich gerade um sich selbst, bleibt in der Drehung an dem Köter hängen, kommt leicht aus dem Gleichgewicht, rudert noch kurz mit den Armen, wie auf der Suche nach einem Geländer oder irgendwas ... und landet mit dem Gesicht voran im Matsch. Er konnte froh sein, daß er nicht in die Biike gestolpert war.

Der Mann im schwarzen Mantel drängte aus den Fackeln der Umstehenden hervor, zog seinen Hut tief in die Stirn. Dann stapfte er auf Mick zu und schubste ihn, obwohl der sowieso kaum stehen konnte.

Ich sah mich um, wollte abhauen, aber wohin?

Links das Feuer, rechts die Leute, geradeaus der Mann in Schwarz. Hatte er mich erkannt? Hatte er uns überhaupt gesehen am Hafen? Und wenn schon! Was wollte er machen? Vor so vielen Zeugen?

Der Typ packte seinen bellenden Hund beim Halsband und knurrte: »Paß besser auf deinen Freund auf, sonst passiert noch was!«

Da sah ich sein Gesicht im Feuerschein. Gepflegte Dauerwelle. Goldkettchen. Lange Nase, große Ohren.

Es dauerte einen Augenblick.

Und dann trat mich ein Esel.

Natürlich kannte ich diesen Mann!

Deshalb war mir der Typ so bekannt vorgekommen! Dem gehörte doch das Hotel *Seelenfrieden*, ein Stück die Steinmannstraße rauf. Einer von denen, die nicht abwarten konnten, daß der Käpt'n unsere *Dünenrose* verkaufte. Daher wehte der Wind.

Und war der Blödmann nicht sogar Pepsis Patenonkel?

Plötzlich stand ich mit ihm ganz allein da.

Hackbarth. So hieß er.

Freundschaftlich legte er mir einen Arm um die Schulter und flüsterte: »Paß auf deinen Freund auf, Kleiner. sonst zeig ich euch beiden mal, was ein Dobermann so alles kann ...«

»Ich hab doch gar nichts gemacht«, sagte ich.

»Kommt mal ein bißchen vom Feuer weg da!« Der Uniformierte mit dem gelben Helm bewegte sich in unsere Richtung. Hackbarth ließ mich los und lächelte den Mann an.

Dann sah ich hinter der Feuerwehr – weiter drüben, wo es stank und qualmte – im Licht der Biike ein paar abgewetzte Lederjacken schimmern. Die meisten von den Typen hatten lange Bärte. Sie waren guter Laune. Eine Flasche machte die Runde.

Ekke Schott war auch dabei.

Der kleine Rocker starrte zu uns herüber. Seine Haare flatterten im Wind. Er zog ein finsteres Gesicht. Langsam langte er hinter sich und tippte seinen großen Bruder an.

Die Leute um mich kriegten gar nichts mit. Sie starrten nur die Tonne an. In diesem Moment schnarrte aus dem Lautsprecher das Friesenlied. » ... wer die Heimat nicht liebt und die Heimat nicht ehrt, ist ein Lump und des Glücks in der Heimat nicht wert ...«

Die beiden Rocker kamen in unsere Richtung. Den Schweinehund mit den vielen Zähnen hatten sie auch dabei. Der Köter würde sich bestimmt an mich erinnern. Die anderen Rocker sahen interessiert herüber, bereit, ihren Kumpels zu helfen, falls jemand Ärger suchte.

Gebückt stand Hackbarth da, hielt seinen Hund fest und gab den Brüdern Zeichen, daß sie verschwinden sollten.

Plötzlich ging hinter mir ein Raunen durch die Menge.

Ich sah zur Tonne auf. Der Baum stand ziemlich schief und kokelte am Fuß. Die Tonne brannte lichterloh.

Der kleine Rocker deutete auf mich, zeigte Hackbarth, daß er mich festhalten sollte.

Endlich fiel bei mir der Groschen. In diesem Moment wurde mir klar, daß ich gar nicht stehenbleiben mußte.

Ich machte kehrt und rannte los, am Feuer entlang, quer durch den Matsch, hielt mir die Kapuze vors Gesicht, damit ich nicht verbrannte. Mir blieb nur eine Richtung: am Dobermann vorbei zu Tante Anni und dem Käpt'n …

Da drüben stand auch Mick, der seine Jacke wieder gefunden hatte, und ich sah Arne Jepsen bei ihm stehen, mit seiner blauen Nase, und Pepsi, die mir winkte, als würde sie sich ehrlich freuen, mich zu sehen, aber dann merkte ich, wie sich in ihrem Gesicht etwas veränderte.

Als ich mich umdrehte, sah ich gerade noch, wie die Tonne fiel. Der lange Baum knickte ein, in etwa da, wo er im Haufen steckte, erst zäh, als hinge er fest, dann klappte das ganze Ding plötzlich in den Wind, wie eine lose Schranke, brach mit einem harten Ruck ganz einfach ab. Etwas Schwarzes kippte aus der Tonne, mit Schwung, wie aus einem großen Würfelbecher.

Die meisten Leute johlten noch, weil sie froren und sich freuten, daß die Tonne endlich fällig war und sie nach Hause gehen konnten, während die ersten schon entsetzt begriffen, was sie da gerade sahen.

Der schwarze Schatten flog ein Stück, als gäbe er sich der irren Hoffnung hin, übers Flammenmeer segeln zu können, machte eine ungelenke Schwalbe und landete mitten in der grellen Glut, daß die Funken stoben.

Er rutschte bis auf die Erde und blieb liegen.

Drei Schritte vor mir.

Ein Mensch.

Er brannte noch.

Pepsi schrie und schlug die Hände vors Gesicht. Die meisten standen wie belämmert da. Mütter schlossen schützend ihre Kinder in die Arme. Manche fingen an zu weinen. Die meisten rührten sich nicht von der Stelle. Keiner reagierte.

Alle starrten den verkohlten Leichnam an.

Ich glaube, wir wußten alle, wer das war.

Irgendwann kamen zwei Feuerwehrmänner um die Biike gerannt, mit Feuerlöschern in der Hand, und spritzten das qualmende Etwas ab, bis es ganz weiß war.

Wie hypnotisiert ging ich näher ran. Ganz deutlich sah ich, daß dem Toten ein Ohr fehlte.

Ich mußte nur kurz überlegen.

Halb Westerland war um mich versammelt.

Was sollte schon passieren?

So laut ich konnte, schrie ich: »Die waren es! Die da!« Halb Westerland drehte sich zu mir um. Ich deutete mit dem Finger auf die beiden Rockerbrüder. »Die Typen haben die Tonne heute morgen aufgebaut. Sie haben Dr. Winter entführt! Ich hab sie gesehen, in Rantum am Hafen, und den da auch …!« Als ich jedoch auf diesen Hackbarth zeigen wollte, war er verschwunden.

Ich sah die fiese Narbe an der Stirn von Ekke Schott und wußte, daß ich einen Fehler begangen hatte.

Der Größere der beiden Brüder wollte nach mir greifen, aber ich schlug einen Haken und wich ihm aus – und lief dem Kleineren in die Arme. Grob riß er mich an sich. »Halt's Mal, du kleiner Pisser«, zischte er. Urplötzlich hatte er ein Messer in der Hand und drückte es mir an den Hals. Ich wollte schreien, aber er hielt mir den Mund zu.

Hinter uns versammelten sich ein paar von diesen bärtigen Schlägertypen.

»Aaaaaah!« brüllte der große Nekke, weil ihm offenbar die Worte fehlten.

Sein kleiner Bruder schwieg. Er hielt mich nur im Schwitzkasten und schleifte mich durch den Matsch. Ich zappelte und wehrte mich, so gut es ging, versuchte ihm ans Schienbein zu treten, aber es klappte nicht.

Am Feuer, bei der schwarzen Leiche, sah ich zwei Polizisten stehen. Der eine hatte seine Hand an der Pistole und überlegte, was er tun sollte, der andere sprach in sein Funkgerät.

Der kleine Ekke brüllte: »Aus dem Weg, sonst schneide ich dem Bengel die Kehle durch!« Auf einmal blieb er stehen, als würde sich ihm jemand in den Weg stellen, aber ich konnte nichts sehen.

Ich hörte eine tiefe Stimme, die mir irgendwie bekannt vorkam. »Laß den Jungen los, Eckhardt Schott!«

Sosehr ich auch versuchte, meinen Kopf im Schwitzkasten zu verdrehen, starrte ich doch immer nur in den Matsch. Trotzdem wußte ich auch so, wessen Stimme ich da gehört hatte.

»Olloooo!« röchelte ich.

»Laß den Jungen los, sag ich!«

Der kleine Schott drückte mir die Klinge fester an den Hals. »Den hier? Oder wen?« Er schien zu grinsen.

Ich hörte noch, wie jemand schrie: »Nicht! Überlassen Sie das der Polizei!«

Ekke hatte keine Hand frei, weil er mich ja festhalten mußte, und Ollo überragte ihn um mindestens zwei Köpfe. Er riß dem Kerl das Messer einfach aus der Hand, holte aus und rammte den Zwerg unangespitzt in den Boden.

Ungelogen.

Ich saß im Matsch daneben und hatte alles mit angesehen. Ollo hatte ihm fast den Schädel eingeschlagen, da, wo die Narbe über seine Stirn lief. Dann hatte er ihn mit beiden Händen an der Gurgel gepackt und hochgehoben, bis der Kerl fast in der Luft hing und zappelte.

»Mörder!« rief jemand aus der Menge. »In die Biike mit ihm!« schrie ein anderer.

Von der Straße her hörte man Sirenen.

»Laß meinen Bruder los!« brüllte Nekke, daß sich seine Stimme überschlug. »Komm her, wenn du dich traust …«

Der kleine Ekke gab so seltsame Geräusche von sich, ein Gurgeln und Japsen, als wollte er etwas sagen, aber Ollo hielt ihn mit beiden Händen am Hals.

»Ich kann dich nicht verstehen«, sagte er.

Ekke krächzte wie ein Rabe. Seine Augen quollen aus den Höhlen. »Es … es war ein Versehen … echt, Mann!«

»So wie das mit meiner Antje.«

»Er … er ist uns im Versteck ersoffen … erfroren, was weiß ich? Das war nicht so geplant …!«

»Und wer hatte die kranke Idee mit der Tonne?«

»Das war nur … das war doch nur …« Ekke stutzte, schob die buschigen Augenbrauen hoch. »Wie guckst du mich an?«

Dann holte Ollo ihn ganz nah an sein Gesicht und sagte: »Wenn das da Antjes Verlobungsring an der Kette um deinen dreckigen Hals ist, breche ich dir das Genick … Das schwör ich dir.«

»Welcher Ring denn?« quiekte Ekke Schott, und seine kleinen Augen wurden immer größer.

»Nicht, Ollo!« schrie ich.

28

Draußen warf der Wind den Regen an die großen Scheiben, nicht laut, nur mit so einem sanften Rauschen, als wollte er uns vorgaukeln, daß im Grunde alles noch beim alten war.

Der Käpt'n hatte seine verwitterte Pranke auf die Tischdecke gelegt. Hin und wieder schnaubte er wie ein blauer Wal und tippte auf dem weißen Leinentuch herum, mit seinem Zeigefinger, dessen Nagel irgendwann auf See geblieben war. »Dat durt mi bald to lang«, brummte er und sah sich nach der Kellnerin um.

Auf dem Rund seines Tellers hatte er zwei Kochwürste, eine dicke Scheibe Kaßler, einen Streifen Schweinebacke und mindestens fünfzehn süße Kartoffeln gehortet. Drum herum standen – wie ein Palisadenzaun – zwei kleine Bier, drei leere Gläser Aquavit und der Senftopf mit dem Löffel drin.

»Wat kuckst du mich so an, Hannes?« Er tippte mit seinem Finger auf dem Tisch herum.

»Ach, nur so.«

Ich seufzte. Mit gesenktem Kopf warf ich einen Blick in die Runde an unserem Tisch. Betretene Mienen, so weit das Auge reichte. Tante Anni tupfte mit einem Papiertaschentuch an ihren rotgeheulten Augen herum. Rechts ragte Herr Hagedorn auf, das weiße Haar vom Wind zerzaust, und links von ihm, neben Tante Anni, saß Herr Wanderer aus Wuppertal mit seinen roten Apfelbäckchen. Ihm hatten wir dieses Vergnügen zu verdanken. Schon vor Wochen hatte er den Tisch reservieren lassen. Das offizielle Grünkohlessen der Stadt Westerland in den *Seeterrassen* oben auf der Promenade. Der Spaß hatte ihn bestimmt eine Stange Geld gekostet.

Mir war der Appetit vergangen.

»Mann in de Tünn!« Der Käpt'n schlug mit der Hand auf den Tisch, daß alle hochschreckten. »Jetzt kriegen diese Stadtvertreter ihren Grünkohl auch noch eher als wir!« Er schüttelte den Kopf. »Meinetwegen kann dieses ATLANTIS ruhig untergehen!« sagte er lauter, als mir lieb war, und an den Nachbartischen sah man schon zu uns herüber. »Und die ganze verfluchte Insel gleich mit«, knurrte er.

Herr Hagedorn schüttelte betrübt den Kopf.

»Das solltest du nicht sagen, Uwe.« Vorwurfsvoll sah Tante Anni von ihrem Taschentuch auf.

»Was meinst du? Das mit ATLANTIS?«

»Nein, ich meine ›Mann in de Tünn‹.«

Die Stimmung im Saal war gedrückt. Die Feuerwehrkapelle saß schon auf ihren Plätzen, aber noch war die Tanzfläche leer, weil die Leute beim Essen waren. Vorn, am Tisch der Honoratioren, wurde sogar schon wieder gelacht. Man wollte sich das Fest der Friesen nicht verderben lassen.

Für mich gab es nichts mehr zu verderben.

Wenn ich auf meine Hände sah, lagen die ganz ruhig bei meinem leeren Teller. Ich fühlte mich wie eine dicke Glocke, so ein hohles Ding, das nicht aufhören konnte zu vibrieren.

Dauernd sah ich Dr. Winter vor mir, wie er da gelegen hatte, diese zusammengekrümmte, verkohlte Gestalt, weiß vom Schaum, wie geteert und gefedert. Es war, als würde ich den beißenden Gestank wohl nie mehr aus der Nase kriegen.

Nekke Schott, der Hüne, hatte sich auf Ollo gestürzt,

um seinen kleinen Bruder zu befreien, wohl um mit ihm abzuhauen – aber wohin? Es hatte ja alles keinen Sinn mehr. Dann waren die anderen *Lükendeeler* dazugekommen. Die meisten von denen hatte ich schon mal im *Klabautermann* gesehen, und ich dachte: Gleich gibt es richtig Ärger!, aber die waren auch nicht nur blöd. Sie sahen ja, wie die Rantumer Brüder drauf waren. Und mit einem Mord wollten die nichts zu schaffen haben.

Da hatten sie lieber zu Ollo gehalten.

Dann, genau im richtigen Moment, war die Kavallerie aufgetaucht.

Zwanzig Bullen trabten durch den Morast zur Biike, einige mit Waffen in den Händen, die ganze SOKO Sylt, allen voran Hauptkommisar Holtkötter mit seinem Assistenten Daffke.

Halb Westerland trat vorsichtshalber einen Schritt zurück. Wie ein reumütiger Lynchmob standen die Leute um den Toten, die letzten noch mit glimmenden Fackeln in der Hand, schweigend, betreten, als fühlten sie sich irgendwie verantwortlich, als schämten sie sich, daß sie es so weit hatten kommen lassen.

Ob Dr. Winter wirklich tot gewesen war, als man ihn in die Tonne gesetzt hatte? Ekke Schott beteuerte, der Mann sei ertrunken, in der Nacht, als ich mit Holtkötter unten am Rantumer Hafen gewesen war. Er hatte geahnt, daß einer von uns Jungs zur Polizei gehen würde. Deshalb hatte er Dr. Winter zur Sicherheit in die rostige Schute gesperrt, die neben dem Pier im Schlick lag. Er wollte ihn gleich wieder rausholen und ins Trockene bringen, sobald die Polizei abgezogen war, aber dann hatte Holtkötter ihn wegen der Pilze mit aufs Revier genommen. Über Nacht war das Wasser im lecken Laderaum der Schute angestiegen, und als Ekke Schott am nächsten Morgen nach Rantum kam, war Dr. Winter im eiskalten Wasser ertrunken. Oder erfroren. Das war so schnell nicht festzustellen.

Sein Bruder hatte nichts davon geahnt. Nach der Verfolgungsjagd durch die Wiesen hatte sich Nekke mit seinem Hund versteckt und war erst am Morgen wieder in Rantum eingetrudelt.

»Wozu, um alles in der Welt, haben Sie den Mann denn in die Tonne gesetzt?« wollte Holtkötter wissen, während hinter ihm drei Leute von der Feuerwehr den krummen Leichnam vorsichtig auf eine Bahre hievten.

»Um ihn loszuwerden vielleicht?« knurrte Nekke trotzig. »Wo doch der Winter in der Biike verbrannt wird, haben wir gedacht ... Außerdem hatte der was gegen uns, der blöde Pisser. Hast du doch gesagt, oder, Ekke?«

»Halt's Maul, Mann.«

Ekke Schott war bei Dr. Winter zur Schule gegangen, wenn auch nur kurz. Schon nach ein paar Wochen war er geflogen, weil keiner ihn bändigen konnte. Irgendwie war er überzeugt davon, daß Dr. Winter an allem schuld war, was in seinem Leben schiefging. Sein Vater hatte ihn in diesem Glauben noch bestärkt. Den konnte man allerdings nicht mehr zur Rechenschaft ziehen.

Als der Leichenwagen mit Dr. Winter losgefahren war, hatten sie Ekke und Nekke abgeführt, mit Handschellen auf dem Rücken. Ollo fuhr mit aufs Revier, um seine Aussage zu machen. Ich denke, er hatte eine ganze Menge zu erzählen, auch die Sache mit seiner Antje, und jetzt war der richtige Moment, es dem fiesen Ekke heimzuzahlen, ohne dafür selbst im Gefängnis zu landen. Irgendwie war ich richtig stolz auf Ollo, weil er dem Gnom nicht das Genick gebrochen hatte.

Es wäre zu einfach gewesen.

Ein paarmal hatte ich versucht, bei Hauptkommissar Holtkötter zu Wort zu kommen und ihm was von dem Hotelier, diesem Hackbarth, und seinem Dobermann zu erzählen, aber der war ja nicht mehr da, und Ekke und Nekke hatten kein einziges Wort über ihn verloren.

Anscheinend hatte das alles gar nichts zu bedeuten.

Der Fall war klar: Die Schotten hatten Dr. Winter entführt, um die angeheizte Situation um den ATLANTIS-Bau zu nutzen. Eigentlich hatten sie in einem zweiten Brief Geld von der Stadt erpressen wollen, doch leider war ihnen der Goldesel ertrunken, bevor sie irgendwelche Forderungen stellen konnten.

Arne mit der blauen Nase brachte die schluchzende Pepsi nach Hause, die ja nicht weit vom Biikeplatz wohnte. Holtkötter schickte seinen Assistenten Daffke mit, damit er Frau Winter die Nachricht vom Tode ihres Mannes schonend beibrachte. Nach allem, was Pepsi erzählt hatte, war ihre Mutter vielleicht gar nicht so überrascht.

Ich sah ihren verkohlten Mann vor mir.

Wie wenig doch von einem Menschen übrigblieb.

»Sooo ... hier kommt die Hauptperson ...!« Selten gutgelaunt stellte die Kellnerin zwei Schüsseln mit heftig dampfendem Grünkohl auf dem Tisch ab, daß es nur so schepperte. »Guten Appetit zusammen!«

Mein Blick schweifte zu Herrn Hagedorn hinüber, der mich mit grauen Augen musterte. Etwas ratlos zuckte er mit den Schultern und flüsterte: »Es ist nicht so ungewöhnlich, wie man glaubt, Junge. Tier- oder Menschenopfer hat es immer schon gegeben. Denk doch an Hauke Haien! Warum nicht auch bei den Atlantern?«

Ich runzelte die Stirn. »Es war doch überhaupt kein ...«

»… die Azteken haben ihrem Gott Huitzilopochtli *jeden Tag* einen Menschen geopfert. Ganze Kriege haben sie geführt, nur um genügend Gefangene zu bekommen, die sie dann … «

Tante Anni warf ihm einen bösen Blick zu und reichte ihm die Schüssel mit dem Grünkohl.

»Danke, ich möchte nicht …«

Sie füllte Herrn Hagedorn ordentlich was auf.

» … sogar in Karthago wurden nachweislich mindestens sechzigtausend Kinder geopfert! Das muß man sich mal vorstellen! Erst viel später hat man begonnen, anstelle dessen Strohpuppen zu verbrennen oder …«

»Herr Hagedorn, es ist mein Ernst: Das ist jetzt nicht der richtige Moment für solche Vorträge!« Tante Annis Stimme bekam einen gefährlichen Unterton.

» … die Kelten haben große Weidenkörbe geflochten, ihre Opfer darin eingesperrt – immer mehrere gleichzeitig – und sie dann verbrannt …« Er stutzte, dann strich der Anflug eines Lächelns über sein Gesicht. »Moment, das klingt vertraut …«

Ich hatte wirklich genug. »Das heute war Mord, Herr Hagedorn, kein Menschenopfer! Das wissen Sie genau. Kaltblütiger Mord! Aus Habgier und …«

»Ja, schon, aber symbolisch betrachtet, im großen Rahmen der Geschichte …«

»Guten Appetit!« knurrte der Käpt'n in die Runde, was wie ein Befehl klang.

Ich hatte überhaupt keinen Hunger.

Betrübt schob ich meinen Stuhl zurück und schlurfte zur Toilette. Ich kriegte ja sowieso nichts runter.

Ich war verzweifelt.

Sollte das mein letztes Biikebrennen gewesen sein?

Als ich am Tisch der Honoratioren vorbeikam, wurde da gelacht und angestoßen. Aquavit und Schweinebacke. Eine Wolke von Zigarrenqualm hing im Raum. Ich sah Schmidt-Paulsen, unseren Bürgermeister. Rechts von ihm war ein Stuhl frei geblieben – symbolisch für den toten Ersten Stadtrat Dr. Winter. Daneben saß Kurdirektor Blessing in seinem karierten Sakko – immer im Dienst der guten Laune. Der ganze lange Tisch war Stadtvertretern und solchen Leuten vorbehalten. Vom Sehen kannte ich die meisten, schon weil ja viele auch bei der Vorstellung des Architektenwettbewerbs im Wellenbadcafé gewesen waren. Sogar dieser Dregger von der Baufirma saß mit am Tisch, Seite an Seite mit dem siegreichen Architekten, diesem Ilja-Richter-Verschnitt, und noch so einem Typen, der aussah wie …

Plötzlich blieb ich stehen.

Ich traute meinen Augen nicht.

»Vorsicht, heiß und fettig …!« Mit dampfenden Schüsseln hetzte ein Kellner an mir vorbei.

Ich stand da und glotzte – wie gelähmt.

»Mund zu, Fliegen fliegen rein!« flötete derselbe Kellner auf dem Rückweg.

Da merkte ich erst, daß ich glotzte.

Ganz langsam drehte ich mich um und schlenderte so unauffällig wie möglich durch die Glastür in eine Art Flur, wo auch die Toiletten waren. Am Zigarettenautomaten ging ich in die Knie, mit dem Rücken an der Wand, und schlug einfach nur die Hände vors Gesicht.

Ging denn diese Geschichte nie zu Ende?

Was sollte ich jetzt machen?

In meiner Hosentasche spürte ich Ekkes Messer, das ich bei der Biike an mich genommen hatte. Plötzlich hörte ich ein leises Atmen und merkte, daß ich nicht allein war.

Ich riß die Augen auf – und sah die Welt auf Kniehöhe.

Mitten im Flur stand Dreizehn in ihrer bestickten Felljacke, wie ein nasses Schaf direkt vom Deich, und sah mich mit ihren blauen Augen an. »Kann ich dir irgendwie helfen?« fragte sie.

»Was machst du denn hier?« Ich rieb meine Augen.

»Warten?«

»Doch wohl hoffentlich nicht auf mich, oder?«

Sie lächelte nur.

»O Mann … Dreizehn!«

»Vierzehn«, sagte sie und hockte sich zu mir.

Sie roch nach nassem Schaf.

Ich sah ihr in die Augen, damit sie begriff, daß ich keine Witze machte. »Da drinnen sitzt der Typ, den ich vorgestern unten am Rantumer Hafen gesehen hab. Der Besitzer vom Hotel *Seelenfrieden*. An der Biike war er auch – mit seinem Dobermann – und hat Mick und mich rumgeschubst. Ich geh jede Wette ein, daß der was mit dem Mord zu tun hat …« Ich mußte erst mal Luft holen, und da merkte ich, daß mir das Herz bis zum Hals schlug. »Ich weiß bloß nicht, *was* …«

Dreizehn zuckte mit den Schultern. »Frag ihn doch.«

Immer wenn man denkt, man hat das Dämlichste auf der Welt schon gehört, kommt einer und legt noch einen drauf.

»Toll«, sagte ich und schob mich an der Wand hoch. »Danke für die Hilfe.« Ich schüttelte meine Beine aus und machte mich wieder auf den Weg in den Saal. Am besten drückte ich mich an den Honoratioren vorbei, setzte mich still und leise zum Käpt'n an den Tisch, aß meinen Grünkohl und hielt die Klappe. Ich konnte ja sowieso nichts ändern, und beweisen konnte ich schon gar nichts.

Drinnen machte sich die Feuerwehrkapelle zum Spielen

bereit. Dreizehn dackelte mir einfach hinterher, als wäre sie mit eingeladen. Am Tisch der Honoratioren hielt sie mich am Ärmel fest, so daß ich stehenbleiben mußte. Mit ausgestrecktem Arm zeigte sie auf diesen Hackbarth, der gerade mit seinem Tischnachbarn ins Gespräch vertieft war.

»Meinst du den da? Den mit der Dauerwelle?«

»Pssst, nicht!« zischte ich, aber es war zu spät. Man hatte uns schon bemerkt.

Manchmal hatte Dreizehns Stimme so einen Hang ins Schrille, und mit dieser Stimme rief sie: »Sagen Sie mal, Herr Dauerwelle ... Sie kennen doch Ekke und Nekke Schott so gut. Sie wissen schon ... die Biikemörder ...«, so daß der ganze Saal es hören mußte, ob er wollte oder nicht. »Sie haben nicht zufällig was mit der Entführung von Dr. Winter zu tun, oder?«

Neben uns blieb der Kellner mit dem Grünkohl stehen.

Hackbarth schob seine Augenbrauen unter den gelockten Pony, sah nach links und rechts in die Runde und tat, als wüßte er nicht, ob er gemeint war. Mittlerweile hatten sich auch die letzten im Saal zu uns umgedreht

»Dreizehn!« zischte ich. »Das bringt doch nichts!« Ich zog an ihrem Schaffell, um sie da wegzuholen.

»Was soll das werden? Wer ist dieses Mädchen?« Bürgermeister Schmidt-Paulsen war aufgestanden, als Sprecher seiner Gemeinde.

Dreizehn lief gerade erst warm. »Was hatten Sie vorgestern abend am Rantumer Hafen zu suchen? Sie sind gesehen worden ... mit Ihrem Dobermann!«

Hackbarth ließ sich nicht aus der Ruhe bringen. Er blickte in die Runde an seinem Tisch. »Was werde ich wohl gemacht haben? Muß ich mich hier vor irgendwelchen Kindern rechtfertigen ...?«

Keiner sagte was.

Alle warteten, ob er was sagen würde.

»Ich war mit meinem Hund spazieren«, knurrte er und nahm sich noch eine fette Wurst vom Teller, als wäre das Thema für ihn damit erledigt.

Ich weiß gar nicht, wieso ich meiner Sache eigentlich so sicher war, aber mit dem Messer in der Tasche fühlte ich mich irgendwie stark, und wenn wir schon mal dabei waren, kam es auch nicht mehr darauf an. Leider überschlug sich meine Stimme, als ich rief: »Ich hab gesehen, wie Sie mit den Rockern was verhandelt haben! Und da lag noch dieser Schuh von Dr. Winter! Jedenfalls glaub ich, daß es seiner war. Und dann ist Arne Jepsen abgerutscht, und die Schotten haben uns erwischt, und Sie sind schnell mit ihrem Wagen weggefahren, weil Sie nicht erkannt werden wollten! Sie haben doch einen dunkelblauen 280er, oder?«

»Da bin ich ja wohl nicht der einzige!« Hackbarth lachte und wollte sich am liebsten abwenden.

Plötzlich sagte jemand hinter uns am Tisch: »Sollte mich überhaupt nicht wundern, wenn der wirklich was damit zu tun hätte …!« Ich drehte mich um, aber die Gesichter waren leer. Ich konnte nicht erkennen, wer es gewesen war.

»Der Hackbarth steckt doch bis zum Hals in Schulden! Wenn ATLANTIS nicht gebaut wird, kann er seinen *Seelenfrieden* abschreiben!« rief ein anderer von links. »Wer soll ihm dafür denn noch was geben?«

Beschwichtigend meldete sich Schmidt-Paulsen zu Wort. »Liebe Leute, wenn ich es richtig sehe, wird das Geld für die Grundstücksverkäufe im Rahmen des ATLANTIS-Projektes erst ausgezahlt, wenn *alle* verkauft haben!«

»Na, *eben*, Herr Bürgermeister!« rief einer, der ihm am Tisch der Honoratioren schräg gegenübersaß.

Dieser Hackbart lief rot an. »Gundolf Johannsen! Ausgerechnet *du* mußt das sagen!« Er zeigte auf den Mann, der ihm gegenübersaß, und drehte sich um, weil er sichergehen wollte, daß auch alle sahen, wen er beschuldigte. »Du hattest deine Bruchbude schon verkauft, da habe ich ATLANTIS noch für ein Märchen gehalten.«

»Noch ist gar nicht entschieden, ob *überhaupt* gebaut wird«, rief ein dünner Mann mit Brille drüben bei den Fenstern und stand auf. »Soweit ich weiß, ist die Abstimmung erst nächste Woche!«

»Genau!« rief einer an seinem Tisch und nickte.

Dann keifte eine Frauenstimme weiter hinten aus der dunklen Ecke bei der Tür: »Gibt es eigentlich irgend jemanden in Westerland, der *nicht* weiß, daß Justus Hackbarth seit Jahren ein Verhältnis mit Dr. Winters Frau hat?«

Der Regen rauschte an den Scheiben.

Ich konnte nicht erkennen, wer das gesagt hatte.

Hinter uns wurde getuschelt.

»Ach ...«, sagte Kurdirektor Blessing. »Ist das wahr?« Er sah sich unter seinen Tischnachbarn um, die offenbar genauso erstaunt waren wie er. »Das kann ich mir kaum vorstellen, aber ... das würde ja bedeuten ...«

Man hörte, wie Hackbarth seinen Stuhl übers Parkett schob, weil er aufstehen wollte, nicht um ein paar klärende Worte von sich zu geben, sondern offenbar schlicht und einfach, um den Saal zu verlassen. »Das muß ich mir nicht anhören«, sagte er, wenn auch so leise, daß nicht alle es verstehen konnten. Es sah tatsächlich so aus, als hätte er etwas zu verbergen.

»Der Mann geht über Leichen ...!« keifte diese Frauenstimme aus der dunklen Ecke. Da erkannte ich Fräulein von Hadersleben aus Tante Annis Friesisch-Kurs, als sie sich im Halbdunkel vorbeugte. »Und diese falsche Frau Winter ist auch nicht besser! Ich wette, sie hat ihn angestiftet, um ihren Mann loszuwerden!«

Hackbarth schüttelte seine Dauerwelle. »Also wirklich! Das ist doch absurd! Ich werde mich nicht weiter dazu äußern. Hier wird mit dem Andenken unseres unglücklich verblichenen Ersten Stadtrats Schindluder getrieben. Und die arme Frau Dr. Winter, mit der mich seit vielen Jahren eine enge Freundschaft verbindet, hat sicher Besseres verdient als gemeine Verleumdungen. Ich bin der Patenonkel ihrer Tochter! Sie sollten sich mit Ihren Anschuldigungen zurückhalten. Außerdem haben die Gebrüder Schott die Tat doch längst gestanden!«

»Die Schotten sind viel zu blöd für so was!« tuschelte jemand hinter uns und rief: »Jemand hat sie angestiftet …!«

»Und bezahlt!«

Hackbarth stand hinter seinem Stuhl und hielt sich an der Lehne fest. »Wozu denn? Absurde Vorstellung! Und wenn es so wäre … wieso war dann die Polizei noch nicht bei mir?«

»Das würde ich auch gern wissen«, sagte Schmidt-Paulsen.

In diesem Moment legte die Feuerwehrkapelle los, wohl um die angespannte Stimmung aufzulockern. Ich denke, es sollte wohl ein kleiner Spaß werden, denn sie spielten ein Lied, das die Kinder beim Petritanz sangen.

»Go von mi, go von mi, ick mach di nich sehn …«

»Komm to mi, komm to mi, ick bün so alleen …«, sang mir Dreizehn leise ins Ohr. Dann schob sie mich an den Tischen vorbei zum Ausgang hin, der auf die Promenade führte. Kaum waren wir ein paar Schritte gegangen, flog die Tür auf, und der Wind wehte Wachtmeister Erichsen

und Hauptkommissar Holtkötter herein. Mit ihren Beamten stürmten sie an uns vorbei.

Offenbar hatte Daffke Frau Winter halbtot vor ihrem Kamin gefunden, mit einem Abschiedsbrief, in dem sie zugab, Hackbarth angestiftet zu haben. Er sollte ihren Mann entführen, um die ATLANTIS-Gegner politisch mundtot zu machen. Dann würde Hackbarth viel Geld für seinen Schuppen kriegen, und die beiden wollten ein neues Leben anfangen. Aber dann war alles ganz anders gekommen.

Am Abend hatte sie eine Überdosis Schlaftabletten genommen, soviel kriegte ich noch mit. Hinter mir hörte ich, wie dieser Hackbarth irgendwas brüllte.

O Mann. Ich mußte dringend an die Luft. Mir wurde ganz schwindlig. Irgendwie war das alles zuviel.

Dann knallte der Wind die Tür hinter uns zu.

Durch die Scheiben sah man, wie die Polizisten drinnen ihre ganze Mannschaftsstärke aufbieten mußten, um Hackbarth in Gewahrsam zu bekommen. Der Mann wollte sich nicht anfassen lassen. Überall im Saal standen Leute auf und deuteten auf andere. Was gesagt wurde, konnte man draußen nicht verstehen, aber ihren Mienen sah man an, daß keine Höflichkeiten getauscht wurden.

Ich glaube, man kann wohl ohne weiteres behaupten, daß die meisten da drinnen etwas zu verbergen hatten.

Plötzlich stürzte sich der dicke Bürgermeister höchstpersönlich mit hochrotem Kopf auf Hackbarth und versuchte, dessen Gesicht in die nächstbeste Grünkohlschüssel zu drücken.

Ich wischte mir über die Augen und atmete tief.

Dann drehte ich mich in den Wind.

Wie Nadelstiche fühlten sich die Regentropfen an.

Ich stand oben auf der breiten Treppe hoch über der Westerländer Musikmuschel und starrte in den schwarzen Himmel über dem schwarzen Meer, versuchte das Schwarze in mir abzuschütteln.

»Oh, Mann …«, sagte ich.

Dreizehn boxte mir schmerzhaft an den Oberarm und holte mich in die Welt zurück. In ihrer Schaffelljacke sah sie aus wie ein Osterlämmchen, nur irgendwie brutaler.

Ihre Augen leuchteten mich an.

Ich nahm ihre kleine, warme Hand und spürte, wie mein Herz schlug, hielt meinen schmerzenden Arm, fühlte meine blauen Flecken, dachte an die alte *Dünenrose* und ATLANTIS und den Käpt'n, an Dr. Winter und an Pepsi und an alles, was passiert war.

Ich stellte mir vor, wie dieser Turm von Babylon da drüben hell erleuchtet in der Nacht aufragte. Das durfte nicht passieren. Jetzt erst recht nicht mehr.

Plötzlich sah ich alles ganz klar vor mir.

Ich wußte, was zu tun war.

»Ich will nicht nach Furzheim«, sagte ich.

Vierzehn sah mich an und drückte meine Hand.

Diese Geschichte spielt vor einem wahren, historischen Hintergrund.

Um den Frieden auf der Insel wiederherzustellen, wurde das geplante Großprojekt ATLANTIS zwei Monate später – im April 1972 – auf Anweisung der Kieler Landesregierung offiziell untersagt.

Die meisten der alten Hotels wurden trotzdem abgerissen, das Kurmittelhaus fiel einem Parkplatz zum Opfer.

Mord in Serie: Krimis bei AtV

RUSSELL ANDREWS
Anonymus
Ein Leseerlebnis, atemberaubend wie eine Achterbahnfahrt: Carl Granville bekommt die Chance seines Lebens. Aus geheimen Briefen soll er die Geschichte eines Jungen rekonstruieren, der seinen Bruder tötete. Doch der mysteriöse Auftrag gerät zu einem nicht enden wollenden Alptraum: Nicht nur, daß seine Verlegerin und eine Nachbarin getötet werden – bald verfolgt ihn die Polizei und hält ihn für einen Mörder.
»Ein temporeicher politischer Thriller in der Art von Grishams ›Akte‹.« MICHAEL DOUGLAS
Thriller. Aus dem Amerikanischen von Uwe Anton und Michael Kubiak. 450 Seiten. AtV 1900

ELIOT PATTISON
Der fremde Tibeter
Fernab in den Bergen von Tibet wird die Leiche eines Mannes gefunden. Shan, ein ehemaliger Polizist, der aus Peking nach Tibet verbannt wurde, soll rasch einen Schuldigen finden, bevor eine amerikanische Delegation das Land besucht. In den USA wurde dieses Buch mit dem begehrten »Edgar Allan Poe Award« als bester Kriminalroman des Jahres ausgezeichnet.
»Gute Bücher entführen den Leser an Orte, die er nicht so einfach erreichen kann: ein ferner Schauplatz, eine fremde Kultur, eine andere Zeit ... Pattison leistet all das zusammen.« BOOKLIST
Roman. Aus dem Amerikanischen von Thomas Haufschild. 493 Seiten. AtV 1832

CHRISTOPHER WEST
Zuviel himmlischer Frieden
Kommissar Wang ermittelt
China 1991: Mitten in einer Vorstellung der Peking-Oper wird ein kleiner Gauner ermordet. Die Spuren führen Kommissar Wang in Kreise des organisierten Verbrechens. Wang glaubt fest an den Sieg der Gerechtigkeit, doch läßt sie sich wirklich durchsetzen im heutigen China?
»›Zuviel himmlischer Frieden‹ ist für China, was ›Gorki-Park‹ für Rußland war.«
FLORIDA SUN-SUNTINEL
Roman. Aus dem Englischen von Frank Wolf. 288 Seiten. AtV 1754

BORIS AKUNIN
Russisches Poker
Fandorin ermittelt
Hat Fandorin nun doch noch seinen Meister gefunden? In Moskau geht ein Betrüger um, der die gerissensten Gaunerstücke inszeniert und vor nichts zurückschreckt, wenn sich nur ordentlich Geld scheffeln läßt. Von Fandorin und seinem Team wird höchster Einsatz verlangt bei diesem Pokerspiel.
»Akunin erzählt in bester russischer Tradition, grotesk wie Gogol, dunkel wie Dostojewski, unterhaltsam bis zuletzt.« DIE WOCHE
Roman. Aus dem Russischen von Renate und Thomas Reschke. 192 Seiten. AtV 1764

Mordsfrauen: Krimis bei AtV

POLINA DASCHKOWA
Die leichten Schritte des Wahnsinns
Keine beschreibt das moderne Rußland so packend wie sie: Autorin Polina Daschkowa ist mit mehr als 16 Millionen verkauften Büchern in Rußland ein Star. Mit den »Leichten Schritten des Wahnsinns« gab sie ihr Deutschlanddebüt.
»Unglaublich dicht und spannend.« BRIGITTE
Roman. Aus dem Russischen von Margret Fieseler. 454 Seiten. AtV 1884

VIKTORIA PLATOWA
Die Frau mit dem Engelsgesicht
Sie wollten die Welt umkrempeln: der begabte Iwan, der angehende Regisseur Nimotsi und ihre Freundin »Maus«. Aber dann stürzt sich Iwan im Suff zu Tode, die beiden anderen lassen sich auf ein gefährliches Filmprojekt ein. Nimotsi wird ermordet. Maus unterzieht sich einer Gesichtsoperation, um besser abtauchen zu können. Als rothaarige Schönheit will sie den Tod ihrer Freunde rächen. Ein schonungsloser, rasanter Krimi über das neue Rußland.
Roman. Aus dem Russischen von Olga Kouvchinnikova und Ingolf Hoppmann. 404 Seiten. AtV 1875

DANIELLE THIÉRY
Der tödliche Charme des Doktor Martin
Nach Fred Vargas, Polina Daschkowa und Liza Marklund ein neuer Star unter den Krimiautorinnen. Thiérys Kommissarin Edwige Marion ist energisch und zerbrechlich, scharfsinnig und emotional, in der Liebe vom Pech verfolgt, außerdem schwanger, von Léo oder Sam, und sie steckt in einer existentiellen Krise. Da hinterläßt ein Unbekannter ein Paar roter Kinderschuhe auf ihrem Briefkasten, Indiz ihres ersten, einige Jahre zurückliegenden Falls, der nie aufgeklärt wurde.
Roman. Aus dem Französischen von Sabine Schwenk. 422 Seiten. AtV 1878

FRED VARGAS
Bei Einbruch der Nacht
Ein Wolfsmensch, so sagen die Leute, zieht nach Einbruch der Dunkelheit mordend durch die Dörfer der provenzalischen Alpen. Der halbwüchsige Sohn eines Opfers und ein wortkarger Schäfer nehmen die aussichtslose Verfolgung auf. Ein urkomisches Roadmovie und eine zarte Liebesgeschichte um die schöne Camille und Kommissar Adamsberg aus Paris.
»Prädikat: hin und weg.« WDR
Roman. Aus dem Französischen von Tobias Scheffel. 336 Seiten. AtV 1513

Mehr Informationen erhalten Sie unter www.aufbau-verlag.de oder bei Ihrem Buchhändler

AtV

Immer wieder lesen: Lieblingsbücher bei AtV

MARC LEVY
Solange du da bist
Was tut man, wenn man in seinem Badezimmerschrank eine junge hübsche Frau findet, die behauptet, der Geist einer Koma-Patientin zu sein? Arthur hält die Geschichte für einen Scherz seines Kompagnons, er ist erst schrecklich genervt, dann erschüttert und schließlich hoffnungslos verliebt. Und als er eines Tages begreift, daß Lauren nur ihn hat, um vielleicht ins Leben zurückzukehren, faßt er einen tollkühnen Entschluß.
»Zwei Stunden Lektüre sind wie zwei Stunden Kino: Man kommt raus und fühlt sich einfach gut, beschwingt und glücklich und ein bisschen nachdenklich.« FOCUS
Roman. Aus dem Französischen von Amelie Thoma. 277 Seiten.
AtV 1836

LISA APPIGNANESI
Die andere Frau
Maria d'Este ist eine klassische Femme fatale. Die Männer umschwärmen sie, sobald sie nur einen Raum betritt – und den anderen Frauen erscheint sie unweigerlich als Rivalin. Als Maria aus New York nach Paris zurückkehrt, beschließt sie, daß die Zeit ihrer Affären vorbei ist. Doch dann begegnet sie dem Mann, bei dem sie all ihre guten Vorsätze vergißt. Zum ersten Mal lernt Maria die wahren Abgründe der Liebe kennen.
Roman. Aus dem Englischen von Wolfgang Thon. 444 Seiten.
AtV 1664

KAREL VAN LOON
Passionsfrucht
Der Vater des 13jährigen Bo erfährt zehn Jahre nach dem Tod seiner Frau, daß er nie Kinder zeugen konnte. Diese Entdeckung stellt sein gesamtes Leben in Frage. Die Suche nach dem »Täter« wird eine Reise an den Beginn seiner großen Liebe.
Roman. Aus dem Niederländischen von Arne Braun. 240 Seiten.
AtV 1850

NEIL BLACKMORE
Soho Blues
Melancholisch und geheimnisvoll wie ein Solo von John Coltrane, unverwechselbar wie die Stimme von Billie Holiday: »Soho Blues« ist die bewegende Geschichte einer leidenschaftlichen, lebenslänglichen Liebe zweier Menschen, die sich in einem Netz von Abhängigkeit und Verrat, Hoffnung und Desillusion, Liebe und Haß befinden.
»Eine herzzerreißende Lektüre, die große Gefühle weckt.«
OSNABRÜCKER ZEITUNG
Roman. Aus dem Englischen von Kathrin Razum. 286 Seiten.
AtV 1733

Mehr Informationen erhalten Sie unter www.aufbau-verlag.de oder bei Ihrem Buchhändler

AtV